꿈을 파는 로또

꿈을 파는 로또 ❷

초판인쇄 2005년 8월 16일 | 초판발행 2005년 8월 22일 | 지은이 정산홍 | 펴낸이 장주진
펴낸곳 경향미디어 | 디자인 김은영 | 전화 02) 304-5612 | 팩스 02) 304-5613
http://www.kyunghyangmedia.com | 등록 제22-688호

ISBN 89-90991-28-5
ISBN 89-90991-26-9   03810 (전2권)

잘못된 책은 교환해 드립니다.

꿈을 파는 로또 ❷

정산홍

경향미디어

책머리에

  요즈음 로또 복권에 대한 열풍이 뜨겁게 불고 있다. 각종 매스컴마다 로또 복권에 얽힌 이야기를 다루며 흥미를 자아내게 한다. 어디에 사는 누가 인생역전을 만들어 주는 몇 십억 짜리 1등에 당첨되어 어떻게 되었다는 이야기는 세상 모든 사람들의 관심거리다.
  그러기에 로또야말로 일확천금을 꿈꾸며 살아가는 서민들에게는 일종의 꿈이다. 그러나 사람들은 그런 꿈이 역사적으로 과거부터 현재까지 서로 연관성이 있고 다른 이름으로 이어져 온 사실은 알고 있지 못하다.
  동양과 서양의 복권은 만들어진 배경이나 목적은 거의 비슷하다. 중국이라는 곳에서 만들어진 채표(복권)는 일반 서민들의 일확천금에 대한 사행심을 이용하여 국가에서 만든 최초의 복권으로 지금도 그 열기가 대단하다.
  본 작품에는 우리나라 최초의 복권인 채표에 관한 다양한 이야기가 실려 있다. 누구나 꿈을 팔았다는 이야기는 알고 있다. 하지만 실제로 꿈을 팔고 샀다는 역사적인 사실은 모르고 있다.
  이 소설은 국가가 주관하고 허가한 사행사업인 복권이 아닌, 민초들 사이에서 중국으로부터 탈출하면서 갖고 온 채표놀이를 통한 최초의 복권(채표, 로또)에 관한 이야기이다. 음성, 인천, 안동 지역을 중심으로 생존한 사람들의 경험담과 사연들을 중심으로 소설로 만든 것으로 작품 이해를 돕기 위해 몇 가지 사실을 알려 주고자 한다.
  첫째는 중국 진시황 시대에 만리장성을 축성하는 데 부족한 재정을 해결할 목적으로 공주가 만들었다는 채표(로또, 복권)는 1930년대에 우리나라에 전파되어 약 30여 년간 실제로 행해졌다는 사실이다. 민속사전에도 기록이 있으며 생존한 분들의 증언에 의하면 그 열기가 대단했다고 한다.
  둘째는 숫자를 맞추거나 조합해서 일치되는 자에게 당첨금을 주는 것과는 달리 오직 누구나 쉽게 꿀 수 있는 꿈을 사고팔았다는 점이다. 로또 복권의 시조인 채표는 하루에 두 번씩 꿈을 가지고 해몽을 돕는 통표, 등짝, 배짝, 일진상충도를 이용하여 복지라는 종이에 써서 건 돈과 함께 심부름꾼인 통수를 통해 자본을 투자한 물주와 함께 당첨자를 뽑는다. 중국에서 전래된 탓에 어려운 한문으로 되어 있고 생소한 용어가 있다.

셋째는 인체와 꿈, 인생살이와 꿈, 숫자와 꿈을 조합하여 흥미를 끌고 있다는 점이다. 다양한 삶의 이야기를 꿈과 연결하고 당첨되는 확률이 1/36로 지금의 로또 복권과는 많은 차이가 있다.

넷째는 꿈을 팔던 채표는 숫자를 조합하는 로또 복권의 원조라는 점이다. 과거와 현재가 하나로 통하는 채표와 로또는 명칭만 다를 뿐 내용은 비슷하다. 채표의 물주는 로또의 국가 기관과 같고 통수는 은행과 로또 판매점이고 타점사나 계산사는 방송국이며 복지는 로또 종이와 같다.

채표는 각 동네에서 걷어드린 돈과 복지를 모아 약속된 장소에서 물주가 써온 꿈 해몽과 같은 꿈을 써낸 사람에게는 30배를 태워 준다. 6은 심부름꾼인 통수 몫이다. 꿈을 가지고 1에서 36까지 숫자를 배합하거나 일확천금을 노리는 사행심 그리고 진행 방법이나 여기에 얽힌 사연들은 지금의 로또 복권과 똑같다.

인생역전의 꿈을 갖고 살아가는 이들에게 꿈을 반드시 이루어진다는 말처럼 여전히 로또 복권은 우리를 기다리고 있다.

2005년 7월
정 산 홍

꿈을 파는 로또 ❷

  4 · 책머리에

  7 · 첫번째 채표놀이
 19 · 화물선을 타고
 41 · 다시 찾은 고향땅
 53 · 낮과 밤을 찾고
 65 · 드디어 모습을 드러내고
 83 · 채표는 시작되고
101 · 첫번째 입산자는
130 · 여자보다 더 좋단 말이여
144 · 통표 장사꾼까지
155 · 활활 타오르는 채표회사
166 · 꿈을 꾸는 정성으루
177 · 차 주석은 으디간겨
193 · 꿩먹구 알먹구
204 · 진천댁과 대산질
215 · 수수께끼를 풀면
232 · 군사혁명과 채표
250 · 추억을 남기고

첫 번째 채표놀이

"자, 오늘 꿈을 파세요! 꿈 팔아요!"
"오늘 타점이 있는가 봐."
"아침부터 통수들이 외치고 다니는 것을 보면 말이여."
"꿈을 파실 분은 통수한테 가지고 오세요."

통수의 목소리가 나자 온 동네는 술렁이기 시작한다. 오늘 푸송 마을에서 채표가 열리는 날이다. 겨우 한 달 만에 일본 군인과 당국의 눈을 피해서 타점을 찍는 날이다. 그것도 집이 아닌 산이나 벌판에서 몰래 하는 타점으로 이런 날이면 동네는 온통 꿈에 대한 이야기로 들끓고 있다. 물주가 누구이며 무슨 꿈이 대산질을 할 것인지를 묻거나 어떻게 해서 무슨 꿈을 꾸었다는 꿈 경험담이 이 사람 저 사람을 건너면서 살이 붙는 이야기로 전해진다. 이번 채표에 마음먹고 참여하고 싶은 마음이 생긴다. 이런 곳에서 채표를 알았으니 기왕이면 자세하게 배워서 고향에 가면 퍼뜨려 보고 싶다. 어렵게 모아 놓은 돈 4원으로 이번 채표에 멋진 꿈을 꿔서 도전을 하고 싶다. 엊저녁에 돈을 상징한다는 돼지꿈을 꾸었으니 그것을 그대로 놔둘 수는 없다.

만석은 통표를 찾는 법과 꿈에 관한 자세한 설명을 듣고 싶어 아는 사람을 찾아 물어본다.

"돼지꿈을 꾸었구먼유. 어떤 해몽을 쓰면 되는가유?"
"돼지꿈이라 그것은 정순(正順)에 해당되는구먼유."
"이렇게 쓰구 돈을 걸면 되는가유?"
"맞아요. 돼지꿈은 복꿈인디."

기분 좋게 정순을 쓰고 2원을 걸었으나 마음이 놓이지 않아서 오호장(五護長)에 2원을 걸었다.

오호장은 정순을 포함하는 통표 해설로서 다섯 가지가 결합된 해몽으로 당첨금은 오분의 일로 줄어들지만 당첨될 확률은 그만큼 높아진다는 이점이 있다. 아침이면 꿈에 얽힌 이야기가 온 동네에 퍼지고 꾼 꿈을 기억하려고 애쓰는 모습들이 보인다. 물주에 대한 작은 정보까지 놓치지 않고 듣거나 때로는 자신이 꾼 꿈을 남에게 팔기도 한다. 꿈을 통해 더 높고 밝은 곳으로 옮기려는 기대감으로 온통 차오르면 마을은 활기에 넘친다. 살아가는 데 희망과 정열을 넘치도록 만드는 것이 바로 채표라고 생각한다.

하지만 꿈은 꿈으로 끝나는 경우가 많기도 하고 어떤 때는 아쉬움과 씁쓰레한 뭔가를 남기고 마는 일도 있다는 것을 알았다. 정말로 돈을 상징한다는 돼지꿈으로 뭔가를 이룰 수 있을 것이라는 기대감이 있으나 과연 돈을 처음부터 물고 올지 궁금하기 짝이 없다. 그것이 얼마나 효력을 발휘할 수 있을지는 알 수 없지만 첫술에 배가 부를 수는 없다.

정순과 오호장은 만리장성을 쌓을 때 공이 컸던 장수의 성과 이름이다. 진시 황제 시절에 국가를 위해 싸워서 큰 공을 세운 장수들의 이름과 정신이 오래 남도록 하기 위해 전략적으로 붙여진 이름이다. 용어마다 매우 신기한 것이 있는 것을 보면 중국인들은 중화사상이라는 정신을 바탕으로 세계 중심이라는 강한 자부심을 가지고 산다는 것을 이해할 수도 있다. 그것은 어쩌면 자긍심을 갖게 만들기에 충분할지도 모른다.

역사는 힘의 논리에 의해 움직일 때가 더 많다는 것은 비록 정신만 깊고 크다고 그 문화나 역사가 오래 유지되고 번영을 하는 것은 아니다. 물리적이고 과학과 경제, 기술에 의한 유형적인 국력이 결국은 세계를 지배할 수밖에 없고 일시적인 무력에 의한 힘의 논리대로 지배를 당한다 해도 결국은 잠시 공백을 메우는 역사의 진공 상태일 뿐이라는 사실을 일깨워 주는 교훈이 중국의 역사일 것이다. 북방 민족의 침입으로 시달렸고 청나라와 원나라가 있었지만 그 뿌리에는 한족의 자긍심과 중화사상을 높이 여기는 그런 사상이 깊이 뿌리 박혀 있다.

아침에 걷어 간 통수가 대작을 했다는 연락이 혹시 올지도 모른다. 돼지꿈을 꾼 사람이 얼마나 될지 알 수 없지만 예로부터 돼지는 복과 부의 상징으로 여긴다. 물론 당첨을 꿈꾸며 하루 종일 채표 생각으로 가득하다. 기대감은 희망을 낳고 생기를 일으켜 주기도 하는 힘이 있어 좋은 것이다. 불로소득이든 아니든 간에 자기에게도 올 수 있다는 가능성을 잊지 않기 때문이다. 물론 돈보다는 배우는데 목적이 있지만 적은 돈으로 큰돈을 벌 수 있다는 희망에 빛을 발하고 있다.

고구마 밭에서 풀을 뽑고 밭고랑을 괭이로 올리는 작업을 하면서도 마음은 채표에 있다. 해가 빨리 지기만을 기다리고 있다. 임 통수가 오는 시간이야 정해진 시간인 저녁식사 시간이다. 오늘따라 저녁을 기다리는 시간이 왜 그리도 길어지는지 앉았다 일어섰다 하며 어쩔 줄 모르고 있으니 꿈을 갖고 살아간다는 것이 이리도 좋은지.

저녁을 먹고 마을에 있는 느티나무에 앉아 여러 가지 얘기를 하고 있는데 저 쪽에서 임 통수가 걸어오고 있는 것이 보인다. 손에 작은 쌈지를 들고 이쪽을 향해 걸어오자 모든 사람들의 시선이 그쪽으로 향한다. 그렇게 기다리던 임 통수를 보자 혹시 당첨에 대한 기대감과 그러면 그렇지! 라는 체념이 교차하는 것은 무엇인가. 기대가 크면 실망도 크다는 말처럼 그저 기대라는 것으로 끝나도 좋다. 그것은 채표를 배워서 먼 미래에 사용할 수 있는 보이지 않는 배움으로 여길 것이니까.

임 통수는 멍석에 앉자마자 쌈지를 만지기 시작한다. 모여 있던 모든 사람들의 시선이 일시에 그가 갖고 온 쌈지로 향한다.

"임 통수! 대작이 나온 거여?"라고 어떤 사람이 묻는다.

"대작이야. 맘대로 되는 일인 가요? 다 하늘에서 선물을 내려 주셔야 되는 것이 아닌 가요."

"글쎄올시다. 오늘은 이 마을에서 딱 한 사람만 타점에 맞았네요."

모여 있던 사람들마다 실망하는 표정들이다.

"진 서방이 써 낸 복지가 맞춘 거야. 오늘은 천신과 이두사 장군의 날일세."

"아니, 그럼. 진 서방이 밤에 도깨비하고 왼팔 씨름을 밤새도록 했단 말이여? 아니면 귀신하고 연애라도 했는가 봐."

라고 말하자 모여 있던 사람들이 웃고 만다. 타점을 맞추기가 그렇게 어렵고 꿈을 잘 꾸는 것도 중요하다는 점을 알았다. 남이 꾼 꿈을 사서 복지에 써넣어 타점에 맞는 경우도 종종 있다는 말을 들었다. 꿈을 팔아서 배우며 돈을 벌려던 그는 말 그대로 꿈으로 끝나 버리자 허탈감을 느낀다. 이렇게 참패를 당하다니 역시 남의 돈을 아무런 대가 없이 공짜로 얻는다는 것은 대단히 어렵다는 것을 새삼 느끼게 된 하루이다. 투기란 원래 남의 돈을 노력 없이 먹는다는 의미가 담겨 있는 것으로 일확천금을 한꺼번에 별다른 노력도 없이 얻는다는 것은 보통 일이 아니다.

다음번에는 용호를 끌어들여서 같이 해볼 생각이다. 이번에는 물주가 써 놓은 쌈지에 대한 정보가 전혀 흘러나온 것이 없다. 만약 물주로부터 어떤 사전 정보가 흘러나오면 돈에 관계된 중대한 문제로서 무효로 간주되며 한바탕 회오리바람이 불 수밖에 없다.

왕 서방은 밤늦게 술에 만취되어 노래를 부르며 집으로 돌아왔다. 그가 노래를 부르며 이렇게 집으로 들어오는 날은 반드시 좋은 일이 생긴 것을 의미한다. 그러나 소리를 지르는 날은 모든 사람들이 긴장을 하는 날이다. 오늘은 다른 곳에서 물주를 했다는 소식은 들었으나 그 결과를 아는 사람은 없다. 저녁 늦게 참석자로부터 겨우 들은 소문은 좋을 것이라는 말뿐이다.

왕 서방은 방에 들어오자 큰소리로 떠드는 것을 보면 분명 기분 좋은 일이 있다. 예전처럼 채표를 방에 펴놓고 자랑을 하기 시작한다.

"야, 이놈들아. 이 채표만 가지면 이 세상에 부러울 것이 없어. 마술쟁이야."

"대체 얼마나 재미가 있으면 저럴까?"

"저희 같은 사람들이 으떠케 오묘한 채표를 알겠슈?"

"너희들은 채표 맛과 묘미를 당연히 알 수 없지."

이런 말을 들을 때마다 사람들은 호기심이 생기기 마련이다. 과연 채표가 돈을 만들 수 있는지 영 수긍이 가질 않고 채표를 가지고 꿈을 팔고 사면서 돈이 생기는 것이 이상하기만 하다. 만석은 도대체 얼마나 많은 것을 알아야만 채표를 할 수 있는지 궁금하다. 기 서방으로부터 대충은 들어서 알지만 듣던 것과 실제는 많이 다르다. 이 집에 들어 온 지도 벌써 두 달이 다 되어가는 사이에 왕 서방은 물주를 세 번이나 했다. 항상 물주에 대한 자신감이 있어서 그런지 아니면 돈이 따르는 운을 타고 난 것인지는 모르지만 언제나 싱글벙글 웃으며 돈을 번 것을 알고 있다.

으레 돈을 딴 날이면 술과 안주를 사서 동네잔치를 벌여서 과시를 하기도 한다. 남과 어울리고 놀기를 좋아하는 성격에 그를 싫어하는 사람은 별로 없다. 머슴으로 일하면서 본 왕 서방에 대한 의구심은 선망의 대상으로 변하고 말았으니.
"참말루 사내루 태어나서 저렇게 멋지게 즐기면서 산다면야 무식기가 부럽겠슈?"
"그려 맞구먼. 으차피 한 번 살다 죽는 게 인생인디 괜히 청승맞게 사는 것두 우습지."
넓고 커다란 대륙에서 그들이 보고 들은 걸로 생각의 폭이 넓어지고 커졌다는 것을 의미한다. 오히려 왕 서방에 대한 깊은 존경심까지 일어나면서 채표는 왕 서방이고 이것은 곧바로 돈이며 돈은 사람들을 감동시킬 수 있는 힘이라는 식으로 생각하기 시작한다. 마음에 응어리진 쪼들림에 대한 강한 거부 반응도 있지만 가난을 자신의 힘으로 극복하고 싶다. 비록 이국땅에서 숨어 지내는 입장이지만 그들이 겪은 경험은 나중에 많은 참고가 될 줄이야.
어떤 상황에서도 희망만은 결코 포기하지 않겠다는 다짐을 하며 다리 공사를 하면서 익혔던 좋은 기술과 경험을 바탕으로 조선에서 건설업을 하고 싶다. 하지만 토목 공사와는 거리가 먼 농사일을 하면서 귀중한 시간을 보내고 있고 거기에다 탈주범으로 쫓기는 몸이니 그저 답답할 뿐이다. 언제나 갖고 있는 꿈을 펼치며 뜻대로 살아갈 수 있는 세상이 올지 하늘만 바라본다. 나라를 빼앗긴 그들이지만 희망까지 잃어서는 아니 된다고 생각하고 있다. 다행히 채표라는 생전 처음으로 접해보는 복권 놀이에 대한 강한 호기심을 채우기 위해 나름대로 열심히 일하는 그들에게 용기와 희망을 잃지 않고 살아갈 수 있는 에너지를 불어넣고 있다.
며칠이 지난 후에 다시 채표를 한다는 소문이 돌고 있다. 뭔가 꿈틀거리는 분위기가 곳곳에서 보이자 이번에는 푸송 마을도 채표 열기가 서서히 뜨거워지고 있다.
이번에는 용호를 설득시켜 같이 채표에 참여하기로 결정한 이유는 어차피 이것을 배워서 조선 땅에 뿌리고 돈도 벌려는 그들의 생각이 일치했고 다른 곳에 눌리고 억압된 마음에 있는 응어리를 풀 수 있는 여건과 발산할 곳이 실제로 없다.
다시 도전한다는 마음으로 지난번에 맞추지 못했던 꿈을 이루고 싶어 나름대로 노력을 한다. 동네 사람들마다 좋은 꿈을 갖고 싶은 욕망에서 별의별 방법을 다 쓰고 있는 것을 보고 의아하게 생각하지만 그래도 이왕이면 그들보다 더 깊은 정성을 쏟고 싶다.
참으로 이해할 수 없는 일들이 중국 땅에서 벌어지고 있으니, 어떤 경우는 조상의 묘 옆에서 하루 밤을 자면서 조상님께 좋은 꿈을 꾸게 해 달라고 비는 일도 있다. 소문에 의하면 부엌에서 사용하는 식칼을 가지고 외딴 곳에 있는 상엿집으로 들어가 상여를 칼로 두들기며 좋은 꿈을 꾸게 해 달라고 주문을 외우는 사람도 있다하니 그 정성은 대단하다.

누구는 부엌에서 쓰는 부지깽이를 소나무 밑에 놓으면 밤에 꿈속이나 나갔다 들어오면서 그 부지깽이에 도깨비가 붙어 밤새도록 왼팔 씨름을 하게 되는데 이때 지게 되면 큰 병이나 죽게 된다는 말을 믿고 못 쓰는 빗자루나 부지깽이를 밖에 몰래 던져 놓기도 한다. 아주 오래 쓰던 지팡이를 지붕에 올려놓고 절을 열 번만 하면 꿈에 도사가 나타나 뭔가를 반드시 알려준 다는 이야기를 믿고 그렇게 하는 사람들도 있다.

만석은 목욕을 하고 어떻게 하면 그런 꿈을 꿀 수 있는지를 생각하기 시작한다. 물론 남들보다 더 나은 정성으로 좋은 꿈을 꾼다면 그것은 바로 돈과 직결되는 일이니 누가 마다고 할 것인가. 할 수만 있다면 남들이 하지 않는 특별한 정성도 드리고 싶다.

지게에 옥수수를 짊어지고 집으로 오다가 어떤 중국인이 좋은 꿈을 꾸게 해 달라는 모습이 보인다. 그것도 오래된 묘의 비석위에 종이로 만든 인형을 갖다 놓고서 빌고 있다. 그 앞에는 촛불을 켜 있고 절을 하면서 좋은 꿈을 꾸게 해 달라는 염원을 빌면서 한참 후에 그 여인은 머리를 풀고 춤을 추기 시작한다. 저렇게 꿈에 미쳐서 채표신을 감동시킨 다는 것이 믿어지지 않는다.

모든 관심이 오직 꿈을 꾸고 돈을 걸어서 대산질을 하는데 있어서인지 아침이면 일어나자마자 모두가 꿈 얘기로 시작하여 저녁이 되면 어떤 꿈이 이번에 타점을 올렸는가에 대한 화제로 하루가 저물어 갈 정도이니 꿈이 좋은 것인지 아니면 돈이 좋은 것인지는 모르지만 동네마다 채표 열기가 대단하다.

용호는 이번에 반드시 타점을 찍힐 것이라는 확신을 갖고 있다. 기왕이면 남보다 더 많은 정성을 들여서라도 좋은 꿈을 꿀 수만 있다면 얼마나 좋을까.

용호는 남들이 안 하는 것을 하고 싶어 외양간에 들어가 방금 싼 소똥을 종이에 여러 겹으로 싸서 베개 밑에 놓고 잠을 자기로 했다. 우연의 일치인지 정성을 드린 덕분인지 새벽에 꾼 꿈은 한운에 해당하는 꿈이다. 꿈속에서 물가에서 소에게 풀을 먹이는 일을 하다가 소발에 밟혀서 그만 깨고 만다. 이상하게도 정성을 드린 뒤에 이런 꿈을 꾼다는 것이 그저 신기하고 이상할 뿐이다.

　소 꿈은 통표 해몽에는 한운에 해당한다는 것을 알고 임 통수에게 한운을 써서 복지를 건네주며 생전 처음으로 써보는 복지를 보며 가슴이 왜 이리도 설레는지. 주변 사람들이 쓰는 것을 자주 보아서 그런지 복지를 쓰고 통표를 보는 방법은 별로 어렵지 않지만 과연 그 꿈이 돈을 물고 들어올지 타점하는 날이 벌써 기다려진다. 꿈을 팔고 사는 타점일이 다가오면 누구나 할 것 없이 온 동네는 잔치하는 날과 같이 아침부터 분주하게 오고가는 사람들의 모습에서 과연 채표의 위력을 실감하는 것 같다.

　한편 만석은 나름대로 준비해 둔 꿈 해몽인 간옥을 복지에 썼다. 매일 밤마다 뇌리를 스쳐 가는 지난 추억을 그리며 잠을 청하곤 한다. 그때마다 영순과 정사 장면이 가장 그립고 눈에 선하게 나타나곤 한다. 산속과 원두막, 외딴 빈집 등에서 남몰래 만나 자주 사랑을 나누던 기억을 떠올리거나 때로는 이런저런 생각을 하다가 겨우 잠이 든다.

　간옥은 여성의 성기에 관련된 모든 것에 해당하는 해몽으로서 부부간의 관계나 그림이나 사진, 화면으로 비슷한 장면을 보아도 이에 속한다. 물론 해몽에서 합동이라는 것이 있는데 남자와 여자가 서로 성관계를 갖거나 부부관계도 여기에 속하며 남녀 간의 깊은 입맞춤이나 애무를 하는 행위도 합동으로 본다. 남자와 여자는 서로 결합이 되면 하나이고 무촌으로서 가장 가깝고 가장 멀 수 있는 것이 부부이지만 꿈속에서 동물끼리 성관계하는 장면을 보아도 역시 합동에 해당한다. 모든 사람들이 이 합동을 가끔 써넣는 경우가 있는데 이는 과부나 홀아비들이 풀 수 없는 성의 갈증을 대신 발산하기 때문이다.

　남성의 성기는 원귀이지만 여성의 성기는 간옥이라고 구별된다. 진시 왕 시대 때 임 씨가 바람을 자주 피워서 붙여진 성이고 서 씨라는 여자가 아무 남정네나 생각나면 집으로 끌고 와 정사를 벌이고 남자의 성기를 만지고 자르기도 했다는 전설에서 나온 해몽이다. 36문중에서 성에 관한 것이 3개나 되는 것을 보면 예로부터 어떤 일을 하든지간 성은 민족과 국가 발전과 형성에 가장 원초적인 힘으로 작용했음에 틀림없다. 남녀가 서로 좋아하고 그리워하는 것은 가장 자연스러운 일로서 성의 깊은 맛과 멋을 이미 알고 있는 성인으로서 밤마다 참고 지낸다는 것은 쉬운 일이 아니다.

만석은 간옥과 합동이라는 해몽에 각각 1원씩을 써서 복지를 통수에게 건네준다. 벌써 복지에 대한 일종의 불문율인 이미 쓴 것에 대한 내용을 묻거나 알려고 하지 말라는 규칙정도는 이미 다 알고 있으니 어느새 채표꾼이 다 된 것 같다.

채표에서는 누가 어떤 해몽을 쓴 것에 대해서는 묻지 않는 것이 규칙으로 되어 있다. 모든 사람들은 예로부터 내려오는 꿈에 대한 이상한 생각을 갖고 있으니 그것은 바로 점심을 먹을 때까지 다른 사람에게 자신이 꾼 꿈에 대해서 말을 하면 그 효력이 없어진다고 믿고 있다. 돼지 새끼를 여러 마리나 낳는 꿈을 꾸어도 절대로 점심때까지는 입을 꼭 다물고 있어야만 그 꿈이 효력을 갖고 있는 것으로 여기고 있다. 누가 만든 불문율인지는 모르지만 채표는 꿈에 대한 전설과 속설이 있다.

그들은 논으로 벼를 베러가기 전에 채표 이야기를 하고 있다.

"성님이유, 이번에는 뭔가 될 것 같구먼유. 성님 예감은 어떠세유?"

"지난번 할 때와 똑같으면 으떡허지."

"직접 꾼 꿈을 썼으면 분명 뭔가는 될 거라는 생각도 듭니다만 그래두 불안허네유."

"여기에서 채표두 알구 우리가 참여 헌다는 게 중요헌 일이잖아유."

"맞는구먼. 잘 배워서 고향에 가면 사람들에게 알려 주구 돈도 벌면 얼마나 좋겠는가? 이렇게 재미있고 흥미로운 것을 조선 사람들이 알게 되면 좋아할 거구먼."

"성님은 나중에 유명해지겠슈."

"그럴지두 모르지. 채표를 처음으로 알았고 조선에 알렸던 사람으로 남겠지. 잘 배워두면 나중에 멋지게 써먹을 기회가 있을 거여. 가만히 보니까 채표라는 것은 누구에게나 좋은 일인 것 같더구먼."

"채표는 즐거워서 좋구 거기다가 돈까지 따게 되니깐 더 좋은 것 같아유."

"그것만 있는가, 다른 사람들과 만나구 사귀니까 즐겁구 대산자나 물주가 한턱으로 내는 술과 음식도 있으니까 좋잖은가?"

"꼭 그런 것만은 아녀유. 반대로 돈을 잃구 시무룩한 모습을 못 보셨는가유?"

"그야 따는 사람이 있으면 잃는 사람이 있기 마련이지."

채표란 돈을 좋아하고 놀기를 즐기는 사람들이 하는 것만은 아니지만 중국에서는 남녀노소를 가릴 것 없이 다 참여해서 돈도 벌고 즐기는 놀이다. 채표는 현대적인 의미에서 재산을 증식시키고 재미를 느끼면서 스트레스도 풀 수 있는 증권 투자나 마권, 각종 복권으로 스릴을 느끼며 숫자를 맞추는 일과 똑같은 일이다. 주택 복권이나 로또, 마권, 각종 복권의 시초는 바로 채표가 원조라고 볼 수 있다.

증권 투자나 주택 복권, 경마는 합법적으로 국가에서 장려하고 자본주의 사회에서는 꼭 필요한 제도이지만 시대적인 여건에 의해 채표는 부정적인 면만을 부각시키고 있다. 그런 이유로는 몇 가지가 있는데 자본을 만들고 축적하는 곳에 국가에서 관장하는 거시 경제적인 측면으로 발전시키는 것이 아니라 바로 개인의 부를 위해 노름과 같은 개념으로 생각하는 측면이 강하다.

큰돈을 벌 수 있다는 허망한 생각만 하고 일을 소홀히 했다는 점이고, 집안이 망하는 줄도 모르고 채표에 계속 매달리다가 패가망신하는 경우도 있다. 국가에서 복권 발매를 통한 제도적인 장치로 서민들의 욕구를 적절하게 시행했다면 아마도 우리나라 자본주의 경제는 더욱 발전할 수 있었을 것이다.

제도적인 미비점은 결국 복권으로 흡수되어 전국가적인 경제 발전에 기여할 수 있는 절호의 찬스를 잃어버리고 일부 무식한 군사 정권에 의해 미신 타파와 노름을 없앤다는 사회적인 정의를 실현한다는 명목으로 싹까지 잘라버리는 오류를 범한 것이다.

좀 더 발전적으로 채표를 이해하고 국가경제에 적극적으로 민간 자본을 끌어 모아 경제발전과 공장을 세우고 고용을 늘리며 수출 산업에 활용했다면 역사는 채표를 어떻게 표현할 것인가?

집안이 망하고 돈까지 잃어서 패가망신을 당하는 일이 허다해지자 단속을 하기 시작한 것은 어쩌면 시대적인 여건으로 생각하면 당연할지도 모른다. 아무리 잘 막고 단속을 한다 해도 도둑놈 하나를 순사 열 명이 못 잡는다는 말처럼 일일이 마을에서 은밀하게 하는 채표를 단속하기엔 역부족이다.

쉽사리 없어지지 않는 채표를 일본군들은 방관하고 있다. 일본인들이 중국을 정복하자 그들의 관심을 다른 곳으로 돌릴 수 있는 것이 필요했다. 즉, 채표를 통해서 불만을 해소시키는 것이 좋겠다는 생각에서 모른 척한 것이다. 국가에 관심을 가지는 것보다

놀이를 통해 잊게 하는 것이 더 나은 전략이라고 여겼다.

채표는 증권과 복권, 마권의 시조라고 볼 수 있으며 오랜 시간 동안 발전되는 과정에서 국가가 개입하고 정치적, 경제적인 자본축적을 목적으로 제도적으로 만들어진 것이다. 채표는 진시 황제 시절에 이미 일반에게 전파되어 많은 사람들이 즐겼던 놀이로서 나중에는 전국적으로 유행하는 놀이로 발전하게 된다. 지금도 복권은 채표라고 부르며 이는 국가에서 주관하는 형식으로 운영되는 것을 보면 진나라에서 만리장성을 축조할 목적으로 운영했던 것과 일맥상통한다고 볼 수 있다.

만석은 콩밭을 매고 지게에 지고 온 풀로 여물을 쑤고 있다가 임 통수가 콧노래를 부르며 마을 어귀로 다가오는 것을 보았다. 콧노래 소리가 들리는 것을 보면 타점에 찍혀서 돈을 만질 수 있다는 징표이다. 갑자기 동네 사람들의 시선은 온통 임 통수에게로 쏠린다. 그런 것을 아는 임 통수는 허세까지 부리며 느티나무 밑으로 걸어온다. 나무 밑에 앉아서 쉬고 있던 마을 사람들은 오늘 채표 타점 결과가 궁금하다.

"자, 오래 기다리셨죠. 장춘골 타점장에서 이 마을에 있는 두 분이 뻐꾹 했습니다. 아마 엊저녁에 집집마다 내외간에 한판씩을 하셨는지 물주께서 합동을 내밀더군요."

합동은 물주가 장난을 치거나 입산자 중에서 얼굴이 예쁜 여인에 대한 탐욕이 있거나 어떤 계약이 성립되면 내놓곤 했던 꿈풀이다. 성관계를 맺고 싶거나 여자 측에서 몸을 이용해서라도 돈을 벌고 싶을 정도로 어떤 사정이 있을 경우에 합동이 등장한다.

모아 놓은 재산을 다 탕진하고 빚까지 얻어서 채표를 했으나 그것까지 다 잃게 되자 몸을 이용해서 물주로부터 슬그머니 미리 알아낸 정보를 바탕으로 당첨된 경우도 있었다. 무서운 남편한테 들키면 소박을 맞는다는 두려움에서 어쩔 수 없이 최후의 수단으로 쓴 살보시가 대산질을 물고 오기도 한다. 물론 남편은 전혀 눈치도 채지 못하는 가운데 둘만의 성적인 거래를 통해 받은 대가는 물주로부터 거금을 받아내는 백지수표와 뭐가 다르겠는가.

물론 물주는 살보시를 대접받은 대가로 미리 다음 타점에 개봉을 할 해몽을 은밀하게 한 번 더 요구를 하면서 알려 주거나 타점장에서 둘만이 통하는 암호로 대산이나 애기패를 하도록 도와주기도 한다. 어떤 때는 같이 잔 날을 기억하라고 하거나 우리가 몇 탕을 해야 끝나나라는 식으로 말을 흘리거나 눈을 몇 번을 깜박이는지를 세서 쓰기도 한다. 결국 돈도 벌고 재미도 보면서 남편한테는 칭찬을 받으니 일석삼조가 아닌가.

"이번 타점은 만석씨와 기순이 엄마올시다."

임 통수가 말하자 온통 시선이 이들에게 쏠린다. 임 통수는 장부를 펼치더니 쌈지에서 돈을 꺼내어 통수 몫인 1할을 떼겠다는 말을 한 뒤에 나머지 돈인 27원을 만석에게 건네주고 떠난다. 생전 처음으로 채표를 해서 돈을 벌었던 잊지 못할 날이다. 모여 있던 사람들로부터 부러움도 사고 27원이라는 큰돈을 벌었으니 그날은 영원히 기억에 남을 것이다.

남의 집에서 별의별 눈치, 코치를 다 보면서 머슴으로 1년을 일해야만 겨우 만질 수 있는 큰돈을 단 한 번에 벌다니 이게 바로 대산이고 꿈이다. 큰 힘을 들이지 않고 그렇게 많은 돈을 순식간에 손에 쥔다는 것은 놀랍고 재미있는 일이다. 그 광경을 보고 있던 용호는 부럽다는 생각이 든다.

"자, 다음 채표 일은 초이튿날에 있을 겁니다. 그동안 좋은 꿈을 많이들 꾸셔서 이 마을에서 대작을 많이들 하시구려."

임 통수가 광을 치고 있다. 광을 친다는 의미는 바로 선전이나 광고를 매우 강하게 한다는 표현이다. 오야(물주)가 광을 치는 이유는 채표를 널리 알리는 데 그 목적이 있으며 돈줄을 쥐고 자본금을 대주는 물주 입장에서는 한 사람이라도 더 참가를 해야만 그만큼 이득이 생길 수 있어서 통수들을 동원해서 각 마을에 집중적인 선전을 하게 된다. 오늘날에는 복권이나 마권을 신문이나 언론 매체, 때로는 치어리더를 이용하여 선전하는 것과 같다. 선전을 목적으로 여러 사람들 앞에서 큰소리로 당첨된 사실을 알리기도 한다. 그렇게 하면 소리를 듣거나 분위기를 보고 사람들이 몰려오고 입에서 입을 통해 전해지는 선전 효과야말로 가장 경제적이고 강력한 광고 수단이다.

채표 타점장에는 몰려드는 사람들이 많아야만 재미도 있고 함께 따라 다니는 장수꾼들도 물건을 많이 팔 수 있어 좋을 뿐만 아니라 통수는 구전을 더 얻어먹을 수 있어 다 좋은 일이다. 광을 칠 때는 징을 치거나 아쟁을 켜면서 마을 입구부터 흥을 돋우며 요란하게 들어온다. 그렇지 않아도 눈만 뜨면 누가 채표에서 어떤 꿈에 얼마를 걸어서 얼마를 벌었다는 소문은 돌고 있기 때문에 모든 사람들의 마음을 사로잡을 수밖에 없고 관심이 채표로 쏠리고 있다.

 또한 경제적인 욕구를 충족시켜 줄 수 있는 대안이 없던 시대적인 상황을 한꺼번에 뛰어넘을 수 있는 채표는 빈부나 남녀노소에 관계없이 그저 꿈 하나만으로도 하루아침에 갑부가 될 수 있으니 그 누가 기를 쓰고 달려들지 않겠는가.

 돈을 쉽게 벌어서 가난을 벗어나고 싶은 욕망에다 외세인 일본의 억압과 압제로부터 잠시나마 벗어나고 싶은 서민들의 한을 달래주는 유일한 돌파구라는 점도 작용하고 있다. 누구나 쉽게 할 수 있다는 장점에다 단지 적은 용돈 정도로도 참가할 수 있다는 점이 매력으로 작용하고 있다.

 여기에 무슨 특별한 장소나 별난 절차가 있는 것도 아닌 타점 모습은 간단하면서도 생략된 절차와 겉치레가 생략된 상태에서 타점을 찍는다는 점이 인기를 끄는 이유 중 하나다. 채표는 특히 할 일이 별로 없는 겨울이면 더욱 열기가 뜨겁게 된다.

 겨울이면 화롯불에 앉아 꿈 이야기로 꽃을 피우기도 하고 아침이면 어느 집이나 식구들끼리 모여 앉아 밥상에서 나누는 이야기 화제는 바로 어떤 꿈을 꾸었는지를 묻는 일로 하루가 시작되고 있으니 꿈이 돈이라는 공식이 서서히 자리를 잡고 있다. 어느 집에서나 돈을 벌기 위한 꿈을 꾸며 꿈에 사로잡혀 있는 듯하다. 채표가 심할 때는 저녁밥을 먹을 시간이지만 굴뚝에서 연기가 나지 않을 정도로 채표에 **빠**져 있을 정도로 일상적인 일보다는 오직 돈을 벌기 위한 꿈 파는 일에 쏠리고 있는 추세이다.

화물선을 타고

여름 내내 땀을 흘리며 거름을 주며 농사일에 매달렸던 덕분에 벼를 수확하고 있다. 올해는 비가 자주 내리고 병충해도 별로 없어 벼농사는 괜찮은 편이다. 매일 타작을 하느라 바쁘게 움직이고 있고 일꾼으로 새경을 받고 살아가는 만석에게는 풍년이 들어야만 기분이 좋고 고국으로 돌아갈 노자 돈이 생기기 때문이다.

갖은 수단과 방법을 동원하여 피땀 흘려 수확한 쌀을 애국미라는 이름으로 일본으로 수탈해 가는 모습은 중국이나 조선이나 마찬가지다. 강제로 헌납 내지는 세금으로 착취해 가는 애국미는 전쟁을 위한 보급물자로 쓰이고 있다. 올해도 어쩔 수 없이 백 가마 정도를 헌납미라는 명목으로 공출을 위해 구루마에 싣는다. 이쪽에는 논농사보다는 밭농사가 잘되는 곳이다.

기다려 온 시간이 다 된다는 기분은 마치 어린아이가 엄마 품에 안기는 듯하다. 겨울이 오는 길목에 들어서자 이제는 이곳을 떠나 고향으로 돌아갈 시간이 되었음을 알려 주는 듯이 남쪽으로 날아가는 철새들의 울음소리에 밤잠을 설치기도 한다.

만석은 왕 서방과의 약속대로 새경을 받으면 꿈에 그리던 고향으로 돌아가기 위해 주어진 일에 최선을 다하고 있지만 새경이 문제로 대두되고 있다. 공출이 많아진 탓에 과연 약속된 새경을 받을 수 있는지 불안하기만 하다. 그래도 집으로 갈 수 있다는 희망의 돛대는 올려졌고 귀향을 위한 배는 출항을 기다리고 있다. 험난한 폭풍과 파도가 그들을 기다리고 있어도 배는 떠나 목적지인 고향에 반드시 도착하여 사랑하는 부모 형제와 사랑하는 영순이를 만나고 싶은 생각뿐이다.

어쩔 수 없이 떠나야만 했던 객지 생활은 너무도 힘들고 어려운 일로서 고달프고 희망이 없는 나날이다. 아까운 청춘은 점점 흘러가고 있지만 정든 고향을 그리며 어렵게 보낸 지난 세월이 너무도 아쉽고 답답한 어둠의 시간이었다. 과연 지금은 누구를 붙들고 하소연하며 살아야 하는지 알 수가 없다. 참으로 어렵고 힘든 세상에서 뜻도 펴 보지 못한 채 그저 목숨을 유지하는데 급급했던 지난 세월이었으나 이제는 어쩌면 어둡고 긴 터널을 빠져 나오고 싶을 뿐이다.

그저 무거운 침묵만이 그를 사로잡고 있다. 봄이 되면 그들은 푸송을 떠나 고향으로 가기로 작정하고 있다. 과연 그들이 머슴으로 일한 새경이 얼마나 될지 모르지만 믿는 것은 그것뿐이다.

"성님! 이번 겨울만 지내구 봄이 오면 그리운 고향 땅을 밟아 볼 수 있겠네유."

"그렇게 되어야지. 우리가 어떻게 보냈는데 틀림없이 그리 될 거구먼."

"무엇을 타고 갈 거유? 전 기차를 타구 신의주로 가서 배로 갈아타면 좋을 것 같구먼유."

"시간은 충분허니께 많이 알아봐서 가장 안전하고 빠른 길을 택허자구."

"그람, 잘 알아보구 성님이 정허세유."

떠날 시간이 점점 다가오자 준비할 것들이 많아지는 것은 그만큼 마음이 급해졌다는 것으로 마을 사람들로부터 어느 길이 가장 안전한지를 물으며 준비를 하나씩 해 나가고 있다. 도중에 어떤 돌발적인 사건이 일어나거나 사정이 여의치 않으면 가는 길을 바꾸기 위해서라도 여러 가지 방안을 세우기 위해 치밀한 계획을 세워 놓고 있다. 기차를 타고 훈장을 지나 만포에 도착하면 트럭으로 갈아타고 초산과 삭주를 지나 의주와 신의주에 도착한 다음, 용암포로 들어가 그곳에서 배를 갈아타고 장항에 도착하여 고향으로 돌아간다는 일정표를 나름대로 잡아 놓고 있다.

조선에서 기차를 타고 서울로 가는 것은 자살 행위나 마찬가지라는 생각이 드는 것은 너무도 철저한 검문과 수색이 무섭고 될 수 있으면 일본 군인의 눈을 피하는 것이 상책이다. 배를 타고 장항에 도착하여 부두 노동자로 위장을 하면 검문도 피할 수 있고 다른 사람들로부터 의심도 받지 않을 것이라는 판단이 선다. 장항에는 금을 제련하는 곳이라서 용암포에서 수시로 배가 드나드는 곳으로 호남평야에서 생산되는 쌀을 중국과 북만주 지역으로 수송하는 배가 자주 드나드는 곳으로 어수선하다. 이런 점을 최대한 이용하여 탈출을 하면 가장 안전하게 할 수 있다.

헌납미와 애국미라는 명목으로 공출되는 쌀은 일본 본토인이나 전쟁 중인 일본 군인에게 공급되고 만주에서 생산되는 콩이나 옥수수 가루를 대신 주는 정책으로 쌀을 착취하고 있다. 전쟁이 끝날 무렵에는 그것도 부족하여 콩과 깨의 기름을 다 짜낸 찌꺼기만 배급을 주는 인간 이하의 잔악성을 보여주기도 한다. 항상 군산항과 목포항에는 전라도 곡창 지역에서 걷어 들인 질 좋은 쌀이 산처럼 쌓여 있다.

북쪽 지역과는 달리 이것은 남쪽 지방답게 불어오는 봄바람을 느낄 수 있을 정도로 낮에는 온화한 날씨가 계속되고 있다. 눈은 아직도 산을 덮고 있고 모든 생물이 얼어붙은 땅속에서 깊은 겨울잠을 자는 것 같지만 자연의 변화는 어김없이 이곳에도 찾아오고 있다. 눈이 부시도록 아름답고 깨끗한 하얀 눈 위를 걸으며 지난 추억과 길고 긴 세월처럼 느껴지는 1년을 회상하고 있다.

산으로 나무를 하러 갔던 용호는 올가미를 살펴보고 있다. 올가미는 철사를 둥글게 만들어 토끼가 잘 다니는 길목에 설치하여 놓고 그 통로만 다닐 수 있도록 만들어 토끼가 그 길을 따라 가면 목이 걸리게 하여 잡는 사냥법이다. 아침이면 엊저녁에 걸린 토끼 몇 마리를 어깨에 걸치고 내려와 찌개나 구이를 해 먹기도 한다. 때로는 올가미를 굵은 철사로 만들어 놓으면 노루가 잡히는 경우도 있으며 온통 밤새 나무에 매달린 채 실랑이를 벌인 자국이 남기도 한다. 밤새 나뭇가지가 벗겨질 정도로 처절한 사투를 벌이다가 상처를 입고 도망을 치거나 그대로 죽어 있기도 한다.

개를 풀어서 노루를 사냥할 때면 도망치던 노루는 지치고 힘이 빠져 그 자리에 폭 꼬꾸라지면 먼저 노루를 발견한 사람이 칼로 노루의 목을 찔러서 빨대를 대고 피를 빨아먹기도 한다. 사람같이 잔인하고 냉혹한 동물은 없을 거라는 생각이 들지만 겨울이면 올가미로 산토끼를 잡는 짜릿한 맛은 잊을 수가 없다.

네 마리 토끼를 어깨에 메고 내려오면서 산 아래에 있는 작은 마을을 내려다본다. 온통 설국으로 변한 동네의 한가로운 풍경이 너무도 아름답게 보이는 것을 보자 갑자기 고향에 가고 싶고 그리운 사람들의 모습이 눈에 아른거리며 가슴이 찡한 그 무엇이 느껴진다. 용호는 저 눈이 녹고 산에 진달래가 피면 나도 고향으로 갈 수 있다는 다짐을 하면서 내려온다.

다음 날은 명절 때 쓸 나무를 하기 위해 높은 산으로 올라가 마른나무 가지만을 모아

한 짐을 만들어야만 한다. 마른 나무는 불을 지필 때 연기가 잘 나지 않아 요리를 할 때에 유용하게 쓰인다.

"어디서들 그렇게 좋은 나무와 토끼를 잡았나요? 올가미로 잡는 것을 보면 재주가 좋은가 봐요. 장가가면 마누라는 좋겠소이다."

"토끼 고기를 많이 먹으면 딸을 낳는다고 하던데 그 말이 진짠가?"

"결혼하면 토끼 고기를 먹지 말아야겠구먼."

"색시가 누구일지는 모르지만 그 여자는 복도 많겠수다. 일도 잘 하고 마음씨 좋고 화끈한 남잔데. 얼마나 좋겠슈. 내가 처녀라면 얼른 시집가겠소."

온통 음식을 준비하는 마당은 웃음바다로 변한다.

"장가갈 생각은 꿈에두 생각허지두 않는구먼유. 설사 장가를 가더라두 고향에 계신 부모님이 정해 주신 여자와 결혼할 거구먼유."

용호는 나무를 내려놓고 마루에 걸터앉아 물을 마신다. 물론 총각이라는 사실 때문에 거기에 있는 처녀와 결혼을 시키려는 혼담이 몇 번이나 있었으나 자신감이 없고 고향에 계신 부모님을 생각하여 거절을 한다. 이곳에 와서 여자를 안다는 것이 왠지 부담스럽고 아직은 결혼을 하고 싶은 기분이 아니다. 생활 방식도 다르고 타국 여자와 결혼한다는 것이 죄를 짓는 일이라고 생각한다.

하지만 만석은 생각이 다르다. 자신의 처지를 생각할 때마다 어쩔 수 없을 경우가 아니라면 이곳에서 결혼할 생각도 있지만 그래도 귀국을 해서 영순과 결혼하고 싶다. 지금 만석은 한 동네에 살고 있는 처녀와 연애에 빠져 있다. 언제 떠날지도 모르는 처지지만 이런 객지에서도 여전히 타고난 끼를 발휘하고 있다. 누구나 객지 생활을 하다보면 점점 외롭고 쓸쓸할 때면 가장 필요한 존재는 바로 옆구리를 채워 줄 수 있는 짝이다. 한 달 전부터 눈을 피해 가면서 외딴 집이나 산속에서 뜨거운 사랑의 깊은 정을 나누며 새로운 여인에 대한 사랑으로 위안을 삼고 있다. 그 여인을 만난 것도 특별한 인연이 펼쳐지면서 새로운 애인을 동시에 만나게 된다.

어떤 노인이 몹시 배가 아프다는 연락을 받고 달려간 적이 있는데 위경련으로 몹시 통증을 느껴 방안을 뒹굴며 신음 소리를 내고 있다. 할아버지로부터 침을 배웠던 그는 침을 꺼내 위경에 있는 내정이라는 발가락 사이에 침을 놓자마자 긴 한숨을 쉬며 노인의 위경련은 진정이 되고 그런 인연으로 사귀게 된다.

침을 놓고 만석은 목이 마르다는 핑계로 옆에 있는 딸에게 물을 달라고 한다. 물론 너무 예쁜 그녀를 보는 순간 가슴이 뛰고 이상하게 끌리는 마음이 생기고 말았다. 이상한 감정이 생기자 부엌에서 갖고 온 물그릇을 잡는 척하며 링장의 손을 잡는다. 수줍음을 많이 타는 링장은 아무 말을 못하고 고개를 숙인 채 있는 모습이 더욱 아름답고 여인의 몸에서 풍겨 나오는 냄새를 맡으며 둘은 마음이 통하고 만다. 때로는 치료를 위해 링장의 집에 가면 밥도 얻어먹고 이런저런 이야기를 하면서 시간을 보내기도 한다. 다시 시작한 사랑이지만 너무도 뜨겁고 달콤한 그들만의 깊은 사랑은 타오르는 석양처럼 붉어지고 있다.

오늘도 링장과 함께 앞산으로 올라갈 생각으로 집 근처에서 기다리고 있다. 사실 나무와 약초 채취를 핑계로 목마른 사슴처럼 물을 찾아 산속으로 가는 길이다. 링장은 앓고 있는 아버지를 대신해서 나무를 해주는 만석에 대해 고마운 마음을 갖고 있다. 그녀가 손수 만든 만두를 들고 산에 오르면서 이런저런 이야기를 한다. 내년 초에 고향으로 돌아가야 된다는 말을 하자 그녀는 매우 슬픈 표정을 짓는다.

"내가 가더라두 걱정하지 말구 참아야 혀."

그 말을 듣고 있던 링장은 먼 산만 쳐다볼 뿐이다.

"당신이 여기에 계속 머물면서 나와 함께 살았으면 좋겠어요. 당신이 없으면 어떡해요."

"아주 가는 것이 아니구먼. 걱정하지 말구 조금만 기다려 주면 찾으러 올 거구먼. 그때 우리 고향으로 가든지 아니면 이곳에서 당신과 같이 살면 좋겠어."

"어떻게 그 말을 믿으란 말이에요."

"사정이 급해서 고향에 잠깐 갔다 와야 하는구먼."

낮은 구름이 깔리기 시작하고 바람이 점점 세게 불면서 눈발이 휘날리기 시작한다. 목적지에 도착하여 지게를 땅에 놓고 주변을 두리번거리며 살펴보자 아무런 인기척도 들리지 않고 이따금 바람이 만들어내는 솔잎 소리만 들릴 뿐이다.

골짜기는 눈발이 약간씩 날기 시작하자 눈을 피해 바위 밑으로 들어간다. 그 안은 밖에서 보기보다는 상당히 포근하고 넓은 편이다. 소나무 잎이 깔려 있는 것을 보니 어떤 동물들이 잠을 자는 곳인 것 같다.

우선 눈을 피한 다음에 나무를 하는 것이 필요하다고 생각하고 잠시 앉아 있다. 사랑하는 사람 사이에는 아무리 비좁고 불편하더라도 전혀 비좁다고 생각하지 않는 것은 오직 둘만이 만들어주는 분위기와 사랑의 열기가 모든 것을 이기게 해주기 때문이다. 뜨거운 사랑은 추위를 녹일 수도 있고 어떤 악조건도 극복할 수 있는 위대한 힘이 있다.

어느새 둘은 약속이나 한 듯이 끌어안으며 바위 밑은 사랑의 열기로 가득하다. 비록 시집은 가지 않았지만 이미 남자의 깊은 성적인 느낌을 알고 있는 탓에 육체적인 접촉은 그들을 뜨겁게 만들기에 충분하다.

몸을 떨고 있는 링장을 따뜻하게 하기 위해 웃옷을 벗어서 밑에 깔아 주자 링장은 마치 뜨거운 온돌방에 앉은 것처럼 훈훈함을 느낀다. 마치 뭔가에 홀린 듯 몽롱한 기분은 다음 단계로 자연스럽게 넘어가고 있으니 사랑이 건네주는 숨어 있는 이별의 두려움을 잠시 잊게 해준다. 어렵거나 힘이 들 때 옆에만 있어도 좋은 사람으로 때로는 그저 바라보기만 해도 힘이 되는 그런 사람으로 영원히 함께 하고 싶지만 이별이라는 두려움도 함께 엄습하고 있으니.

하지만 이제는 어쩔 수 없이 사랑하는 남자를 떠나보내야만 하는 찢어지는 감정을 도저히 참을 수가 없어 눈가에는 눈물이 흐르고 있다.

'이렇게 사랑이 지나간 뒤에 남기고 가는 아픔이 크고 깊다면 차라리 그런 남자를 보지 말았어야 했었는데..' 라는 후회스러운 마음이 마음속 깊은 곳에서부터 솟아오르고 있다. 이미 남자의 마음을 돌릴 수 없다는 것을 잘 알고 있는 그녀로서는 붙잡을 수 없는 자신의 처지가 안타까울 뿐이다. 만석은 세월이 흐르고 마음이 정리된 뒤에 반드시 이곳을 찾아 그녀에게 어떤 대가를 해주고 싶다. 그것이 물질이든 아니면 결혼이라는 모험이든 오직 세월만이 알려 줄 수 있다고 믿는다.

링장은 사랑하는 사람이 없는 세상이라는 생각을 하자 차라리 죽어 버리고 싶을 뿐이다. 좌절과 낙망의 먹구름이 뇌리를 뒤덮고 있지만 한 남자를 통해서 진정한 사랑을 배웠다. 결혼을 생각하지 않고 사랑한 그 사람에 대한 어떤 후회나 원망도 결코 하지 않기로 결심한다. 아버지를 일찍 여의고 어머니의 품에서 어렵게 자란 그녀에게 만석은 어둠을 몰아내는 하나의 빛으로서 다가온 대상이다. 이 세상에서 진정으로 사랑하는 남자의 품보다 넓고 따뜻하고 평안함을 느낄 수 있는 곳은 없다는 듯이 파고들며 태초에 아담의 갈비뼈에서 사랑하는 뼈 중에 뼈인 이브가 된 기분이다.

링장은 가슴이 떨리고 긴장되고 있다는 것을 알고 있지만 이렇게 좋은 사람의 품을 떠나고 싶지 않다. 언젠가 예견은 했어도 막상 닥친 이별은 너무도 슬프지만 모든 것을 체념하며 마지막을 함께 보내는 그들에겐 그칠 줄 모르는 사랑의 열정이 춥다는 느낌조차 없게 만든다.

차가운 북풍은 잠잠해지고 골짜기는 따스한 햇살이 비취기 시작한다. 뜨거운 정열과 하나가 되고 싶다는 갈망만이 골짜기를 메우고 있다. 고개를 숙이고 있던 링장은 만석의 얼굴을 바라보며 깊은 입맞춤을 한다. 뭔가를 계속 애타게 찾는 입술이 마주치며 달고 향긋한 꿀을 먹듯이 한없이 빨기 시작한다.

여자는 남자에 의해 만들어지는 예술품이라는 말도 있지만 만석으로부터 훈련된 링장은 이미 결혼 생활을 오래 한 여인처럼 뜨겁게 열정적으로 즐기는 곳까지 도달한다. 손이 가는 곳마다 그녀는 전기에 감전이 된 듯이 몸을 이리 저리로 움직이며 묘한 신음 소리를 발산하며 한 자락씩 풀어지는 윗도리는 마치 답답하고 귀찮은 억압과 격식을 모두 떨쳐 버리고 싶다는 듯이 어서 벗었으면 하는 몸짓이다.

여자란 몸을 숨기거나 옷으로 가릴 때 그것을 보려는 남자들의 눈에 의해 값어치가 높아진다. 양다리에 힘을 주던 그녀는 갑자기 힘이 빠진 것처럼 풀어지며 모든 것을 맡기고 받아들인다는 자세로 가만히 기다리는 그녀로 만들고 만다. 여자란 세 명 정도의 남자 체중을 견딘다는 말처럼 오늘따라 묵직한 체중을 전혀 느끼지 못하는 것은 너무도 간절함 때문일까.

평소에는 숨이 막힐 정도로 답답하다고 말을 했을 것이지만 오히려 포근하고 따뜻한 이불처럼 느껴지는 것은 사랑의 힘이다. 아무런 격식이나 모든 것을 다 떨쳐 버린 사람처럼 그들은 깊게 뼛속까지 저려 오는 뜨거움과 즐거움을 만끽하며 바위가 깨지고 무너질 듯한 격렬한 몸놀림이 계속되고 있다.

춤거나 바위라는 것도 잊은 채 아담과 이브의 원래 모습으로 되돌아간다. 온몸은 경련이 일어나고 부들부들 떨 때마다 '아!'라는 소리로 응답하는 가운데 한 시간이 지나가고 만다. 오직 두 남녀가 만드는 자연적인 소리로 가득한 골짜기는 둥실둥실 떠다니는 구름 위를 다니는 듯한 기분으로 숨을 멈춰 버린 링장은 눈을 감고 그대로 누워 있다. 뜨거움이 넘치고 숨이 가쁜 동작은 용솟음치는 마그마같이 온몸을 감싼다. 그것은 성에 대한 기쁨과 환희를 느끼는 것으로 축 늘어진 다리는 하늘과 땅이 이렇게 하나라는 것을 보여주는 시간이다.

원초적이고 가장 아름다운 행위를 마치자 하늘을 보며 미래에 대한 현실을 생각하며 뜨거운 입맞춤으로 대답을 대신한다.

"만석 씨! 진짜 조선으로 돌아가야 되는 거야? 두고 가면 나는 어떡해?"

링장이 흐느낀다. 만석은 그녀를 더욱 강하게 끌어안는다.

"링장도 알다시피 고향에는 부모님과 친척들이 날 눈이 빠지도록 기다리고 있구먼. 자식된 도리로서 안가면 불효자식이 될 거구먼. 만약 돌아가지 않는다면 집에서는 죽었거나 큰일이라도 났을 거라고 생각할 거여. 거기다 지난번 아버님 회갑 때두 이곳에 있는 바람에 가보지도 못 했잖어. 링장은 집을 떠나 객지에서 오랫동안 살아 본 적이 없어서 내 맘을 모를 거구먼. 그것두 강제적으로 말여. 객지 생활을 하다 보면 날이면 날마다 부모님 얼굴만 눈에 선하지. 얼른 고향으로 돌아갔다가 다시 내가 이곳으로 돌아올 테니까 조금만 기다리라구."

"그럼, 가셨다가 정말로 이곳으로 돌아올 거예요?"

"지금은 사정이 여의지 않아서 뭐라고 말할 수 없지만 일이 잘되면 반드시 당신을 찾아오리다. 그때가 되면 일본 놈들은 물러가구 떳떳하게 찾아올 수 있을 거구먼."

"그럼, 그 말만 믿고 기다릴게요."

링장의 흐느끼는 눈가엔 눈물이 흐른다.

나무를 지고 돌아온 시간은 오후 늦을 무렵이었다. 집에 있던 용호는 만석을 보자 왕서방이 지금 찾고 있다는 말을 전달한다.

"그려, 언제부터 찾았는디? 아침나절에 나무하러 산에 간 것을 알구 계실텐디. 혹시 무슨 일이래두 있었나?"

"같이 꼭 오라구 한 것을 보면 아마 우리와 약조한 것에 대해 상의허자구 허시는 눈치구먼유."

"글쎄, 그런 일이라면 좋지. 이젠 돌아가야 할 때가 되었지. 벌써 봄이 다 왔는데 일 년이 다 지나갔구먼."

"바로 돌아가기로 작정하셨슈? 빠르면 빠를수록 좋겠구먼유."

"지금 찾아뵙는 것이 어떻겠는가? 찾아 뵙구서 새경을 돈으로 달라구 하지. 고향 가는데 쓰자구. 객지에서 돈 떨어지구 배고프면 거지나 다름없지."

"지금 안방에 계시니까 가서 뵙도록 헙시다유."

자리에서 일어나 그날을 생각한다. 지난번 봄이 되면 그 마을을 떠나기로 약속을 했지만 왕 서방은 그들을 좀 더 붙들고 싶다. 사정을 봐주려는 마음에서 시작한 일이지만 일도 잘 하고 뭔가 끌리는 곳이 있기도 하여 새경을 주며 보호자 노릇을 자청한 것이다. 과거에 겪었던 도망 생활을 잘 알고 있는 그로선 더 이상 붙잡는 것이 왠지 부담이 된다고 생각하여 그들을 무사히 고향 땅으로 돌려보내기로 마음을 먹는다.

안방이 있는 곳으로 가자 신발이 보이는 것으로 봐서는 방 안에 있는 것 같다. 헛기침을 한 뒤에 "왕 주인님! 저희들이 왔구먼유"라고 알린다. 방문이 열리자 담배를 문 왕 서방이 들어오라는 손짓을 한다.

"뭣 하고 있나. 어서 방으로 들어오게나. 기다리고 있었네."

방 안으로 들어가 보니 채표를 하다가 그만둔 종이들과 일진 상충도 등이 보인다.

"나무 하러 가는 바람에 집에 없었구먼유. 그래서 일찍 찾아뵙지 못했슈"

"그랬구먼."

"특별히 하실 말씀이라두."

"이제 완연한 봄이구먼. 벌써 우리 집에서 일한 지가 일 년이 넘었지? 처음 올 때 약조한 것을 기억하고 있지?"

"예, 일 년만 있다가 고향으로 간다구 그랬구먼유."

"바로 오늘이 그날이지. 고향에 계신 부모님 곁으로 돌아가야지. 객지에 있으면 고생만 하고 남는 게 뭐가 있겠나? 열흘 후에 새경을 줄 테니까 고향으로 돌아가게. 새경은 30원을 주겠네."

"고맙구먼유. 여러 모로 은혜를 많이 입어서 평생 잊지 않겠습니다유."

그들은 큰절을 올린다. 왕 서방은 옷이나 사 입으라면서 2원을 더 주자 고개를 숙이며 감사를 표시한다. 참으로 낯설고 힘든 이국땅에서 왕 서방을 알게 된 것은 다행이다.

곧바로 시장으로 가 중국인으로 가장하기 위해 옷을 사서 가방에 넣는다. 그리고 고향에 가는 데 필요한 여러 가지 물건을 산 뒤에 먹고 싶은 음식을 사 먹는다. 조선에서 보지 못했던 물건들이 시장에 많이 있는 것을 보고 놀라며 일찍 나라를 개방한 나라의 발전상을 한눈에 볼 수 있다. 중국인 복장을 하고 중국말까지 쓰고 다니며 중국인 행세를 해도 전혀 의심을 하지 않는다.

겨우 일 년이라는 시간이 마치 몇 십 년이나 되는 기나긴 시간처럼 느껴지는 것은 그만큼 힘들고 어려웠다는 것을 말하는 것이다. 그런 가운데 만석의 관심은 왕 서방이 그리도 빠져 있던 채표라는 곳에 있다. 어떻게 하면 저 채표를 가지고 가서 왕 서방처럼 멋진 인생을 보낼 수 있을 지 나름대로 많은 생각을 하면서 기회를 엿보고 있다.

한참을 기다리다가 만석은 왕 서방이 집에 없다는 것을 알고 방 안으로 들어가 여기저기를 살펴보니 그토록 갖고 싶어 했던 채표에 쓰이는 통표와 일진상충도, 등. 배짝이 상자 위에 여러 장이 보인다. 한 장 정도는 없다 해도 눈치를 채지 못할 것으로 생각하고 종이를 들고 밖으로 나간다. 방으로 들어와 가방 속에 집어넣고 아무 일도 없다는 듯이 가방을 정리하고 있다.

그날 저녁 닭과 술을 대접하며 그간의 노고를 위로하고 고향으로 잘 돌아가라는 이야기를 하며 깊은 밤을 보내고 있다.

드디어 떠나는 아침이 되자 그들은 왕 서방으로부터 새경을 받아들고 정들었던 이국땅을 떠나는 날이다. 마을 사람들이 배웅하며 아쉬워하는 가운데 링장은 보이지 않는 곳에서 울며 손을 흔든다. 사랑하는 사람이 떠나가는 모습을 멀리서 보는 것처럼 슬픈 일은 없다. 태어나 처음으로 남자를 알게 해 주었던 그가 영원히 떠나가는 모습을 남몰래 나무에 기대어 바라보는 자신이 그저 답답하기만 하다.

하필 이방인을 사랑하게 된 것이 그렇게 큰 고통을 받을 줄은 미처 몰랐다. 이루지 못할 사랑이라면 차라리 헤어지는 게 더 낫겠다는 생각까지 했으나 사랑이라는 것은 언제나 생각처럼 되지 않는다. 왜 이토록 가슴이 뭉클한지 그저 희미한 한 점으로 사라질 때까지 뒷모습을 바라보며 흐느끼며 길모퉁이를 지나 큰 신작로로 들어설 때까지 멀리서 바라보고 있다.

길가에는 아직도 흰 눈이 보이지만 따스한 봄이 왔다는 것을 여기저기에서 느낄 수 있다. 차갑던 바람도 온기를 담고 있고 푸릇푸릇한 새싹들도 여기 저기 보이고 있다. 봄기운을 맞으며 힘차게 신작로를 걸으며 이곳을 지나가는 트럭이 없는지를 살피고 있다. 너무 먼 길이기 때문에 지나가는 목재 운반 트럭이 유일한 교통수단이다.

길가에는 높게 뻗은 미루나무들이 줄을 지어 있다. 한참 걷다 보니 발이 아프고 힘이 들어 길가에 앉아 휴식을 취하고 있다.

"성님, 이러다간 계속 걷기만 하는 게 아니유? 아무리 살펴봐두 트럭이 안 보이네유."

"글쎄, 신작로가 넓구 좋아서 차들이 자주 다닌다는 말을 들었는디, 이상허네."

흙먼지를 일으키며 달려오는 트럭 한 대가 그들의 시야에 보인다. 손을 흔들며 차를 세워달라고 하자 벌목장에서 부식을 운반하는 트럭이 멈춘다. 벌목장에서 필요한 식량과 생활필수품과 편지를 운반하거나 심부름까지 해주는 차이다.

"당신들 어디까지 가는 길이오?"

운전사가 고개를 내밀고 묻는다.

"기차를 타려구 푸송까지 가는 길이구먼유. 좀 태워 주시면 고맙겠구먼유."

운전사는 옆에 있던 조수에게 뒤 칸에 태우라고 손짓을 한다.

"훈장까지 타고 싶으면 타시구려."

"태워 주셔서 고맙구먼유."

"그런데 어디를 가시는 길인가요?"

"저희들은 신의주에 일이 있어서 가는 길이구먼유."

조수가 가리키는 트럭 뒤 칸에 타자 반찬과 다른 물건들로 실려 있다. 참기 어려운 냄새가 코를 찌르지만 꾹 참는 수밖에 없다. 훈장까지 공짜로 타고 가면 차비도 벌고 시간도 아낄 수 있어서 일거이득이 아닌가.

트럭이 움푹 들어간 곳을 지날 때마다 덜컹덜컹하는 소리가 들리면서 몸이 허공에 떴다 내려가곤 한다. 흙먼지는 웅덩이를 지나갈 때마다 안으로 들어오면 손으로 입과 코를 막아야만 한다.

푸송을 지나 달리던 트럭이 갑자기 속력을 내기 시작하자 운전석 옆에 있던 조수는 뒤를 바라보며 트럭을 꽉 붙들고 가라는 말을 하며 손가락으로 차 뒤쪽을 가리킨다. 저쪽 멀리서 말을 타고 오는 한 무리의 사람들이 흙먼지를 일으키며 쫓아오고 있다.

조수는 그들에게 마적대라는 사실을 알려주며 고개를 숙이라고 한다. 고개를 옆으로 돌려서 쫓아오는 사람들을 살펴보니 약 십여 명 정도 되는 마적대들은 장총과 칼을 휘두르며 뭐라고 소리를 지른다. 맨 선두에서 달리는 사람이 뭐라고 지껄이며 손에 들고 있던 총을 높이 쳐들자 뒤를 따르는 대원들은 함성을 지른다.

차는 속력을 내려고 했지만 워낙 울퉁불퉁하고 구부러진 곳이 많아서 빨리 달리지 못한다. 마적대는 말을 타고 다니는 도둑으로서 차나 걸어가는 사람을 털기도 하고 한 마을을 습격하거나 관공서를 쳐들어가 돈과 물건을 빼앗는 무리를 가리킨다. 그들은 짐을 싣고 가는 트럭을 보자 여기까지 뒤를 쫓아온 것이다.

벌목장이나 광산에서 일하는 차는 현금이 가끔 들어 있는 경우가 있어 마적대를 그것을 노리고 있기 때문에 차량에는 습격에 대비하여 무기로서 총과 칼을 갖고 다니는 것이다. 도둑들은 일정한 곳에 머물면서 그곳을 지나가는 사람들을 습격하여 돈과 물건을 약탈하고 가끔 부녀자를 겁탈하기도 한다.

기다리던 도둑에서 움직이며 찾아다니는 도둑으로 변신한 자들이 바로 마적대이다. 이들은 가끔 일본 군인과 접전을 벌이면서 필요한 무기를 빼앗기도 한다. 때로는 일본 군인에게 매수당해 우리나라 독립군의 동태를 알려주고 돈을 받는 일도 있다. 어떤 때는 일본 수색대의 동태나 정보를 독립군에게 알려 주기도 할 정도로 돈이라면 적과 아군을 구별하지 않고 마구잡이식으로 접근하는 그들이 점점 트럭 가까이 접근하고 있다.

지난번에 트럭을 습격하다가 마적 대원 몇 명이 죽고 트럭은 무사히 도망갔던 일이 있은 뒤로는 마적대들이 트럭을 공격하는 수법이 한층 신중해지고 있다. 길이 험하고 구

불구불한 곳에서 매복하고 있다가 차량의 속도가 느려지면 곧바로 공격하는 수법을 사용하기도 한다.

말로만 듣던 마적대를 보자 두려운 생각이 들고 막상 이렇게 직접 당하게 되니 재수가 없다는 생각도 든다. 마적대는 물건과 돈은 빼앗아 가지만 공격만 하지 않으면 죽이지는 않는다는 소문을 자주 들어서 그런지 한편으로는 안심도 된다.

순간적으로 새경과 채표로 벌어들인 돈이 수중에 50원이 있다는 것이 불안하게 만든다. 만약 차를 멈추고 몸을 뒤진다면 어렵게 벌어 놓은 피 같은 이 돈이 없어질 것이라는 생각이 들자 감출 곳을 상상해본다. 문득 똥구멍이라는 생각이 들자 허리에 차고 있던 돈 일부를 손으로 돌돌 말아 똥구멍 속으로 밀어 넣기 시작한다. 여자들이 국경을 넘거나 밀수를 할 때 숨기는 방법으로 가장 은밀한 곳인 음부나 항문 속에 귀금속이나 아편을 숨겨 속이는 경우가 있다는 것을 친구로부터 들었던 기억이 난 것이다. 항문까지는 뒤지지 않을 것이라고 생각하고 있다.

용호는 그저 덜커덩거리는 트럭에 몸이 흔들리지 않으려는 데만 신경을 쓸 뿐이다. 다음에 닥칠 일에 대해서는 조금도 신경을 쓰지 않고 있다. 워낙 돈에 대한 집착이 강한 만석은 순간적인 재치로 어렵게 번 돈을 감춘 것이다.

마적대가 타고 다니는 말이 산길이나 험한 경사지에서는 트럭보다 빨리 달리기 때문인지 마적대 한 사람이 트럭 옆으로 달리면서 총을 허공에 쏘면서 위협을 한다. 운전사는 이미 때가 늦었다는 것을 알아차렸는지 차를 한쪽에 세우자 마적대원들이 차를 에워싼 채 탄 사람들의 몸과 트럭 여기저기를 샅샅이 뒤지기 시작한다.

"이 새끼들 다 죽고 싶나? 우리가 잠깐만 서라고 했으면 서야지. 와 겁쟁이 놈 마냥 36개 줄행랑을 치는 거야? 야, 이 새끼들 뒤져서 이상한 것이 나오면 전부 압수해."

두목의 지시가 떨어지자 총구는 그들을 향한다. 트럭에서 짐을 꺼내어 밖으로 집어던져 짐 하나하나를 뒤지며 돈이나 귀중품을 찾고 있다. 값이 나가거나 특별한 물건에만 관심을 두고 나머지는 집어던진다. 운전석에서 총과 칼이 나오자 운전사와 조수는 사정없이 얻어맞아 쓰러지면서 코에서 피가 흐르기 시작한다. 만약 총으로 교전을 벌였다면 꼼짝없이 다들 죽었을 거라고 생각하자 온몸이 오싹해진다.

여기저기를 뒤졌으나 별다른 것을 찾아내지 못하자 손을 머리에 올리라고 한다. 돈과 귀중한 물건을 찾았으나 별로 소득이 없자 이번에는 몸을 뒤지기 시작한다. 머리에 감싼 목도리부터 시작하여 이를 잡듯이 하나씩 벗기면서 돈을 찾고 있다. 호주머니 있던 담배나 쓸모가 있거나 괜찮은 것은 몽땅 빼앗아 갔다. 뭔가 괘씸한 감정이 있으면 머리를 주먹으로 치기도 한다.

마적대원들은 어디에 뭐가 있다는 것은 다 알고 있다는 듯이 이를 잡듯이 뒤지자 용호 가방 속에 숨겨 두었던 새경 40원을 몽땅 털리고 만다. 만석은 항문에 숨겨 놓은 새경은 건지고 호주머니에 있던 적은 돈만 털리게 된다. 발에 신고 있던 신발과 양말까지 뒤지는 그들의 솜씨는 가히 경지에 다다른 도둑놈들이다. 겨우 몇 분 사이에 트럭과 사람 네 명을 뒤지고 도망치며 돈과 총, 칼, 약간의 식량을 말에 싣고 달아나기 시작한다.

마적대들은 네 명을 나무에 붙들어 놓고 그들이 떠난 뒤에 풀 수 있도록 한 사람의 손은 살짝 묶어 놓는다. 맨 뒤에 말을 타고 쫓아가던 한 명이 손에서 뭔가를 만석에게 집어 던지고 갔다. 만석은 발밑에 떨어진 것을 쳐다보았으나 감히 손으로 줍지 못한다. 만약 그들이 멀리 떠나기 전에 끈을 풀거나 반항하는 기미가 보이면 총으로 쏘기도 하고 심지어는 죽이기도 하는 그들의 속성을 잘 알고 있기 때문이다.

마적대가 뿌연 먼지를 일으키며 시야에서 사라지자 용호는 끈을 풀고서 운전사와 조수를 풀어주자 화가 났는지 발로 차바퀴를 차며 욕을 한다. 불행 중 다행으로 목숨은 건졌지만 일 년 동안 힘들어 모아 놓은 새경을 순식간에 마적대한테 빼앗겼으니 앞이 캄캄할 뿐이다.

너무도 갑자기 당한 일이라서 모두가 멍하니 앉아 있다가 만석은 똥이 마렵다는 핑계를 대고 풀 속으로 들어간다. 잘 나오지도 않는 똥을 누고서 풀잎으로 뒤처리를 한 다음 똥 가운데 있던 돈을 막대기로 집어내어 물가로 가서 씻는다. 아무리 더러운 똥이지만 자신의 몸 안에서 나온 것이고 이 돈이 없다면 앞으로 어떻게 살아갈 것인가를 생각하니 더럽다는 생각이 별로 들지 않는다. 손으로 물기를 털고 옷에 문지른 다음 돈을 신발 밑창 속으로 집어넣고 트럭으로 돌아온다.

그들은 다시 트럭을 타고 장춘으로 향해 달리고 있으나 운전사는 시종 아무 말이 없으나 조수는 마적대에 대한 욕설을 퍼붓는다. 만석은 장춘에 도착하여 운전사에게 고맙다는 인사와 함께 돈 2원을 건네준다. 두 사람은 알려 준 집을 찾아 걸어가고 있으나 돈도 다 떨어지고 중요한 옷과 음식도 빼앗겼으니 난감하기만 하다. 하지만 만석에게는 35원이라는 돈을 가지고 있어서 불행 중 다행이다. 만약 돈이 없거나 모자라면 이곳에서 일을 해서라도 돈을 모아야겠다고 생각한다.

그들은 일단 신의주까지 가기로 결심하고 급히 서두르기 시작한다. 사정이 여의치 않을 경우 두 달만이라도 일을 해서 배 삯을 마련하기로 결정한다. 푸송을 떠날 때 훈장에 친척이 있으니 그 사람을 찾아 사정 얘기를 하면 도움을 받을 거라는 말을 듣고 그 사람이 써준 종이를 들고 그 집을 찾아가는 길이다.

여러 사람에게 물어본 다음 종이 쪽지에 적혀 있는 그 집을 겨우 찾았다. 별로 큰집은 아니었으나 깨끗하고 아담한 집이다. 대문을 두드리자 중년 여자가 나온다.

"어디서 오셨는가요?"

"저희는유. 제갈 방이라는 푸송에 살고 있는 사람한테 소개를 받고 찾아왔구먼유. 주인장이 계시면 좀 만나 뵐 수 있나 해서유."

"잠깐만 기다리세요."

여자가 안으로 들어간다. 잠시 후 그 여자는 머리가 하얀 노인과 함께 대문까지 오자 쪽지를 그 노인에게 건네준다. 노인이 안으로 들어오라고 손짓을 하자 자리에 앉아 그간의 사정 얘기를 다한다. 다행이 그 노인 집에서 잠시 머물면서 동태를 살피기로 결정한다.

"저희는 신의주까지 가는 길인데유. 혹시 기차를 탈 수 있도록 해주시면 고맙겠네유. 사실은 중국인이 아니구 조선에서 온 사람인데유. 고향으로 몰래 도망가는 길이라서 이렇게 부탁드리는구먼유. 일본 군인들이 길목마다 검문을 심하게 하는 데다 저희는 통행증 같은 것이 없어서 기차표를 구할 수도 없는 입장이구먼유."

"그야, 통행증이 있어야 기차표를 구할 수 있지요. 여기선 화물차를 타고 가는 것이 가장 좋은 방법이지요. 그렇지 않으면 돈이 좀 있어야 하는데."

이 말을 들은 그들은 서로 얼굴만 바라볼 뿐이다. 용호는 무일푼이고 만석은 돈이 있어도 당장 얘기를 할 수가 없는 입장이다. 그렇다고 당장 없다고 하면 일이 쉽게 풀릴 것 같지 않아 그저 알았다고 대답만 한다.

"그럼, 여기서 하루를 머물고 가도록 하시죠. 내가 아는 사람한테 수소문해서 화물차를 탈 수 있도록 주선해 주겠소. 돈은 아마 5원 정도는 필요할 거요. 그 사람이 쉽게 승낙을 할지는 모르지만 한번 해 보도록 할 테니 나가지 말고 기다리도록 하시오."

노인이 밖으로 나가자 만석은 방에서 잠시 동안 쉬면서 생각을 한다.

"성님, 어떻게 하지유? 돈은 마적대한테 몽땅 다 털리구 없다구 할 수도 없잖아유?"

"그야 없다구 허면 부탁했던 일을 주선해 주겠는가? 일단 있다구 허구서 준비를 허지 뭐."

"그놈들만 아니었다면 일이 잘 풀렸을 텐데. 원 재수가 없으면 뒤로 넘어져도 코가 깨진다더니만."

"너무 걱정하지 말게. 다 수가 있을 거구먼. 쥐구멍에두 볕들 날이 있다구 허지 않았던가?"

"여러 가지 방법을 다 써서라두 빨리 이곳을 벗어나는 게 좋겠슈. 일이 이 지경까지 왔으니 무슨 뾰쪽한 좋은 수라두 없을까유?"

용호는 답답한 마음으로 한숨을 내쉬고 있다.

"이 사람아! 돈 걱정은 허지 말구 짐이나 잘 챙겨. 그 정도 돈은 금방이라두 만들 수 있네."

"그람, 정말루 묘책이 있단 말인가유?"

"그려, 그냥 기다리기나 하라구. 아무리 답답해두 다 수가 있지. 호랑이한테 물려 가두 정신만 차리면 살 수 있다구 했잖어."

"성님께선 무슨 꿍꿍이래두 있나유?"

"꿍꿍이가 아니구, 마적대 놈들이 몸을 샅샅이 뒤질 때 아찔했지."

"아니 그람, 그때 놀래지 않을 사람이 어디 있겠슈? 입에다 총을 대구 몸을 뒤지는데 똥싸게 겁이 났구먼유."

"궁허면 다 통한다는 말이 있잖은가? 수가 다 있지만 몰라서 못 써먹는 것이지."

"기가 막힌 수를 썼는가유? 성님은 달라두 뭐가 다르다니까유."

역시 돈에는 뛰어난 재주를 갖고 있는 사람이라고 용호는 생각한다. 이제야 눈치를 챈 자신이 부끄럽지만 그런 상황에서 어떻게 돈을 다 뺏기지 않고 어느 곳에 숨겼는지 궁금하다. 마적대들이 돈을 다 뺏고 부대에 넣을 때 한 마적 대원이 만석을 보고 '너는 왜 돈이 이 그것밖에 없어?' 라고 했던 말이 문득 생각난다.

"아니 그람, 성님은 대체 돈을 어디다 감추셨길래, 귀신같은 마적대한테도 다 털리지도 않았는가유? 무슨 비법이래두 있었는가유. 어쨌든 돈이 성님 손에 놀아나구 따르는 것은 알아줘야 한다니까유."

"그 돈이 어떤 돈인디 그놈들한테 뺏긴단 말이야. 내 피와 땀이 배어있는 한 맺힌 돈이잖어."

"어떻게 마적대를 속이신 거유?"

용호는 호기심 어린 눈으로 만석을 쳐다본다.

"그야, 여기에다 감췄지."

만석이 자신의 똥구멍을 가리킨다. 용호는 처음에는 이해가 가지 않았는지 어리둥절한다.

"바로 여기야, 똥구멍두 모르나?"

"하! 하! 하! 우습네유. 그러니까 놈들이 전혀 눈치를 못 채지유. 기가 막힌 재치였군유." "궁허면 다 통한다구 했잖은가. 이건 여자들이 더 잘 쓰지."

"아, 구멍이 하나 더 있으니까유."

"하! 하! 하!"

"역시 어느 면을 보아두 재주꾼이유. 그렇게 급박한 상황에서두 그런 생각을 했다니 대단허십니다유. 그놈들이 내 돈은 다 가지고 갔지만 성님 돈은 다 가지고 가지 못한 걸로 위로를 받아야겠구먼유."

"똥 구린내가 겁나게 나서 만지기만 해두 머리가 아플 거여. 조선 사람 방귀 냄새야 알아주잖어."

"대체 얼마나 갖고 계신가유? 아무리 똥구멍이 커두 많은 돈이 들어가기가 어려울 텐데."

"자네 내 신발 밑바닥에 있는 돈을 세어 보게나."

용호는 냄새나는 신발을 들고 밑창을 뜯자 새경으로 받은 35원이 있다.

"똥 냄새에다 발바닥 냄새까지 합친 냄새가 지독헙니다유. 옆에 있으면 다 도망가겠슈."

"그래도 이것 봐. 돈보다 좋은 게 어디 있는가? 돈만 있으면 귀신도 부리고 처녀 불알도 살 수 있다는 말을 못 들어 봤어? 자고로 돈은 개처럼 벌어서 정승처럼 쓰라는 말이 있잖어."

"맞어유. 돈이 없다 보니까 무슨 일을 할 수가 있어야지유? 노인장께 한 2원만이래두 미리 줘서 우리 일을 마무리 합시다유. 그래야 일이 슬슬 잘 풀릴 것 같네유."

앞일에 대해 이것저것을 상의하는 사이에 밖에 나갔던 노인이 방으로 들어온다. 간이 철도역에서 근무한 적이 있던 노인으로서 친척한테 부탁을 하러 갔다.

"노인장님! 이제야 오시는구먼유."

"일이 잘될 것 같소. 돈이 있으면 반만이라도 미리 선금으로 달라고 하네요. 그 사람이 내 사촌 동생뻘인데 상사한테 얼마를 줘야 될 것 같소. 우선 3원만 있으면 화물차에 탈 수 있도록 약조를 맺고 오겠소."

미리 준비한 돈 8원을 주며 3원은 노인의 봉사료이고 나머지 5원을 기관사에게 주라고 한다.

"여기 8원이 있구먼유. 3원은 어르신네께 드리는 돈이구, 3원은 기관사에게 전달해 주시면 좋겠네유."

노인은 고맙다는 말을 연거푸 하면서 그 돈을 받는다.

"그럼, 얼른 다녀오리다. 이것만 주면 아마 모래 정도면 화물차를 탈 수 있을 거요."

"잘 다녀오세유. 저희는 여기서 계속 기다릴게유."

"위험하니까 밖에 나가지 말고 방에 있으세요. 금방 갔다 오리다."

"그 돈이 어디서 있다가 나온 지도 모르구 좋아하는 걸 보니 웃음이 나오는 걸 꾹 참느라 배꼽이 아프네유. 그것을 알았다면 그 노인네 표정이 어떻게 되었겠슈?"

"자네는 아까 그 돈으로 사 먹은 밥은 잘 넘어갔는가? 그것도 내 구멍에서 나온 것인디."

"왜 맛있게 먹은 밥에 그 돈을 비유해유."

"노인한테 모든 것을 맡겼으니까 앉아서 기다리는 수밖에 다른 방법이 있겠는가. 여기는 객지니까 돌아다니지 않는 것이 좋겠구먼."

역에 갔던 노인이 방으로 들어오며 모레 화물차가 만포로 간다는 얘기를 전한다.

"이틀간만 여기서 쉬면서 있으시구려. 다행히 빈방이니까 쉬면 될 거요."

누구나 공짜로 돈을 받았을 때 나타나는 부드러움과 그 대가에 대한 태도와 마음까지도 바뀌는 것은 당연한 보상인지도 모른다. 처음에는 별로 반기는 기색도 없던 노인의 태도와 말씨가 이렇게 바뀔 줄이야. 친절을 베푸는 것은 물론이고 방으로 데리고 가 먹을 것까지 주시다니 역시 돈이란 힘이 있는 모양이고 사람의 마음까지 움직이는 매력덩어리기에 뇌물이면 안 되는 일이 없다는 말이 사실인가?

노인의 집에서 저녁을 평안하게 보내고 아침을 먹은 후에 떠날 준비를 하고 있다. 오늘 기차는 만포를 향해 간다는 연락을 받고 설레는 마음으로 기다리고 있다. 간단하게 준비한 음식과 몇 가지 옷을 넣은 가방을 들고 역전으로 향한다.

"저희는 이만 가보겠구먼유. 미리 가서 기관사를 만나 보구 타는 게 좋을 것 같아서유."

"사람들도 웬 성질이 그렇게 급해. 얼마나 고향에 가고 싶었으면 그렇겠소만. 잘 가시구려."

"안녕히 계세유. 여러 가지로 고마웠구먼유."

노인은 집밖까지 마중을 나가 그들이 보이지 않을 때까지 잘 가라는 손짓을 한다. 이틀간 머물던 집이지만 따뜻하게 대해 준 노인에게 고마운 마음이 든다. 노인이 일러 준 장소로 가보니 기관사가 나와 두 사람을 맞이한다. 인사를 하고 역으로 들어가는 뒷문을 통해 다른 곳으로 들어간다.

이른 아침이지만 역에는 이미 사람들로 붐비고 거리는 장사를 하러 가는 사람들이 걸어가거나 리어카를 끌고 가는 모습이 마치 장날 같다. 맨 뒤쪽에 있는 기차가 있는 곳으로 가자 역무원의 손짓에 따라 화물차 짐칸으로 올라간다. 짐칸에는 옥수수 가루가 들어 있는 부대로 가득히 쌓여 있고 한구석에 자리를 잡고 앉는다. 화물차를 이용하는 것은 검문을 피하기 위해 돈으로 기관사를 매수한 것이다. 일본 군인들은 국경선을 넘는 기차에 대해서는 철저히 검문을 하고 있기 때문에 그곳을 통해 탈출을 한다는 것은 거의 불가능한 일이다.

기차는 서서히 훈장 역을 빠져나와 교외를 달려가기 시작하자 비록 냄새나는 화물칸이지만 자유를 찾고 다른 세계를 가질 수 있다는 자신감에 너무도 가슴이 벅차오른다. 이리도 고향으로 돌아가는 여정이 험하고 어려운지 참으로 도망자의 마음은 긴장의 연속이다. 논과 밭에서 일하는 농부들을 보며 저렇게 평화스러운 모습처럼 서로 돕고 인정하며 살아가는 것이 진정으로 행복한 일이 아닌지 알 수 없는 운명의 끈은 여전히 누구의 편으로 갈 것인지.

아침 안개는 신비스러운 모습으로 멋진 농촌 풍경을 더욱 아름답고 신비스럽게 만든다. 기차가 다리를 건널 때마다 아니 터널을 지나갈 때에 느껴지는 자유를 만끽하고 싶다. 갑자기 달리던 기차는 경사가 심한 산을 오르며 속도가 줄어들기 시작한다. 시꺼먼 연기를 내뿜으며 앞으로 달려가는 자유를 싣고 가는 기다란 기차가 이렇게 멋질 줄이야 예전에는 미처 몰랐다.

한참을 달리던 기차는 광개토대왕의 비석이 있는 지안을 지나 압록강 철교를 건너간다. 드디어 우리는 압록강을 건너 만포라고 씌어진 팻말을 보자 가슴이 벅차오르며 눈물이 흐른다. 조선 땅을 지나가는 기차를 보며 그토록 보고 싶고 꿈에 그리던 내 땅에 오다니 감격스러워 서로 부둥켜안고 얼굴을 비벼본다. 목적지는 신의주 밑에 있는 용암포지만 이곳을 보자 왜 그리도 마음이 평안하고 안락하게 느껴지는지 역시 고향은 가장 좋은 곳이다.

기차가 역에 멈추고 기관사는 그들이 숨어 있는 화물칸으로 온다.

"여기는 위험하니깐 그대로 있으세요."

아마 일본 군인들의 경계가 심했던 모양이다. 잠시 후에 문이 열리고 기관사의 도움으로 무사히 역을 빠져나갈 수 있다. 물론 역에 근무하는 사람만이 출입하는 숙소를 통해 뒷문으로 나간 것이다.

그들은 이제 겨우 만포까지는 도착했으나 트럭을 타고 신의주와 용암포로 가는 것이 문제다. 우선 벌목하는 곳을 찾기로 하고 벌목하는데 쓰이는 톱을 실으러 가는 트럭이 있다는 말을 듣고 중국 돈 8원을 주기로 하고 겨우 트럭을 타게 되었다.

중국 돈은 중국에서만 쓸 수 있기 때문에 가능한 다른 귀한 물건으로 바꿀 생각을 한다. 우선 음식점에 들어가 음식을 먹고 남는 돈은 거스르는 방법으로 교환도 하고 벌목하는 사람을 통해 구전으로 1원주고 전부 조선 돈과 일본 돈으로 교환을 한다.

내일 아침에 출발한다는 연락을 받고 하루를 묵으면서 이곳의 동태를 살펴본다. 사람들로부터 들은 소문은 전쟁이 곧 끝날 거라는 것과 일본이 계속 태평양에서 연합군에게 밀리고 있다는 것을 알게 된다. 왠지 속이 후련해지고 통쾌한 기분이 든다.

하숙집 주인에게 부탁하여 옷 몇 벌을 구하여 조선옷으로 갈아입고 신발까지 신는다. 얼마 만에 진짜 조선인으로 거듭나는 것인지 가슴이 뭉클해진다. 남은 돈은 신발 밑창에 감추고 쓸 돈은 안주머니에 넣는다. 돈을 마적대에게 털린 용호는 만석으로부터 도움을 받는 입장인지 그저 따라다니며 아무런 말이 없다. 수중에 돈이 떨어지면 기가 죽고 힘이 없어지는 것은 당연한 일로서 돈이 있어야만 술을 먹을 때도 큰소리를 칠 수도 있고 먼저 가자고 권할 수 있다.

아침에 간단한 도시락을 준비하여 가방에 넣고 약속한 장소로 나간다. 바퀴가 세 개인 쓰리쿼터를 타고 초산, 벽동, 수풍을 지나 신의주에 저녁 늦게 도착한다. 길이 험하고 산길이라서 빨리 달리지를 못했으나 멋진 압록강의 모습은 참으로 아름답고 장엄하여 마음껏 구경을 하고 있다.

신의주에서 하루를 묵고 이튿날 용암포로 가는 트럭으로 갈아탄다. 서쪽 맨 꼭대기에 있는 용암포는 작은 항구이지만 연일 조선에서 쌀을 싣고 오는 배들로 항구는 만원이고 복잡하여 사람들로 북적대고 있다. 일본인들이 걷어들인 쌀을 중국에 있는 일본 군인에게 군량미로 보내는 곳이다.

이른 아침이 되자 집주인에게 부탁하여 화물선에 겨우 몸을 싣게 된다. 물론 만석은 이때도 뇌물을 사용해서 어려운 일을 거뜬하게 해결한 것이다. 여기에 오는 배는 인천과 군산, 목포에서 오는 배가 가장 많고 금광에서 캔 광물을 제련하기 위해 장항에 가는 배도 있다.

그들은 우선 장항에 선원으로 가장하여 배에 타기로 하고 그 배의 갑판원을 만난다. 역시 요구하는 것은 돈으로 장항까지는 무사히 갈 수 있으니 뱃삯이나 많이 달라는 말에 5원을 주고 겨우 허락을 받고 배에 타게 된다. 사실 정상적인 뱃삯으로 친다면 30전이지만 사정도 급박하고 검문으로 일본 헌병이나 순사에게 잡히는 날이면 인생은 끝장이 아닌가.

선원으로 가장하기 위해 옷을 갈아입고 갑판장의 지시대로 떨리고 긴장된 마음을 가라앉히고 장항으로 가는 커다란 광물 운반선에 오른다. 처음으로 타 보는 광물선을 운반하는 큰 배는 도무지 어디가 어딘지를 모를 정도로 복잡하다. 갑판원은 한쪽에 있는 작은 방으로 그들을 안내한 다음 여기서 꼼짝도 하지 말고 배가 바다로 진입할 때까지 나오지 말라는 말을 남기고 사라진다. 배가 떠나기 전에 출항 신고를 할 때 인원을 보고하도록 되어 있다.

오랜만에 비록 배이지만 누워서 쉬고 있던 그들은 뱃고동 소리에 깜짝 놀라 벌떡 일어난다. 무슨 비상사태라도 생긴 것으로 생각하여 부들부들 떨고 있지만 아무도 이곳으로 오지도 않았고 잠시 후에 아무런 일도 없다는 듯이 배는 움직이기 시작한다.

충청도 사람이 배를 탄다는 것은 참으로 어려운 일로서 사실 그런 기회도 거의 않다. 분인지 운명인지는 모르지만 충청도 사람이 큰 배를 타고 먼 거리를 항해할 줄이야.

살며시 그 자리에서 일어나 밖을 내다보니 배는 서서히 항구를 빠져나가기 시작한다. 아침 일찍 출발한 배는 푸르고 넓은 바다 위를 스치듯이 빠르게 움직이고 있다. 잠시 후 갑판원이 문을 열라는 말과 함께 마실 수 있는 물을 갖고 온다. 장항에 도착할 때까지 돌아다니지 말고 그 자리에 앉아 있기를 다시 한 번 주의를 준다.

다시 찾은 고향 땅

배는 장항항에 무사히 도착하고 선원을 가장한 그들은 무사히 빠져나간다. 멀미를 하면서 이곳까지 왔다는 사실이 믿어지지 않는지 장항항을 두리번거리며 신기한 눈으로 이곳저곳을 살피고 있다.

이제 고향인 음성으로 가는 일만 남아 있으니 과연 어떻게 음성까지 검문을 피해서 갈 것인지 그것이 문제다. 우선 군산역으로 가서 기차를 타고 조치원까지 가기로 결정하고 아무런 일도 없다는 듯이 군산역까지 걸어간다. 역마다 일본 순사들과 공안원들이 있지만 그리 검문이 까다롭지는 않다.

기차표를 사서 개찰구를 빠져나갈 때도 불안한 마음과는 달리 아무런 검색도 없다. 도망자가 느끼는 불안한 마음은 어쩌면 기우에 불과할 수도 있지만 이들은 모든 것이 무섭고 일본 군인이나 순사를 만날 때마다 겁이 나곤 한다.

출발 시간이 다 되어 음성으로 가는 기차를 타고 창밖을 바라보는 풍경은 그들이 떠나기 전과 달라진 것이 별로 없다. 오고 가는 사람들은 아무런 일이 없다는 듯이 무표정한 얼굴이고 가는 곳마다 물씬 풍기는 고향 냄새를 맡는 듯하다.

음성역에 도착했으나 마음의 여유가 있을 리 없는 그들에게는 가능한 빨리 고향으로 돌아가는 일이 중요하여 우선 아는 사람을 피해 금왕까지 산길을 타고 걸어가기로 한다. 일 년 만에 음성역 주변을 살펴보지만 산과 들은 아무런 일도 없었다는 듯이 그대로이다. 산을 타고 잠시 쉬면서 산 아래에 있는 저수지를 살펴보자 잔잔한 저수지 주변에는 어린아이들이 놀고 있다.

그들은 산에서 해가 저물기를 기다리며 다음을 생각하고 있다. 가장 가깝고 아는 사람이 가장 무섭다는 말을 떠올리며 전혀 얼굴을 알아 볼 수 없는 저녁 시간을 이용해서 고향으로 돌아갈 작정이다.

금왕은 금광이 많이 있던 곳으로 돈이 많은 곳으로 전국 각지에서 몰려드는 일꾼으로 밤에도 북적대는 곳이다. 돈이 사람을 끌어 모으고 사람은 밤을 즐기며 살아가는 금광은 돈을 만드는 곳이다.

석양에 노을이 비취고 해는 산 위에 걸려 있는 시간은 하루를 마감하고 내일을 위한 시간이다. 자유롭고 공평한 이런 시간에도 도망자는 여전히 마음이 불안하고 답답할 뿐이다. 그토록 그리워하던 고향이지만 마음 놓고 달려갈 수 없는 자신들이 원망스럽다.

누가 이토록 줄을 그어 놓고 그 줄이 무겁고 무섭도록 가슴에 닿는단 말인가?

고향은 고향이지만 마음 놓고 달려갈 수가 없다니 그 얼마나 고향 땅을 찾기 위해 그토록 가슴 조이며 애타게 기다리며 그리워했던가.

산을 내려와 삼성과 대소로 갈라지는 삼거리에서 광산으로 가는 트럭을 세워 놓고 돈을 주고 겨우 타면서 돈이라는 힘을 새삼 느끼게 된다. 참으로 이상하다는 생각이 드는 것은 그토록 애타게 보고 싶던 고향이지만 막상 이곳에 오니 들어가기가 망설여지는 이유가 과연 그 무엇일까.

곧 바로 집으로 들어가지 않고 친구 집에서 하루를 묵기로 결정한다. 고향집은 다음에 서로 연락을 해서 찾아가는 것이 좋겠다고 합의를 한다. 만약 도망친 사실이 발각이라도 될 때는 가족까지 해를 입을 수 있기 때문이다. 이미 그들이 도망친 사실은 이곳 주재소까지 연락이 되어 수배령까지 내려졌다. 집으로 돌아가면 그 소식은 온 동네에 퍼지게 되고 그러면 반드시 잡으러 올 것이며 이는 낭패가 아닐 수 없다.

집안뿐만 아니라 다른 사람에게도 피해를 줄 수 있다는 생각이 들어 친구 집에서 머물기로 하고 대소면에 살고 있는 동창이라는 친구 집으로 갔다.

"우선 집에 들어가기 전에 동태를 살피구 들어가는 게 좋겠슈. 우리가 도망친 것을 그놈들이 이미 알구서 이쪽에두 연락을 했을 겁니다유."

"자네 말이 맞는구먼. 무엇보다두 조심허는 것이 최고지. 살짝 친구를 부를 테니까 여기서 잠시만 기다려. 별다른 일은 없을 거구먼."

"걱정마시구 얼른 댕겨 오세유. 배도 고프구 졸린디 아무데서나 잠이나 잤으면 좋겠네유."

"올 때까지 다른 곳에 가지말구 여기서 기다리라구."

만석은 떨리는 마음으로 대문을 열자 개가 마구 짖는다.

'으흠' 하는 기침 소리가 나면서 동창이 아버님이 서 있다.

"안녕하세유. 저는 동창이 친구 만석입니다유."

"아니, 작년에 목탄 강에 다리 놓는다구 보국대로 갔다구 했던 사람이 바로 자넨가?"

"그렇구먼유. 일이 여의치 못해서 일찍 오지 못허구 이렇게 밤중에 찾아뵙게 되어서 죄송해유."

만석은 머리를 손으로 긁으며 겸연쩍은 표정이다.

"어서 안으로 들어가게나. 먼 길을 오느라 힘들었지."

집 안으로 들어가자 방문이 열리면서 식구들이 밖으로 나온다. 동창은 희미한 불빛 아래 서 있는 만석을 보자 마당까지 뛰어 나와 부둥켜안는다.

"만석이 아닌가! 이거 얼마만이여. 무사히 돌아왔구먼."

"이렇게 늦게 와서 미안허구먼. 사정이 좀 좋지 않아서."

보국대로 간다고 하자 술이나 한잔하자고 위로를 받던 때가 엊그제 같은데 벌써 일 년이라는 세월이 흘러갔으니 인생이 무상함을 다시 한 번 느껴진다. 그동안의 사정을 말하고 용호를 부르기 위해 밖으로 나간다. 어둠 속에서 담에 기대고 있던 용호는 부르는 소리를 듣고 앞으로 나와 인사를 한다.

"용호! 이분이 바루 얘기했던 친구일세. 인사나 허게."

"반갑구먼유. 전 삼성면에 사는 김용호구먼유."

"반가워유. 민동창이라고 해유."

둘은 악수를 한다.

"신세를 지게 되어서 미안허구먼유."

"원, 별말씀을. 내 집이라 생각허시구 지내시구려."

"성님도 원. 말씀을 낮추세유. 제가 한참 후배인데 웬 존댓말을 쓰신데유."

"그라믄 동생뻘이라구 생각허겠네."

세 사람은 사랑방으로 들어가 그동안 있었던 모든 이야기를 자세하게 설명한다. 이야기를 듣고 있던 동창은 그들의 용기와 배짱에 대해 입이 마르도록 칭찬을 한다. 다른 사람에게 이들에 관해 일절 말하지 않겠다고 다짐을 받고 숨어 지내는 생활이 시작된다.

이들은 이제부터 밤과 낮이 바뀐 생활을 해야 되는 신세다. 다시 찾은 고향의 흙냄새를 맡을 수 있다니 얼마나 좋은지 말로 형용할 수 없다. 고향에 묻힌 옛 추억과 삶의 향취를 맛보는 이 순간을 얼마나 기다렸는지 꿈속에서도 잊어 본 적이 없다.

눈을 감으면 떠오르는 고향 산천을 언제나 볼 수 있을지 얼마나 가슴을 조이며 기다렸던가.

새벽에 눈을 뜬 이들은 살며시 문을 열고 아직 동이 트지 않은 뒷동산으로 올라간다. 잔디에 앉아 있으면서 찬란한 태양과 함께 비춰질 고향을 보고 싶다. 개 짖는 소리를 들으며 밝아 오는 아침에 밟아 보는 고향 땅이다.

태어나 자라난 이 흙은 자신의 육신과 같아 흙을 떠나 살 수 없는 것이 인간이다. 그렇기 때문에 고향에 대해 강한 집착을 하는 것은 당연한지도 모른다. 비록 집을 지척에 두고도 가보지 못하는 자신이 한없이 밉고 원망스러웠으나 이렇게 고향에 돌아왔다는 사실에 무한한 감사와 감회를 느끼고 있다.

산과 하늘이 맞닿는 선인 공제선에서 동이 트기 시작하고 산턱에 걸친 달은 점점 희미해져 갔고 찬란한 빛을 발하며 동쪽에서 웅장한 모습을 나타낼 아침 해는 빛날 것이다.

"아, 고향은 언제 보아두 가슴이 후련하고 좋구먼 그려. 어때 자네나 내가 그렇게 밤낮으로 그리던 고향 산천을 이렇게 자유로운 마음으로 바라보는 기분이 어떤가? 후련허제."

"그래유. 이렇게 좋고 포근한 내 고향을 두고 떠나 있었다니, 참으로 안타까운 일이었지유."

"우린 그래도 이렇게 여기에 와 있다지만, 외로운 남양 군도나 북해도에서 고향에 돌아갈 수 있다는 희망을 갖고 저 달을 바라보며 참호나 공사판에서 어쩔 수 없이 일본 놈을 위해 싸우다 죽어야 했던 나이 어린 조선인들이 한 줌의 재가 되어 고향으로 돌아오는 심정은 어떻겠는가? 거기다가 죽어 돌아 온 아들의 재를 뿌리는 어머니의 마음은 그 누구를 원망하겠어. 나라 잃은 슬픈 힘이 없는 자신이 한없이 밉고 원망스럽지만 끝까지 고향을 등지지 않고 살아가는 저 민초들의 질기고 억센 모습이 자랑스럽지 않은가?"

"그러니까 나라를 책임지고 있는 위정자들이 그놈의 권력과 부귀영화만을 위해 일하지 말구 진정으로 민초들과 나라의 장래를 위해 성실한 마음으로 다스려야 하는 것이구먼. 우리 같이 힘없는 자들이 누굴 믿고 살아간단 말인가. 우리가 나라와 높은 양반들을 믿고 있다가 이렇게 졸지에 고아 아닌 식민지 민족으로 전락하고 말았지 않았는가. 그만한 권력과 그에 따르는 부귀영화를 줬으면 그걸 잘 활용하여야 하는 것이 마땅헌데두 불구허구 만날 먹고 즐기는 일에만 신경을 쓰고 나라가 어떻게 되든지 간에 멍하니 있다가는 갑자기 외부로부터 위기가 몰려오니까 다들 도망가고 책임을 회피하는 것들이 한없이 원망스럽구먼."

"그래유, 통치자의 책임과 자질이 그 얼마나 중요한가를 역사를 통해서 절실히 느끼게 되었슈. 한 사람의 판단이 흐리고 결단력이 부족하면 그 나라는 위태롭고 위기를 극복하지 못하는 걸유. 거기다 통치자를 둘러싸고 있는 인의 장막 같은 신하들이 올바른 마음이 없고 자신들의 배만 불리고 출세 지향적인 사람들로 둘러싸여 있으면 통치자의 눈과 귀가 막히게 되지유. 하지만 위대한 통치자는 그것을 넘어 보는 식견과 통찰력이 필요한 것이지유."

"자네 말이 맞는구먼. 영웅이란 나라가 위기에 처해 있을 때 나타난다고 했는데 그런 사람이 없어서 이 모양 이 꼴이 되었으니 원."

그들은 뒷동산에 있는 묘 앞에 앉아서 이제 막 떠오르는 태양을 바라보며 동네를 바라본다. 지금까지 가슴속으로만 간직했고 오직 꿈에서나 가끔 볼 수밖에 없던 이 고향 산천을 이렇게 아무런 제약 없이 볼 수 있다는 사실이 얼마나 고맙고 가슴이 뿌듯한지 말로 형용할 수 없다.

하지만 이것도 이들에겐 잠시 있을 수밖에 없는 자유로운 시간뿐이다. 감시의 눈길이 어느 곳에서 나타날 수 있을지 모르며 누가 그들을 일본 지서에 신고할 수 있을 거라는 의심이 일기 시작한다.

어느 집단이나 반역자는 있을 수 있고 그건 역사의 흐름에서 자연적으로 발생될 수 있는 나쁜 부산물이며 주역의 원리에도 있는 것이다. 그것이 어느 누구에게 오고 가느냐가 문제이며 그 강도의 차이는 있을 수 있지만 항상 국가나 집단 역학 관계상 반드시 발생하는 문제점이다. 만약 그러한 화살이 자신들에게 쏘아진다면 피할 수 없는 운명적인 일이다.

언제든지 있을 수 있는 가정이었고 그것이 실제 현실로 오는 경우도 있다. 억눌려 있거나 가난한 사람들이 어떤 시대적인 변동기에 그러한 자신을 뒤덮고 있는 모든 제도나 억압된 것이라고 여기는 자신보다 낮고 높다고 생각되는 모든 것들에 대해 깊은 반감과 한을 품는 경우가 있다. 이는 전쟁 시에 주로 나타나며 일제 강점기에서도 많이 있었던 일이다.

가장 가깝고 가장 친근했던 이웃이 바로 가장 무섭고도 잔인한 밀고자요 배신자가 되는 비참한 현실을 실감할 수 있다. 제일 믿었던 사람이 시대가 잠깐 바뀌었다고 착각하여 가까운 이웃과 친구를 배신하고 밀고하는 일들이 있다는 사실이 서글펐지만 어쩔 수 없는 일이다. 사소한 이익과 목적을 위해서 같은 혈육이요 민족인 이웃을 하루아침에 팔아먹는 파렴치한 모습을 떠올리고 싶지는 않다.

이들은 가능한 모습을 보이지 않고 자신들의 존재를 숨기려고 결심을 한다. 낮에는 남의 눈에 띄지 않도록 방 안에서 생활하고 밤에만 조금씩 활동하기로 마음먹는다. 그래서 집 근처에 있는 빈집을 하나 빌려서 낮에는 있다가 밤이 되면 집으로 가기로 하고 이런 계획을 동창에게 설명한다.

친구의 권유로 저녁까지 있다가 어둠이 깔리는 시간에 각자 집으로 돌아가기로 한다. 낮에는 이런저런 얘기를 하다가 중국의 발전상과 전쟁에 관한 이야기도 전한다. 돌아다니면서 많이 보고 들으면 그만큼 할 얘기가 많다.

저녁이 되자 그들은 마치 올빼미처럼 활동하기 시작한다. 내일 다시 이곳에서 만나기로 하고 각자 짐을 챙긴 다음 집으로 향한다.

"신세 많이 졌습니다유. 내일 뵙기로 허지유."

여기서 고개 둘만 넘으면 고향집이다. 용호는 십리는 더 걸어가야 집에 갈 수 있는 거리에 있다. 어두운 저녁이지만 어릴 때부터 자주 왔다 갔던 곳으로 눈을 감아도 갈 수 있는 곳이다.

지금은 남의 눈을 피하기 위해 앞뒤를 돌아보며 혹시나 아는 사람이 아닌가 하는 의구심이 생기면 길가로 피하여 있다가 그 사람이 지나간 다음에 다시 길을 걷는 일을 계속 해야만 한다. 언제까지 도망자요, 탈출자라는 딱지가 떼어질지 앞이 컴컴하기만 하다. 태어나 자랐던 집을 마음 놓고 가지도 못하는 시대를 탓하고 나라를 원망하는 수밖에 그 무슨 뾰족한 방법이 없다.

집을 나와 외딴 곳에 이르자 남의 눈을 피해 외진 곳에 서 있다.

"용호, 내일 만나세. 남한테 들키는 날에는 또 쫓겨 다녀야 하는 신세이니까 몸 조심허구. 가는 곳마다 처신을 잘 허라구. 내일 저녁때 이곳에서 만나고, 여기 남은 돈이 조금 있는데 부모님한테 갖다 드리게나. 이 돈이면 고기랑 쌀도 살 수 있을 걸세." "아니, 성님도 지금까지도 빈대처럼 붙어 다니면서 신세를 졌는데 여기까지 와서도 돈을 주시다니유. 죄송합니다유. 이거 받아야 될지 원, 참."

용호는 막무가내로 손을 잡고 10원을 쥐어 주는 만석의 권유를 뿌리치지 못하고 호주머니에 넣는다.

"고맙구먼유. 이 돈이 어떤 돈인데 내가 받다니."

용호는 돈을 멍하니 바라본다. 헤어지면서 손을 흔들고 어둠 속으로 빨려 들어가듯 사라진다. 집에 도착하여 대문 앞에 서서 아무도 없는 것을 확인하자 대문을 열고 안으로 들어간다. 부엌에서 설거지를 하던 어머니가 만석을 보자 깜짝 놀란다.

"아니, 이게 누구냐? 우리 만석이가 아니냐. 응."

하며 만석의 손을 잡는다. 만석은 쉿! 이라는 소리와 함께 손가락을 입에 갖다 댄다. 순간 어머니는 멈칫하면서 멍하니 서 있을 수밖에 없다. 보국대로 끌려갔던 아들이 갑자기 어두워진 저녁에 우두커니 서 있질 않나 게다가 말을 하니까 쉬하며 말을 못하게 하니 도대체 어떻게 된 건지 영 이상할 뿐이다.

반갑다는 것보다는 불안하다는 마음이 더욱 앞선 충주 댁은 아들이 잡은 손에 이끌려 안방으로 들어갔고 안방에 있던 아버지와 형제들이 깜짝 놀라며 그를 맞이한다. 자리에 앉은 아버지와 어머니를 향해 큰절을 올린 만석은 무릎을 꿇고 자초지종을 간단하게 설명을 한다. 모두들 큰소리로 반갑게 맞이해야 할 아들의 귀환을 소리가 나지 않는 것에 온통 신경을 곤두세우고 있으니 이상하기만 한 노릇이다.

모든 것을 멍하니 듣고 있던 아버지와 어머니는 이제야 이해가 된다는 듯이 고개를 끄덕이며 입가에 미소를 짓는다. 그 옆에서 듣고 있던 다른 식구들도 귀를 기울이며 만석이가 설명하는 무용담 같은 이야기를 들으며 흥미 있는 표정들이다. 그도 그럴 것이 정상적으로 돌아온 것이 아니라 무슨 모험담처럼 전개되는 이야기에 솔깃해하는 표정들이 재미가 있는 듯하다.

몇 달 전에 순사가 와서 만석으로부터 편지나 다른 연락이 왔는지를 자세하게 묻는 일이 있어서 그때는 무슨 일이 있었는지 궁금했으나 순사는 그저 아무런 대답도 하지 않고 돌아간 적이 있다. 보국대에서 탈출했던 것이 이쪽까지 연락이 와서 동태 파악을 계속적으로 하는 중이다.

모든 상황이 서로 맞물려 이해가 갔고 앞으로 어떻게 해야 좋을 지에 대한 상의를 한다. 당사자인 만석이가 요구하는 것이 무엇인지를 우선 듣기로 한다.

"어렵게 목숨을 걸구 이렇게 집으로 돌아 온 것만두 다행이구먼. 무엇보다도 들키지 않도록 해야 하는 일이 제일 중요한 문제이구먼유. 먼저 입들을 조심하구 이곳에 있다는 사실을 절대로 말해서는 안 되유. 소식을 전혀 모른다고 하세유. 너희들도 마찬가지여. 큰일 나는 일이야. 다시 끌려가면 그땐 죽는 일만 남아 있을 뿐 아무것도 아니니까 입들 조심허세유."

"그래, 니 말이 맞다. 지금부턴 누구든지 만석이 얘기를 입 밖에 내서는 안 된다. 죽고 사는 문제가 걸린 것이니까 절대로 말을 해서는 안 되는 일이구먼."

아버지가 눈을 크게 뜨고 모여 있는 가족들에게 엄명을 내리신다. 어머니는 밥상을 들고 들어오지만 누구도 움직이지도 않은 채 만석을 바라볼 뿐이다. 오랜만에 먹어 보는 어머니의 정성이 담겨 있는 귀한 보리밥으로 방귀가 나오는 밥이지만 없어서 못 먹는다. 논농사를 해봐도 몇 가마밖에 나오지 않고 그것도 일본 놈들이 거의 공출미로 빼앗아 가고 남는 것은 불과 두 가마 정도 였고 다섯 명이나 되는 사람들이 먹기엔 턱없이 부족하다.

주로 보리밥을 먹고 있었고 쌀은 매 끼니 마다 한 주먹씩 밥솥 가운데 놓아서 다 된 밥을 풀 때 살짝 떠서 도시락이나 아버지 밥그릇에 약간 들어가게 하고 나머지는 주걱으로 휙하고 저어 섞으면 재수가 좋으면 한 숟가락에 쌀이 몇 알이 보이기도 한다.

오늘 저녁도 꽁보리밥이고 동생들도 이런 밥을 먹고사는 형편이다. 학교에 가면 도시락을 싸 오는 오는 학생들이 겨우 몇 명이 있을 뿐이고 그것도 좀 잘 산다고 했던 아이들만이 도시락을 펴놓고 먹는다. 점심시간이면 괜스레 우물가에 가서 물이나 실컷 마시고 그것이 도시락 대신 마시는 물이다.

밥을 순식간에 먹고서 냉수 한 그릇을 비우자 표정들이 밝아진다. 다시는 돌아가 일본놈들한테 수모를 겪고 고통 속에 살고 싶은 마음이 없던 그였기 때문에 어떤 수단과 방법을 써서라도 위기를 벗어나야 한다. 어머니께서 동생들에게 다시 한 번 다짐을 받고 손을 잡으시며 확답을 받으신다. 눈이 초롱하며 듣던 동생들이 이해가 가지 않는다는 표정이지만 부모님과 형, 오빠의 목숨이 걸려 있는 문제이기 때문인지 신중한 표정이다.

"그람, 넌 어떻게 했으면 좋겠냐? 낮에는 꼼짝도 못허구 숨어 있어야만 허구. 밤에만 겨우 나가거나 돌아다닐 수 있으니까 그게 문제지. 어떻게 허면 좋겠냐? 사람이 자기 집에서두 맘놓구 다니지도 못허니 원."

걱정스런 표정으로 어머니는 이야기를 한다.

"만석아, 넌 말이다. 충주에 있는 고모 댁에서 일 년만 있다가 오거라. 거긴 빈방도 하나 있으니까 괜찮을 것 같구나. 그게 제일 좋겠구나."

"어머님두 원, 지금 그놈들이 차타고 돌아다니는 사람들을 얼마나 철저하게 검문을 심하게 하는지 아세유? 만약 잡히는 날에는 죄 없으신 고모와 고모부께서 무슨 봉변이라도 당하시면 어떻게 해유? 그냥 집 근처에다 빈집을 얻어서 용호랑 같이 있는 게 좋을 것 같네유."

"그람, 너희 둘은 항상 같이 다녀야 하겠구나. 생사를 같이 나눴으니 같이 활동하는 것이 좋겠지. 너희들 뜻대루 허는 것두 괜찮을 것 같다만 걱정이구나. 일이 잘 되어야만 하는데, 임자는 어떻소? 괜히 남한테까지 피해를 주면 그것도 문제이지. 전쟁도 곧 끝날 거라고 하니까 일 년만 더 기다리면 될 것 같구나"

"네, 아버님 말씀대로 그렇게 하겠슈. 그런데 밥을 해 먹는 게 문제네유. 그건 저희들이 알아서 할 게유."

결정이 나자 빈집을 알아보려고 아버지는 밖으로 나갔고 어머니는 이불과 밥을 해먹을 그릇을 장만하느라 부엌으로 나간다. 빈집은 옆 마을에 있는 작은 집으로서 서울로 이사를 간 음성댁 집이다. 비어 있은 지가 일 년이 다 되었으나 아직도 쓸 만한 집이다. 마당에는 잡초만 무성하고 빈집은 쉽게 무너진다는 말처럼 허술하기 짝이 없다. 그 집에서 혼자 이사를 하여 살게 되면 다른 사람이 눈치를 채지 못할 것이다.
　동창이 집은 좁은 관계로 이사를 가든지 방을 하나 더 늘려야 할 입장이다. 만석은 이것을 알고 있었기 때문에 동창이와 상의하여 그 집을 사기로 한다. 그렇게 되면 동네에 있는 누구도 의심을 할 수 없을 것이라고 생각한다. 시골은 원래 변화가 거의 없기 때문에 어느 집에 무슨 일이 생기게 되면 곧 바로 알려지기 마련이고 이것이 나중에는 소문으로 퍼지게 된다. 만약 이런 사실이 동네에 알려지게 되면 큰일이기 때문에 동창을 이용하여 같이 있으면서 생활을 할 경우는 의심이 적을 것으로 생각한다.
　아버지는 동창이네 집으로 갔다. 가능한 빨리 그 집으로 옮기는 것이 좋을 것이라는 생각이 든다.
　만석은 낮에 집에 있으면서 옷과 다른 물품들을 정리하고 점심을 먹고 낮잠을 한숨 푹 잤다. 갖고 있던 조선 돈 10원을 어머니에게 살며시 주면서 살림에 보태 쓰라는 말을 했다. 깜짝 놀란 어머니는 아들이 준 돈을 장롱 속 깊숙한 곳에 감춰 둔다. 이 돈은 어떤 일이 있어도 써서는 안 된다고 생각하여 아무도 모르게 그 돈을 감춘 것이다
　날이 어두워지자 만석은 저녁을 일찍 먹고 짐을 챙긴 다음 동창이네 집으로 갔다. 세 사람은 낮에 결정했던 빈집을 정리해서 사용하기로 하고 그 일을 동창에게 맡긴다.
　하루를 더 묵은 다음 날 새벽에 집으로 돌아오시고 이미 동창이가 샀다는 말씀을 하신다. 용호 집에서는 돈이 없어 나중에 해결하겠다는 말을 들으셨다는 말을 전하신다. 낮에 동창은 친구들과 함께 그 집을 정리했고 우선 방과 부엌을 수리했다. 남은 문제는 동네 사람들의 입을 어떻게 막고 있느냐에 달려 있다.
　소문을 누군가가 만들어 퍼트리면 그것이 변하여 여기저기를 돌아다니며 이것을 듣는 모든 사람들에게 희망과 좌절, 공포감을 던져 주는 것이 바로 유언비어인 것이다. 빈집에 낯선 사람들이 살고 있으면 이것은 바로 사건이고 입방아를 찧을 수 있는 좋은 재료

덩어리이지만 동창은 이것을 슬기롭게 대처할 자신이 있다.

우선 금을 캐던 광산에서 일하다가 다리를 다쳐 이곳에 요양을 하러 온 것처럼 위장을 하기로 하고 병원에 근무하는 사람을 통해 석고 깁스와 목발을 구입했다. 만석은 광산에서 일을 하다가 폐병으로 요양을 하기 위해 머문다고 대답하면 누구도 의심할 사람이 없을 것이고 서로 간에 말을 맞추기 위해 연습까지 했다. 폐결핵 환자가 마을 마다 있던 당시로선 요양을 하는 경우가 많이 있다.

모든 경비는 만석이가 지불했고 일은 용호와 동창이가 합해서 마무리를 지었다. 대충 준비가 다 되자 이불과 살림살이를 할 준비를 마치고 그 집으로 들어온다. 마침 동창이가 금왕에 있는 금광에 다니는 중이라서 그런 말들이 제대로 통할 수 있다.

두 사람은 이제 환자로 변신하여 하루 종일 집에서 밥이나 먹고 노는 일이 대부분이다. 용호는 석고로 깁스를 하는 바람에 왼발을 제대로 움직일 수 없게 되었으나 다행히 요령껏 깁스를 해서 큰 불편은 없다. 만석은 방안에서 약을 달여 먹는 일을 하는 척했고 방안에는 양약과 한약을 준비하여 놓고 누가 오게 되면 그것을 먹을 생각을 했다. 실제 약이 아니고 밀가루와 영양제, 소화제, 콩가루 등을 섞어 만든 보약이었고 한약도 쌍화탕에 십전대보탕을 섞어 만든 보약이 대부분이다.

가끔 왕진 가방을 들고 오는 친구를 통해 바깥 정보를 듣거나 물품 구입을 한다. 그 친구는 읍내에서 가방에 약과 주사기를 들고 다니면서 각 마을에 아픈 환자가 있으면 치료해 주고 돈을 받는 돌팔이 의사인 셈이다. 시골에서 큰마음을 먹어야만 병원이나 약국을 갈 수 있기 때문에 병을 진단하고 고친다는 것은 대단한 일로 여기고 있다. 일주일에 한 번씩 집에 와 놀다 가면 만석은 한 달에 얼마씩을 주기로 하고 이리로 오라고 했던 것이다.

벌써 고향에 온 지도 어느덧 여섯 달이 지나가고 있다. 가을이 되어 온통 벌판은 황금물결을 이루고 나무에는 열매가 주렁주렁 달려 있다. 여전히 이들은 별로 변화가 없는 생활을 하고 있다. 다만 만석과 용호는 가방 속에 넣어 놓은 채표를 꺼내어 이를 외우고 연습하는 시늉을 자주 하는 것이 그들에게 있는 큰 변화라고 할 수 있다. 아마도 서로 물주를 할 생각 때문인지 그들은 서로 물주와 통수 역을 맡아서 진행했다.

동창도 여기에 관심을 보이기 시작했고 세 사람은 밤이 되면 채표를 갖고 웃고 노는 일이 유일한 낙이다. 일본 순사들이 마을을 다니면서 요강이나 놋수저를 전쟁에 필요하다는 명목하에 마구 걷어 가고 있었고, 이는 포탄을 만드는데 탄피용으로 쓰이기 때문이다.

아침마다 아낙네들이 기왓장을 깨서 가루를 만들어 지푸라기에 묻혀 닦아 쓰던 놋그릇이 전쟁용 탄피를 만드는데 공출되고 있었지만 이것도 모자라니까 밤에 소변을 받는데 쓰이는 요강까지 걷어 가고 있는 실정이다. 어떤 집에서는 제삿날에 목기 대신에 놋쇠로 만든 제수용 그릇을 몽땅 빼앗기는 일도 있다.

얼마나 일본군이 연합군과의 전쟁에서 힘이 달리고 밀렸으면 그런 것까지 걷어 갈 정도라면 이미 전쟁의 승패는 끝난 것이나 다름이 없다. 소문이 계속 돌면서 곧 전쟁이 종전으로 갈 것이라는 소문들이 꼬리를 물고 이어진다. 방귀가 잦으면 똥이 나오듯이 소문은 뭔가 근거가 있기 때문에 생기는 것이다.

낮과 밤을 찾고

　연일 쇠도 녹일 것만 같은 찜통과 같은 더위는 계속되고 있다. 지치고 힘든 생활에 더위까지 겹쳐지자 모든 사람들의 표정이 무거워 보인다. 식민지 생활에 대한 불만은 호소할 길조차 없고 그 불만은 세월 속에 축 늘어져 체념으로 변하며 고통이 너무 길고 질긴 나머지 누구나 하늘만 보고 한숨을 쉬고 있을 뿐이다. 막막하기만 하던 식민지 36년이 끝나가고 있다는 소문이 돌기 시작한다. 그런 가운데 이들은 나름대로 빈 집에서 폐결핵 환자로 잘 적응을 하며 내일을 기다리고 있다.

　용호는 깁스도 풀고 관절을 부드럽게 해주는 운동을 하고 있는 것은 무릎을 꼼짝 못하게 몇 달을 움직이지 않고 그대로 두면 관절은 굳어지고 움직일 수조차 없게 되어 버리기 때문이다. 그것을 핑계 삼아 목발에 의존하여 조금씩 걷는 연습을 하고 있다. 누가 집 근처라도 오게 되면 일부러 나오지도 않는 기침을 해 보이고 심지어 피가 섞인 가래까지 만들어 한쪽에 보관하고 있다.

　동창은 여전히 광산에서 금을 캐는 일을 계속하고 이들을 아무 불평 없이 잘 돌봐 주고 있다. 사람이 아무런 일도 하지 않고 근 일 년을 지낸다는 것은 힘들고 고통까지 뒤따르는 일이다. 놀고먹는 것도 지겹고 위장을 해서 이렇게 살아간다는 사실도 괜히 이상하다. 이들이 머물고 있던 진골은 갑자기 술렁거리기 시작한다. 읍내를 갔다 온 삼봉이는 흥분한 상태로 돌아다니며 떠들기 시작한다.

　"진짜루 일본 놈들이 항복을 할 거라는 얘기가 읍내에 퍼져 있구먼유. 미국이 일본보단 워낙 크고 힘이 센 나라라서 같이 맞붙어 싸우기가 힘에 겨워 쩔쩔 맵답니다유. 뭐, 진주만이라던 가 전주만이라던가 하여튼 그곳을 일본 놈들이 비행기로 야밤을 이용하여 공격했다가 그만 그때부터 미국이 슬슬 힘을 쏟아 일본군들을 쫓아내고 지금은 본토에도 폭격을 해대고 있다고 하더구먼유. 미국의 쌕쌕이가 날아가 포탄을 공중에서 쏟아

붓는대유."

"그람. 자네 말은 일본 놈들이 다 본토로 쫓겨 가구 미군들이 일본 본토까지 쳐들어 갈 것이라는 말인가?"

옆에 서 있던 노인네가 묻는다.

"잘은 모릅니다만, 독일과 이탈리아는 이미 연합군한테 패망했구 이제 남은 나라는 일본뿐인디, 미국이 들어와 싸우고부터는 연합군이 이기고 있데유. 소문에 의하면유 우리나라도 곧 해방을 맞이할 수 있을 거라는 말들이 조심스럽게 나돌고 있데유."

"그람 그렇지. 하늘도 무심허지 않으시구먼. 그놈의 일본 놈들이 하늘 높은 줄 모르고 까불고 하더니만 에이 잘됐다. 개새끼 같은 놈들."

하며 침을 바닥에 퉤! 하고 뱉는다. 그때 뒤에서 그 소리를 듣고 있던 영길이라는 사람이 급히 뒤를 돌아 어디론가 사라진다. 왠지 사람들이 불안해하고 앞으로 다가올 일에 대한 공포심으로 일이 손에 잡히질 않는다. 누구나 큰 변화가 오면 그 변화에 적응하려는 본능을 갖고 있으나 적응하는 과정에서 정신적인 스트레스로 작용할 수 있다.

불확실한 미래에 대한 염려가 불볕더위 8월에 한반도를 뒤덮고 있다. 전쟁은 서서히 한쪽으로 기울어 이제는 어떤 형식만을 남기고 있다. 여전히 일제의 수탈과 억압 정책은 뒤로 물러설 줄을 모르고 계속된다.

각 마을마다 일본 순사의 첩자들이 있는데 이 마을 담당은 영길이가 그 일을 맡고 있다. 벌써 몇 사람이 지서에 끌려가 매를 맞고 영창을 살고 온 적이 있을 정도지만 누가 그런 일을 했는지 아직껏 아무도 모르고 있다. 그는 그만큼 교활하고 영리했던 젊은이로서 이 마을에 독립군을 돕기 위해 모금을 다니던 사람을 영길이가 순사한테 알리는 바람에 그만 잡혀가 갖은 고문을 당하고 지금도 다리 한쪽을 못 쓰고 있다.

그렇지만 영길과 아무라이 형사는 감쪽같이 이를 속이고 첩자를 철저하게 숨기고 있다. 아마도 독립군을 돕는 일들을 막고 뒤에서 자금으로 도와주는 사람이나 더 큰 사건을 잡기 위해 숨을 죽이고 있다.

영길은 곧 바로 읍내에 볼일이 있다고 하면서 아무라이 형사에게 이 사실을 알린다. 그것도 거기까지 가서 알리는 것이 아니라 종이쪽지에 그 내용을 자세히 써서 우체통에 넣으면 아무라이 형사가 직접 가짜 우체통을 열어 보고 그 일을 해결하곤 한다. 누가 보면 편지를 붙이는 일처럼 보이지만 정보원을 시켜 정보를 캐내는 비밀 접선 창구이다. 편지마다 다 검사를 하고 보내는 것은 물론이고 이 통은 우체국 옆에 붙어 있다.

곧바로 아무라이 형사는 두 명의 조선인 부하를 이끌고 진골로 온다. 마을 사람들은 영문도 모른 채 일본 순사가 이렇게 찾아와서 큰소리를 치면서 이집 저집을 수색하고 다니는 것이 불안하고 마음에 무거움을 던져 주고 있다. 더욱이 마음을 아프게 하는 것은 일본 형사인 아무라이보다는 그 밑에서 보조해 주는 조선인 두 명이 하는 행위가 너무도 꼴 보기 싫다.

같은 민족끼리 어쩔 수 없이 일본인 앞잡이 노릇을 한다지만 심해도 너무한다. 연약하고 힘없이 살던 사람이 마치 자기 세상을 만난 것처럼 날뛰고 막무가내 식으로 뒤지고 욕설을 하며 일본이 패망할 것이라는 망언을 한 놈이 누구냐고 다그친다.

물론 사전 정보를 갖고 왔기 때문에 누가 그런 말을 했는지 잘 알고 있었던 그들이다. 단지 그렇게 하는 것은 여러 사람들에게 그런 말을 또 하게 되는 날에는 이런 신세가 되고 이런 것을 널리 알려서 퍼트리지 못하게 하려는 목적이다.

"김 상! 이 마을에서는 대일본 제국에 대한 이상한 유언비어가 돌고 있다는데 정말인가? 지금 대일본 제국은 미국과 싸워서 연전연승을 하고 있는데 무슨 뚱딴지같은 소리를 하나."

"아, 반장님. 그런 일 없었습니다유. 혹시 잘못 아시구 오신 것이 아니신가유?"

"아니 무슨 말을 그따위로 하는 기요. 내가 누군데 아무런 증거 없이 이렇게 어려운 발걸음을 한단 말이오. 이 마을에 사는 김 삼봉이라는 놈이 오늘 이 느티나무 밑에서 사람들에게 대일본 제국을 모독하는 말을 했다는 데도 그게 사실이 아니란 말이오? 어이, 조 상."

조선인 하수인을 부르자 아무라이 형사 앞에 부동자세를 취하며 서 있다.

"하이, 뭐라도 시키실 것이 있으십니까?"

"아, 조 상은 즉시 김삼봉이라는 놈을 이리로 연행하도록 하시오. 알갔소."

"하이, 즉시 김삼봉이를 잡아오도록 하겠습니다."

보조원이 칼을 차고 뛰어간다. 잠시 긴장감이 돌았고 서로 눈치를 보고 있을 뿐이다.

동창이가 그 옆을 지나면서 아무라이 형사를 보자 만석이가 생각나 걱정되는 마음으로 발걸음을 재촉하며 집으로 온다.

두 사람은 여전히 채표를 꺼내 놓고 뭐라고 알아듣지 못하는 말을 하며 웃고 있다. 밖에서는 무슨 일이 일어났는지 전혀 모르는 채 있는 그들이 안쓰럽기까지 하다.

"서둘러 피하게나. 지금 동네 느티나무에 일본 형사하고 하수인 두 놈이 삼봉이를 잡으러 갔는데 그 불통이 자네들한테까지도 튈 수가 있으니까 얼른 짐을 숨기고 상엿집으로 잠시 피하게나. 그곳은 으스스 허니께 그놈들이 안 뒤질 테니까 안전할 걸세"

들어오자마자 숨을 헐떡이며 도착하여 말을 전하자 본능적으로 일어나 가방을 챙긴다. 얼마나 더 도망 다녀야 자유롭게 살 것인지 알 수 없지만 몸에 밴 도망자의 준비는 여전하다. 짐을 헛간 속에 짚으로 덮어놓고 채표는 쓸어 담아 가방에 넣고 담 밖으로 던진다. 순식간에 움직이는 그들의 모습은 마치 날쌘 도둑들이 짐을 챙기는 것과 같다.

"그람, 그놈들이 다 가구 없으면 상엿집으로 알려 주게나."

그들은 황급히 밖으로 나간다.

한편 삼봉은 잡혀 오자마자 보조원에게 발길로 얻어맞고 무릎을 꿇린 채로 땅바닥에 있다. 마을에 와 무슨 다른 건수가 있는지를 알아보기 위해 집집마다 돌면서 조사를 하도록 시켰고 마을 이장을 불러 낯선 사람이나 이상한 사람이 이 마을에 오지 않았는지를 묻는다.

혹시 독립군을 위해 모금하는 사람들이 요즘도 오는지에 대해 상세하게 묻는 것은 바로 이 지역은 쌀과 금이 풍부하여 돈이 있는 것을 알고 독립 자금을 모으는 사람들이 가끔씩 찾아와서 몰래 돈을 걷어 배나 기차를 타고 중국으로 갔던 일이 있다. 그런 사람들을 두 명을 잡아간 적이 있기 때문에 관심을 갖고 묻는 것이다.

마을 전체를 한 바퀴 돌고 온 두 명의 보조원은 아무런 특별한 일이 없다고 보고한다. 삼봉은 수갑이 채워져 지서로 압송되고 상엿집에 숨어 있던 그들은 연락을 받고 집으로 돌아온다. 상엿집은 오래 있기가 무서운 곳으로 금방이라도 뭐가 나타날 것만 같은 으스스한 곳이다. 마치 죽은 사람의 목소리가 들리는 것 같은 곳으로 음산한 곳에서 보내다니.

그런 일이 있고 나서 두 사람은 더욱 조심하게 되고 바깥출입을 가능한 피하고 있다.

불볕더위가 한풀 꺾였지만 여전히 그늘진 곳을 찾는다. 읍내에 갔던 사람들이 웬 태극기를 들고 이쪽으로 뛰어 온다.

"여보게들! 지금 우리나라가 해방됐구먼. 일본 천황이 항복한다고 아까 라디오에서 방송을 했다는구먼. 자, 여러분들! 일일랑 그만하구, 그렇게 기다리던 해방이 되었는데 우리 모두 징을 울리고 장구를 치면서 한판 춤이나 추어 봅시다유."

"그렇구먼, 그것보다 통쾌한 일이 어디 있겠는가? 이제까지 참고 살아온 보람이 있구먼. 그놈들이 천벌을 받은 거구먼. 안 그런가, 하늘도 무심치만은 않으시구먼."

"가슴이 후련하구먼 그려. 십 년 묵은 체증까지 속 시원히 내려가는 것 같구먼 그려."

"그러면 앞으로 어떻게 된다는 것인가? 누가 이제 나라를 다스리는 왕이 되는 거여? 또 다시 그놈의 이씨조선으로 다시 돌아가는 것은 아니겠지."

"아니, 지금 자넨 세상이 어떻게 돌아가는데 왕을 찾고 그러슈? 왕이 아니고 국민들이 나라를 이끄는 사람을 직접 손으로 뽑는다는 말을 듣기는 들었네만 앞일이 걱정이구먼 그려."

"하여간에 오늘같이 기쁜 날 일이 어디 있겠슈? 일이구 뭐구간에 신나게 춤이나 추자고."

즉석에서 한판을 벌이고 소문이 동네에 퍼지자 마을 사람 모두가 뛰쳐나왔다. 마치 약속이나 한 듯이 꽹과리와 징소리가 울리며 온통 동네는 축제 분위기로 살맛을 모처럼 만에 느끼는 시간이다. 그들도 농악 소리에 놀란 나머지 밖으로 나와 함께 덩실덩실 춤을 추고 있다. 드디어 영원할 줄만 알았던 어둠의 세력은 사라지고 찬란한 빛이 빛나는 세상이 다가왔다.

기대와 희망이 터져 나오는 순간으로 누가 시킨 것도 아니지만 하나같이 목이 터져라 불러대는 만세 소리에 어떤 사람은 감격에 목메어 울기도 하고 끌어안는 모습들이 너무도 아름답다. 그토록 감정을 내색하지 않던 민족이지만 해방에 대한 감정 표현은 대단하다.

"우리도 이제야 올빼미가 아닌 까치가 되겠구먼유."

밤과 낮이 뒤 바뀐 지 일 년이라는 세월이 흘렀지만 드디어 기다린 보람이 있다. 마치 깊고도 어두운 터널을 지나가는 듯 한 기분을 느끼며 해방을 만끽하고 있다. 그 어느 누구보다도 보국대를 탈출해 이곳에서 숨어 지내던 지난 세월이 헛된 것만은 아니다.

"고생 많이 했어. 자네나 나나 피눈물 나는 도망을 했으니 이제부턴 떳떳하게 인간 만석과 인간 용호로 멋지게 살아 볼 수 있을 거야."

두 사람은 서로 끌어안고 운다. 읍내까지 쫓아가 같이 만세를 부르는 사람도 있고 어떤 아이들은 영문도 모르는 채 어른들이 하니까 덩달아 따라 한다. 바로 저 집에서 거짓 환자로 속였던 일을 동네 어른들께 사실대로 말하고 고마움을 표한다. 그 말을 들은 사람들은 속으로는 이미 다 알고 있다는 듯이 고개를 끄덕이는 사람도 있다.

곧바로 짐을 챙겨서 집으로 돌아오니 드디어 밤과 낮이 뒤바뀌는 생활은 이제 끝이다. 무엇이든지 하고 싶은 일을 할 수 있다는 사실에 너무도 가슴이 벅차고 기분이 좋다.

해방이 되자 가장 먼저 고향으로 돌아 온 자는 바로 어제 일본이 패망한다는 유언비어를 퍼트렸다고 지서로 연행되었던 삼봉이다. 재수가 무척이나 없는 사람인지 아니면 가장 좋은 사람인지는 알 수 없다. 엊저녁에도 거꾸로 매달아 놓고 매를 맞으며 고춧가루를 탄 물을 얼굴에 붓기도 했다. 대나무를 뾰족하게 이쑤시개와 같이 만들어 손톱 사이를 찌르면서 그 말을 어디서 누구한테 들었는지 자백하라며 고문을 받았다.

이 세상에서 자유보다도 더 좋은 말이 없다는 것이 실감이 나는 것은 마음대로 할 수 없다는 것이 얼마나 정신적으로 고문인지 너무도 잘 알기 때문이다. 자의이든 타의이든 지간에 해방은 곧 자유를 의미하고 억눌려 있던 지난 세월이 원망스럽다. 그러나 모두 다 잊고 살려는 마음들을 여기저기에서 볼 수 있다.

평소 친일파라고 생각되었던 사람에 대한 감정과 복수가 있기도 했다. 그들은 마을에서 쫓겨 가기도 했고 뭇매를 맞고 설치던 사람들도 있는 것을 보면 과거를 잘 잊고 정에 바탕을 둔 민족임을 알 수 있다.

'복수는 안 되나 잊지는 말자!'

라는 말은 얼마나 멋진 말인가.

만석은 읍내로 볼일을 보러 간다면서 옷을 갈아입고 가보니 그곳도 어제의 감격과 축제 분위기가 여전한지 집집마다 숨겨 놓았던 태극기 물결이 대단하다. 지난 세월과 죽음을 무릅쓴 탈출이 너무도 억울하고 한스러운 마음을 쫓아낼 대상이 필요하다. 역시 일부 사람들은 감정을 실제로 표현하는 경우도 있다.

읍내에는 일본인들이 금광을 운영하며 살고 있고 몇 집은 장사를 하고 있다. 교묘한 방법으로 땅을 사들여 소작을 주고 쌀을 되팔아 돈만 챙기던 야끼또라는 사람이 살고 있던 집 앞에 사람들이 웅성거리고 있다. 만석 아버지도 야끼또에게 걸려들어 논 10마지기를 뺏기다시피 팔고 만 피해자이다. 그 후로 소작농으로 전락하고 말았으니 그냥 놔두지 않겠다고 결심한 적도 있다. 워낙 돈을 귀신같이 잘 긁어 들이는 야끼또는 인심을 잃고 악랄한 일본인으로 알려졌다. 몽둥이를 든 사람도 있고 어떤 사람은 험악한 얼굴로 쇠스랑이나 낫을 들고 대문 앞에서 소리를 지르고 있다.

집 앞에 이르러 맨 앞으로 나가 대문을 두드리며 소리를 질렀으나 인기척이 없다. 하루아침에 신세가 바뀐 그들이 맺힌 한을 어찌 잊을 수 있겠는가. 더 이상 안으로 들어갈 수 없다는 것을 알자 만석은 작은 석유 병을 깨서 담 벽에 뿌리고 성냥을 켜서 불을 붙인다. 순식간에 이루어진 일인지라 사람들은 멍하니 바라만 볼뿐이고 대신 과감하게 응징하는 그를 보고 속으로 시원하다고 생각하는 사람도 있다. 삼시간에 기름을 칠한 나무로 된 담 벽은 불길에 휩싸이자 집안에 웅크리고 있던 야끼또 가족들이 황급히 밖으로 뛰쳐나온다.

성난 군중들은 그동안 맺힌 한을 풀겠다는 듯이 발로 차며 몽둥이로 때리기 시작한다. 어떤 여자는 신고 있던 신발을 집어서 야끼또한테 던지기도 한다. 침을 뱉고 주먹으로 치며 발로 차는 사람들도 있지만 만석은 그 모습을 그저 바라만 볼 뿐 직접 때리거나 어떤 가해도 입히진 않는다.

눈이 퉁퉁 붓도록 그 자리에서 얻어맞던 야끼또는 무릎을 꿇고 살려 달라고 빌고 있다. 그 옆에는 아내와 아들 둘이 고개를 숙인 채 무릎을 꿇고 있다.

"개새끼 같은 놈아. 네놈들이 그 땅을 뺏어 가. 그 땅이 어떤 논인데 말이야"

하며 몽둥이로 머리를 치려는 기세로 눈을 부릅뜨고 내려 보던 사람이 갑자기 몽둥이를 내리친다. 야끼또의 머리에서 피가 터지며 그 자리에 고꾸라지고 만다. 아내와 아들이 붙잡고 울고 머리를 만지는 모습이 안쓰럽다. 우리 민족의 피를 빨아먹던 흡혈귀 같은 일본인들의 모습이 이젠 차라리 불쌍하다.

모여 있던 군중들은 피를 보자 성이 조금은 풀린 듯하다. 만석은 앞으로 나오며 모여 있는 사람들에게 말한다.

"이제 이 정도면 되었으니까 그냥 가도록 헙시다유. 그 땅이야 다시 찾을 수 있는 일이구. 그놈을 몇 번이래두 죽이고 싶지만 저기에서 부들부들 떨고 있는 처자식이 불쌍하지 않슈. 저도 죽이려고 작정을 했지만 이제는 입장이 바뀌니깐 불쌍하다는 생각까지 듭니다유. 이제 그만들 허시구 돌아갑시다유"

"아니여. 그놈을 내 손으로 죽여야만 속이 풀리는구먼. 아버지께서 저 놈한테 속아서 논 스무 마지기를 홀딱 빼앗기구 조상님께 볼 면목이 없다구 하시면서 그만 세상을 떠나셨으니."

그 자리에 주저앉아 울기 시작한다. 잠시 침묵이 흐르자 이런 상태로 놔두면 감정이 격해져 무슨 불상사라도 일어날 것만 같다. 그 자리에서 일어나 자신의 처지를 설명하면서 각자 의견을 묻고 의견을 모은다.

"우리가 집을 태우고 머리에서 더러운 피가 쏟아지도록 때리고 쳤다 한들 그게 우리 가슴에 그동안 맺혀 온 응어리가 풀어지겠슈? 이제 그 만들 하시구 냉정헌 이성을 찾읍시다유. 사정이 달라졌다구 저 놈들과 똑같이 하면 일본 놈들과 우리가 뭐가 다르겠슈? 조금만 참고 견딥시다유. 저두 솔직히 말씀드려서 만주에 보국대로 끌려가 갖은 학대를 받으면서 뼈 빠지게끔 일하다가 겨우 탈출에 성공하여 도망을 쳤지유. 그런데 두만강을 건널 무렵 일본 놈들한테 총에 맞으면서까지 도망을 쳤지유. 그런 제가 여러분한테 이렇게 호소하는 것은 저두 피해자이지만 우리가 이들을 용서한다면 이들이 일본에 돌아가 우릴 기억할 겁니다유."

"하기야, 저 놈을 죽인다고 해서 속이 다 풀어질 수도 없는 노릇이구먼. 괜히 평생 살인자라는 빨간 줄만 나를 계속 따라 다닐 테구. 생각해 보니까 그것도 일리가 있는 얘기구먼 그려."

동의하는 사람이 있지만 그들이 품어 온 감정과 서러움을 아끼또에게 뿜어낸다면 수

백 번을 죽여도 속이 풀어지지 않을 이들이지만 만석의 설득에 그들은 따랐고 금방이라도 죽일 것만 같던 사람들의 표정이 나아지면서 약속이나 한 듯 그 자리를 한 명씩 떠나기 시작한다. 이런 모습이 언젠가는 올 줄로 알았지만 막상 이렇게 눈앞에 벌어지자 오히려 마음속에는 관용과 베푼다는 마음이 자신을 사로잡았다는 사실이 너무도 이상하기만 하다.

집으로 돌아온 만석은 그 얘기를 아버지한테 하자 그저 하늘만 보고 담배를 피우고 있다. 마음속으론 그놈을 죽이고 싶었지만 아들이 집에 불을 질러 마음은 좀 후련해졌고 그 녀석이 위기에 처한 일본 놈을 구해 줬다는 사실은 기분이 좋다.

그저 멍하니 하늘만 보고 있다. 주역 원리처럼 이 세상의 모든 일에는 흥망성쇠가 있고 극과 극은 통한다는 말이 있다. 가장 높이 있던 자가 시대가 바뀌면 가장 낮고 천한 사람으로 변하는 것도 바로 높고 힘이 있다고 해서 낮고 힘없다고 깔보거나 무시하는 것은 문제다. 언제든지 사람의 위치가 주역처럼 변모하고 역전될지를 알 수 없는 것이다.

평소 힘만 믿고 까불고 아전인수 격인 자들을 비웃기라도 하듯이 그렇게 날뛰고 하늘 높은 줄 모르는 것 같던 일본 놈들이 패망한 뒤의 모습은 참으로 웃기지 않을 수 없다. 고개를 숙이고 땅만 보고 걷는 모습이라든지 집에만 붙어 있는 그들이 밉고 저주스러웠지만 한편으로는 불쌍하고 안쓰럽기까지 하다.

지금부터 내 것은 내 마음대로 해도 된다는 식으로 생각했던 것들이 많이 퍼지게 된다. 자유라는 개념이 잘못 인식되기까지 하다. 심지어 남의 발을 밟아 놓고 그것도 내 자유라는 식으로 와전된 경우도 있다.

그간 심한 억압과 구속된 생활이 하루아침에 벗어나자 그에 따르는 부작용이 바로 남의 것을 침범하고 해를 미치고도 그것도 내 자유라고 하는 모습은 어쩌면 잠시 있을 수 있는 부작용일지도 모르지만 어린아이들은 이것을 빨리 배우고 남용할 수 있다.

학교나 동네에서 놀 때마다 아이들 사이에서 자유라는 말을 앞세워 남에게 해를 끼치는 일이 많이 있다. 장난을 치거나 놀 때도 자유라는 단 맛이 여기저기에서 나타났지만 이것을 별로 이상하거나 나쁜 것으로는 생각하지 않는다. 그만큼 모든 사람들이 오랜 동안 갈망했던 자유를 만끽해 보고 싶었던 것이다.

그것이 잠시 있을 수 있는 부작용이라고 여겼고 오히려 귀여운 것으로도 보인다. 모든 것들이 제자리로 들어가기 전에 겪을 수 있는 일들이 일어나기 시작한다. 그것은 한편으로는 혼란하면서도 정상을 찾기 위한 모습으로 국가에서 국민에게 제공하는 기본적인 치안과 방범 활동 같은 일들이 제대로 수행되지 않자 많은 사람들은 혼란과 당황하는 일까지 나타난다.

일시적인 공백과 진공상태는 이 마을에도 일어났고 사람들은 한숨만 쉬고 있다. 무질서가 판을 치고 주먹과 힘이 먼저 통하는 세상에 오직 마음이 우직하고 선하기만 한 시골 사람이라도 해방은 곧 좋은 것이라는 환상이 깨지기 시작한다.

그동안 겪었던 억울함과 증오심들이 곳곳에서 나타난다. 심지어는 싸움과 폭력으로까지 이어진다. 말 그대로 주먹이 세거나 돈이나 좀 있으며 빽이라도 있는 사람들이 우선적으로 대우받고 빛이 나는 모습들이 눈앞에 나타날 때마다 그저 한숨만 쉬고 있다. 동네의 위계질서가 무너지는 일들이 나타날 때마다 혀만 찰뿐이다.

만석은 여기에서도 예외는 아니니 워낙 놀기를 좋아하고 싸움질을 즐기는 성격에다 갑자기 자유라는 것을 만끽하자 매일 술을 먹고 시비를 걸어 이 동네 저 동네에서 큰소리나 싸움질을 하곤 한다.

다시 찾은 조국의 품으로 동네를 떠났던 사람들이 한 명씩 귀향을 하고 있다. 가장 먼저 돌아온 삼봉은 재수가 없었다는 말을 하면서 하루만 더 참았더라면 이런 봉변은 당하지 않았을 거라는 아쉬움을 표현하곤 한다.

만주로 갔던 사람과 일본에 끌려갔던 마을 사람들도 돌아왔고 동네는 활기를 띠기 시작했다. 하지만 돌아오지 못하는 사람들이 있는 집에서는 우울하고 쓸쓸하기까지 하다. 역사의 비극이 개인이 살고 있는 터전을 위태롭게 하고 더욱이 이 세상에서 가장 귀중한 생명을 잃고 삶을 포기하는 것은 참담한 일이다.

그 불똥이 어느 사람에게 갈지도 모르며 그것을 피하고 싶어 해도 뜻대로 되지 않는 것은 개인이란 국가의 소유물이기 때문일까. 아니면 운명론적인 의미로 해석을 해야 되는 것인가.

비극이 끝이 나면 웃는 자와 우는 자가 있기 마련이지만 생과 사로 갈라져 집으로 전해져 오는 소식은 뭇 사람의 마음을 우울하게 만든다. 마음껏 웃어야 할 자도 웃지 못하는 세상이 바로 역사의 전환기에 흔히 있는 일이다.

마을은 온통 해방과 더불어 웃던 사람들이 전쟁 중에 전사자로 통보된 사실 앞에 통곡하는 사람들과 그 집안을 보고 같이 울지 않을 수가 없다. 개인의 슬픔이 곧 나의 슬픔이라는 시골 공동체의 특징이 그대로 나타난다.

해방이라는 들뜬 기분이 가라앉고 사회 전체가 냉정을 되찾고 있다. 권력과 정치적인 공백기에는 개인이 가장 피해를 많이 보며 제자리를 찾는 시간이 길면 길수록 그 피해 정도가 심해진다.

일제의 수탈과 억압은 없어졌으나 다른 존재가 그 여백을 차지하는 것이 세상의 순리다. 마을에서 주먹이나 쓰고 때리기를 좋아하며 남을 못살게 구는 사람들이 바로 그 주인공들이다. 이들은 작고 보잘것없는 눈앞의 이익을 위하여 남에게 피해를 주며 기생처럼 살아가는 무리들이 점점 더 늘어만 간다. 일하지 않고 쉽게 돈을 벌 수 있는 방법은 다름 아닌 폭력을 이용한 깡패 집단을 만들어 어느 지역을 분할하여 보호해 준다는 명목하에 합법적인 폭력을 일삼는 경우도 있다.

금왕 지역은 금을 캐내는 노다지 광맥이 발견되어 그에 따르는 돈과 사람이 모여들고 여기에 술집과 여자들이 뒤를 따르며 폭력배들도 함께 모이게 된다. 이권과 돈(전)이 냄새나는 곳에는 항상 뒤따라오는 것이 바로 여자와 폭력배. 밤이 되면 술집과 음식점은 니나노 판이 벌어지고 여자와 술이 잘 팔리는 시기다.

이런 모습이 차라리 일제 강점기 때 억압되고 로봇과 같은 삶보다 시끄럽고 어수선해도 자유와 마음이 편한 지금이 오히려 더 좋다고 생각하고 있다. 모든 면이 정상적이고 물이 흐르듯이 흘러가면 좋으련만 인생사 그것이 아니다. 상당한 정도의 대가가 필요한 시국 수습책이 필요하다. 피부로 느끼는 주권국가로서 치안이나 방범, 보건 등과 같은 국가에서 오는 혜택이나 관리는 거의 없고 어쩌면 무법천지 같은 사회 분위기는 계속되고 있다.

몇 달은 그런 대로 사람들이 참고 조용하게 보내고 있다. 하지만 그런 관망하는 시간이 끝나자 시골이나 도시나 주먹이 센 놈이 장땡이라는 말이 있을 정도이다. 또한 역사란 단죄가 있고 그런 바탕 위에 새로운 역사가 움트고 발전되어 가는 것이 순리임에도 불구하고 외세에 의한 해방이라는 약점을 극복치 못한 채 일제에 같은 민족을 팔아먹고 고자질했던 사람에 대한 단죄 없이 그 위에 새로운 역사 창조를 시도하다 보니 문제점과 반목이 예상외로 심하다.

  잘못된 역사를 단죄하고 다시 새롭게 태어나는 과정이 매우 시끄럽고 혼란하다. 삶을 알차게 꾸미고 노력하는 서민들에 의해 앞으로 계속 전진하고 있다.

드디어 모습을 드러내고

하루가 다르게 여기저기에서 많은 변화가 찾아오고 있다. 다른 나라에서 노동을 했거나 전쟁터에서 일본을 위해 어쩔 수 없이 끌려갔던 사람들이 고향으로 돌아오면서 많은 영향을 끼치게 된다. 지금까지 듣지 못했고 접해 보지 않았던 새로운 문화와 이야기가 그들을 통해서 전파되었다.

어둡고 긴 터널을 지나 빛이 있고 살맛이 나는 벌판에 선 사람처럼 만석은 지금까지 겪었던 일과 경험담을 만나는 사람마다 설을 풀며 부풀려 말하고 있다. 하지만 그런 말을 듣는 사람들은 재미가 있었고 호기심을 갖고 열심히 듣고 맞장구를 친다.

드디어 채표라는 돈을 벌고 꿈을 파는 이야기가 만석의 자랑과 입심에 의해 동네에 퍼지게 되자 누구든지 그가 말하는 것을 듣게 되면 거짓말도 참말처럼 느낄 정도로 언변이 좋은 그가 채표라는 생소하고 낯선 놀이를 과장되게 말하자 소일거리도 없었던 사람들은 많은 호기심과 관심을 갖게 된다.

느티나무가 있는 마을 정자 밑에서 더위를 식히기 위해 부채를 들고 있는 동네 사람들에게 중국에서 실제로 경험했던 채표를 열심히 설명하며 돈을 많이 벌 수 있다는 말을 강조한다. 그 말에 놀기 좋아하고 쉽게 돈 벌기를 좋아하는 몇 사람들은 관심이 온통 그쪽으로 쏠린다. 시국이 시끄럽고 세상이 어수선하면 사람들의 관심이 나라에 있는 것이 아니고 현재를 잊고 도피하고 싶은 마음이 강해지는 것은 누구나 가질 수 있는 현상으로 이 마을에도 찾아온다.

거기에 채표라는 이상한 이국적인 놀이 문화가 소개되고 만석의 언변과 옹호의 맞장구가 맞아 떨어져 채표는 시간이 가면 갈수록 사람들의 머릿속에 깊숙하게 남게 된다. 그것을 누가 어떻게 전파시키고 설을 푸는데 따라서 그 효과는 차이가 날 수 있지만 역시 만석이를 통해 소개되는 채표는 말 그대로 달리는 말에 날개를 단 격이다. 거기에 돈을 쉽게 벌 수 있고 누구나 어렵지 않게 할 수 있다는 말에 소문은 꼬리를 물고 이 동네 저 동네로 퍼져만 간다.

지금까지 돈에 관한 놀이래야 투전꾼들이 하는 투전과 일본 놈들이 혼을 뺏기 위해 퍼트린 화투가 있다. 골패, 윷놀이를 통해 돈을 걸어 놀기도 하고 때로는 투전을 하다가 집과 논밭을 날려 버린 사람들이 많이 있다. 그것이 사회적인 나쁜 영향을 주기도 하여 여기에 대한 비난의 소리와 자제하는 분위기가 널리 퍼져 있다. 하지만 채표는 그런 것과는 다르며 우선 남녀노소, 집안 식구, 동네 사람 모두 다 참여할 수 있고 큰돈이 드는 것도 아니며 물주가 든든하면 재미있게 즐길 수 있다.

그들은 사람들에게 그 점을 특별히 강조하자 삽시간에 채표에 대한 관심이 높아지고 언제나 열리나 하는 기대감이 팽배해진다. 사람들이 모이는 곳마다 채표에 대한 얘기가 주를 이루었고 어떻게 하는지에 대해 궁금증을 묻곤 한다. 자신들이 얼마를 투자해서 얼마를 벌었다는 말을 해주면 귀가 솔깃해지는 모습들이다.

누구든지 돈을 벌고 싶다는 간절한 마음은 있지만 단지 방법을 찾지 못할 정도로 사회가 혼란했고 경제적인 기반과 여건이 좋지 않았던 시대였다. 겨우 입에 풀칠만 할 수 있다면 어떠한 일도 마다하지 않았던 시대였고 밥 먹는 일이 하루의 일 중에서 가장 중요한 비중을 차지하고 있다. 아침에 사람을 만나면 인사하는 말이 '진지 잡수셨어유?' 라고 했을 정도이니 그만큼 밥 먹는 일이 그렇게 중요했고 하루 세끼를 꼬박 먹고산다는 것이 행복한 일이다.

하루 종일 일을 해도 겨우 쌀 반 됫박 정도가 고작이고 1주일을 해야 쌀 몇 됫박을 받을 정도로 살기가 매우 힘든 시대에 살고 있다. 어떤 때는 하루 일을 해주는 조건이 온 집안 식구들에게 밥 세끼를 먹이는 경우도 있거나 점심때만 되면 광주리에 밥을 머리에 이고 논밭으로 나갈 때 그 모습을 지켜보고 있다.

일꾼의 집안 아이들이 우르르 몰려가서 밥을 얻어먹는 일이 있다. 남에게 베푸는 것을 미덕으로 여겼던 시절이기 때문에 같이 나눠 먹기도 한다. 일을 나가야 오랜만에 갈치나 고등어에 두부찌개를 먹을 수 있고 거기다 쌀이 반 정도나 섞여 있는 쌀밥을 먹을 수 있었기에 그날은 잔칫날과 같다.

어느 집에서 잔치를 하게 되면 그날은 동네 어린이들이 오랜만에 영양식을 먹는 좋은 날로 여길 정도로 식량 사정이 좋지 않았던 시대이다. 인심이 비교적 후했고 동네는 공동체 의식이 강하게 작용하여 모든 일이 동네를 중심으로 이루어졌던 시대로서 동네는 가장 중요한 공동체 조직이다. 만약 동네에서 무슨 일이 생기면 즉각 알려지게 되고 서로 돕고 사는 미풍양속이 유지되던 시기이다.

이미 채표는 진골 마을에서는 알려질 만큼 알려졌고 거기에 대한 관심이 점점 높아지고 있다.

"만석이 말여! 그렇게도 자랑하던 채표는 언제쯤이나 맛을 볼 수가 있는가? 만날 꿈만 잘 팔면 서른 곱을 먹는다는 했는데 그런 얘기는 그만하고 진짜로 한번 해보면 되겠구먼. 그럴 생각이 없는 것은 아니지?"

채표에 대해 열심히 듣고 있던 길식이가 옆에서 보채고 있다. 그는 투전을 하다가 논밭을 거의 다 잃어버리고 날 품팔이로 겨우 밥을 먹고사는 처지다. 채표는 큰돈이 필요 없고 위험 부담도 적다는 말에 솔깃하고 있다.

"원, 무슨 채표 놀이가 화투 마냥 금방 배워서 되는 줄 아나. 이건 말여, 밤새 좋은 꿈을 꿔서 멋지고 재미있게 복지에다 돈을 걸고 버는 것이라서 말여. 누구든지 사전에 많이 배우고 용어를 익혀야만 되는 거여."

"그럼, 채표는 한문으로 쓰였다니까 한글로 써서 좀 줘 봐. 나는 글이 짧아서 한문은 영 읽지를 못하거든. 그리고 꿈마다 다르게 표시된 등짝과 배짝, 통표까지 좀 그려 주면 좋겠구먼."

"야 이 사람아. 그건 자네가 이것을 보고 그려 가면 되잖는가. 그래야 금방 눈에 익히고 외울 수 있으니께 그렇게 해보지 그려."

"우린 채표에 대해서 아는 것이 없구먼. 그러니께 만석이 자네가 좀 수고를 해줘야만 우리 같은 사람들이 복지를 많이 쓸게 아닌가?"

만석은 종이에 중요한 36문과 통표를 적어 준다. 이렇게 적어 준 것이 이 마을 저 마을로 옮겨 다니면서 은밀하게 퍼져 나가고 있다. 원래 큰 파문이 있을 것 같은 일은 은밀하게 입에서 입으로 번지기가 십상이다. 특히 농촌에서는 어떤 일이 생기면 그것은 삽시간에 마을 전체로 퍼지고 여기에 살이 붙고 힘줄이 더 붙게 되어 나중에는 작은 어린이가 거인으로까지 변모하고 만다.

그만큼 소문은 발이나 입은 없지만 무섭도록 빠르고 크게 퍼지고 만다. 채표를 본격적으로 열기 위해서 이 마을과 저 마을을 다니면서 돈을 벌고 재미로 즐길 수 있다고 대대적인 선전을 하고 다닌다. 특히 돈이 좀 있고 노름을 좋아했다. 주변 사람들 눈치를 볼 수밖에 없는 자들을 찾아다니며 물주 역할에 대해 집중적으로 알렸다. 동네에 가면 입이 거칠고 소위 이빨이 센 사람을 찾아내 그들에게는 통수를 하면 수입이 괜찮을 거라는 말로 설득을 하고 다녔다.

아직은 물주를 하겠다는 사람은 없지만 통수를 하겠다고 자원하는 자는 상당수 있다. 많은 돈을 처음부터 내용도 잘 모르면서 투자를 한다는 것은 모험이다. 그것도 36배나 태워 주는 짓을 누구든지 자진해서 나서지 않았지만 까불거나 건달 같은 사람들은 몸으로 때우면 된다는 마음으로 달려들지만 계속 선전을 하고 있다. 이렇게 알려지게 된 채표는 다섯 개 마을 사람들에게 알려지게 되었다. 채표하면 다 알 수 있을 정도로 흥미를 갖고 있다.

하루는 용호가 복지골에 갈 일이 있어 볼일도 보고 심부름도 할 생각으로 채표에 관한 통표와 등짝, 배짝, 36문등을 그려서 갖고 간다. 신작로를 지나 마을로 들어서는 길에서 바작이 달린 지게에 참외를 지고 가는 사람을 만나 동네까지 같이 가게 되었다. 물론 평소 안면은 있지만 그저 얼굴만 겨우 알고 지내는 사이이다.

"오랜만이네유. 전 진골에 사는 용호라고 해유."

용호가 인사를 하자 복지 골에 살고 있는 강석이라는 사람이 반갑다는 듯이 손을 내밀며 악수를 청한다.

"아, 진골에 사신다는 분이시구만유. 혹시 함경도 목탄 강에서 다리를 놓으러 갔다가 구사일생으로 도망했다는 바로 그분이 아니신지?"

하고 말하며 용호를 물끄러미 쳐다본다.

"맞구먼유. 제가 그때 철조망을 끊구 두만강을 건너서 도망했구먼유."

"아니 그람, 두 사람이 탈출했다는 말이 참 말이구먼유. 여태 한 사람인 줄 알았는디."

"사실 그 형님이 아니었더라면 지금 여기에 있지도 못했을 겁니다유. 만석 형님이나 되었기 망정이지. 다른 사람 같았으면 어디 탈출할 생각을 했겠슈?"

"혹시 주먹을 잘 쓰구 건달 마냥 만날 쏘다니기 좋아하는 사람 아니유?"

"형님은 원래 돌아다니기 좋아허시구, 술과 여자라면 끝내 주는 양반이지유. 그때 도망하면서 보여준 재치와 슬기는 대단했구먼유. 거기다 이렇게 좋은 물건을 슬쩍해서 마을 사람들에게 알려주구 돈 버는 방법까지도 이 안에 들어 있지유."

채표를 열어 사람 모습이 담겨져 있는 통표를 보여준다. 생전 처음으로 보는 사람이 그려져 있는 통표를 보며 눈이 휘둥그레진다. 그도 그럴 것이 그런 그림에 글자가 쓰여 있었고, 꿈에 대한 해몽이 지금 까진 듣지 못했던 낯선 것이다. 그것이 돈까지 벌게 해준다는 말에 귀가 솔깃해진다.

"이건 말 이유. 채표라는 것인데유. 집안 식구들이 꾼 꿈을 통표와 등짝과 배짝에 맞추어 그 말을 찾아 복지라는 종이에 써 놓으면 각 마을을 돌아다니면서 복지를 걷고 심부름해 주는 통수가 물주한테 갖다 주면 여러 통수와 사람들이 모인 곳에서 타점을 찍게 되지유. 그러면 자신이 쓴 복지가 물주가 쓴 것과 똑같으면 그것이 바로 대산자라고 하구유, 작게 맞은 사람을 입산자라고 부르지유. 그렇게 복지가 물주가 써 갖고 온 것과 같으면 그 자리에서 물주가 건 돈의 서른 곱을 채워 주는 것이 바로 채표이지유. 이건 뭐 머리 쓰고 할 것이 없이 자신이 꾼 꿈이 얼마나 잘 맞고 운이 좋아야 하는 문제가 중요하지유. 꿈을 팔아서 서른 배나 되는 돈을 타 보세유. 이거야말로 꿈만 같은 이야기가 될 겁니다유."

입이 마르도록 채표 자랑을 한다. 투전을 해서 돈을 몽땅 잃어서 그것을 복구를 하려면 채표에 대한 관심이 클 수밖에 없다.

잠시 지게를 길가에 세워 놓고 그늘진 곳에서 강석은 참외 몇 개를 지게에서 내려놓는다. 칼도 없는지라 옷에다 대충 문지른 다음 입으로 베어 먹는다. 그가 계속 보채며 질문을 하자 바로 이 사람을 이 마을에 심어 놓으면 되겠다고 생각한다. 서로 통했는지 시간 가는 줄도 모르고 채표에 대한 이야기를 한다. 아주 친근한 사람처럼 행동하는 모습이 꾼은 꾼 끼리 모인다는 말이 맞는 듯하다.

"아니 그람, 이놈의 종이가 돈을 서른 배로 불어나게 해주는 도깨비 같다는 것인가? 겨우 꿈을 팔아서 그렇게 많은 돈을 번다는 말인가유? 나 참, 살다가 별일 다 보겠구먼 그려. 세상에 이런 것두 진짜로 있었단 말이유?"

호기심 어린 표정으로 용호를 바라본다.

"나 같은 사람이 이런 것을 진작 알았다면 참으로 좋았을 거구먼. 지금은 빈털터리지만 한 때는 돈이 호주머니 속에서 놀았지만 그놈의 투전꾼한테 꼬임을 당해서 논밭을 다 날리고 하루아침에 알거지가 되었으니. 나 참."

하며 혀를 찬다.

"그람, 성님이 마을에서 우선 통수로 일하다가 나중에 물주도 한번 해보시면 좋겠구먼유."

"아니, 통수라는 것이 무슨 일을 하는 것인지 자세히 좀 설명해 봐."

"채표는유. 물주하고 통수, 타점 찍는 사람, 망꾼, 꿈 파는 사람들이 있는데유, 물주는 자기가 갖고 있 만약에 돈을 걸은 사람 중에서 입산자가 나타나지 않으면 그 돈을 몽땅 먹는 사람이 구유, 타점꾼은 입산자들이 복지에 써넣은 꿈 이름과 건 돈을 정리하거나 통수가 걷어 온 복지를 모아서 종이에 올려놓고 장부도 정리하면서 그날 당첨자에게 돈을 계산해 주고 구전으로 1할을 받아먹는 사람을 말하지유. 그리고 통수는 각 마을을 돌아다니면서 사람들로부터 걷어 들인 복지를 모아 물주가 사전에 정한 날인 타점일에 정한 장소에 모여 타점꾼들이 하는 일을 감시하고 입회하여 대산질을 한사람을 고르고 자기가 걷어 온 복지에서 입산자가 나타나면 물주한테 돈을 받아 그 돈을 사람에게 전달해 주고 구전으로 1할을 얻어먹는 사람을 말허지유."

"물주는 통수한테 땡전 한 잎도 주지 않는단 말인가?"

"그건 그렇지 않구먼유. 통수는 밑지는 장사를 결코 하지 않지유. 물주한테서 구전으로 1할을 먹고 거기다 입산자가 당첨되면 1할을 챙겨 먹는 꿩 먹고 알 먹는 사람이 바로 통수이지유?"

"이제 알겠구먼. 그러니까 통수는 순전히 심부름만 해주구 그 대가로 구전을 얻어먹는구면."

"그것도 있지만, 통수는 다른 것도 있지유. 그건 불림복이라는 것인데, 통수가 타점장에서 갖고 있는 정보나 떠도는 소문을 듣고 얻은 것을 종합하거나 어떤 꿈에 대한 영감 같은 게 떠오르면 바로 자신이 그 자리인 타점장에 가서 돈을 모아 복지를 써넣는 것도 있지유. 불림복에 당첨만 되면 야 끝내 주는 것이구먼유."

한참 얘기를 하다가 용호는 호주머니에 있던 진달래라는 담배를 꺼내어 강석에게 권했다. 성냥불을 붙여 담배에 대고 쭉 빨아들이는 모습이 마치 뭔가 굶주린 사람같이 보인다. 궐련은 일하다 받은 것이지만 워낙 담배 맛이 없고 질이 좋지 않아 사람들은 직접 담뱃잎을 말려 썬 다음 쌈지라는 곳에 넣고 다니면서 신문 종이나 창호지에 침을 발라 둘둘 말아서 피우곤 한다.

늙은 사람은 긴 담뱃대에 쌈지에서 담배를 꺼내어 그 속에 손가락으로 꼭꼭 쑤셔 넣어 불을 붙이면서 빨면서 담배를 즐겼던 시대였다. 궐련 한 대면 큰 선심 쓰는 것으로 생각할 정도로 궐련이 귀했다.

사람이 친해지기 위해서 가장 먼저 권하는 물건이 담배다. 그만큼 담배 인심은 후해서 길을 가다가도 담배가 피우고 싶으면 길가는 사람한테 담배 한 대를 달라고 하면 그 사람은 아무런 말하지 않고 기꺼이 담배를 주곤 한다. 물론 담배에 대한 예의가 엄격하여 아랫사람은 담배를 피울 때 절대로 윗사람이 있는 곳에서는 피워서는 안 되는 맞담배질이라는 말이 생겨난다. 술과 담배는 동등한 것으로 여기는 풍습이 있다.

시간가는 줄도 모르고 채표 얘기를 계속하며 길을 재촉한다. 강석은 무엇보다도 모처럼 좋은 물건을 하나 갖게 되었다고 무척 좋아한다. 그것을 잘 이용하여 자신이 처한 환경을 뒤집어 놓고 싶다. 신작로를 걸으면서 어떻게 하면 채표를 멋지게 할 수 있고 돈을 잘 벌 수 있는지를 묻는다.

용호는 집안 할머니께서 부탁하신 약을 갖고 온 것이다.

"참, 자네는 무슨 일로 우리 마을에 가는 것인가?"

"할머니께서 갑자기 입이 돌아간다는 와사중이 있으셔서 제가 준비한 것을 드릴려구 가는 길이구먼유. 그런데 와사중에는 팔목에 있는 내관 혈에다 민들레 잎과 뿌리를 찧어서 붙이면 나을 수 있다구 허네유."

"그래서 지가 직접 붙여서 드리려구 가는 길이구먼유."
"그렇게 중한 병에 걸리셨다는 말인가? 그건 중풍이 오면 그런 병도 같이 온다구 허던데."
"저두 그런 말을 듣기는 들었구먼유."
"큰일이겠구먼. 그건 한번 걸리면 쉽게 낫지도 않는다는 병인데, 빨리 가서 붙여드리라구. 시각을 다투는 병이니까 어서들 가 보게나."
옆에 있던 다른 사람이 그 병에 대해서 묻는다.
"찬이슬을 맞으시며 덕석을 깔구 마당에서 주무셨는데유. 아침에 일어나 보니까 그만 입이 옆으로 돌아갔다는 연락이 왔었지유. 그래서 민들레 잎과 뿌리를 손목이 있는 내관 혈 부근에 붙인 다음에 하루 밤만 지내면 그 곳에 상처가 생기고 피부가 터지면서 돌아갔던 입이 원래 모습으로 돌아온다구 해서 만들어 온 것이지유."
"채표를 중국에서 갖구 오셨다는 그분이 침구에 대해서도 조예가 깊다는 말인가?"
"그럼유. 침과 뜸으로 어지간한 병을 다 고칠 수 있는 분이지유. 동네에서 배가 아프거나 허리나 무릎에 이상이 있으면 유. 사람들이 먼저 만석 성님한테 갈 정도로 용하신 분이지유."
"그분은 참으로 좋은 재주를 갖고 계시는구먼. 침구를 알고 있으면 어지간한 병은 집에서 간단히 고칠 수 있지."
"곧 있을 채표에서 물주 노릇을 자진해서 한다구 했어유. 갖고 있는 돈을 전부 털어서 물주 자금으로까지 쓰려구 하는 분이죠. 돈두 벌구 재미있게 채표를 할 수 있도록 힘쓰시는 좋은 분이시랍니다유. 그 성님은 중국에서 보국대로 일하다가 탈출해서 왕 서방이라는 착하구 맘씨 좋은 분 집에서 계셨는데유. 글쎄 말이유, 중국 사람들도 맞추기 어려운 채표를 불과 몇 번 만에 타점에 찍혔던 분이였답니다유. 그만큼 채표에 대해선 일가견이 있으신 분이지유."
"용호 말이여, 다음에 진골에 가는 일이 있으면 그분을 좀 만나게 해주면 좋겠네. 그렇게 해 주실 수 있겠는가? 그렇게 재미있구 돈도 쉽게 벌 수 있다는 채표나 좀 익혀서 멋지게 한번 뛰어 보고 싶구먼. 난 이런 말을 듣고 있으면 갑자기 세상이 그렇게 환하고 좋게만 보이는걸."

 마을에 도착하여 마을 맨 위에 살고 있는 할머니를 찾아간다. 그곳은 마을 전체가 환하게 보일 정도로 전망이 좋았고 약간 경사진 곳 끝에 있다. 집에 도착하여 보니 큰아버지는 밭에 일하러 가셨고 큰어머니는 장에 가시고 조카들만 있다. 우선 누워 계시는 할머니께 큰절로 인사를 올린다. 준비해 간 민들레 뿌리와 줄기로 만든 것을 내관 혈에 붙이고 그 위에 비닐로 싸서 묶는다.

 "할머니유, 와사증 때문에 고생이 말이 아니시지유? 몸도 편찮으신 데다 와사증까지 왔으니 힘드시겠어유. 오늘 아침 나절에 연락을 받고 오는 길이구먼유. 이분은요 이 마을에 사는 강석씨인데 잘 아시는 분이지유?"

 강석을 소개하자 할머니는 아신다는 듯이 고개를 끄덕인다.

 "어젯밤이 하도 더워서 방에 있기가 뭐했지. 그래서 마당에 덕석을 깔아 놓구 잠을 자구서 아침에 일어나 보니깐 그만 입이 이렇게 돌아갔지 뭐냐."

 하며 입을 보여주신다.

 "할머니! 절대로 차가운 마당이나 이슬을 맞고 잠을 자지 마세유. 큰일나유. 다행히 아는 사람이 만들어 준 약을 갖구 왔는데유. 와사중에 잘 듣는 민들레루 만든 특효약이유."

 "그러냐? 니 덕택에 돌아간 입이 어서 나왔으면 좋겠구나."

 "손목에 붙이시구 하루이틀 지나면 효과가 나타난다구 했거든유. 괜찮을 거예유. 잘 붙이시구 조금만 참고 기다리세유. 그리 구유, 알려주신 분이 말하기를유. 이 약은 독성이 있데유. 붙이시구 얼마 있으면 붙인 곳에서 염증이 생길 수가 있구 따갑고 아프데유. 그건유 낫는 징조니까 꾹 참구 견디세유."

 "그래. 잘 알았구나. 입이 갑자기 옆으로 돌아가니깐 아무것도 할 수가 없구나야. 마음은 괴롭고 창피해서 밖에도 나갈 수가 없구나." 하시며 자리에 누우신다.

 "팔을 쭉 펴 보세유. 오늘 붙이구 모레쯤 봐 드릴게유. 절대로 아프다구 떼지 마시고 기다리세유. 그날 올 때유 침을 잘 놓는 그분을 제가 여기로 모시구 올게유."

 "알았다, 이렇게 이 할미를 생각해 주니까 고맙구나. 우선 이것으로 해보구 낫지 않으면 그분은 다음에 모시고 오거라. 가믄 그분한테 고맙다고 말씀이나 드리거라"

"꼭 말씀드릴게유. 자 팔을 쭉 펴시구 조금만 있으세유."

민들레를 비닐에 싸서 할머니 팔목 안쪽에서 조금 떨어진 내관이라는 혈 자리에 붙인다. 비닐과 천으로 감싸자 팔이 약간 아리다는 느낌을 말하시며 그대로 누워 계신다. 구안와사는 찬 곳에서 잠을 자거나 대기 중에 있던 양명경인 대장 경락을 통해 한사가 침투하여 생긴 것으로서 중풍이 올 때도 동시에 나타날 수가 있는 병증이다. 어떤 경우에는 눈썹까지 움직이지 않는 경우도 있다. 신경계통이나 모세혈관에 이상이 생기면 나타나는 질병이다.

중풍 초기에 올 수 있는 합병증으로 온 것이 아니라 단지 찬 곳에서 잠을 잤기 때문에 발생한 것이다. 대장과 폐 경락으로 병이 있는 바람이 타고 들어와 입 부근에서 이상이 생긴 것이다. 여름에 찬이슬을 맞고 밖에서 잠을 자게 되면 이런 와사증이 올 수가 있으며 1주일 이내에 침구나 다른 방법으로 고치지 않으면 잘 낫지 않는 경우도 있다.

두 사람은 일을 다 마치자 이번에는 마을에서 노름을 좋아하고 놀기를 즐기는 사람들을 찾아 다니며 채표를 본격적으로 알리기 시작한다. 이 말을 듣는 사람들마다 귀가 솔깃해진다. 설레는 기분을 넣어 주는 일이 중요하기 때문에 은밀하게 일대 일로 만나는 방법을 쓰고 있다. 확실히 마을에서 바람을 잡는 사람이나 공략하는 것이 효과적임을 잘 알고 있다. 그것이 그대로 먹혀 들어간다.

"와, 이렇게 좋은 것을 이제야 알리세유. 우린 가을걷이가 끝나면 할 일두 없는데 이거 잘 되었구려. 거 뭐냐, 채표나 하면서 돈두 벌구 재미있게 보내면 그게 일석이조지 뭔가. 용호 씨, 그럼 올 겨울이 시작되면 본격적인 채표를 하는 건가유?"

날짜와 구체적인 것까지 묻는다.

"그라믄유. 이번 겨울이면 이 고장에서 처음으로 꿈을 팔아서 돈을 벌 수 있을 거유. 온 집안 식구들이 함께 멋진 꿈을 써내면 되지유. 많이들 알려서 잘 됐으면 좋겠네유. 그래서 이렇게 찾아 왔슈. 필요헌 물건 몇 가지를 여기에 적어 드릴 테니까 잘 갖고 계셨다가 읽어 보구 익혀서 쓰도록 하세유. 겨울이 오면 연락을 할게유. 채표에 쓰이는 통표와 등. 배짝이라구 하는데유. 한문으로 쓰여서 이해가 어려울 거유. 훈장님이나 글을 읽을 수 있는 분께 부탁을 허세유."

"잘 알았구먼. 읽어 보구서 모르는 것이 있으면 연락할게. 채표가 열리면 연락을 해주면 좋지. 그런데 지금 입장에서는 채표에 대해서 잘 모르니까 몇 번 열어서 해보면 좋겠슈."

"좋으신 말씀이네유. 그런 생각을 하고 있으니까 열린다는 연락을 받으시면 다른 일을 제쳐 두고서 채표장으로 오세유."

"추수가 끝날 때까지 외울 테니까 걱정 마시구 연락이나 하시구려. 연락만 온다면 야금방이래두 찾아갈게유."

"그람, 삼채 씨께서 이 마을을 맡아서 하시지유. 채표 선전두 하시구 심부름하는 통수 역을 맡으면 좋겠네유. 아직까지는 이곳에서 채표를 알고 있거나 해 본 사람이 하나두 없으니까유. 누군가 그 일을 맡아서 해주면 좋겠네유. 혹시 연락할 일이 있으면 직접 오세유."

"채표를 하려면 뭐부터 해야 되나유?"

"우선 방법을 잘 익히신 후에 36문을 외우셔야만 되지유."

"복지골을 꽉 잡구 채표를 책임지는 사람이 되어야겠구먼. 멋지게 채표를 퍼트려서 우리 마을에서 많은 사람들이 채표를 해서 돈을 많이 벌게 해주면 얼마나 좋겠어."

"이런 일은 삼채씨께서 허시면 딱 맞는 일이지유. 잘 해보세유."

"꿈을 가지구 밤낮으로 사고파는 일이 벌어질 것을 상상만 해두 재미가 있겠구먼. 채표를 해서 돈두 벌구 희망을 갖고 살 수 있으면 좋은 일이지. 안 그런가?"

복지골은 논밭이 평평하고 넓은 곳이 많은 곳으로 겨울만 되면 노름이 성행했던 마을이다. 지금은 투전에 대한 나쁜 인식 때문에 심심풀이로 화투를 하고 있다. 누구든지 수중에 돈이 넉넉해지면 딴 생각이 들어 노름과 주색잡기를 하게 된다. 가을 추수를 마치면 동네는 온통 투전꾼들이 모여든다. 그들은 밑천이 다 떨어지면 논밭을 날리고 패가망신까지도 한다.

요즘은 나라를 다시 찾고 정신이 들었는지 투전은 과거보다는 많지 않다. 해방되기 몇 년 전부터 일본이 우리나라에 퍼트리기 시작한 것이 화투다. 이때부터 사람들로부터 관심을 끌기 시작한다. 아직 화투는 널리 퍼지지는 못했고 별다른 놀이 문화가 없던 시절에 채표라는 놀이는 남녀노소 누구나 할 수 있고 큰돈이 들어가지 않는 까닭에 갑자기 관심을 끌기에 충분하다.

일시적인 권력 공백기나 시대적인 불안이 대두되면 그것에 대한 반발 심리가 확산된다. 그러면 향락과 도박에 정신을 팔리게 되는 것이 시대적인 조류였다. 국가 권력이 확실하지 못하여 민생 치안과 단속이 체계적이지 못한 관계로 느슨한 틈을 이용하여 이런 일들이 성행할 수밖에 없다.

해방이 되었어도 누구나 기다렸던 이상이나 개혁은 일어나지 않는다. 오히려 정치적인 권력 싸움과 공산주의와 민주주의에 대한 이념 대립만이 이들을 더욱 안타깝게 만든다. 결국 실망과 좌절을 불러일으키고 생활에 대한 회의를 느끼지 않을 수 없다. 지서나 면사무소는 경제적인 기반이 없어 지역에는 법보다는 인간적인 관계를 통해 이루어지는 법 집행이 많아지고 있다. 거기에다 중앙 정치가 어수선해지자 이에 따라 지방은 자연적으로 혼란과 갈등이 노출되고 말았던 것이다.

한꺼번에 쏟아진 해방에 대한 기대 심리가 오히려 부작용을 낳고 있다. 이것만 해결되면 모든 것이 다 이루어질 수 있다는 환상이 깨지자 실망의 연속이다. 분위기는 부풀어 있어 뭔가 일어날 것만 같은 징조가 여기저기에서 나타난다.

하지만 법과 원칙보다는 인정과 주먹이 앞서게 된다. 폭력이 우선하고 변칙이 더 잘 통하는 사회로 바뀌고 말았다. 독립을 위해 목숨을 걸고 싸웠던 자들이 올바른 대우나 평가를 받지도 못한다. 반대로 일제에 아부하며 붙었던 민족 반역자들은 더 잘 산다. 민족적인 흐름에 역행한 자들을 민족의 이름으로 응징도 없다. 이런 일들은 나중에 두고두고 문제점으로 남을 수밖에 없게 된다. 한 시대가 마감되고 다른 매듭이 만들어질 때마다 반드시 정리 단계와 재평가를 밟아야 한다. 그럴 때 역사 발전은 올바로 갈 수 있고 이는 진정한 발전을 위한 정지기가 된다.

외세에 의해 해방된 민족에게 나타나는 문제점과 정치적인 목적을 앞세우는 일들이 은밀하게 벌어지고 있다. 실제로 미국과 소련에 의한 양분할 된 형태로 나타난다. 커져만 가는 민심과는 달리 실제로 일어나고 있는 과정이나 결과는 실망과 좌절감뿐이다. 물질에 대한 욕구나 정신적인 억압에서 벗어나고 싶은 갈등이 제대로 채워지지 않자 사람들은 다른 곳으로 관심을 기울이지 않을 수 없다.

집으로 돌아온 용호는 만석을 찾아가 오늘 복지골에서 있었던 이야기를 한다. 내일은 석막골에 가서 채표를 선전하고 사람들을 만나 보기로 생각하고 있다. 두 사람이 그동안 다녔던 동네는 다섯 군데나 된다. 벌써 통수까지 선임되어 활동하고 있다.

"용호 말이여, 지금까지 우리가 열심히 돌아다녔는데 마을에 있는 통수는 다 선임이 되었는가? 그런데 진골은 이 두진이가 좋을 것 같은데 자네 생각은 으떤가?"

"그야 성님이 좋으면 되지유. 복지골은 자진해서 한다구 야길 헌 사람이 있는디, 괜찮을 것 같구먼유."

"이름이 뭔디?"

"마삼채라구 들었구먼유. 그 양반이 어찌나 채표에 대해서 의욕이 많은지 끝내 줄 겁니다유. 잘 이용해서 많이 물어 오면 괜찮을 것두 같은디."

"석막골은 누가 있는가?"

"어제 얘기가 있었는데유 김강석이라는 사람이 있구먼유."

"다른 곳은 다 결정이 되었는가?"

"길마리는 최민이구 수영리는 조지훈이라는 사람이 되었슈."

"그람, 필요헌 사람은 대충 결정되었구먼."

"성님께서 물주는 하실 생각이세유?"

"이번에만 자네가 타점사로 일해 주게나. 타점을 찍는 일이 중요헌데 그 일을 할 수 있는 사람이 어디 있겠는가? 경험두 없구 채표를 본 사람도 없으니까 자네가 이번만 타점 일을 맡아 주면 좋겠구먼. 우선 어떻게 하는지를 보여주고 다음번에는 다른 사람에게 넘겨주면 될 것 같은데. 이번만 자네가 수고를 좀 해주게나."

"타점을 어떻게 찍느냐에 따라 흥이 나기두 허구 죽기두 허쥬."

"맞는 말이구먼. 그러니까 자네가 흥을 올리구 재미있게 타점을 찍어야만 관심을 가질 거구먼. 타점장에서 구경했던 사람들의 입을 통해 소문이 날게 아니겠어?"

"알았슈. 한번 해보지유."

"많이 알려서 자리를 잡을 때까지만 고생을 하자구. 아마 중국에서 우리가 했던 것보다는 다르게 우리가 만들어 보급허면 더 좋을 걸세."

"좋지유. 몇 년 동안을 기다리고 벼르던 일을 이제 하게 되었으니 기분이 좋네유."
"얼마나 고생해서 채표를 갖고 이곳에 왔는가? 마음먹은 것은 확실허게 해두는 것이 무엇보다두 좋은 일이지. 남자로 태어나 하고 싶은 일을 하고 죽는 것도 멋진 삶이 아니겠는가?"
"성님이야, 지금까지 멋지게 살았잖아유. 좀 가난해서 마음대로 해 보지도 못한 것 빼고는 남자로서 할 수 있는 일은 다 해봤지 않겠슈."
"그건 맞는 말이네, 하고 싶은 일은 꼭 했었지."
"저는 성님을 쫓아다니다가 채표도 배우구 도망치기도 했지만 옆에서 볼 때마다 멋진 분이라는 것을 알았슈. 남자가 술과 담배, 그리구 여자를 좋아하구 도박을 해 본 사람만이 진정으로 인생을 알고 있다구 할 수 있지유?"
"그래두 세상이 어디 그래유? 주색잡기 허면 다 나쁜 것으로만 보잖슈?"
"못하는 놈들이 바보지."
"허기사 그런 일루 사람들 입에서 욕을 허구 비난을 하지만 소신을 갖고 어느 정도 즐기는 것두 괜찮다고 보는데유. 그건 아무것도 모르면서 그저 노름을 욕허구 비난하는 것은 우습다고 생각해유. 어른들의 간섭만 없다면 멋지게 살구 싶어유."
"용호두 많이 변했구먼. 나랑 어울리면 자네두 인생을 재미있게 즐기면서 살 수 있는 법을 알거구먼. 뭐 길고 긴 것이 인생인가? 만날 싸우고 자식들만 위하다 죽으면 그게 뭔가. 좀 즐기면서 적당히 살아가는 것도 괜찮을 거구먼."
"여러 마을을 돌아다녔지만, 꼭 인생을 알고 즐기면서 재미있게 살려는 사람들이 의외로 많은 것을 보구 놀랬어유. 그게 돈이 적구 마음껏 쓸 수 없다는 점만 뺀다면 마음은 다 같은 게 아니겠슈."
"놀구 즐기는 것을 싫어하는 사람이 어디 있겠어? 그런 여건만 되면 다 딴 생각을 하기 마련이지. 짧고 아쉬움이 많은 게 인생이 아닌가?"
"다들 여건이 못 되어서 그렇게들 살고 있을 뿐일 겁니다유."
지금까지 진행시켜 온 여러 가지 일을 점검하며 앞으로 해야 할 일을 상의한다. 예상외로 쉽게 풀리는 것을 보고 서로 놀라는 표정이다. 놀면서 누구나 쉽게 돈도 벌고 사람들을 만날 수 있게 해주는 채표가 의외로 쉽게 파고든다.

오늘은 음성 장날로 오랜만에 장에 가서 창호지와 쌈지 주머니를 사러 간다. 수중에는 아직도 상당한 돈을 갖고 있지만 가능한 그 돈을 아껴서 쓰면 채표 물주를 하는데 별로 어려움이 없을 것이라고 생각한다.

모처럼 장날 구경도 하고 먹고 싶은 마음에서 10원을 넣고 술과 음식을 사 먹을 생각이다. 사실 속뜻은 여기에 온지 일 년 반이나 지났건만 만나 보지 못한 영순을 보고자 한다. 장롱에 있던 옷을 꺼내어 갈아입은 거울에 비친 자신의 모습이 잘 생기고 얼굴이 환하게 빛나는 것을 느낀다. 사람이란 일이 잘 풀리고 기분이 좋으면 얼굴부터 빛나게 된다.

장터는 갖가지 물건과 사람들로 붐빈다. 대부분 한복을 입었지만 양장을 한 여인들과 양복을 입고 온 남자들도 눈에 보인다. 아직도 밥을 먹고 그저 살아가는 것이 인생의 최고의 목표라고 생각했던 시절이다. 가난과 굶주림이라는 무거운 짐을 벗어버리고 싶은 생동감이 넘치는 장날로 집에서 있던 물건을 팔기 위해 가지고 온 각종 물건들이 길가에 진열되어 있다.

염소를 몰고 오는 사람, 바작 위에서 울어대는 돼지 새끼, 거위나 닭, 오리들, 호박 몇 개를 따서 팔러 온 할머니들, 가지와 오이, 참외, 수박 등이 보인다. 지나가는 사람들을 부르며 팔아 달라고 조르기도 한다.

해장국집으로 들어가 국밥과 막걸리 한 병을 시켜 먹고서 창호지와 비단을 사러 간다. 통표와 등짝, 배짝을 그리기 위해 붓과 먹, 콩기름도 산다. 오랜만에 장터의 여기저기를 구경하다가 길가에서 초등학교 동창인 춘봉이를 만난다. 춘봉은 일본 순사를 하다가 지금은 음성 지서에서 형사 계장을 맡고 있는 사람이다. 친일파 중에 친일파였던 그가 단지 다른 사람들이 경찰 경험이 없고 인물이 없다는 이유만으로 국가에서 임명한 것이 이상하기만 하다.

어수선한 시대적인 부산물이지만 어찌 가장 더럽고 지저분했던 놈들이 가장 깨끗하고 정의를 구현하는 경찰에 임명되다니.

국가에서 치안을 위해 갑자기 경찰을 배출하기도 어려웠을 것이다. 그럴 만한 능력이 없던 정부로서는 울며 겨자 먹기 식으로 경찰 요직에 앉게 할 수밖에 없다. 일제를 청산

하지 못했기에 두고두고 논쟁이 되고 배신감을 느끼며 아부하고 간에 붙었다 쓸개에 붙었다 하는 놈들이 더 잘 살고 더 배부르게 먹고 사는 모습이 계속되는 것이다. 정화와 단절이 없이 한 시대를 맺는 어리석은 역사의 현실이 이러한 인사에서도 생겼다.

 춘봉이가 멋진 하얀 칼라를 한 경찰복을 입고 부하 두 명을 대동하고 지프차에 타고 내리는 순간 그곳을 지나던 만석을 만난 것이다.

 "아, 이거 자네는 만석이가 아닌가? 오랜만이구먼. 그동안 별일이 없었는가?"

 반갑게 악수를 청하자 엉겁결에 손에 들고 있던 종이를 내려놓고 손을 내민다. 악수를 할 때 그 사람의 패기와 건강 상태, 마음의 진취성을 알 수가 있다. 어찌나 손에 힘을 주는지 만석은 순간적으로 아프다는 생각이 든다. 악수할 때 그의 손에 그만큼 힘이 있다는 것은 자신감과 우월감이 있다는 증거이다.

 "멋진 순사복을 보니까 대한민국 경찰 복장 같은디."

 "맞구먼. 형사 계장으로 있지. 도움이 필요허면 연락허게."

 입고 있던 옷을 만지며 없는 먼지까지 터는 것을 보며 속으로 웃음이 나온다.

 "자네는 복도 많구먼. 국가에서 자네 능력을 높이 사준 것 같구먼. 그러니까 계급도 무궁화 꽃이 하나지. 이상도 하지 이런 곳에서 서로 만나다니 우리 어디 가서 술이나 한 잔 하자고."

 "지금 급헌 볼일이 있구먼. 급히 가서 일을 시키구 비녀 집으로 가겠네. 먼저 가 있게나."

 "알았구먼. 그럼, 이따 만나자구."

 하며 두 사람은 헤어진다.

 일제 강점기 때 순사 보조원으로 있으면서 능력을 인정받으며 온갖 수단을 써서 주변 사람들을 힘들게 했던 그가 해방이 되자 치안과 경찰 업무가 마비가 올 것을 염려한 정부에서 친일 분자라고 생각되던 사람들도 곧 바로 경찰로 특채되어 근무하는 실정이다. 이는 어쩔 수 없는 조치라고 보기에는 웃기지 않을 수 없는 일이었고 국민들도 어안이 벙벙할 정도로 석연치 않다.

 독립군 군자금을 모으러 왔던 사람들을 교묘하게 잡아내 일본 경찰에 넘긴 장본인이다. 그러나 세상은 권력이 있고 힘이 있으면 그에 대한 비난이 수그러들고 잠시 있다가 없어지는 망각이 빠른 사실에 놀라움을 감추지 않을 수 없다.

잊고 사는 것은 인간이 갖는 보편적인 현상이지만 그래도 그렇지 독립을 위해 싸우던 사람들을 위해 독립 자금을 모금했던 사람들을 인정사정 볼 것 없이 잡아 가두고 고문을 했던 자가 출세를 했다는 사실 앞에 그토록 말이 많던 사람들도 그 사람 앞에 가면 조용해지는 것은 무엇일까.

망각이란 좋은 면도 있지만 역사에 있어서 어둡고 긴 터널은 그곳이 밝아지고 공개가 되면 재조명을 시키고 단죄를 해야 할 것은 반드시 응징하여야 한다. 이런 일이 반복되지 않도록 민족의 이름으로 밝히는 것이 중요하다.

이것이 선행되지 않으면 항상 흐지부지되는 현상이 있을 수 있고 민족을 팔아 자신의 이익을 챙기고 남을 이용하는 자들이 계속적으로 역사의 어둠 속에 기생하며 우리의 생명을 노리고 민족을 배반한다.

유달리 900여 차례나 외침을 막아내고 거기서 살기 위해선 어쩔 수 없는 경우나 사정이 나름대로 있겠지만 그것도 역사적인 심판이 선행되어야 한다. 사람이 살다 보면 목숨을 유지하기 위해 남을 팔고 이용하는 경우도 있을 수 있지만 그것이 지나치고 지속적으로 행해지면서 그 파급효과가 크다면 이는 반민족적인 범죄이다.

일제 때 일본 순사 밑에서 보조원으로 일하면서 일본 놈들에게 우리 독립투사의 정보를 알려 주고 고자질을 했던 놈들이 이제는 역사적인 심판을 받는 것이 아니라 오히려 어쩔 수 없다는 애매한 논리를 앞세워 출세가 보장되고 더 잘 사는 것은 웃기는 일이 아닌가. 오히려 만주나 타국에서 갖은 애를 쓰며 자신의 재산을 바치고 목숨을 걸고 싸웠던 애국지사들은 못살고 목에 풀칠하기도 힘겨운 일들이 있으니 이는 모순된 일이다.

고국에 돌아와 보니 먹을 양식도 부족하고 생계가 막연한 마당에 일본 놈들에게 아부하며 고생시켰던 사람들은 배가 부르고 더 출세를 하는 모습에 좌절감마저 들곤 한다.

만석은 비녀 집에 이르자 어쩐지 마음이 편치 않다. 아무리 초등학교 동창이고 친한 사이지만 일제 강점기 때 뭇 사람들로부터 손가락질을 받고 남을 못살게 굴던 그런 사람과 함께 술을 마신다는 일이 마음에 걸린다. 하지만 이런 때 친구를 사귀고 가까이 하는 것이 필요하다는 생각에서 그대로 앉아 있다. 경찰에 있는 친구를 알아 두면 나중에 도움이 될 것이라는 기대감도 작용한다. 아는 사람이 많으면 앞으로 좋은 점이 많다는 사실을 그는 살아가면서 터득한 경험으로 이에 실천하고 있다

　비녀집은 춘봉이가 사람을 접대할 때 자주 이용했던 기생집으로 비녀를 예쁘게 머리에 끼고 장사를 하는 주인 이름을 따서 지은 술집이다. 애교도 있고 얼굴이 예쁜 탓에 기관장들이 서로 그녀를 갖고 싶어 안달이 났지만 결국 춘봉이가 최후의 정복자가 되어 기둥서방 격으로 있는 실정이다. 어떤 긴밀한 일이나 아주 친근한 사람이 만나는 그런 기생집에 두 사람이 만나는 것이다.

　잠시 후 문이 열리면서 번쩍이는 무궁화 꽃잎이 붙어 있는 계급장을 단 춘봉이가 비녀집으로 들어온다. 두 사람은 오랜만에 지난 얘기를 하며 우정을 나눈다.

채표는 시작되고

"자, 지금부터 물주께서 몇 가지 말씀을 해주시겠답니다유. 다들 조용히들 허시구 잘 들으세유. 채표에 대한 절차와 내용을 잘 아셔야만 할 수 있거든유."

각 마을에서 모인 사람들에게 물주인 만석을 소개하는 시간이다. 일 년 동안 살았던 그 집에서 첫 번 채표가 열리는 날로 축하를 해주는 듯이 사방이 하얀 눈으로 덮여 있다. 마치 지역 유지가 된 기분으로 앉아 있는 만석은 중국에서 이런 기분을 맛보며 즐기던 왕 서방이 생각난다. 돈과 높은 자리는 사람에게 보이지 않는 제2의 얼굴을 만들어 준다.

만석은 십여 명이나 되는 마을 대표자들 앞에서 일장 연설을 하기 시작한다.

"안녕들 하세유? 진골에 사는 김만석이구먼유. 반갑구먼유. 날씨가 추운데두 이렇게 채표 타점장에 왕림해 주신 모든 분들께 깊은 감사의 말씀을 드립니다유."

"아니, 저 사람이 채표를 퍼트렸다는 그 양반이구먼. 잘 빠졌구먼."

"채표는 제가 중국에 보국대로 가 있을 때 왕 서방한테 처음으로 알게 된 놀이구먼유. 누구나 꿈을 갖고 살아가지유. 그 꿈이라는 게 어디 마음대로 이루어지는 게 아니잖아유? 그런데 채표라는 것은 바로 이룰 수 없는 꿈도 이루어지기도 허구 눈앞에 금방 돈으로 나타나기도 하는 게 재미있지유."

모인 자마다 채표에 대해 대충 알고 있지만 말로만 듣던 장본인이 직접 설명하자 관심이 높은 표정들이다.

"얼마나 재미있는 놀인가는 직접 허시면 알거구먼유. 자고로 꿈이라는 건 희망과 힘을 주지유. 사람에게 꿈이 없다면야, 아무것두 아닐 겁니다유."

"꿈에 대해 좀 자세히 말씀을 해주면 좋겠구먼유."

"알겠구먼유. 낮에는 실제 생활의 꿈이구 밤에는 낮에 이루지 못했거나 하고 싶은 것을 미리 보이게 해주는 것이쥬. 그런 꿈을 서로 사고파는 놀이가 바로 채표지유. 잘 들어

주시구 많이 참여할 수 있도록 협조 부탁을 드리겠어유."
 무슨 특허라도 낸 사람 마냥 채표에 대한 설명을 하고 있다. 모여 있던 사람들은 활동적이고 건달 같은 사람들이 대부분이다. 그중에는 노름판에 미쳐 재산을 잃고 손가락질을 받던 사람들도 몇 명 보인다.
 봄에 농사를 시작하여 여름에 피땀을 흘려서 기르고 가을이면 추수를 하지만 겨울은 온통 먹고 노는 게 현실이다. 무슨 특별히 할 수 있는 일도 없었고 설사 하고 싶어도 일거리가 없는 실정으로 고작 하는 일이란 그저 나무나 하고 가마니 짜는 일이다. 밤에는 새끼를 꼬고 잡담을 하며 시간을 보내지만 이곳은 다행히 금광이 있어서 부지런한 사람들은 그곳에서 일을 하여 돈을 벌기도 한다. 금광에서 일을 하면 품삯으로 한 달에 쌀 반 가마는 받을 수 있다.
 이 집에서 채표를 준비해서 시작까지 하게 된 것이 이상하게 느껴진다. 일 년간 피신처로 준비한 집이 지금은 채표 본부로 변하고 폐결핵 환자와 다리 골절 환자는 하루아침에 유명한 사람으로 변해 버린 자신의 모습을 보며 스스로 웃고 있다.
 "여러분께서는 처음으로 채표를 시작하는 분들이지유. 어떻게 보면 중요한 일을 하고 있지유. 사실 통수 분들과 타점 하시는 분들이 채표의 핵심이지유. 물주는 제가 할 겁니다유."
 물주로서 누가 당첨되어 갖고 갈지도 모르는 거금인 황소 몇 마리와 논 몇 십 마지기를 살 수 있는 목돈을 선뜻 내놓기가 쉽지 않다. 아무런 보장도 없이 입산자에게 30배를 보태 준다는 것은 보통 일이 아니다. 힘들게 고생하며 만든 새경을 이곳에서 채표 물주노릇을 하는 돈으로 쓸 예정이다. 세상일이란 뜻대로 되지도 않고 알 수도 없다는 생각이 들지만 분위기는 처음 시작해서 그런지 상당히 진지하다. 표정들도 뭔가 해 보자는 의지가 엿보이고 총 일곱 개 마을에서 온 통수들과 아직 결정을 못하고 한번 듣기 위해 온 예비 통수들이다.
 "저는유, 타점 찍는 일을 맡은 용호라는 사람올시다유. 돈을 지출하고 관리하는 일을 맡습니다유. 혹시 돈에 관한 일이 있으시면 저한테 문의허세유."
 "채표는 독불장군 식으로 허는 것이 아니구, 여러 사람이 서로 힘을 합해야 되거든유.

그러니까 여기 모이신 분들의 많은 협조와 양해가 필요해유."

"우리사 아직껏 한 번도 해보지 않았으니까 잘 모르거든유. 자세허게 설명을 해서 실수가 없도록 해야 할 겁니다유."

"맞는 말씀입니다. 여기 계신 분들은 어차피 서로 알고 지내야 하고 협조가 필요한 경우가 많거든유. 인사라두 허시지유."

서로 인사를 나누며 채표 주식회사에 취직하는 절차를 마친다. 모인 사람마다 자신을 스스로 소개하며 서로의 얼굴을 익히고 있다.

"반갑구먼유. 전 복지골에 사는 마삼채라고 헙니다유. 서로 협조해서 돈도 많이 버시구 재미있게 겨울을 보내도록 헙시다유. 전, 워낙 재주가 없어서 걱정입니다만 제대로 통수 노릇을 할 수 있을지 모르겠구먼유."

그 말이 끝나자마자 이번에는 왼쪽에 앉아 있던 진골에 사는 이두진과 석막골 김강석이가 자신을 소개한다. 그 다음으로 수영리에 살고 있는 조지훈이라는 사람이 일어나 거창하게 소개한다. 이어서 부영리에 사는 오동환, 안사골에 사는 김석근과 채표에 대한 관심이 있어 이곳에 연락을 받고 온 장호원에 사는 강석민, 금왕에 사는 기상범 등이 차례로 소개를 마친다.

"소개가 다 끝났구먼유. 이번에는 몇 가지 부탁의 말씀을 올리겠습니다유. 무슨 일이든 지간에 아무리 좋은 취지로 시작한다 하드래두유, 처음에는 사람들은 우리를 이상하게 볼 것입니다유. 바로 그 점 때문에 제가 이렇게 부탁하는 말씀을 올리는 겁니다유. 그러나 시간이 흐르고 채표가 좋고 건전하다는 것을 알게 되구 또 타점에 찍혀서 큰돈을 벌었다는 소문이 퍼지면 금방 생각이 달라질 수 있거든유. 그러니까유. 여기에 모이신 채표 통수 분들의 활약이 무엇보다도 중요하다는 점을 꼭 잊지 말아 주셨으면 좋겠슈."

용호의 말이 끝나고 만석의 차례로 이야기가 이어진다.

"그동안 저와 용호와 같이 마을을 돌아다니며 채표 선전을 열심히 했습니다유. 아직도 모든 점이 부족허구먼유. 어떻게 하구 거기에 쓰이는 말은 대충 설명을 했습니다만 혹시 의문이 있으면 물어보세유."

이 말이 끝나자 뒤에 있던 길마리에 사는 최 민이라는 사람이 손을 번쩍 든다.

"저는 채표가 뭔지두 모르구 이곳에 왔슈, 막상 와 보니께 사람들도 많구 채표라는 것에 대해서 알게 되니깐 무척이나 반갑구먼유. 이렇게 채표를 하게 되어서 대단히 좋구먼유. 근데유 채표를 하겠다는 사람은 많은 것 같은데, 방법이나 절차에 대해선 잘 모르거든유. 이번 기회에 자세히 좀 알려 주면 좋겠구먼유. 그중에서두 꾼 꿈을 어디에 있는 해몽표에다가 맞추구 골라야 헐지를 영 모르겠슈."

"예, 좋으신 말씀입니다유. 채표는 우선 좋은 꿈을 꾸는 것이 가장 중요하죠. 그 다음으로는 그 꿈을 통표나 등짝, 배짝에 있는 해몽 중에서 어디에다 맞추어 골라 내구 타점에 찍히느냐에 달려 있슈."

"그람, 통표만이라두 설명해 주시면 고맙겠구먼유."

"통표에 나와 있는 것을 자세히 말씀드리지유."

미리 준비해 간 통표를 통수들에게 나눠준다.

"자, 자세하게 살펴보세유. 통표라는 것은 진시 황제 시절에 만리장성을 쌓구 진나라를 건국할 때에 공을 세웠거나 이름을 떨친 장수들의 명단이지유. 거기엔 그 장군들의 위업과 명예를 높이기 위해 일부러 꿈 해몽에 집어넣은 겁니다유."

"그람, 여기에 나와 있는 오호장, 사부인, 오걸식 같은 것은 진나라 시대의 유명한 장수 이름이란 말인가유. 난 명칭이 하두 이상하구 잘 들어 본 적이 없어서 묻는 겁니다유."

"통표 중에서 처음으로 나오는 이름이 오호장인데유. 이 오호장에 꿈을 쓸 때는 그 꿈이 한운, 곤산, 정순, 월보, 지고 등이 여기에 속허지유. 이런 종류의 꿈을 꾸게 되면 복지에다는 오호장에 속해 있는 꿈 이름을 한 가지만 쓰면 되거든요.

"같은 내용을 가지구 꿈을 꾸면 오호장만 쓰나유?"

"복잡하거나 비슷한 내용이 있으면 오호장을 쓰면 되지유."

"만약 월보인데 자신이 없으면 오호장이라구 쓰면 당첨에서는 얼마를 주나유?"

"그건 오호장이 다섯 개가 모인 것이니까 서른 배의 다섯 개중에 하나만 주지유."

"예, 알 것 같구먼유. 다음은 뭐가 있나유?"

"다음은 사장원인데 봉춘, 영생, 관계, 점괴 등이 여기에 속하구 사부인은 합동, 상초, 명주, 간옥 등이 있는디 사부인은 진나라 시대의 장군 남편을 잘 내조헸구 정절을 철저하게 지킨 유명한 여장군 같은 사람이었다구 해유. 여자 이름이 나오구 거기에 여자에 관한 성적인 의미가 있는 말들이 전부 여기에 속허지유."

"어떤 여자하구 꿈속에서 몸을 섞는 꿈을 꾸면 사부인에 해당되겠구먼유?"

"물론이지유. 사부인보다는 합동이 더 좋지유."

"생각만 해두 그거야 얼마나 신이 나고 멋진 꿈인가유. 꿈이라는 것은 마음속으로 그리면 현실은 그렇지 못해두 그것이 꿈으로 나타나는 것은 얼마나 좋습니까유. 어떤 꿈을 꾸었다고 해두 어떤 사람두 뭐라구 말하지도 않고 잡아갈 놈도 없구 거기다가 세무서에서 세금 내라구 하는 일도 없는 것이 꿈이 아닌가유. 사실 저녁에 옆집에 사는 예쁜 아낙하고 밤에 몰래 그걸 하는 것을 상상하면 그날 저녁 꿈에 그대로 그런 일이 벌어지는 장면이 꿈에 나타나면 얼마나 기분이 짜릿한지 모르지유."

"통표 중에서 사부인이 제일 마음에 드는구먼. 그려."

"만날 사부인에 해당하는 썹을 허는 해몽만 쓰겠구먼. 밤마다 여자만 그리며 썹을 허는 꿈을 생각하니 당연히 사부인은 당신이 맡아 놓았겠슈."

그 말을 듣고 있던 사람들이 모두 크게 웃는다. 역시 남자들이 모이면 여자 구멍 얘기를 해야만 한번 웃고 분위기가 좋아진다. 남자란 모이면 군대 얘기나 과장된 섹스 얘기가 있기 마련이다. 이는 어쩌면 가장 자연스런 본능을 표현한 것이다.

인간이 가장 관심을 갖고 있는 문제는 성에 관한 호기심일 것이다. 누구나 창피하다고 생각하지만 그걸 통해 인생을 배우고 종족이 보존되기 때문이다. 역사는 밤에 이루어진다고 하는 말처럼 동물 중에서 오직 인간만이 언제든지 섹스를 할 수 있다. 거기에 배를 마주 보고 할 수 있고 임신 중에도 가능하다.

남자가 하루 종일 여자를 가까이 할 수 있는 능력을 주신 것은 인간만이 갖고 있는 선물이다. 그럼에도 불구하고 그것을 평생 해보지도 못하고 죽어야 하는 여자들이 있다. 또 해본다 해도 오르가슴 같은 극치에 이르는 만족을 단 한 번도 경험해 보지 못하고 무덤으로 들어가는 여인들이 얼마나 많은지.

"이번에는 사호명을 보시죠. 사호명은 태평, 구관, 합해, 삼괴 등이 여기에 속하며 사호명이라는 장수는 용맹스럽고 인자한 장군으로 소문난 사람이었쥬. 그 장군이 가면 사람들이 저절로 고개가 숙어질 정도로 덕이 많고 인자했던 장수였데유."

"그래서 이름 속에 있는 꿈 이름 속에 좋은 말이 많구먼유."

"다음으로는 사화상이 있는데유. 여기에는 정리, 천양, 일산, 화관이 여기에 속하지유. 그 다음으로는 상칠생리가 있는데유, 여기에는 유리, 광명, 강사, 복손 등이 있구유. 또 하칠생리에는 일명 삼분점이라고 하는 것인데 무림, 필득, 지득이 여기에 속허지유. 마지막으로 이두사는 천신과 청운이 여기에 속하고 일사고는 외딴집이라고 하는 안사라는 것이 여기에 속허지유. 자, 지금까지 제가 통표에 나오는 장군들과 그 부하들의 이름이나 꿈이 속하는 것을 설명했지유. 예를 들면 꿈에 외딴집에 혼자 있는 것을 꾸었다면 이는 안사이구 통표에는 안사라고 적으시면 되는구먼유."

"그람, 여러 가지가 걸리는 꿈을 꾸게 되면 그것은 어떻게 적어야 되나유? 만약 열댓 살 먹은 아이가 서당에서 공부허면서 입에 뭔가를 먹으면서 걸어오다가 넘어져서 무릎을 다친 꿈은 어디에 속하나유?"

"그거야 간단한 문제지유. 서당에서 공부하는 것은 무림이고 입으로 먹으면서 오는 것은 지득이고 넘어져서 다리를 다치는 경우는 필득이 되기 때문에 이것은 통표에서 하생 칠리에 해당되구 소위 삼분점이라고두 하지유. 이때는 채표에 무림이나 필득, 지득이라구 쓰면 되구유. 만약 어느 한 가지가 될 것이라는 확신이 생기면 그중에서 한 가지만을 써도 되지유. 다시 말해서 필득이라는 확신이 들면 그렇게 쓰는 경우두 있구유. 또는 쌈지 속에 써넣은 것이 과연 물주가 어떻게 써넣느냐에 달려 있지유. 그날 물주가 필득이라구 쓰면 입산자 중에서 필득이라구 써넣은 사람이 당첨되는 것이지유."

"역시 꿈보단 해몽이라는 말이 맞는구먼. 뭣 보다두 해몽이 첫째여."

"여러 가지 방법으로 쓸 수 있겠구먼유. 그래서 물주와 같느냐 같지 않느냐가 결정되지유."

"물론이지유. 꿈을 갖구 어떻게 해석을 정확하게 하느냐에 따라 복지에 넣는 글씨가 달라질 수가 있다는 점을 유의해야 헙니다유. 누가 얼마나 좋은 꿈을 꾸었고 해석을 얼마나 정확하게 했느냐에 따라 타점에 찍히기도 하구 못 찍히기도 허지유."

옆에서 가만히 듣고 있던 석막골의 김강석이가 질문을 한다.

"용호 씨유. 36문에 있는 각 용어마다 꿈에 따라 다르구 성도 다른데 성과 숫자는 무엇을 의미한데유? 숫자가 나이를 표시한다는데 나이와 꿈은 어떤 관련이 있나유?"

"36문 앞에 있는 숫자는 꿈에 나타난 사람의 나이를 갖고 판단하는데 쓰이죠. 예를 들어 엄마 등에 업혀 있는 아기가 높이 있는 국기대를 바라보고 있는 꿈을 꾸었다면 이는 일산이 1이므로 성은 진씨이며 한 살 된 아이라는 것을 갖고 통표에 있으면 쓰고 있지 않으면 일산이라고 써서 통수에게 아침이나 저녁에 주면 되는구먼유. 또한 만약 23살 정도 되는 젊은이가 담배를 피우는 것을 본 경우에는 상초에 해당되고 성은 마씨이며 나이는 스물세 살 정도로 보면 되겠구먼유."

사실 통표를 다 외우고 등짝과 배짝까지 적용시켜야만 제대로 잘 풀이하는 것이다. 물주가 종이에 써넣은 것과 입산자가 써낸 복지가 서로 일치하는 것은 참으로 어려운 일이다. 우연히 일치하는 경우도 있지만 제대로 맞는 일은 드물다.

"성님! 외딴집에서 혼자 있다가 백발노인이 지나가는 것을 보게 되었다면 무엇을 써넣어야 되는가유?"

"한번 따져들 보시죠. 외딴집이면 안 사죠. 백발노인은 유리구 두 가지가 겹칠 때는 이런 경우에는 안사와 유리를 따로 써내면 됩니다유."

"한 가지만 복지에 넣는 것보다는 두 가지를 다 써넣으면 더 좋겠네유."

"그야 물론이지유. 두 장이 여러 개 중에서 더 잘 뽑힐 수 있지유."

"그야 돈을 먹는 장사는 아니지만 꿈 잘 꾸는 것이 첫째라니까."

"맞아유. 어떤 꿈을 꾸었느냐에 따라 복지에 들어가는 36문이나 통표는 다르지유."

"그것두 그것이지만 해몽이 더 중요헌 게 아닐까?"

"아무리 좋은 꿈이래두 해몽이 잘 못되면 끝장이지."

"꿈이란 물주와 서로 통하는 보이지 않는 신비스런 것이 있다는 점을 알아야 되지요."

꿈으로 알 수도 없고 보이지도 않지만 서로 연결해 주는 것이 신기하다. 또한 채표는 그런 꿈을 통해 인간이 가장 많이 갖고 싶어 하고 추구하는 돈이라는 목표에도 동시에 초점을 맞추기도 한다.

진시황이 국가의 재정은 일정하고 줄 노임이 많았던 문제점을 해결하기 위해 고안한 것이 채표 놀이이다. 물론 황제의 딸이 이 놀이를 고안했다고 전해진다. 채표를 통해 성을 쌓는 데 강제로 동원된 사람들의 관심과 불만을 해소시키고 국가 재정을 절약하는 데 그 목적이 있다.

동원된 인부들에게 임금을 준다고 속이는 방법이 바로 채표 놀이이다. 임금을 받기는 받지만 국가에서 미리 지명한 관리나 사람을 시켜서 채표 놀이를 권장시켰다. 그러면 임금은 다들 받지만 그것이 결국은 나라로 다시 들어가고 어떤 경우에는 국가에 오히려 빚을 지게 되는 일까지 벌어지곤 했다.

정치적으로 채표를 만들어 갈등과 향수병을 달래고 관심사를 채표로 돌리게 했다. 그렇게 함으로써 국가적인 목표인 만리장성을 완성시키는데 이용했던 것이다. 일정한 국가 재정은 적고 줄 노임은 계속 늘어가고 이를 해결하기 위한 방편으로 만든 것이다. 꾼 꿈을 통표와 등짝, 배짝에 대비시켜 적당한 것을 선택하여 물주라는 국가가 이를 태워주고 남는 것은 국가 재정에 보태고 하는 수법이 바로 채표라는 것이다.

얼마나 머리를 잘 썼던지 채표를 하기만 하면 3할 정도는 물주가 돈을 잃고 망하지만 7할은 물주인 국가에서 벌어들이는 멋진 장사이다. 노임 대신 받은 전표를 가지고 채표 놀이를 하다가 전표를 잃게 되면 다시 일을 해야만 한다.

결국 국가에서 허가된 물주는 적은 돈으로 발행한 수표 같은 전표만으로 채표를 한다. 그러면 보관 중인 전표는 다른 사람에게 전해지고 다시 그것은 다른 노임으로 지불된다. 거기에다 채표판을 벌이면 불평도 않고 고분고분 말을 잘 듣는다. 일하는 데 목표를 주지 않으면 장시간 동안 인부들을 부려먹을 수 없다. 적은 돈으로 엄청나게 동원된 인부들을 잘 부려먹을 수 있다.

만약 채표판에 뛰어들었다가 돈을 잃고 다시 그것을 복구하기 위해 전표를 국가라는 물주한테 빌린다. 이런 상황이 돌고 돌면 오히려 국가만 이익을 이중 삼중으로 챙기게 된다. 누가 잃었다는 소문은 별로 돌지 않지만 오히려 돈을 벌었다는 소문은 많이 퍼진다. 만리장성을 쌓는 데 파견된 관리들이 이를 과장시켜 알리는 것은 요즘으로 말하면 고도의 언론 플레이까지 동원시키는 것과 같은 맥락이다.

소문은 살이 붙어 채표에 대한 관심만 높게 만들고 진나라를 건국하고 전쟁에서 공을 세운 장수들을 기억시켜 국가에 대한 충성심을 높이며 장수 이름과 공이 있었던 신하들의 이름을 채표에 사용하는 고도의 정치적인 의도가 깔려 있기도 하다. 왕을 보좌하고 자신의 권익을 지키며 기득권을 지속적으로 유지하기 위해 대중적이고 여기에 가장 관심이 가는 돈이라는 대상을 통해 응집력과 불만 해소를 시키는 이중적인 목적을 이루는 방법으로 고안된 것이다.

만리장성이라는 국가적인 난제를 해결하는 데 채표는 커다란 기여를 한다. 그런 채표가 구전과 문헌으로 계속 전해져 한국 땅에까지 만석과 용호라는 두 사람을 통해 전파되고 이것이 여러 사람들의 관심을 끌고 있다. 정치적인 색채가 있던 채표가 서민들의 놀이 문화와 세시 풍속으로까지 발전되고 있다. 물론 이에 따르는 문제점도 많이 있었으나 재미있고 즐거움을 주며 돈까지 벌 수 있는 곳에 사람들은 당연히 몰리기 마련이다.

역시 꿈은 꿈으로 끝나는 것이 가장 좋은 것이라는 역설이 옳을 수도 있다. 누구나 현실에 만족하며 살아가는 사람은 극히 드물다. 이러한 현실을 타파하기 위해 다른 길을 모색하게 된다. 이런 과정에서 꿈이란 대단히 강한 힘을 발휘할 수 있고 생활에 희망을 주기도 한다. 뻔히 알면서도 이루지 못할 꿈을 가지고 도전하는 모습은 차라리 아름답기까지 하다.

진정한 꿈이란 자신만이 만들고 이루는 데 의의가 있다. 언제나 현실을 극복하고 넘어서려는 강한 의지가 있을 때 꿈은 우리에게 뭔가를 던져 준다. 진정한 꿈이란 희망이며 바람이지만 가끔 현실로 바뀌는 기적 같은 일이 일어나기도 한다.

지난밤에 꾼 꿈이 다음 날 그대로 실현되는 경우를 우리는 경험한다. 눈에 보이는 현실을 극복하고 내적인 소원을 나름대로 가질 수 있는 꿈이란 좋은 활력소다. 그러한 꿈으로 돈을 벌며 꿈을 사고파는 일이란 흥미 있는 일이다. 마음을 터놓고 꾼 꿈을 알리고 돈을 걸고 또 꿈을 갖는 것은 참으로 재미있는 놀이이다.

이들은 채표에 대한 논의를 다 마치자 본격적으로 해야 할 일과 준비 사항을 점검하기로 한다. 아울러 마을의 책임자인 통수들이 집중적인 홍보를 하기로 한다. 많이 참석시키는 것이 급선무여서 오늘부터 밤낮으로 뛰기로 한다. 두 사람은 잠깐 밖으로 나간다.

"성님! 통수들에게 채표 하는 날짜를 미리 얘기하는 것이 좋겠는데유."

"무슨 이유라두 있는가?"

"아, 그래야만 분위기도 살구 열기가 높아지지 않겠슈?"

"너무 미리 알려 주면 다른 문제는 없을까?"

"그래야만 통수들이 남은 날짜에 맞춰서 할 일을 준비할 게 아니겠슈."

"맞는 말이네만, 언제가 좋겠는가?"

"다음 달 초이틀이 좋을 것 같네유. 준비할 날이 20일이면 될 거구먼유."

"그람, 그날로 하지 뭐."

"지금 통수들한테 알릴까유?"

"그렇게 알리라구. 물주는 내라는 점을 꼭 강조허게나."

"좋은 얘깁니다유."

"나두 왕 서방처럼 멋지게 물주를 해서 인심도 얻구 떵떵거리구 싶구먼."

"성님 말구 물주를 할 사람이 누가 있겠슈? 이번에 물주를 한 뒤에 돈이 많이 남았다구 몇 사람한테 자랑을 하세유. 그래야 돈 있는 사람들이 물주를 하려고 할 것이 아니겠어유?"

"그건 조금 후에 말하는 게 나을 것 같구먼. 만약에 물주가 처음부터 돈을 벌었다는 말이 나오면 사람들이 뭐라구 하겠어? 난, 이번에 좀 손해를 볼 생각이네."

"그람, 다음번에 이자까지 칠 생각이유?"

"당연히 그래야지. 하여튼 준비를 하면서 통수들을 잘 다독거리게나. 저 사람들은 각 마을에서 한 가락씩 한다는 건달들두 있잖은가. 조심하면서 잘 이용하게나."

"문제가 생기지 않도록 허겠슈. 성님을 따라 다니면서 배운 게 그런 것만 배웠잖아유."

"아니, 자네 지금 나를 놀리는가? 고맙다는 말은 안허구 겨우 한다는 소리가 그 소리여?"

"아니구먼유. 성님이 아니었다면 지금 이 자리에 제가 있기나 할 것 같은가유. 다 성님이 도와주고 밀어 준 덕택이 아닌가유. 전 항상 그 점을 고맙게 생각하고 있구먼유."

"좀 혼을 낸다고 금방 수그러드는 것을 보면 더 배워야 되겠구먼. 남자가 배짱이 있어야지. 그 정도 갖고 그러면 노름과 같은 이런 일을 어떻게 하겠는가?"

"잘 알았구먼유."

"이번에 일이 잘 되면, 돈을 좀 줄 테니까 물주나 한번 해보게."

"그야 좋지유. 생각만 해두 기분이 좋은데유. 통수도 부려먹구 칭찬이나 선망의 대상도 될 수 있구. 꿩 먹구 알 먹는 꼴이지유."

"들어가자구. 저렇게 흥에 겨워서 떠드는 것을 보니까 오늘 저녁에 한잔 사야겠구먼. 가게 방에 연락해서 두부 두루치기하구 어제 잡은 돼지고기 삶은 것을 갖구 오라고 혀."

어제 동네에서 돼지를 잡아서 일부는 팔고 일부는 남아서 마치 잔치하는 동네 같다. 흥이 나기 시작한 곳에 술과 고기 안주까지 있으니 재미가 있을 수밖에 없다. 공짜 술은 언제 먹어도 기분이 좋은지 막걸리가 몇 순배 돌아간다. 취기가 돌자 말이 많아지고 흥이 난 듯하다.

처음 만난 사람끼리 술이란 가깝게 만드는 좋은 접착제나 마찬가지여서 술은 자신감을 주고 막혔던 입이 열리며 힘이 들어가며 목이 느슨해지게 만드는 약이다. 울기도 하고 노래도 하지만 역시 적당하게 먹는 술은 보약이 된다.

만석은 한 잔씩 돌린다.

"자넨 마누라한테 투전해서 돈을 잃었다구 바가지 긁힐 것을 미리 막으려구 채표에 뛰어 들었제. 그게 아니면?"

투전을 했다가 소까지 팔아먹고 마누라한테 꼼짝도 못하고 있는 형편이다. 그러나 눌려 있던 마음을 회복하고 싶은 마음에서 채표에 적극적으로 동참하고 있다. 마음이 서로 통하는 사람끼리 모이는 것이 세상 이치이다. 내로라하는 꾼들이 타고난 배짱과 거친 말씨까지 한꺼번에 나온다. 그 특징이 하나씩 나오기 시작하며 노래를 부르며 어깨를 감싸 안고 흥에 겨워 춤을 추는 통수들도 있다. 돼지고기에 익힌 김치를 싸서 먹거나 두부로 만든 두루치기에 저절로 들어가는 막걸리는 몇 말을 마신다. 모두들 채표에 대한 기대감으로 부풀어 있다.

"오늘부터 우린 한배를 탔습니다. 채표호에는 누구나 한 식구라는 마음으로 힘껏 도웁시다유. 물론 선의의 경쟁은 있을 수 있겠지만 타점이 찍혀야만 1할을 먹을 수 있다는 좁은 욕심 때문에 전체적인 분위기를 깨지 말아야 한다는 점을 특별히 유념하셨으면 좋겠구먼유."

"그야, 물론이지유. 돈 버는 것두 좋지만, 어떻게 남을 해치지 않으면서 멋있게 버는 것이 더 중요하다는 점을 기억합니다. 싹수머리 없이 속이구 그런 의리 없는 사람 있으면 이 삼채가 가만있지 않을 거구먼. 노름에두 경우가 있으니까. 돈만 딴다구 해서 자기 것이 결코 아니지. 남두 생각해야지. 편법을 너무 쓰거나 뒷구멍으로 호박씨 까는 일은 안 해야지."

"도박에서 의리를 강조허시는디. 채표는 속임수가 없나유?"

"그런 건 없구먼."

그 소리를 듣던 만석은 얼른 일어나 대답을 한다.

"채표는 절대루 손에서 바꿔치기를 할 수 없지. 물주가 쓴 쌈지는 그 자리에서 펼쳐서 보여주는데 뭐 다른 속임수는 생각두 못 허지."

"투전은 손에서 놀아나구 맘먹기 달려 있잖아유."

"다 비리가 있을 수 있지. 허점이 없는 게 어디 있는가? 내가 보기엔 채표에서 물주가 사전에 통수와 짜고 할 수도 있구, 물주한테 귀띔을 받거나 정보를 미리 빼내면 그거야 속수무책이 아니겠는가. 사람이 하는 일인데, 그게 완벽할 수 있겠어?"

"채표는 노름이 아니구, 꾼 꿈을 사고파는 놀이인데 해보지두 않구 생길 문제점만 짚으면 되겠슈? 남녀노소가 다 참여할 수 있는 놀이라는데 나는 매력을 느끼는구먼. 내 마누라도 이번 채표에 좋은 꿈을 꾸게 해 달라구 아침마다 부엌에 정화수를 떠놓구 절까지 했는데."

"석막골에는 하겠다는 사람이 십여 명이나 되는 데, 누군가 이번에 당첨만 되었다 허면 서른 배를 태워 준다는 말이 전해질 테구 그람 더 많이 모여들 것이구먼."

"그것두 맞는 말이구먼. 우리 마을두 채표 하겠다는 사람들이 계속 늘어 가는데, 이번에 잘 되면 많이 몰려들 것이라구 하던데. 누구든지 돈 벌고 재미있게 노는 것보다 이 세상에서 좋은 게 으디 있데유."

"이렇게 겨울만 되면 특별히 할 일도 없는 우리로서는 채표 같은 것이 올해는 있으니까 심심허지는 않겠구. 이야기를 자세히 들어보니까 별로 어려운 것이 아니구먼. 통수야 복지나 걸어서 채표장에 갖다 주고 타점이 찍힌 대산자들에게 돈을 갖다 주는 심부름꾼이라는 것을 아니간 별로 힘들이지 않고 돈을 버는 것은 통수겠구면. 많이들 동참할 수 있도록 서로 힘을 합하면 그다지 어렵지만은 않겠어유. 안 그런가유?"

언제부터 말을 서로 놓았는지 반말이 오가는 것을 봐서는 서로 친근해지는 모습이 뭔가 잘 될것 같다. 모임은 오후가 되서야 끝이 나고 이십일 후에 채표를 열기로 하고 집으로 돌아간다.

갑자기 뭔가 눈에 보이는 듯하고 팀 분위기가 좋아지자 만석과 용호는 기분이 너무 좋다. 누구나 큰일을 앞에 두고 그 일을 준비하는 사람 입장에서는 매사가 부족한 것 같고 불안한 마음이 항상 있기 마련이지만 어쩐지 이번에는 자신감마저 든다.

각 마을에서는 정해진 통수들이 집집마다 돌아다니면서 채표에 참여하라는 권유를 계속한다. 20일 후에 있을 채표 타점을 대비하기 위해 적당한 장소를 물색하러 간다. 사람들의 관심을 불러일으키고는 있지만 그래도 돈을 걸고 하는 것인지라 함부로 공개를 하기에는 빠르다고 생각한다. 그런 이유에서 채표 타점 장소를 산으로 잡는 것이 좋겠다는 것이 용호의 생각이고 만석의 의견은 정반대이다. 그는 누구나 참여하는 놀이를 좀 더 확대하고 선전하기 위해서 장소를 외딴집에서 하는 것도 괜찮을 거라는 생각을 갖고 있다.

"외딴집을 빌려서 마당에서 타점을 찍으면 좋겠네유."

"그런 생각을 안 해본 것은 아니지만 그래두 사람들에게 강한 첫인상을 심어 줘야지. 관심이 있으면서두 찾아오지 않는 사람을 위해서 호기심을 높여 주는 것이 더 효과적이잖아? 중국에서 본 것처럼 들판에서 숨어서 하면 좋지만, 여긴 들판이 소나무 몇 그루밖에 없으니까 곤란한 점도 있겠구. 거기다가 누가 신고라두 허면 큰 일이 아니겠어?"

"누가 그런 것을 갖구 신고를 허겠어유? 이것은 신고를 하는 사람이 나타나려면 아마도 재산을 잃고 우는 사람이 몇 명 나오거나 돈을 왕창 벌었다는 사람이 몇 명 정도 나와야 할 겁니다유. 그런 걱정은 마시구 외딴집을 빌려서 하는 게 좋지 않겠슈?"

"만약 외딴집에서 일을 하다가 문제라도 생기면 어떻게 하지?"

"무슨 문제라두 생길 것 같아서 그러는데유?"

"그거야 뻔하죠. 그런 집이 있는지도 문제구 설사 있다 해두 마을에서 가만히 있겠는 가? 많은 사람들이 모이면 시끄럽구 그러면 순사들이 알게 되구. 그렇게 된다면 뻔허지."

"순사들이 단속을 나온단 말인가유?"

"그야 똥 냄새를 맡으면 달려드는 것이 당연허지. 돈두 뺏길 것이구 잘 못허면 끌려가는 신세두 될 수 있지. 중국에서두 집과 전답을 잃고 거지가 되다시피 했던 사람들을 보지 않았던가. 또 동네에다 막걸리나 마시라고 돈을 놓고 가야 되잖어."

"채표에 있는 안사를 한번 과감하게 해보시죠. 문제가 생긴다면 다음번에 산이나 들로 가서 하는 게 좋을 것 같구먼유. 우선 사람들에게 많이 알리는 것이 중요하고 현장에서 직접 서른 배를 태워 주는 것을 보면 다음번에는 더 많이 몰리고 관심이 높아질 겁니다유."

"그람, 전시 효과를 높이구 사정이 여의치 않으면 산으로 옮기자는 뜻이 아닌가?"

"물론이지유. 역시 성님은 머리가 좋으셔. 금방 알아채시니 말이유. 집은 지난번에 제가 사놓았던 곳이 있는데유. 동창이가 산 것처럼 지난번에 꾸몄던 그 집 아시죠? 아마 그 집은 방도 많고 마당이 넓으니까 안성맞춤이죠. 누가 봐두 부정이나 나쁜 일이 아닌디, 굳이 피할 이유가 있겠슈?"

"도둑질이나 사기를 치는 것두 아니잖어."

"사실 중국에서 겪은 일만 생각했지. 처음이라는 사실을 깜박 잊어 버렸구먼유."

"채표가 기쁨과 즐거움을 주는 데다 복지만 잘 쓰면 돈까지 벌잖어? 그람, 이렇게 하는 것이 어떻겠는가? 세 번만 하구 다른 장소로 옮기면 될 것 같네."

"산으로 옮길 건가유?"

"그럴 생각이야. 그렇게 하면 효과두 있구 알릴 수 있는 좋은 기회죠."

"집을 잘 정리해서 곧 쓸 수 있도록 해주게나."

"알았구먼유. 알아서 잘 헐게유."

"덕석이나 몇 장 빌려 오면 좋겠구먼. 먹을 것을 많이 준비해서 흥을 높이면 좋겠구."

"처음이니까 뭔가를 써서라두 끌어야겠슈."

"술이면 될 것 같은데, 우리가 대접하지 뭐."

준비가 끝나자 두 사람은 마을을 돌아다니며 채표 선전을 하면서 사람들의 반응을 살펴본다. 집집마다 특별한 일이 없고 나무를 하거나 가마니를 짜고 새끼 꼬는 일을 하면서 소일을 보내고 있다. 어떤 집은 돗자리를 짜기도 하지만 여전히 열심히 일해서 수확한 곡식을 먹기만 하며 무료한 시간을 보내고 있다. 쌀이 귀해서 방안에 수수대로 엮은 곳에 저장해 놓은 고구마를 점심으로 먹기도 한다. 식량이 넉넉하지 못하여 조와 보리, 쌀을 섞어 만든 밥을 먹는다.

　당시 고구마는 식량 문제를 해결하는 귀중한 자원으로 헛간에 보관해 놓은 식량이 전 재산이고 봄이면 쌀을 꾸러 다니는 일이 많이 있었다. 가족의 호구지책을 해결하기 위해 봄에는 식량을 빌리고 추수철이 되면 갚곤 한다. 여름이면 쌀을 구하기 힘들어 쌀이 몇 가마만 있으면 부자 축에 끼었고 대개는 장독 깊숙이 쌀 몇 말을 보관해 놓는 게 고작이다.

　밥을 지을 때마다 한 주먹 정도를 가운데에 놓고 밥을 한다. 그릇에 담을 때는 할아버지나 할머니, 어린아이의 밥그릇에만 쌀이 약간 보이게 담는다. 나머지는 솥에서 주걱으로 휙 저어 섞어 버린다. 밥을 먹을 때면 쌀이 반도 되지 않는 할머니나 어린 동생 밥그릇을 가끔씩 쳐다보기도 한다. 그 밥이 남기만을 기다리기도 했고 꽁보리밥에 쌀 몇 톨만 보여도 눈에 빛이 난다. 식량 사정이 극도로 좋지 않아서 그런지 아침 인사는 대개 '진지 잡수셨어유?'라고 할 정도로 먹고사는 문제가 모든 사람들의 관심사였다.

　먹는 일이 가장 중요한 일과로서 다행히 이 마을은 토질이 좋기 때문에 굶는 집은 별로 없다. 겨울이면 금광에 가서 일을 하여 가정에서 쓸 돈은 스스로 벌고 있다. 논밭이 많은 사람들은 여유가 있지만 이런 생활에서 벗어나고 싶은 욕망은 누구나 갖고 있다.

　채표는 모든 사람들에게 좋은 꿈이고 누구나 매력을 느끼지 않을 수 없다. 적은 돈으로 꿈을 팔면 서른 배나 되는 목돈을 마련할 수도 있다. 이런 분위기를 뛰어 넘는 채표는 모든 이의 귀를 솔깃하게 만든다.

　이제 타점일이 닷새밖에 남지 않자 어떤 꿈을 꿀 것인가를 놓고 나름대로 행복한 고민을 하기 시작한다. 좋은 꿈을 때에 맞게 꾸는 것도 중요하지만 그 내용이 문제로서 갑자기 말이 없어지고 표정까지 신중해진다. 처음으로 하기 때문에 호기심을 많이 갖고 있을 뿐 막상 돈을 걸거나 복지에 쓰는 자는 적다. 눈치를 살피며 다른 사람들이 하는 것을 눈여겨보는 것을 봐서는 채표를 앞두고 신경전과 탐색전이 벌어지고 있다.

　벌고는 싶지만 거는 돈을 잃으면 어떻게 될 것인가에 대한 불안감이 많이 있다. 먼저 그 돈을 차지하고 싶지만 불확실한 다음 일이 걱정되어 함부로 달려들지도 못하는 것은 남의 돈을 힘들이지 않고 공짜로 번다는 것은 그리 쉬운 일이 아니다.

　노름이란 공짜를 바라는 것이 대부분이라는 세상이 주는 교훈을 이들은 잘 알고 있는 탓에 집집마다 참여를 할 것인가를 놓고 망설이고 있으며 부녀자들까지 우물가에 모이면 채표에 대한 이야기뿐이다. 갖가지 억측과 소문이 돌기도 하며 희망과 좌절, 공포, 자신의 입장을 놓고 비교할 수 있게 만든다. 돈을 싫어하고 갖고 싶지 않은 사람이 그 누가 있으랴만 그게 그리 쉬운 문제는 아니다. 꿈을 팔아 물주가 걸어 놓은 돈을 따 가느냐 아니면 물주한테 먹히느냐가 채표의 관심사이고 눈에 보이지 않는 갈등이 계속되는 것이 채표의 특징이다.

　물주라고 발표된 만석이라는 이름이 알려지기 시작하자 마을 사람들의 깊은 관심을 이렇게 받아 보기도 처음이다. 매사 말조심을 하고 있으며 누구를 만나든지 간에 꿈에 대한 얘기는 피하고 있다. 만약 말한 것 중에서 이상한 기미가 보이거나 헛소문이 퍼지게 되면 낭패일 수가 있다. 또한 사전에 정보를 알려 주는 결과가 되기 때문에 문제가 심각해질 수 있다. 누구한테 귀띔이라도 했을 경우는 문제가 복잡해지고 채표에 대한 불신과 이미지에 좋지 않은 손상을 입힐 수밖에 없다. 그렇기 때문에 항상 모든 일에 신경을 많이 쓰고 있다. 살아가면서 남을 의식하고 행동하는 것보다 불편하고 껄끄러운 일은 없다는 것을 잘 알고 있기에 남에게 피해를 주지 않으려는 마음이 중요하지만 인간은 자신을 위해 사는 것이 가장 본능적인 삶의 형태이다. 그러나 이번처럼 남을 의식하고 주의를 기울인 적은 없다.

　"자네가 이번에 물주 노릇을 한다구 들었는디 요즘 좋은 꿈을 꾸고 있나?"

　으레 만나는 사람마다 묻는 질문이다.

　"뭐 별다른 꿈은 안 꾸었슈."

　"동네 사람들이 자네한테 관심을 많이 기울이더구먼."

　"물주는 채표가 끝날 때까지는 골치가 아퍼유."

"그럴 거구먼. 모든 일을 혼자서 하니까 더 하지."

일부러 집에 놀러 오기도 하고 어떤 낌새만이라도 보이면 여지없이 소문이 돌기 마련이다. 중국에서는 채표가 어느 정도 기반이 잡혀 있어서 물주에 대한 관심은 별로 없다. 단지 타점 당일에 대단히 관심이 많은 이유는 처음 있는 채표이고, 돈까지 걸려 있기 때문인지 의외로 깊은 관심을 갖고 있다. 남에 대한 소문이나 평을 잘 하기도 하고 관심을 보이는 생활 습관이 몸에 베여 있기 때문이다.

쓸데없는 소문은 두렵기도 하지만 처음 단추를 잘 끼워야만 나중에 별탈이 없다. 입 조심, 발 조심을 하기 위해 일부러 외출을 꺼리기까지 하고 설사 나가서 이야기를 할 때면 신중을 기하고 있다. 가끔 찾아오는 통수들에게조차 어떤 언질이나 정보를 주지 않고 채표에 대한 질문만 대답한다. 아직은 통수들이 채표에 대한 충분한 지식이 없어서 그런지 모르는 것이 있으면 수시로 만석과 용호를 찾곤 한다.

역시 통수들이 오가며 이루어지는 정보전은 대단하여 누구나 채표에 관한 이야기만 나오면 놓치지 않으려고 신경을 곤두세우고 있으니. 과정이나 절차에 대한 이야기보다는 돈에 더 관심이 있는 것은 돈이 귀하고 벌기 매우 어렵기 때문이다.

드디어 오늘 오후에 동창이 집에서 타점이 있는 날이어서 그런지 마을 사람들은 꾼 꿈에 대한 이야기로 아침부터 야단법석이다. 나름대로 밤에 꾼 꿈을 기억하며 좋은 해몽을 하려고 애를 쓴다. 통수들은 복지를 쓰겠다고 알려준 사람들을 찾아다니며 복지를 걸으며 타점하는 시간과 장소를 알려 주고 있다.

"자, 오늘 오후 2시에 타점이 동창이네 집에서 있구먼유. 많이들 오셔서 좋은 꿈을 파세유. 구경두 많이들 오시면 좋겠구먼유."

"자, 오늘은 타점날이니까 엊저녁에 꾼 꿈이 있으면 통표를 보구 써주게."

"참, 옆집에 사는 창식이는 어디 갔는가? 통 안 보이는구먼."

"채표를 허겠다구 며칠 전에 찾아갔다구 들었는데유?"

"그람, 어디를 갔단 말인가?"

"집에 있는 것 같은데유. 어제 저녁때부터 마누라 하구 말다툼을 하는 것 같던데유."

통수들이 구전을 많기 받기 위해서는 복지수가 많아야만 한다. 또한 자신이 걸어 온 복지에서 타점에 찍히는 일이 있어야만 된다. 당첨만 되면 물주와 당첨된 입산자로부터 1할씩을 수고비로 얻어먹을 수 있다. 만약 당첨된 사람이 없으면 수고비를 한 푼도 받지 못한다.

온통 마을에는 채표 열기가 서서히 달아오르면서 오늘 열리는 타점에 쏠린다. 채표에 대한 모든 것을 알고 싶어 하는 마음에서 일어나는 작은 일 하나까지 깊은 관심을 갖고 있으면서 배우려는 열기가 대단하다. 배짱이 없거나 일이 잘못되면 돈을 몽땅 잃을지도 모른다는 걱정이 앞서는 경우에는 망설이면서 서로 눈치만 보고 있는 사람들도 있다. 이번에 열리는 채표를 눈여겨보았다가 다음에 참여하겠다는 사람들이 많은 탓에 채표에 관한 절차를 묻는 경우가 많아지고 있다.

술렁이는 가운데 드디어 타점날이 되자 진행과 절차를 알고 싶거나 무엇을 쓰는지를 자세히 알고 싶어 하는 사람들이 분주하게 다니고 있다. 통수들은 점심을 먹고 집집마다 돌아다니며 꿈을 적은 복지를 걷고 있다. 처음이지만 그런대로 복지가 많이 걷어지는 것을 보면 그 열기가 대단함을 알 수 있다.

진골에서 스무 장, 복지골에서 열두 장을 빼고는 나머지는 열 장 미만이다. 통수들은 복지를 받으면서 장부에 연필로 이름과 꿈 명, 건 돈의 액수를 자세하게 쓰며 받은 복지와 건 돈을 쌈지에 집어넣고 있다. 동창이가 살고 있던 집은 갑자기 사람들로 붐비기 시작한다. 모든 사람들의 시선을 받는 집으로 변해 버린 곳으로 소문이 나기 시작한다.

첫 번째 입산자는

 일종의 영업 사원과도 같은 통수들이 걸은 복지는 전부 팔십 장으로 용호가 오늘 할 일은 타점을 찍고 돈 계산을 하는 일이다. 복지를 펴놓고 장부에 이름과 건 돈을 대충 기록한다. 이렇게 타점사가 기록하는 것을 타점을 찍는다고 하며 중국에서 보고 들었던 경험을 살려서 뒷말이 나오지 않도록 세심하게 적고 있다.

 쌈지에 두 자로 된 글씨를 집에서 붓으로 쓴 다음 잘 접어서 쌈지에 넣은 다음 아무도 모르게 창호지로 둘둘 감쌌다. 오늘은 물주가 관심을 받을 수밖에 없는 날로 채표에 대한 궁금증과 손에 쥐고 있는 황금색 비단으로 만든 쌈지 때문이다.

 오해가 없도록 복지를 쓴 쌈지를 안주머니에 넣는다. 쌈지는 장터에서 사 온 비단으로 특별히 만든 것으로 관심을 끌고 부자와 돈을 상징하는 황금색으로 만들었다.

 모여 있던 통수와 채표꾼들이 마당에 앉아 황금색 비단으로 만든 쌈지를 들고 천천히 걸어오는 만석을 보자 그곳으로 시선이 쏠린다. 여러 번 듣기만 했지 실제로 보지 못했던 물주 쌈지를 보았기 때문이다.

 "아니, 저게 물주가 쓴 복지가 아닌가?"
 "맞구먼. 황금색 금덩어리같이 보이는구먼."
 "저 속에는 여기에 모인 사람들이 쓴 것과 똑같은 복지가 있겠는걸."
 "그럴 것이구먼. 그것만 딱 맞아떨어지면 금덩어리가 부럽지 않지."
 "그게 나였으면 좋겠구먼."
 "아, 이 사람아! 그게 맘대루 되는 일인가. 물주 혼자만 알구 있다구 그렇잖어?"
 "저건 말이여, 귀신 오라비도 모르는 것이라구 들었구먼."
 "미리 안다면 야, 끝내 주는 일이지. 물주 맘을 우리가 어떻게 알 수 있겠어?"
 "그럴 거여. 마누라한테두 가르쳐 주지 않는다구 들었구먼."

"저것 봐. 색깔도 멋진 황금색이네. 마치 금이 들어 있는 듯하네. 그려."
"담배를 넣는 쌈지와는 다르구먼. 색깔 때문에 그런지 귀티가 나구 멋있게 보이는구먼."
"여자나 물건은 역시 겉에 싸는 옷이나 종이가 바로 날개여."
"물주는 글씨를 이미 다 알고 있으면서 타점을 찍을 때 속으로 얼마나 웃고 있을까?"
"물주는 진나라와 같은 것이 아닌가유?"
"맞구먼. 진나라에서 인부들의 돈을 착취하기 위해 만든 것이지."
"물주는 돈만 내면 다 할 수 있나 봐."
"엄청난 돈을 누가 걸겠어?"
"하긴 그려, 물주나 되니까 거금을 들여서 하지."
"그 돈이야, 우리를 위해서 내 놓은 것 같지만 잘 생각해 보면 그것만도 아니구먼. 낚시로 말하면 미끼가 물주 돈이구 체표는 낚시이구 이 집이 방죽이지. 그라구 떡밥으로 우리 돈인 물고기를 잡아먹는 것과 같은 이치구먼."
"그렇다구 그렇게 맛있어 보이기두 허구, 내 것 같은 물주 돈을 그냥 보고 넘어갈 수도 없잖어?"
"그 돈이야 다 잃어두 좋으니까 가져가시유. 다 없어져두 할 말이 없을 거구먼."
"다들 서루 돈을 먹기 위해 하는 짓이 아닌가?"
"아니, 무슨 걱정이 그렇게 많은가? 쓸데없는 걱정은 말구 지금부터 타점이나 눈여겨 보자구."
"그려, 혹시 속임수가 없는지를 잘 보라구."
"돈이 좋기는 좋은 가 봐. 이렇게 많이 오구 말여."
"돈만 있으면 귀신두 부릴 수 있다는 말을 못 들었나? 아무리 코가 열 자라두 먹어야 양반이구 가난해두 수중에 술값이 두둑해 봐, 감히 어떤 놈이 무시하고 업신여기겠는가? 우리야 부모 덕을 못 받구 태어나서 갖구 있는 돈이 있겠는가. 겨우 하루 세끼 밥이나 먹고살면 그것으로 족한걸."
"허긴, 나두 돈만 많으면 물주를 했으면 좋겠구먼. 누가 혹시 알겠는가? 물주 것과 같은 복지가 내 것이라면 돈이 굴러 들어오는 격이지. 인생 팔자야 시간문제가 아니겠어?"

"여기 모인 사람들이야 혹시나 하는 마음으로 이곳에 모인 것이 아니겠어. 자 그건 그렇구 이왕에 모인 것이니까 기대나 하자구."

물주에 대한 질투와 기대감을 갖고 있고 누구나 나중에 물주를 하고 싶은 욕망이 있다. 이번 기회에 채표를 확실히 익히고 싶은 마음에 동네에서 내로라하는 건달들이 모여든다. 처음에는 뭔가 알고 싶은 마음에서 조용히 자신을 숨긴 채 동태만 살피고 있다.

만석에게 잘 보이려고 하는 사람들도 있고 다른 때와는 달리 어울리지 않는 진지함마저 있다. 투전에 수없이 울고 웃었던 그들로서 노름하면 척하면 입맛이라는 말이 통할 정도로 눈치 하나로 먹고 사는 건달들이다.

재미로 모인 사람도 있거나 어떤 사람은 얼마나 소문대로 멋있고 돈을 서른 배를 주는지를 알고 싶어서 온 경우도 있다. 비록 소문이란 다리는 없지만 그렇게 빠르게 온 동네에 퍼지는 것을 보면 신기하다는 생각이 든다. 발 없는 말이 천리 간다는 속담이 실감이 난다. 여기에 살까지 붙어서 더욱 재미있게 만들어지는 모습은 우습기까지 하다.

요즘은 누구든 채표에 관한 아무런 소문만 퍼트려도 퍼질 정도이니 어떤 허황된 소문도 금방 사방으로 퍼져 나갈 수밖에 없다. 사방에서 몰려든 통수들은 이런 모습을 하나하나를 놓치지 않고 머릿속에 입력하고 있다. 그들이 집으로 돌아가면 여기에 살을 붙여서 더 재미있게 퍼트릴 것이다.

분위기를 높이기 위해서 준비해 놓은 술과 돼지고기, 안주 거리를 덕석 위에 펼쳐 놓는다. 마치 채표 주식회사의 개업식같이 흥을 돋우는 일도 필요하여 한 잔씩 돌리면 평도 좋아지고 소문이 좋게 날 수 있다.

동네 사람들은 깊은 관심을 갖고 있지만 누구나 와 보기가 쉽지 않다. 보지 못한 사람들에게 강한 호기심을 일으킬 목적으로 어느 정도 통제하고 있다. 너무 복잡하고 시끄러우면 지장도 있고 값어치가 떨어진다고 생각한다.

통수와 대표자, 구경꾼들이 함께 마시며 이야기를 나누고 있다. 방 안과 마당은 삶은 돼지고기와 김치 안주로 막걸리는 마시는 풍경이 마치 잔칫집에 온 기분을 느낄 정도로 음식이 풍부하다.

명절이 아니면 쉽게 돼지를 잡지 못하지만 오늘은 만석이가 낸 돈으로 돼지 한 마리를 잡는다. 먹고 즐기는 잔치야말로 사람들에게 좋은 이미지를 남게 해준다. 그것도 공짜로 돼지를 잡고 술과 안주를 대접한다면 소문은 좋게 날 수 있다.

 너나 할 것 없이 몰려들자 입구에 있던 통수들이 싸리문을 닫는다. 술과 안주를 대문 밖으로 내놓고 들어오지 못한 사람들에게 먹도록 배려를 해준다. 사람들이 많을 때 타점을 하면 더 효과적으로 인심을 얻는 방법에도 적절한 시간이 중요하다. 구경꾼들을 많이 모이게 해서 타점을 하는 광경을 보게 하면 관심도 높아지고 소문은 더 멀리 날 수 있다.

 "이 동네 사람들은 일도 않구 채표 구경만 하나? 객들이 많은 것이 좋기는 허지만 아직 채표는 시작두 안 했는디 시끄러워서 방해가 안 될까?"

 "무슨 쓸데없는 걱정을 그렇게 허는가, 다 물주가 생각이 있어서 술과 돼지까지 잡아놓구 이렇게 사람들을 기다리고 있는디. 노름은 아니지만 제법 큰돈이 오고가는 마당에 한번 획 허니 바라보면 대충 알 정도는 되어야지 않겠는가? 가만히 있다가 돈이나 벌구 마시구 먹으면 그만이지 쓸데없는 참견은 허지를 말게나."

 "어디까지나 오늘은 여기 모인 사람들이 주인이지 저렇게 밖에 있는 사람은 아니구먼. 걱정들 마시구. 타점이나 열심히 보자구."

 "그런데 담벼락에 서서 우리들이 하는 모든 것을 눈이 뚫어져라 쳐다보구 있질 않겠슈, 어디 불안허구 그놈의 눈들이 무서워서 맘 놓고 채표를 허겠슈?"

 "자네는 말여, 눈치 볼 것두 없잖어. 죄짓는 일도 아닌데 뭘 그렇게 걱정인가?"

 "허기사, 밀어 주면 돈 버는 것이지. 다른 사람들이야 다음에 타 먹으면 되는 놀인데 무엇 땜에 모여 있는 사람들을 신경쓰구 그러는가? 나 참 걱정도 팔자구먼."

 통수들은 밖에 모여 있는 사람들이 쳐다보는 가운데 채표를 한다는 것이 약간 불안한 표정으로 앉아 있으면서 남을 의식한다는 것은 부자연스럽기 짝이 없다. 하지만 처음으로 하는 타점 광경이 입을 통해 여러 마을로 옮겨지기를 은근히 기대하고 있다. 모여 있던 사람들은 추위도 잊은 채 생전 처음으로 보는 타점이 신기한 듯 눈을 떼지 못하고 바라보는 표정이 자못 진지하기까지 한다.

 "아니, 이렇게 추운 곳에서 우릴 서 있게 할 참인가? 구경꾼두 다 같은 손님 대접인데."

"글쎄 말이여. 이러다간 발이 꽁꽁 얼겠구먼."
"채표 구경하러 왔지, 대접받으러 온 줄 아나? 우리가 써넣은 복지가 어떻게 뽑히구 돈은 약속대로 서른 배를 주는지 보러 온 게 아니여."
"하긴 그렇구먼. 우리야 그저 구경이나 허구 떡이나 먹으면 그뿐이지."
"돼지고기 허구 막걸리가 있다는데."
"그것은 우리더러 먹으라구 준건가?"
"이따가 먹으라구 얘기했다는 말은 들었는디."
"난 이번엔 구경이나 하구 다음에 써 볼까 하네. 혹시 알어? 재수가 좋으면 큰돈을 벌 수도 있는 문제지."
"아니, 그 돈으로 뭘 하려구 그렇게 꿈이 큰가?"
"밑천만 된다면야 소를 사서 먹였으면 좋겠는디."
"자넨 꿈두 야무지구먼. 그것이 맘대로 된다면 야, 돈 못 버는 놈이 어디 있겠어? 난, 한장 큰맘을 먹구 썼지만 이번에는 탐색전으로 썼지. 빈 맘으로 썼으니까 구경만 해도 그 값이 나올 거구먼."
"아니, 얼마를 써넣었으면 겨우 구경만 헌다구 그러슈?"
"그야 처음부터 큰돈을 걸 필요가 없지. 적은 돈으로두 얼마든지 다 알 수 있는데."
"그건 그렇구먼. 나중에 잡으면 되지."
"그래서 난 이번엔 2원을 썼구먼. 1원도 작은 돈은 아니지."
"그까짓 것 갖구 추운데 고생하면서 이걸 보러 여기까지 왔단 말이여? 혹시 돼지고기 먹고 술 마시러 온 게 아닌가? 사실은 속이 출출허구 막걸리 생각도 나구 해서 왔지."
"여기 모인 사람들이야 다 그럴 거구먼."
"누구나 구경두 하구 술을 공짜루 얻어먹는 것을 싫다고 하겠어? 이런 돈은 누가 부담하는 건가? 상당한 돈이 들었을 텐데."
"걱정할 필요가 없구먼. 주는 것 먹구 구경이나 허면 되지."
"그냥 있어만 보게나."
"먹기만 허면 되는 게 아니지 않은가? 사람이 기본 경우가 있지. 낸 사람이 누군지나 알고 먹어야지 빈대두 낯짝이 있다는데."
"혹시 물주 양반이 내는 게 아닐까?"
"어제 누구헌테 들은 것 같은데."
"그 소문을 듣구 물주가 누구인가를 생각하구 있었지."
"채표를 처음으로 퍼뜨렸다는 그분이 아닌가? 이름이 만석이라고 했지. 누군지 아는가?"
"글쎄, 우리 동네에 왔다는 얘기는 들었네만."
"보국대로 갔다가 중국에서 가지고 온 것이 바로 채표지."
"몰래 이 동네로 와서 이 집에서 가짜 폐병 환자 노릇을 했다더군."
"아니 왜 고향에서 중병에 걸린 시늉을 냈을까?"
"그야 뻔허잖어. 일본 놈들이 얼마나 부려먹었겠어? 탈출해서 떳떳하게 살 수 있겠는가?"
"몇 년을 그렇게 지냈다구 들었네만."
"그렇구먼. 이 동네 사람들은 두 사람이 진짜 폐병에 걸려 있는 걸루 알구 있었네."
"혹시 진골에 살던 김 호병씨 아들이 아닌가? 하두 가난해서 아들만은 그놈의 가난에서 벗어나라구 쌀이 만석이다 해서 김만석이라구 이름을 지었다는 들었구먼."
"그 말이 진짜라면 쌀이 만석이면 큰 부자지."
"이름대루 된다면야, 다들 억석이라고 지어야겠구먼."

구경을 하면서 이런 일에 동참할 수 있을지 궁금하고 이상하게만 느껴진다. 꿈을 사고 판다는 말이 실감이 나지 않는지 어쩌면 사기인지도 모른다는 의심도 한다. 뭔가 있기는 있는 것 같은데 눈에 보이지 않고 믿어지지 않을 때 나타나는 현상이다. 바로 이곳에서도 그대로 벌어지고 있었고 이 점을 잘 알고 싶다.

매사가 그들의 뜻대로 잘 풀려 가는 듯하다. 많이 모이는 것이 급한 일로 호기심을 최대로 부풀리기 위해 장소를 이곳으로 정했던 것이다. 이제 이 일이 끝나면 소문을 멀리 퍼지도록 하는 묘책을 쓸 계획이다. 사람의 입을 통하는 것이 가장 좋은 방법이라고 생각하여 돌아다니며 선전을 하기로 작정한다.

채표에 대한 반응을 듣고 속으로는 기분이 매우 좋고 관심을 많다는 것은 좋은 징조이다. 통수들이 생각하는 방향도 자신이 원했던 방향으로 가고 있어서 잘만 이용하면 돈도 벌고 이름도 날릴 수 있다고 생각한다.

통수들을 잘 뽑았다는 생각이 들었는지 일을 추진할 때는 과감하게 밀고 나가기로 작정한다. 이번 일이 잘 되면 몇 개 동네를 돌아다니며 물주를 잘 포섭할 계획도 세우고 짧은 시간 내에 여러 마을로 퍼지도록 하려면 머리를 써야 한다.

각 마을마다 두 명씩 통수를 세우기로 한다. 이것은 중국에서도 보지 못했던 새로운 아이디어로 더 많은 인원들을 참석시키기 위해서는 새로운 방안을 모색해야만 한다. 무엇보다도 여러 사람들에게 많이 알리는 것과 동시에 채표에 대한 좋은 이미지를 갖도록 만드는 일이 무엇보다도 급한 일이라고 생각한다.

통수들을 더 늘이고 채표에 관한 통표와 등짝, 배짝을 많이 만들어 돌리는 것도 중요하다. 아직도 채표는 사람들에게 생소한 편으로 많은 사람들이 흥미는 갖고 있지만 뭔가 색다른 것이 필요하다고 판단한다.

이번에 누가 당첨될지는 아무도 모르는 일이지만 타점에 찍힌 사람을 통해 가능한 소문이 많이 나도록 만드는 것이 필요하다. 거기에다 서른 배를 받은 돈과 대산자를 직접 보여주는 것이 효과적이라고 판단되어 다음에는 동네 농악대를 초청해서 잔칫집 같은 분위기를 만드는 것도 괜찮다고 생각한다. 첫 단추를 잘 끼우는 일이 무엇보다도 중요하다는 것을 잘 알고 있다. 어떤 흥이 나는 가운데 많이 알리고 좋은 인상과 기대감을 심어 주는 일이 시급하다.

용호는 걷어 온 복지를 정리한 뒤에 커다란 창호지에 붓으로 그려서 벽에 붙이자 마치 중요한 일을 알려 주는 벽보같이 보인다. 사람과 동네 이름이 꿈을 꾼 표와 같이 커다랗게 쓰여 있고 밑에는 과거 시험장에서 볼 수 있는 장원 표시처럼 공란을 만들어 놓는다.

누군가 이름 밑에 점이 찍히는 사람이 바로 오늘 채표의 장원이 되며 앞으로 있을 채표 장래에 중요한 인물임에 틀림이 없다고 속으로 생각하게 만든다. 어쩌면 잘 아는 사람이 되었으면 좋겠다고 생각한 이유는 타점에 찍힌 사람을 통해 자신이 생각하고 있는 계획에 따라 일을 잘할 수 있다.

의도적으로 무엇인가를 만들어 거기에 맞출 수도 없는 노릇이다. 시간 가는 줄 모르고 재미있게 떠들고 있었고 한쪽에서는 음식 준비를 하던 여자들까지 바쁘게 움직이고 있다. 용호는 미리 준비해 간 덕석을 마당에 깔기 시작했고 통수들이 같이 도와주고 있다. 또한 마당에는 눈이 올 것에 대비하여 차일(천포, 천막)까지 쳐서 눈과 비바람을 막아 주고 분위기도 훨씬 좋게 만들게 된다.

날씨가 추울 것에 대비하여 마당 가운데에는 장작불이 훨훨 타오르고 있는 가운데 주변에 모인 사람들도 손을 내밀고 불을 쬐고 있으면서 얘기를 나누고 있다. 피어오르는 장작불 연기는 얼굴을 뒤덮자 연기를 피하려고 얼굴을 돌리기도 한다.

아직도 지붕은 어제 내린 눈이 하얗게 덮여 있고 녹은 눈은 지붕에서 떨어지고 있다. 밑에는 지푸라기를 깔았지만 마당은 질퍽거렸으나 사람들은 북적대고 술과 전을 붙이는 냄새는 결혼식을 올리거나 회갑 잔칫집 같은 모습이다.

여기까지 일부러 초청되어 구경하는 장호원과 금안, 음성에서 온 예비 통수들도 그분위기에 완전히 빠져 있다. 이런 기회를 최대한 이용하자는 생각에서 여러 가지를 궁리한다. 다음에는 더 화려하고 흥이 날 수 있는 색다른 것이 필요하다고 생각한다.

"자, 지금부터 채표 타점을 하겠사오니 다들 조용히 해주세유. 다들 마당에 깔려 있는 덕석에 앉아 주시구 지 말씀에 귀를 기울어 주셨으면 헙니다유."

이 소리가 나자 사람들은 마당으로 모여들고 덕석 위에 한 명씩 앉기 시작하자 준비해 간 물건들은 하나씩 옮기기 시작한다.

만석은 이 모습을 방문을 열고 살며시 바라보며 흐뭇한 미소를 짓는다. 일이 순조롭게 진행되고 있어서 이제는 타점만 차질 없이 찍으면 성공적으로 끝이 난다. 기대감과 염려가 겹치는 타점 시간인 채표의 큰 행사를 앞둔 당사자들은 언제나 불안하다. 어떤 때는 착잡하고 답답하기도 하여 바쁜 발걸음을 뛰어야만 한다.

통수들은 많지만 아직은 아무것도 모르고 덤벼드는 모습을 보면 답답한 마음이 드는 이유는 통수들의 관심은 오직 타점이 어떻게 열리고 당첨자는 어떤 식으로 뽑는가에 대한 것보다는 돈에 대한 호기심만 있을 뿐이다. 또한 술과 안주를 먹고 구전이나 얻어먹을 심상으로 참가하는 통수들도 있다.

하긴 처음으로 하는 채표는 참가 그 자체보다는 남들이 어떻게 하고 정말로 당첨된 입산자에게 약속대로 돈을 서른 배를 주는지를 보고 싶은 마음과 호기심을 채울 목적으로 그저 강 건너 불구경하기 위해 모여든 사람이 대부분이다.

첫술에 배가 부르기를 바라지는 않았지만 기대에 못 미치는 복지를 보자 답답한 마음이 든다. 그러나 오늘은 이곳에 온 모든 사람들을 손님으로 대하기로 생각하자 마음이 편해진다. 오늘 일하는 일꾼들은 길삼리의 조지훈과 안사골에서 온 김석근, 복지골의 마삼채라는 사람들이 자진해서 일을 하는 모습이 흐뭇하다.

구경도 좋고 술과 안주를 축내도 좋다 많이만 모여 다오.

"용호! 준비는 다 되어 가고 있는가?"

"거의 끝났슈. 붙일 것은 다 붙였구 타점만 남았구먼유."

"잘 했구먼. 그라구 밖에 있는 사람들은 타점이 끝나면 안으로 들오오시라구 하지. 술과 안주가 충분하게 준비가 되었으니까 그렇게 하지 뭐."

"시간을 어떻게 조절헐까유? 바로 시작하는 것이 어떨까 해서유?"

만석은 이쪽으로 오라고 손짓한다.

"너무 늦추는 것보다는 지금 시작하는 것이 좋겠구먼. 바깥 날씨가 추운디 말이여. 얼른 시작하는 것이 좋겠구먼. 저 사람들이 너무 오래 기다리면 지쳐서 말들이 나올 것 같구먼."

"지금 바로 시작하는 게 날 것 같네유."

"그렇게 허지. 타점을 찍을 때 설명이나 했으면 좋겠네."

"바로 시작하죠 뭐. 저 쪽에 계시다가 타점을 찍고 개봉할 때 한 말씀하시면 분위기가 더 좋을 것 같네유."

"그렇게 허자구. 지금 붙여 놓은 통표와 등짝, 배짝만 설명을 허면 될 거구먼. 모인 사람들에게 자네가 설명을 멋지게 해보라구. 이것을 듣구 나면 소문이 더 자자하게 날 거구먼."

잠시 후 용호는 채표에 대한 여러 가지 설명을 하기 시작했다.

"자, 잠깐만 말씀드리구 바로 타점을 시작허겠슈. 밖에 계신 다른 사람은 별로 모르실 겁니다유. 그래서 제가 잠시 동안만 타점 하는 요령을 말씀드릴게유. 타점이란 꿈을 꾸고 통표와 등짝, 배짝을 갖구 맞춘 꿈 이름을 복지에 써서 통수에게 주죠. 통수는 이것을 건 돈과 함께 타점장에 갖고 오지유. 접수를 맡은 계산원이 이것을 모아서 이렇게 종이에다 써넣지유. 그런 다음에 계산하는 사람과 돈을 관리하는 회계 업무를 보는 사람 둘이서 장부 정리와 준비가 다 되면 타점을 찍게 되지유. 물주께서는 자신이 쓴 36문 중에 하나를 쌈지에 써서 들고 옵니다. 통표에 써 있는 이름 밑에 동그라미를 찍으면 대산자가 되지유. 물주는 통수에게 구전과 당첨금을 직접 주지유."

이 말을 듣던 사람들은 서로 얼굴을 쳐다보며 고개를 끄덕이며 알겠다는 표정이다.

"아, 그것이 그렇게 결정되는구먼."

입산자들은 지금 벌어지고 있는 애타게 모습을 보고 싶어 할 것이다. 자신이나 식구들이 꾼 꿈 아니면 다른 사람의 꿈을 사서 복지에 써넣은 사람들은 자신이 과연 이번 타점에서 입산자로 뽑힐지 불안하면서도 당첨이 될 것이라는 기대감이 교차되고 있으니 타점의 결과를 누구나 알고 싶어 한다.

건 돈이 당첨만 된다면 팔자를 고칠 수 있는 거금인 30배를 받는다. 물론 실제로 받는 돈은 물주가 6문을 갖고 가고 30문 중 3문은 통수한테 심부름 값으로 지불하고 자신이 먹는 것은 27문이지만 그저 꿈 하나만으로 그런 돈을 어디서 만질 수 있겠는가.

복지에 건 돈의 액수에 따라 엄청나게 불어날 수도 있어서 일종의 투기라고도 할 수 있는 돈 놓고 돈을 먹는 것이다.

영문도 모르는 채 남이 채표를 한다니까 혹시 나도 될까라는 기대감만으로 서른 배나 되는 돈을 준다는 말을 믿고 아무도 모르게 집에 몰래 숨겨 두었던 비자금과 같은 돈이 세상 밖으로 나와 햇빛을 보는 경우도 있다.

여자들은 남의 밭을 메주고 받은 품삯을 남편 몰래 속옷 주머니에 넣어 두었던 돈까지 나오는 것을 보면 돈이 좋기는 좋은가 보다. 소위 지하 경제라고 부르는 돈들이 이렇게 햇빛을 보면 남들은 그런 돈이 많은 줄 알고 꾸어 달라는 사람들이 늘어나 애를 먹기도 한다. 사실 돈이 많이 돌던 시대가 아니어서 돈 구경하기가 참으로 어렵고 벌기는 더욱 힘이 든다.

복지골에서 벌어지는 채표 타점은 뭇 사람의 시선과 관심 속에서 착착 진행되어 가고 있다. 날씨가 겨울인지라 밖에서 기다리던 사람 중에서 갑자기 재채기를 연거푸 하는 사람이 있다. 옆에 있던 사람이 감기에 걸린 것 같다고 말하자 진골에 사는 강 진사라는 사람이 대답을 했다.

그는 조상 때부터 벼슬을 했던 탓에 진사라는 이름이 붙여 다녔고 집은 그런대로 살 만하다.

"강 진사님유! 어제 저녁에 찬 곳에서 주무셨나 봐유? 재채기를 계속하시는 것을 보니 어째 감기에 걸린 것 같네유. 재채기를 한다는 것은 감기에 난 이미 걸렸수다 하는 신고를 하는 거래유,"

"채표 땜에 그렇게 되어 버렸구먼. 누가 집에 와서 찬방에서 물을 떠놓구 잠을 자면 좋은 꿈을 꿀 것이라구 해서 그렇게 했더니만 감기에 폭삭 걸리구 말았지 뭐여. 그런데 좋은 꿈은 꾸지도 못하고 아침에 화장실에서 앉아 곰곰이 생각해 보니 겨우 저수지에 빠져서 허우적거리는 것만 생각이 나지 뭐여."

"아니 진사님두 원, 아무리 좋은 꿈을 꿀 수 있다고 해두 그렇지, 추운 엄동설한에 불도 안 땐 방에서 찬물을 떠놓구 잠을 잤데유? 그러니까 감기 드는 거야 당연헌 게 아니겠슈? 뭐니 뭐니 해두유, 몸이 첫째지유."

"하두 채표, 채표 허기래 그랬구먼."

그 말을 듣고 있던 사람들의 시선은 두 사람에게로 모아지고 있다.

"저는유, 누가 집에 와서 꿈에 대한 이야기를 하면서 좋은 꿈은 뭐니 뭐니 해도 돼지 새끼를 많이 거닐고 있는 어미 돼지꿈이 최고라고 들었슈, 그래서 시키는 대로 했거든유."

"아니 어떻게 시켰는가유?"

"예, 돼지꿈을 꾸고 싶은 마음에 돼지 똥 중에서 금방 싼 것을 종이에 싸서 잠자는 베개 밑에 놓고 자면 그런 꿈을 꿀 수 있다 길래 그렇게 했더니만 꿈에 진짜로 돼지 새끼를 낳는 것을 봤지유. 그래서 복지에도 그렇게 썼는데유 어떻게 될지 모르겠구먼유. 오늘 그 어미 돼지처럼 돈이 나한테 올는지 궁금허네유."

그 말을 듣던 사람이 꾼 꿈에 대해 옆에서 거들기 시작한다.

"저두유, 옆집 사람이 하얀 눈 위에 누운 자국을 열 개만 만들고 흙으로 사람 얼굴 모양을 만들어 놓구 빌면 좋은 꿈을 꿀 수 있다고 해서 그렇게 했지유. 아 그런데 그런 꿈은 못 꾸고 새벽에 겨우 하얀 백발 도사가 지팡이를 들고 눈 위를 걷는 것을 꿨지유."

"꿈은 말이유. 사람이 갖고 있는 신기(神氣)가 몸 밖으로 나와서 돌아다니다가 이것이 어떤 특별한 물체에 부딪치면 그것이 꿈이 되어 나타난다고 했구먼. 다시 말해서 신기가 부족하거나 마음에 수양이 적구 흔들리게 되면 누구나 꿈을 많이 꾸고 생각을 하지. 아침에 꿈을 꾼 것을 기억했다는 것은 깊은 잠을 못 잤다는 말도 되는구먼. 놀래거나 마음이 불안하면 꿈이 자연적으로 많게 되고 잠도 많은 이유가 바로 여기에 있는 것이여. 이런 얘기는 고전에 있는 말이지."

강 진사는 한의학에서 말하는 꿈을 설명한다.

"선상님 말유. 사람이 잠을 잘 때마다 신기가 몸 밖으로 빠져나가 돌아다닌단 말인가유? 그거 참, 재미있는 말이네유."

"한의에는 꿈이란 인체를 구성하고 있는 여러 가지 기 중에서 마음과 정신을 주관하는 것이 신기인데 이는 머리 꼭대기인 정수리 부근에 있는 백회혈에서 출납을 맡고 있지요. 낮에는 이것이 몸 안에 있다가 밤이 되면 정수리에서 빠져나가 사방을 돌아다니다가 어떤 물체에 부딪치면 그것이 꿈으로 나타난다고 기록되어 있구먼유. 만약 신기가 음식에 닿으면 먹는 꿈을 꾸고 이튿날이 되면 감기에 걸리는 경우가 있지유. 그래서 마음을 안정시키고 항상 여유를 갖고 사는 것이 중요허지유. 채표에는 아마도 아무런 문제가 없는 가운데 꾼 꿈이 가장 잘 맞을 수 있을 겁입니다유."

강 진사가 설명을 한다.

"그럼, 그것이 꿈이라면 사람이 잠을 잘 때마다 신기가 몸 밖으로 빠져나가 돌아다닌단 말인가유? 그러면 불안해서 어떻게 산데유? 매일 밤마다 죽었다 살아나는 것이 아닌가유?"

"그건 아니지유. 단지 신기만 나가서 돌아다니는 것이지 생명에 관계된 것은 결코 돌아다니는 것은 아니구유. 생각을 많이 해도 그것이 꿈으로 나타나기도 하지요. 낮에 어떤 일을 많이 생각하거나 그 일에 대한 미련이 있으면 가끔 꿈으로 나타나기도 하지만 생각이 속에 있으면 신기를 작용하여 그것이 꿈으로 변하여 밖으로 나오는 것이지 죽는 것은 아니거든유. 속에 있는 불만이나 미워하는 마음도 꿈으로 변하기도 허지유. 그러므로 신기가 혼란하지 않도록 만들어야 건강한 거지유."

"전, 며칠씩이나 생각허면 그것이 그 다음 날 꿈으로 나타나기도 허는데유. 그것도 괜찮은 건가유? 사실 어젯밤에 꾼 꿈이 다음 날에 그대로 이로워지는 것을 보면 겁도 나고 이상도 하지요."

"그람, 아주머니는 꿈을 마음대로 조절하는 사람인가 보군유. 그것은 신기를 생각이 지배하기 때문에 생기는 것이지 다른 것은 아니고요. 걱정은 허지 않아도 되겠네요. 묘하게도 꿈이 그대로 재현되는 것은 참으로 이상한 일이지유. 그것을 보면 미래가 정해져 있다구 볼 수도 있고 알 수 없는 것을 미리 약간 알려 주는 것도 하늘의 뜻이구 신기가 그렇게 전해지는 것일 겁니다유."

담벼락에 기대어 구경을 하거나 고개를 내밀고 채표장을 쳐다보는 사람들은 꿈에 대한 생각을 하면서 과연 어떤 방법을 쓰면 채표에 딱 맞는 꿈을 꿀 것인가를 궁리하고 있다.

"이번 채표에는 한운을 썼구먼유. 누가 오래된 소똥을 부엌에 태우면 그것이 밤에 잠자리를 통해 꿈으로 나타날 수 있다구 야길 혀서, 엊저녁에 부엌에 불을 땔 때 마누라 몰래 말린 소똥을 아궁이에 넣구서 태웠더니만 새벽에 진짜로 소를 몰구 가는 꿈을 꾸었지유."

"그람, 오늘 채표에서는 소에 관한 것이 타점을 찍힐 수도 있겠구먼. 그 정도로 확실한 꿈을 꾸었고 거기다 정성까지 들였다니 확실허지 않은 거여? 나두 말이여. 앞으로 좋은 꿈을 꾸기 위해선 남들처럼 연구허고 정성을 들여야겠구먼. 어차피 채표에 발을 들여놓은 이상 정성을 들이면 그만큼 대가로 내 호주머니가 두둑해질지 누가 알것는가? 사람 팔자야 시간문제지 뭐, 안 그런가?"

이번에 통수를 하고 싶지만 서울로 볼일을 보러 갔다가 그만 마삼채한테 뺏기고 말았다. 투전과 먹고 노는 일에 있어서는 누구보다도 일가견이 있던 그가 아닌가. 이번에 나름대로 채표에서 돈을 벌고 싶다는 꿈이 그만큼 높았기 때문에 더 적극적으로 달려들고 있다. 거기다가 사람을 만나고 설득시키는 재주는 누구나 인정해 줄 정도이다.

그는 자신이 타점을 찍고 소리꾼처럼 그렇게 하면 좋겠다는 마음이 든다. 왠지 근질근질한 엉덩이는 도저히 가만히 있을 수 없는지 자리에 앉았다 일어섰다 하며 안절부절 못하는 모습이다.

밖은 아직도 엄동설한인지라 제법 추운 날씨가 계속되었고 서서 기다리던 사람들 중엔 발이 시린지 발을 동동 땅에 대고 움직이는 사람도 있고 아직도 더 기다려야만 채표 타점이 끝나는지를 묻던 어떤 사람은 짚단을 갖고 와 불을 지피기도 한다.

용호는 타점에 대한 여러 가지 이야기를 마치고 물주인 만석을 보자 만석은 알았다는 듯이 눈으로 깜박이는 신호에 따라 타점을 시작한다.

"자, 여러분 그동안 오래 기다리셨습니다유. 이제 타점을 위한 준비가 다 끝이 났으니 지금부터 타점에 들어가기 전에 이번에 특별히 사재를 털어서 채표 발전에 기여하시려고 노력하시는 물주이신 만석 씨를 소개허겠슈."

이번 채표에 만석은 자신이 갖고 있었던 돈과 남에게 꾼 돈을 전부 합하여 350원을 갖고 물주를 하고 있다. 당시 화폐는 대한제국 정부에 의해 1909년 7월 한국은행 조례를 공표하여 그해 1월에 최초의 중앙은행인 (구)한국은행을 설립하여 한일합방 이후인 1910년 12월에 발행한 1원, 5원, 10원짜리 지폐가 있다.

해방 이후에는 한국은행이 1950년 6월에 설립되어 최초의 한국은행권인 천원권, 백원권이 발행되고 기존에 사용되던 조선은행권과 함께 유통되었다. 천원권에는 이승만대통령 초상화가 그려져 있고 백원권에는 광화문이 도안으로 사용되었다. 이후에 새로운 백환권(1954년), 오백환권(1956, 1958년)이 발행되어 유통되고 있다.

만석이가 앞으로 나오자 용호는 두 손을 높이 쳐들고 박수를 청하며 흥을 만든다. 용호는 돈을 벌기 위해 채표 타점꾼 노릇을 하는 것이 아니라 이번 기회를 통해 자신의 이름을 알리고 사람들에게 채표에 대한 올바른 생각을 갖게 하려는 데 있다.

우선 채표가 정착이 되기까지 몇 번 정도를 만석은 물주를 하고 자신은 타점을 찍으면서 채표보급에 신경을 쓰기로 약속을 한다. 비록 이번은 초보 단계이지만 몇 번 하게 되면 널리 알려지고 동참을 할 수 있을 거라는 마음에서 처음에는 손해를 입더라도 계속하기로 했다. 물론 타점꾼이란 물주한테 고용된 사무원이나 마찬가지로 회계원과 같이 돈 30원을 받고 일을 하는 것이다. 그 돈이 별로 크지는 않지만 그래도 쌀 한 가마 정도나 되는 돈이다.

만석은 채표에서 돈이 모아지면 남는 돈을 용호에게 주어 다음번에 물주로 심어 놓을 생각까지 했으며 두 사람의 노력에 의해 좋은 결과가 있으리라는 기대한다. 가능한 이번 채표를 통해 많은 사람들에게 채표를 알리고 돈을 번 사람을 자주 소개하고 홍보를 시키기 위해 가는 마을마다 그 사람 얘길 하는 문제를 고려하고 있다.

앞으로 나오면서 이미 다 알고 있는 사람들과 밖에 서 있는 자들에게 인사를 하며 자신을 소개한다.

"날씨가 추운데 오래 기다리게 해서 대단히 죄송허구먼유. 많이들 모여 주셔서 고맙구먼유. 지가 이번에 물주를 맡아 볼 김만석이 올씨다. 이번 채표가 잘 되면 여러 곳에서 채표를 하면 얼마나 좋겠어유. 즐겁게 살면서 돈도 버는 일이 이 세상에 그리 많지 않거든유. 부디 오늘 채표가 성공적으로 잘 끝날 수 있도록 협조 부탁드립니다. 꼭 기억하실 것은 채표가 노름이 아니라는 점입니다. 어떤 사람은 채표를 마치 노름으로 생각하시는 분들이 계십니다만 이것은 건전하고 좋은 놀이거든유. 동네 사람들이 모여서 서로 정도 나누고 저녁에 꾼 꿈에 대해 팔고 사는 아주 멋진 놀이지유. 우리는 평생 꿈을 갖고 살면서 그 꿈이 언젠가는 이루어지기를 간절히 바라는 마음으로 살고 있지만 어디 꿈이 그렇게 쉽게 이뤄지겠슈? 꿈은 꿈으로 남아 있을 뿐 현실로 만들어지기란 이루 말할 수 없을 정도로 어렵고 힘이 들지유. 하지만 이런 채표는 그 꿈을 누구나 만족시킬 수 있고 그런 꿈을 꾸게끔 만드는 일까지 허지유. 허무한 마음으로 살면서 자신이 이루고자 하는 꿈 하나 마음대로 이루지도 못하고 죽는다는 것은 끔찍한 일이 아닌가유? 큰 꿈은 못 이루어도 매일 매일 꾸는 꿈은 실제로 현실에서 만들어지고 나타난다면 이것이 얼마나 좋은 일이겠어유."

모여 있는 사람들마다 저 사람이 정말로 중국에서 탈출하면서 채표를 훔쳐 온 그 장본인을 더 보고 싶어 앞으로 나오는 사람도 있다.

만석은 채표에 대한 유래부터 중국에서 경험한 이야기를 길게 늘어놓는다.

"지제가 중국에서 이곳으로 올적에 조선 사람들을 위하여 채표를 갖고 왔구먼유. 이번에 채표가 잘 되면 많은 사람들에게 채표를 알리구 동참하는 계기가 되었으면 좋겠어유. 요즘 일본 놈들이 우리 혼을 빼고 없애기 위해 일본에서 만들어 보급하는 화투 때문에 문제들이 많은데 이것도 채표로 막을 수 있다고 생각허는데유. 여러분들이 많이 도와주시구 협조한다면 반드시 성공하리라 봅니다유. 이 채표는 남녀노소 누구나 참여할 수 있고 큰돈도 필요가 없는 재미와 돈두 버는 멋진 놀이라는 점을 널리 알리시고 다음번에는 더 많은 사람들이 참여할 수 있도록 집에 가시면 선전을 해 주시면 고맙겠구먼유."

만석은 입에 침이 마르도록 채표에 대한 이야기를 한다. 사람들은 만석이가 얘기하는 소리에 귀를 기울이며 조용히 듣고 있다. 용호는 통표와 등짝, 배짝이 그려진 종이를 사람들에게 주면서 호기심을 해소하고 관심을 갖게 만들면서 믿음까지 얻을 목적으로 보여주고 있다.

신기하게 만들어진 통표를 보며 한문으로 된 옆에는 한글로 토를 달아 놓거나 설명을 써서 한자를 모르는 사람에게 쉽게 이해할 수 있게 한다. 글을 읽지 못하는 사람들은 이를 옆에 있는 사람에게 묻기도 하며 좀 더 자세하게 알려고 한다.

생전 처음으로 보는 사람이 그려져 있는 통표와 등짝, 배짝을 보자 마음 가운데 채표를 향한 마음이 가슴속으로 깊이 들어가는 것 같다.

"타점에 들어가기 전에 제가 몇 말씀 드리겠습니다유. 타점은 채표에서 가장 중요한 것이므로 항상 신경을 잘 써야 하구 모든 사람들이 오해를 사지 않도록 주의를 해야만 되거든유. 그래서 이번 채표 타점도 그런 마음으로 임하겠구유. 잘 지켜봐 주시구 차질이 없도록 하겠습니다유. 여기 모이신 통수께서는 이점을 꼭 알려주시구 오해를 사는 일이 없도록 주의해 주시면 고맙겠구면요. 타점은 모든 통수님들이 모인 가운데 물주가 써넣은 쌈지를 열어 보는 것으로 타점이 마무리되지요. 타점에 이상이 생기면 망치게 되기 때문에 이 점에 모두 협조를 해주시면 고맙겠네유."

조용한 가운데 모두가 용호의 보조 설명을 열심히 듣고 있다.

"첫째로 타점은 공정하게 진행된다는 사실을 알아주셨으면 헙니다유. 많은 사람들이 모인 가운데 개봉이 되기 때문에 절대로 속일 수가 없다는 점을 강조 드리는구먼유. 물주가 써 갖고 온 쌈지는 엊저녁에 꾼 꿈을 갖고 통표, 등짝과 배짝을 참고로 하여 스스로 판단하여 쓴 다음 이곳으로 갖고 오지요. 이런 과정은 아무도 볼 수도 없고 누구에게도 보여주지 않는다는 사실을 꼭 알았으면 헙니다유. 둘째로 말씀드리구 싶은 것은 쌈지에는 반드시 한 장만 넣고 물주가 직접 갖구 온다는 사실인데유. 잘못 생각하면 물주가 두 장을 써 갖고 와서 바꿔치기를 할 수도 있지 않겠는가 하구 사람들도 있지만 절대로 그런 일은 없을 겁니다유. 오늘도 제가 엊저녁에 꾼 꿈을 바탕으로 하여 써 갖고 왔습니다. 타점도 이것을 갖구 여기에 써있는 것과 일치하는 복지가 바로 오늘 당첨자가 되는구먼유. 혹시 맞지 않으면 돈을 타 갖구 가는 사람이 한 명도 없을 수도 있구먼유. 만약 뻐꾸기가 여러 사람에게 울리면 물주인 저는 오늘 홀딱 망할 수도 있지유. 그렇기 때문에 채표는 저 같은 물주와 입산자인 여러분들이 서로 꾼 꿈을 갖고 밀고 당기는 싸움이나 같은 형국이지유. 셋째로 드리구 싶은 말씀은 타점 결과에 대해서는 절대적으로 따라야 한다는 점인데유. 타점이 끝난 다음 이러쿵저러쿵 하는 말이 나오지 않도록 말조심을 해주시면 좋겠구먼유. 깨끗하게 승자에게 축하해 주시고 당첨되지 못한 사람에게는 위로를 해주는 것이 도리인 듯허네유. 마지막으로 타점이 끝나면 여기에서 직접 회계를 맡은 기동 씨하고 용호 씨가 돈 계산을 해서 이 자리에서 드릴 테니까 그렇게 해주시구려. 통수께서는 받으신 복지에 따라 받은 돈을 입산자에게 그대로 주시기 바랍니다유. 중간에 구전을 떼지 마시고 있는 그대로 주시고 입산자가 1할을 주면 그 돈을 받으시고 물주께서도 1할을 주실 겁니다유. 그 돈도 기동 씨가 직접 계산해서 줄 테니까 가지 마시고 이 자리에서 받아 가 주세유. 그리구 오늘은 타점이 다 끝나고 술과 안주를 갖고 첫 번째 채표를 기념하고 앞으로 채표 발전을 위해 한 잔씩 하시고 돌아가시면 좋겠구먼유. 자, 그럼 이만 말씀을 마치고 본격적으로 타점에 들어가겠슈."

마치 물이 흐르듯 일장 연설을 하는 만석 입은 기름을 바른 사람 같다. 모인 모든 사람들은 귀를 기울이며 타점에 대해 설명을 듣고 있다. 이어서 용호가 갖고 있던 등짝과 배짝, 통표가 그려져 있는 종이를 각 사람들에게 돌린다. 물주가 갖고 있는 쌈지는 물주인 만석의 허리에 묶고 있었고 다른 끝에는 차일 중앙에 있는 기둥에 연결해 놓고 있다.

만약 누구도 바꿔치기를 하지 못하도록 하기 위해 생각해 낸 방법으로 타점은 누구든지 볼 수 있도록 앞에서 진행이 되고 있다. 첫 단추를 잘 못 끼우면 일이 어려워진다는 판단에서 가능한 일을 공개적으로 한다. 타점을 찍으면서 소리꾼처럼 소리를 크게 내면서 흥을 돋우고 분위기를 높이는데 중요한 역할을 하는 일을 오늘은 용호가 맡고 있다.

기동은 사람 얼굴이 그려져 있는 통표에 용호가 부르는 소리에 따라 타점을 찍는 일을 맡는다. 우선 큰상을 펴놓고 그 위에 그림을 뒤에 붙여 놓고 그 앞에는 사람들이 쭉 앉아 있다. 각 마을에서 걷어 온 복지 주머니를 하나씩 퍼 들고 손을 넣고 한 장을 꺼내면 용호는 이것을 들고 소리를 크게 내면서 여러 사람이 듣도록 부르게 된다. 그 소리에 맞춰서 기동은 통표에다 붓으로 표시를 하며 타점을 하나씩 찍어 내려간다.

"자, 채표에서 가장 중요한 타점을 찍도록 허겠습니다유. 제1통은 복지골이구, 2통은 진골이요, 3통에는 석막골이구. 제4통에는 길마리구, 5통에는 수영리유 제6통은 상당골이구, 7통은삼성리입니다유. 이번 채표는 총 7통으로 이루어졌습니다유. 오늘은 장호원에서 채표 예비 통수님이신 강신우 씨와 금왕에서 오신 고지원 씨도 와 계신데유. 이분들은 이번 채표를 보시고 다음 번에는 꼭 참여하기 위해 이렇게 먼 곳이지만 왕림해 주셔서 뭐라고 감사의 말씀을 드릴지 모르겠네유. 그럼 지금부터 오늘 채표의 물주이신 만석씨를 모시고 타점을 열겠슈. 복지는유. 총7통이 왔구유 이번에는 불림복과 자통은 없네유. 불림복이라는 것은유, 통수가 직접 이 자리에서 복지에 써서 넣는 것을 말하는 즉석 복지를 말하며 자통이란 통수를 통해 복지를 넣는 것이 아니라 직접 자신이 이곳까지 와서 복지를 써서 넣는 것을 말허지유. 이런 사람은 통수를 못 만났거나 구전이 아까워서 직접 만들어 넣는 것을 자통이라고 하니 급한 일이 있으면 이것두 가능한 복지이지유."

이 말이 끝나자 사람들은 이런 규칙도 있구나 하고 웅성대기도 한다. 그만큼 채표에 대한 사전 지식이 없어서 자통과 불림복과 같은 것을 모르고 있다는 증거다. 만약 이런 특이한 제도를 다 알고 있다면 많은 사람들이 몰려들 것이다.

"채표님! 채표님! 처음 열리는 채표 놀이가 다 잘 되기를 기원합니다. 제발 좋은 꿈을 꾼 사람에게는 복을 주시구 아직까지 이곳에 못 온 자에게는 더 좋은 꿈을 꾸게 하시어 채표가 날로 번창케 해주옵소서."

"아마 채표님께서 우리에게 좋은 꿈을 보여주실 거구먼."

"모든 일은 채표님만이 하실 수 있다구 들었구먼."

계속된 용호의 주문은 뭔가 생각하고 깊이를 더해 주는 듯하다.

"오늘 타점에두 채표님께서 현명하게 해주시어 많은 사람들이 웃으며 돌아가게 하옵소서."

라고 떠들면 마치 신에게 호소하고 어떤 도움을 요청하는 것 같이 보인다.

실제로 중국에서도 이런 주문을 외우며 좋은 꿈을 꾸게 해달라고 하는 경우가 종종 있다. 재치 있는 용호의 주문은 신비감 주기까지 하여 듣고 있노라면 마치 채표신이 있고 모든 꿈은 채표신에 의해서 조종되는 것 같은 착각을 할 정도다. 채표신은 보이지 않는 꿈을 주고 통제하는 자라는 인식을 심어 주는 주문은 어떤 보이지 않는 신비감을 던져 주기 때문에 가끔 이용된다.

이 말을 마치자 만석을 향해 고개를 돌려서 알았다는 신호로 눈알을 좌우로 돌리며 기동에게도 신호를 보낸다.

"자, 제1통인 복지골부터 호명을 하도록 허겠슈. 제1통 1복에 성은 김씨이구 정순에 건 돈은 일금 10원이유. 2복에는 성은 차씨이구, 상초에 건 돈은 일금 50원이구, 3복에는 성은 마씨유 삼괴에 건 돈은 일금 40원이유. 4복에 성은 정씨이구, 안사에 건 돈은 일금 20원 하나유. 5복에는 성은 최씨유 한운에 건 돈은 일금 30원이유. 6복에는 성은 기씨이구, 청운에 건 돈은 일금 20원에 하나유. 7복에 성은 김씨이고 한운에 건 돈은 일금 70원이 되겠구먼유. 지금 타점한 제1통은 총 금액이 240원이 되겠구유. 이 중에서 어느 복지가 오늘 타점이 찍히는 것을 아무도 모르겠습니다만 기대나 하고 계시구려."

통수인 마삼채를 보며 말한다. 통수는 자신이 걸어서 갖고 온 복지에 대한 기대감을 갖고 있기 마련이다. 그것은 걸어 온 복지 중에서 타점을 찍어 입산자가 많이 나와야만 1할에 해당하는 구전을 얻어먹을 수 있고 물주로부터도 1할을 받기 때문에 기대를 하고 기다리는 것이다.

어느 누가 당첨이 될지는 미리 알 수도 없다는 점이 아니 그 자리에서 바로 대산자나 입산자를 발표하고 그에 따라 환성과 실망으로 가득 차는 타점장은 말 그대로 복권이 열리고 잔치가 벌어지는 살맛이 나는 곳이다.

환호와 탄성으로 기뻐하거나 실망과 허탈한 마음이 서로 겹치면서 인생의 승패가 순간적으로 갈라지고 만들어지는 아니 돈에 울고 웃는 그런 모습을 보면서 다음을 기약하며 희망과 기대감을 갖고 다시 도전하겠다는 눈빛을 볼 수 있는 곳이 바로 타점장이다.

단지 분위기를 높이기 위해 소리를 높이고 흥을 돋우며 누구나 인정할 수 있는 공정한 타점이 되도록 진행하기 위해 노력하고 있다. 이미 쌈지는 아무도 모르게 허리에 차고 있어서 바꿔치기란 이미 때가 늦은 듯하다. 모인 사람들의 모든 눈은 만석이가 갖고 있는 황금색 쌈지 주머니에 쏠려 있는 이유는 바로 그 쌈지 안에 있는 복지에 무슨 해몽이 써 있느냐에 따라 웃고 우는 것이 판가름이 나기 때문이다. 장단에 맞춰 제1통의 타점이 끝나자 곧이어 제2통의 타점이 시작되기 시작한다.

제2통은 진골에서 걷어 온 복지로서 타점에 들어가기 전에 제1통에 대한 정리를 한다. 창호지에 붓으로 사람 모습을 그려 놓은 통표에 일일이 기록을 한 다음 밑에 통계까지 내서 누구든지 금방 알아 볼 수 있도록 했다. 거기에는 正자로 누계를 내고 밑에는 걷어 온 복지 장수와 건 돈의 금액을 써넣는다. 이미 장부에 기록해 놓은 것과 일일이 대조까지 한다.

이름 첫 자와 금액을 기록하고 2통에 대한 타점을 찍기 위해 기동이와 함께 그 자리에 서서 2통을 1통과 같이 호명을 했다.

"2통인 진골 복지표를 부르겠소이다. 총 20장이 접수되었구먼유."

다른 곳보다는 꿈을 더 많이 복지를 보며 과연 진골 사람들은 어떤 꿈을 주로 꾸었는지에 대한 궁금증이 앞선다. 7통까지 접수된 채표 복지 중에서 진골인 제2통이 가장 많은 것을 보며 물주인 자신이 살고 있는 마을에서 당연히 많아야 된다고 여기고 있다.

우렁찬 목소리로 가끔 농까지 섞어서 진행되는 타점은 재미가 있다.

"채표님! 채표님! 이제부터 물주님이 살고 계시는 진골 타점을 허겠사오니 현명허시구 기쁨을 주시는 채표님의 뜻만을 기다립니다. 부디 좋은 일이 이곳에서 일어날 수 있도록 지켜봐 주시구 마무리가 잘 되도록 도와주소서. 바라는 돈두 많이 불어날 수 있도록 해주소서."

이 말을 마치자 사람들은 혹시나 물주가 살고 있는 진골 복지에 대해서만 관심을 갖는 것에 대해 별로 반기는 표정들은 아니다.

"지금부터 2통인 진골 타점을 시작허겄습니다유. 진골 복지 표는 총20장이 들어왔구먼유. 1복지에는 성이 마씨이구, 강사에 건 30원이유. 제2복지에는 성은 공씨고 지득에 50원이유, 제3복지에는 성은 김씨이구, 안사에 건 돈은 40원이유. 4복지에는 성은 오씨이구, 상초에 20원이유. 제5복지에는 성은 전씨이구 유리에 건 돈은 20원이유. 제6복지에는 성은 변씨이구, 청원에 건 돈은 20원이요."

계속 부르는 타점 소리는 마치 타령과 같아서 듣는 사람들은 그 내용에 대해 귀를 기울이며 거기에 담겨 있는 꿈에 대한 나름대로의 의미를 생각하고 있다.

만석은 타점 소리를 들으면서 무릎 위에 올려놓은 황금색 쌈지를 바라보며 속으로 걱정을 하고 있다. 이번 일에 대한 갈등과 기대감이 교차되고 있는 것은 혹시라도 잘못되면 어떻게 할 것인가를 미리 걱정하는 것이다. 그런 기우가 절대로 일어나지 않았으면 하는 마음을 갖고 앉아 있지만 가시 방석과 다를 바가 없다.

문득 중국에서 돈까지 벌었던 타점 모습이 눈에 선하다. 놀고먹는 것을 좋아했던 사람들인지라 분위기를 높이기 위해 옆에서는 북과 장구를 치고 피리를 불어 대며 흥을 돋우는 사람과 타점을 부르며 붓으로 하나씩 복지마다 점을 찍고 표시를 하는 사람들의 표정, 옆에서는 물주를 보호하며 경호해 주던 망꾼과 혹시나 관청 직원이 오는 것을 미리 알려주고 막을 수 있도록 양쪽 높은 곳에 사람을 배치하여 망을 보고 지켜 주던 망꾼들의 눈동자들이 눈에 선하게 들어온다.

어떻게 보면 물주로부터 일당을 받고 일해 주는 그들이지만 온전히 물주한테 충성을 다 하고 물주가 가렵다고 생각하는 것을 미리 알아서 처리해 주는 그들의 태도에 감탄까지 보낸다.

가끔 채표장에 순사가 들이닥쳐 단속을 핑계로 판돈을 몽땅 빼앗아가거나 어떤 경우는 마적대 같은 깡패들이 갑자기 나타나 거기에 모여 있는 사람들은 납치해 가거나 돈을 몽땅 빼앗아 도망가는 경우가 많이 있다. 이런 것을 막기 위한 갖가지 방법이 동원되는데 그중에는 망꾼이라는 보초를 산꼭대기에 세워 두기도 한다.

망꾼들은 피리나 호루라기를 가지고 있다가 단속을 하러 오는 수상한 사람이 보이면 곧바로 피리나 호루라기를 불거나 소리를 지르며 경고를 보낸다. 마적대는 물주를 인질로 삼아 돈을 뜯거나 납치를 해서 몸값을 받아내는 경우도 있다. 그만큼 채표에 대한 불안한 마음을 갖고 있고 이것이 언제까지 계속될지 내심 불안하기 짝이 없으니 모인 사람들 눈에 과연 어떻게 비쳐질지 의심스러운 것은 당연하다.

만약 채표를 부정적으로 본다면 채표 발전에 걸림돌이 될 수도 있고 그런 사람들이 이런 것을 관청이나 지서에 밀고도 할 수 있다. 이런 이유 때문에 사람들의 동태를 열심히 살피고 있다. 앞으로 어떤 일이 일어나도 사전에 막을 수 있는 조치를 미리 취해야만 된다.

처음으로 하는 채표판이 모든 사람들이 좋아하고 소문까지 잘 났으면 하는 마음뿐이다. 유달리 종이로 만든 돈을 좋아하는 중국인들은 사람이 죽게 되면 종이로 만든 모조 돈을 갖고 문상을 가는 일이 흔하게 볼 수 있었고 그만큼 죽어서도 돈을 갖고 저승에서도 행복하게 살라는 염원이다.

돈을 제단에 갖다 놓고 태우면 그 연기가 하늘로 올라가면서 돈도 동시에 저승으로 같이 간다고 생각하는 마음에서 생긴 문화이다. 그런 중국인들이 채표에 얼마나 관심을 갖고 열성적으로 참여하는지는 그 당시를 생각해도 이해가 가지 않을 정도로 북적대던 타점장이다.

타점에 찍힌 사람을 보면 반가워서 박수를 보내고 찍히지 못한 사람에게는 격려를 해주며 뒤가 깨끗하고 멋지게 마무리하는 모습이 인상적이다. 과연 이곳에서도 그런 멋진 일이 있을지 불안하기도 했고 한편으로는 가능하겠다는 안도의 마음도 든다.

타점에서 대산자가 나오면 그를 축하해 주기 위해 준비해 간 폭죽을 터트리며 채표 당첨자를 축하 해주던 모습을 보면서, 그는 불과 중화사상이 합쳐진 것이 바로 불꽃놀이의 하나인 폭죽놀이라고 생각한다.

어떤 때는 그 불꽃이 산불을 일으켜 불을 끄던 기억도 있다. 본래 채표에 쓰이던 꿈은 3일이 지나면 그 효력이 없는 것으로 간주했고 그것이 일종의 불문율같이 생각하고 있고 꿈은 전날 저녁에 꾼 것이 가장 좋은 것으로 여긴다.

누구에게 당첨되면 이것을 뻐꾹 했다고 은어를 붙여 부르기도 했고 36문을 써넣고 사람 모양을 한 그림 속에 여러 가지 통표나 정규표를 보고 고른 꿈 해몽을 돌려가며 써 놓고 이것을 사람들에게 보여 준 다음 타점을 찍는 것이 순서이다.

이때 물주는 자신이 갖고 있던 쌈지를 여러 사람이 보는 곳에서 겉에 도장까지 찍는다. 쌈지를 풀어 그 속에 있는 물주 복지를 공개하기 전에 소리꾼은 '채표님, 채표님, 이제 이곳까지 오시느라 고생이 많았소이다. 여기에 모인 사람들에게 당신의 현명하시고 지혜로운 모습으로 보여주소서!' 라는 주문을 한 뒤에 물주가 직접 복지를 펴 들고 사람들에게 보여준다.

그러면 그날 행사에 극치를 맛보게 되고 타점은 끝을 맺게 된다. 이때 회계원과 타점꾼은 돈 계산을 대산자부터 차례로 해주면 그날 뻐꾹을 한 대산자나 입산자는 고맙다는 인사를 하고 의기양양하게 돌아간다.

판이 끝나면 뒤풀이로서 어떤 사람은 술과 음식을 먹기도 하고 춤까지 추면서 축하를 보낸다. 통수와 물주를 비롯한 관련된 모든 사람은 맨 나중까지 남아서 자리를 정돈하고 다음에 있을 채표일이나 다른 전달할 사항을 통보하고 상의를 하게 되면 이것으로 채표 타점은 모두 끝을 맺게 된다.

여기서 통수는 물주로부터 구전 명목으로 1할을 받고 입산자 집에 가서 또 1할을 얻어먹는 도랑에 선 소와 같이 양다리를 걸쳐놓고 돈을 양쪽에서 받아먹는 실속을 챙기는 자이다. 여기서 받는 품삯을 길복이라고 하며 노자 돈으로 쓰라고 물주가 더 주는 경우도 있다. 물주와 한 통속이 되거나 서로 짜고 하기도 하기 때문에 채표가 잘 되느냐 못 되느냐는 물주가 통수들을 얼마나 잘 다스리고 잘 해주느냐에 달려 있다.

사실 36문 중에서 한 가지만을 쓰는 복지는 당첨될 확률이 무려 36분의 1이지만 그 기대감은 누구나 갖게 되며 이것이 채표의 매력이다. 물주는 쌈지에 써 가지고 오는 36문 중의 하나는 꾼 꿈을 적은 것도 있지만 대개는 확률이라는 과학적인 방법을 이용하여 입산자들과 머리싸움을 한다.

지금까지 당첨된 것이나 자신이 써 낸 것을 전부 머릿속에 넣고서 이를 바탕으로 가장 확률이 적은 것을 써서 타점장으로 가지고 간다. 만약 잘못하여 입산자들이 많이 나타나게 되면 물주는 30곱을 보태어 돈을 지불하게 되기 때문에 집안이 망할 수도 있다. 더할 경우에는 밑천은 물론이고 하루아침에 알거지가 될 수도 있는 입장이다. 그렇기 때문에 치열한 머리싸움이 항상 있기 마련이다. 여기서 한 발자국만 뒤로 밀려나도 어마어마한 돈을 하루아침에 날려 버릴 수도 있다.

 치열한 두뇌 싸움이 타점 장에서 서로 눈치를 보며 불꽃 튀는 모습에 모여 있는 사람들은 사뭇 재미를 느끼며 이를 바라보고 있노라면 시간 가는 줄도 모르게 된다.

 용호는 이어서 제3통과 4, 5, 6, 7통에 대한 타점을 부르며 기동과 함께 일을 진행한다. 그곳에 모여 있던 사람들은 하나씩 부르는 타점 소리에 귀를 기울이며 혹시 자신이 써 낸 이름이 빠졌는지 헤아려 보기까지 한다.

 오늘 타점에 접수된 복지 수는 전부 120장으로 건 돈의 금액은 총 280원이나 되는 거금이다. 자신의 이름과 복지 명이 나오면 괜스레 가슴이 설레고 마치 당첨이 된 듯 한 착각을 하기도 했으며 어린아이같이 손을 쥐고서 발을 구르는 아낙네도 있다. 음식 냄새가 코를 찔렀으나 그 냄새와 더불어 채표에 대한 흥미는 차츰 더해 가고 있었고 만석의 얼굴에는 웃음과 기쁨이 넘치는 표정이 역력하다.

 설마 이렇게 처음부터 채표가 붐을 일으키고 많은 사람이 모일 줄은 미처 생각지 못했기 때문에 한편으로는 희망과 기대감이 들기도 했으나 불안한 마음도 있다.

 만석은 들고 있던 쌈지를 들고 천장에 매달아 놓는다. 이제 드디어 그렇게도 뜸을 들이고 사람들을 꼼짝도 못하게 했던 절정에 다가온 것이다. 모든 사람들의 시선이 그가 움직이는 일거수일투족을 놓치지 않고 바라보는 것을 알고 일부러 천천히 움직이며 뜸을 들이고 있다.

 용호는 더욱 소리를 내어 흥을 돋우고 있다.

 "오늘의 타점을 발표허겠습니다유. 물주이신 만석 씨께서 써 갖고 오신 쌈지 속에 들어 있는 복지를 직접 열게 되면 대산 자나 당첨자가 밝혀지게 되지유. 그러면 오늘의 모든 행사는 끝이 나는구먼유. 자, 그럼 우리를 위해 기꺼이 돈을 준비하여 주신 만석 씨께서 쌈지를 열겠습니다유. 다들 박수로 환영을 해 주시기 바랍니다유."

 그곳에 모인 사람들은 힘찬 박수로 답한다. 그렇게 조용하게 숨을 죽이고 있던 자리에 갑자기 우렁찬 박수 소리가 나자 사람들은 서로의 얼굴을 바라보며 웃기도 한다.

 "오래들 기다렸구먼유. 제가 오늘 있을 입산자를 발표허겠습니다유. 제 마음 같아선 말이죠, 이번에 특별히 큰돈을 거신 분이 타점에 맞으셨으면 좋겠네유. 그래야 흥이 더 나고 재미가 있을 것 같아서 말씀을 드리는 겁니다유."

사실 처음으로 해보는 채표에서 대산자가 많이 나타나야만 좋은 이미지와 더 큰 호기심을 심어줄 수 있다. 거기에다 소문이 사방으로 퍼져 나갈 때마다 속으로 은근히 바라기도 한다. 겨우 작은 돈만을 쥐고 집으로 간다면 사람들의 관심을 끌 수도 없다. 또한 그의 성미에도 어울리지 않는다.

"이번 채표를 계기로 더 재미있고 돈도 많이 벌었으면 좋겠네유. 상부상조하는 마음이 바로 이것이 아니고 그 무엇이겠슈. 누이 좋구 매부 좋은 일이 바로 채표가 아니겠는가유? 하여튼 간에 이번 일을 시작으로 진골에서 시작된 바람이 주변에 있는 모든 마을까지 도달했으면 좋겠구먼유. 안 그런 가유?"

힘찬 대답 소리와 함께 서로 얼굴을 바라보며 고개를 끄덕인다.

"이번 채표를 위해서 전 목욕을 허구 뒷산에 있는 폭포 밑에서 떡시루를 갖다 놓구서 산신령님께 간절한 마음으로 빌었지유. 이번 채표가 잘 되고 좋은 대산자가 나타나기를 말이죠. 아마 산신령님께서 도우셔서 이번엔 반드시 대산자가 이곳에서 나타날 겁니다유. 잘 지켜 봐 주시고 선전이나 들 많이 해주세요. 여기에 모이신 분들이 아니면 채표도 불가능한 일이구먼유."

기회가 있을 때마다 채표에 대한 선전과 소문을 내달라는 부탁을 하기도 한다.

발 없는 말이 순식간에 천리 간다는 말처럼 여기에 모인 사람들이 각 마을로 돌아가면 채표에 대한 말을 전하고 그렇게 되면 자연적으로 채표에 참여하는 숫자가 늘게 된다.

"자, 그럼 기다리시던 이 보따리를 풀겠슈. 어떤 꿈에 관한 것이 나올지라도 박수로 환영해 주시고 대산자에게는 박수와 축하를 해주시고 미끄러진 사람에게는 다음을 기약하라는 의미에서 격려의 박수를 보내 주시기 바랍니다유. 전 이번 채표도 제가 꾼 꿈을 갖고 곰곰이 생각하다가 복지를 쓰시는 분들과 같은 36문을 적었습니다유. 아무쪼록 기대를 하시고 잘 들 지켜봐 주세유."

나무에 매달아 놓은 끈을 풀고 이어서 묶어 놓은 보따리 끈을 하나씩 풀기 시작한다. 사람들의 표정은 마치 숨을 죽인 채 쌈지만을 바라보는 모습은 호기심과 관심을 갖고 있기 때문으로 이 끈이 풀어지고 나면 그 속에는 물주가 써놓은 해몽이 오늘 당첨자를 가려내는 마지막 회나리를 장식하는 것이다.

 그것이 펼쳐질 때 실망과 환성이 터져 나올 수도 있고 그 어느 누구도 모르는 오직 물주만이 애를 태우며 기다리는 마지막 장면이다. 36문 중에서 어떤 것이 나타날지 모르기에 타점의 매력인 스릴을 더욱 많이 느끼게 된다.

 그것이 실제로 이 안에 들어 있을 수도 있으나 만약 모든 복지가 옆으로 비켜 나간다면 물주인 만석은 졸지에 욕을 먹으면서 떼돈을 공짜로 벌 수 있기 때문에 속으로는 은근히 바라고 있다.

 하지만 이번 채표는 다른 면을 생각해야만 한다. 돈을 버는 것이 목적이 아니라 실제로 흥을 돋우고 선전이 잘 되면서 소문이 멀리까지 퍼지게 하는 데 있으므로 가능한 많은 사람들이 뻐꾹을 하여 당첨되기를 바라고 있다. 물주인 자신의 돈이 많이 나가야만 다음에 낚시처럼 큰돈을 물어 올 수 있는 것이다.

 마지막으로 보따리를 들고 있는 두 손을 높이 들자 바라보고 있던 사람들이 더 잘 보기 위해 뒤꿈치를 쳐들거나 고개를 쑥 내밀기도 한다. 땅이 질퍽했기 때문에 덕석을 젖지 않도록 옆에 갖다 놓은 짚더미 위로 올라가기도 한다. 밖에 서 있던 사람들은 잘 보이지 않는지 집안으로 우르르 몰려들어 온다. 다른 일 같으면 들어오지 못하도록 했겠지만 이번은 별다른 제지도 없다. 어쩌면 속으로 바라고 있는지도 모른다.

 밀리는 척하면서 사람들을 이쪽으로 불러들인다면 그것보다 더 좋은 일이 과연 어디 있겠는가?

 그들의 마음을 알기나 하는 듯이 마당으로 몰려든 사람들은 누가 시킨 것도 아니지만 덕석 위에 하나씩 앉기 시작한다. 입을 굳게 다물고 눈과 귀로만 뭔가를 찾으며 알고 싶다는 표정이다. 그 표정들이 얼마나 진지하고 조용했던지 침묵만이 흐르는 차일 밑이다.

 들어오는 모습을 유심히 쳐다보던 만석도 옆에 있던 용호에게 모르는 척하면서 가만히 있으라는 표정을 지으며 못 본 척 해준다. 추운 곳에서 이것을 살펴본 다음에 내일을 기약하는 이들이었지만 돈은 참으로 보이지 않는 힘이 대단하다.

 돈이란 모든 것을 갖게 해주는 도깨비 방망이와 같은 존재라는 생각이 든다. 그것은 자신의 현재 노력과 여건으로는 도저히 불가능하다는 생각이 들었고 그 해결책을 이들에게 갑자기 던져 준 것이 다름 아닌 채표였다. 때문에 이들은 이것을 자신의 눈으로 직접 확인해 보고 싶어 한다.

타점을 맡고 있던 용호는 드디어 외친다.

"개문이유!"

그 말과 함께 오늘의 당첨자는 결정된다.

이들이 들어오는 동안 일부러 보따리를 풀지 않고 손으로 잡고 있다. 은근히 시간을 끌어야만 효과가 더 있다고 여겼기 때문이다. 밀고 들어왔던 사람들이 대충 자리를 잡아 가자 황금색 보따리 안에 들어 있던 복지를 꺼내어 높이 치켜든다.

갑자기 사람들은 잡고 있는 복지에 시선이 쏠린다. 너무 오래 동안 뜸을 들이면 역효과가 날 수 있다는 생각에서 복지 끝을 잡고 밑으로 당긴다. 둘둘 말아 놓았던 종이는 밑으로 풀리면서 내려오기 시작한다.

그 속에는 밤이 늦도록 이런저런 생각 끝에 쓴 꿈 이름을 쓴 창호지가 있다. 그것을 쓰기 위해 고민을 하다가 그만 늦게 잠이 들고 말았다. 어떤 경우에는 꿈에서 물주 노릇을 하다가 순경한테 잡혀가 매를 맞다가 기절을 하여 양동이 물을 얼굴에 붓자 차가운 느낌에 놀란 나머지 그만 잠을 깬 적도 있다. 새벽에 자리에서 일어나 담배를 피우며 생각하던 끝에 삼괴를 쓰기로 하고 붓으로 삼괴(三槐)를 쓰자 마음이 답답하고 허전한 이유는 무엇 때문인지.

이 삼괴는 순경이나 형사를 만나거나 지서를 바라볼 때에 쓰기도 하지만 경우나 잡혀가는 경우에도 여기에 속하며 순사에 관계된 모든 경우는 바로 삼괴에 해당한다. 채표에서는 나쁜 일을 하거나 도둑질을 할 경우에 삼괴라는 장수가 범인을 잘 잡고 도둑을 막았던 일로 삼괴라는 이름이 붙여진다.

세상일이란 맨 처음으로 이루어지는 일에 대한 호기심이 유난히 크고 강한 것은 처음이라는 것은 누구에게나 의미가 깊고 영원히 잊을 수 없는 추억을 던져주기 때문이다. 첫 사랑이나 첫 경험, 첫 열매라는 말만 들어도 가슴이 설레고 벅찬 것은 바로 호기심을 채우고 처음으로 겪는 것에 대한 큰 의미를 둔다.

오늘은 돈까지 걸려 있다는 점이 어쩌면 상승 작용을 하고 있는지 모른다. 많이 모인 인파들은 분위기를 더욱 뜨겁게 만들고 이어서 끈이 밑으로 풀리면서 그렇게도 보고 싶었던 삼괘라는 글씨가 눈에 선하게 나타난다.

이 글씨를 보기 위해 추운 곳에서 오래 동안 기다렸던 사람들은 일제히 입을 열고 아! 소리를 합창하는 듯이 내는 소리는 오작 타점장에서나 들을 수 있는 탄성과 함성이 갈려지는 소리이다.

누구나 보고 싶었던 글씨였지만 막상 이런 글씨가 나타나자 표정은 여러 가지로 나타난다. 기쁨과 탄성 소리가 들리는가 하면 한숨과 '어이구' 하는 소리도 들린다.

써넣는 종이를 명호지라고 부르며 담배나 간단한 소지품을 들고 다니기에 좋도록 만든 작은 쌈지로서 이번 채표에는 특별히 황금색 비단으로 멋이 있도록 만든다. 끈이 풀리면 자동적으로 그 무게에 의해서 밑으로 내려오도록 만들어 밑으로 내려온 것이 펴지자 말자 사람들은 글씨를 금방 알아차릴 수 있게 만들었다. 그러한 순간을 더욱 끌어서 애를 태우게 하거나 긴장감을 높이는 방법을 쓰기도 한다.

하지만 대개는 모인 사람들에게 바로 보여주는 것이 통례이다. 이때를 기다렸던 사람 가운데 타점사와 계산사가 제일 먼저 관심을 갖는다. 다음에 있을 것을 미리 준비하고 상황에 맞는 일을 준비해 두는 것이 중요한 일이다. 만약 당첨된 사람이 너무 많을 것이라는 눈치가 보이거나 상황이 좋지 않은 방향으로 돌아가면 얼른 채표를 그만 중단시키고 36개 줄행랑을 치며 도망가는 일이 제일 급선무일 수도 있다.

미리 작성해 놓은 장부를 확인하고 있던 그들 두 사람은 채표에 있어 커다란 문제점이 없다는 것을 깨닫는다. 타점에 찍힌 사람이 의외로 적다는 사실을 알게 되자 눈을 깜박이며 물주에게 알렸고 이를 알아차린 만석은 속으로는 내심 안도하는 듯하다. 처음에 이 정도로 돈을 잃고 봉사를 해야만 사람들에게 좋은 인상을 줄 수가 있다. 다음 타점까지 각 사람들이 이번 타점을 통해 과연 채표는 좋고 필요한 것이라는 생각을 만들어야만 한다. 그래야만 많은 사람들이 몰려들 것이다.

채표의 꿈을 해설한 서른여섯 개 해몽 가운데 삼괘가 오늘 채표의 주인공으로 낙점된다. 만약 돈을 잃고 손해를 보더라도 이번만은 어쩔 수 없는 일이다. 채표를 어느 선까지 올려놓아야만 된다는 일념으로 지금까지 고생하며 기다렸다.

 만석과 용호는 현재 나타난 결과에 대해 만족하고 있는 표정이다. 은근히 바라고 있던 대산자는 남자로 결정되었고 애기패까지 몇 명만 된다면 이번 채표는 그런 대로 성공적이라고 생각한다.

 붉은색 물감이 들어 있는 대나무 통과 붓을 꺼내어 정리해 놓은 장부 일람표를 펴 든다. 통표에 있는 그림 위에 1통부터 차례로 붉은 물감으로 관주를 찍고 있다. 관주는 일종의 도장과 같은 것으로서 물주가 인정하거나 추인한다는 의미가 담겨져 있다.

여자보다 더 좋단 말이여

 돈만 될 수 있다면야 무엇인들 못하고 그 어디든 갈 수 없겠는가.
 역시 채표 놀이에서도 이런 현상은 예외로 남아 있을 수는 없다. 채표에 대한 관심이 높아지고 이 마을 저 마을에서 뜨겁게 달아오르자 놀이 방법과 규칙을 알고 싶어 하는 사람들이 갑자기 늘어나기 시작한다. 바로 그런 점을 이용하여 돈을 벌려는 사람들이 고개를 내밀고 슬그머니 밖을 살피기 시작한다. 마치 기다렸다는 듯이 알고 싶은 욕구를 채워 주려는 듯이 서서히 파고든다.
 채표에 쓰이는 용어가 중국에서 흘러나온 관계로 모든 용어가 처음으로 들어보는 한문으로 되어 있어서 이해하기가 그리 쉽지 않다. 특히 한문이나 한글을 배우지 못한 경우에는 꿈을 꾸어도 스스로 해몽하기도 어렵고 통표에 맞추어 보기란 더욱 난감한 경우가 자주 일어나고 있다.
 통표는 용호가 만든 몇 장이 전부여서 그것을 구하려는 발길이 문전성시를 이룰 정도이다. 그러다 보니 해몽을 위해서는 등짝과 배짝, 통표가 필요하지만 그것들을 구하기가 어렵다. 하루라도 이런 문제점을 해결하지 않으면 불길처럼 타오르는 채표 열기를 떨어뜨릴 수밖에 없는 실태를 그냥 넘길 수는 없다. 특히 통표는 그리기도 어렵고 크기가 창호지 한 장 정도로 들고 다니기도 불편하다. 그런 관계로 이곳저곳에서 통표를 보여 달라는 연락이 끊이지 않는다.
 통표란 사람의 모습을 그려 놓고 그 위에 신체 부위마다 각기 다른 꿈에 관한 36문의 이름을 적어 놓은 것으로 콩기름을 매긴 창호지나 골판지를 이용한다. 사람이 꿈을 꾸면 그 꿈이 어떤 내용이고 통표의 어느 부분에 해당되는가를 찾는데 쓰이는 도표와 같은 나침판이다.
 통표를 일명 인화상이라고도 하며 인물의 왼쪽과 오른쪽 그리고 위와 아래를 구분하여 각 부분마다에 동네 이름을 써넣어 윗동네는 사장원과 오호장을 쓰고 우측 중간 아래 부분에는 건너 동네로서 사호명이라고 쓰며 좌우측 중간에 위치한 동네를 중간 동네라 하여 칠생리와 사부인을 쓴다. 또한 아래에 자리한 동네에는 사화상과 이두사, 안사를 써서 동네마다의 고유한 위치를 나타나게 해놓고 그 사이에 해당되는 36문을 써놓은 도표이다.

 통표에는 입산자들이 해몽을 잘 못하게 만들기 위해 중간이나 아래에다 무슨 성이 오늘은 유력하네 하며 붓이나 연필로 살짝 표시를 하여 초보자나 글씨를 모르는 사람에게 헷갈리게 한다.

 물주와 일반 응시자들과의 한판 싸움이나 마찬가지인 채표 놀이는 서로 돈을 주지 않기 위해 벌어지는 심리전과 그 방법이 다양하여 더욱 재미가 있다. 이런 표시를 풍문 또는 문을 낸다고 말한다.

 통수와 물주는 이런 풍문을 가지고 서로 연락을 취하거나 정보를 교환하는 암호문과도 같이 쓰이는 중요한 수단이다. 각기 주어진 36문은 고유한 숫자가 있으며 그 숫자는 화투의 끗수나 요즘 경마장에서 말에다 고유한 번호를 붙이는 일, 주택복권, 로또 복권에 있는 번호와 같은 것으로서 타점을 할 때에는 36문을 이름과 성이 아닌 숫자로만 부르기도 한다.

 여기에 있는 용어들이 생전 처음으로 들어보는 까닭에 일반인들이 이해하기가 힘이 든다. 글씨를 독학으로 깨우쳐 책을 읽는 사람들이 극히 적고 거기에다 한문을 제대로 읽을 줄 안다면 동네에서 유지 대우를 받을 정도다. 그러다 보니 채표에 나오는 중국의 장수 이름이나 동네 이름, 지명이 너무도 생소하게 느껴지며 통표를 마음대로 해석하고 꿈으로 적용하기가 얼마나 힘이 들었겠는가. 이런 사정을 이용하여 장난을 치거나 슬그머니 좋은 꿈을 가지고 오면 통수가 자기 것과 바꿔치기를 하는 일도 가끔 있다.

 통표에 쓰이는 이름을 보면 사장원은 사람이 살아가면서 부귀영화를 얻고자 하는 뜻으로 진나라 시대 고관대작의 이름이며 오호장은 인간이 살아가는 데 건강이 첫째이고 그러기 위해선 진나라 시대 오호장과 같은 건강하고 힘이 센 장사들과 같으라는 의미에서 오호장 장사 이름을 붙였다.

칠생리는 사람이 살아가는 이치와 여러 가지 원리와 현상을 깨달으면서 살아가라는 의미에서 지혜가 많았던 사람들을 가리켜 7명의 생리와 같다 하여 붙여진 명칭이다. 사부인은 비단옷을 입고 아름다운 노래를 부르며 임을 기다리는 부인을 생각하는 의미에서 정숙했던 진나라 시대에 살았던 어떤 부인의 이름을 그대로 쓴 것이다.

사호명은 태평한 시절에 너무도 사랑하는 애인을 너무도 그리워하여 애간장을 타게 했다는 전설적인 실화가 담긴 이름으로 남녀 간의 사랑을 주관하는 이름이며 사화상은 인간이 살아가면서 잘못하고 후회스런 일 모두와 잘 되고 자랑스러운 일들을 몽땅 업보로 싸서 하늘로 날려 보내 달라는 소망을 담은 의미를 갖는다.

또한 오결식은 인간이 지나치게 여자를 좋아하고 술이나 노는데 빠지면 패가망신하여 얻어먹기가 십상이라는 의미에서 붙여진 이름이고 이두사는 인간이 평생 살아가면서 좋은 일만 하고 살아간다면 구름을 타고 다니는 신선과 같이 속세를 벗어나 살 수 있다는 의미를 갖고 있다.

마지막으로 안사나 일임길이라고 부르는 동네 명은 옛 스승의 가르침에 따라 모든 일들을 부모님이나 시어머니께 맡기고 살면 만사가 평안하고 좋을 것이라는 뜻에서 붙여진 이름이다.

여기에다 배짝과 등짝을 사용하는데 배짝이란 입산자들이 자신의 꿈을 해몽하고 꿈과 일치하는 36문중에서 하나를 골라 선택하면 그 문구와 꾼 꿈, 일진이 비슷한 것을 골라서 모아 놓은 것이며 머리, 맞배짝, 늦은 배짝 등 셋으로 나눈다. 즉, 몸통은 배짝은 아니지만 배짝을 사용할 때 사용하는 용어로서 해몽 후에 돈을 걸고자 하는 36문중에서 가장 중심이 되는 문구이다.

머리(대가리)라고 하는 부분은 몸통과 비슷할 정도로 돈을 투자하는 배짝을 가리키며 맞배짝은 머리 다음으로 돈을 거는 곳이며 늦은 배짝은 가장 적은 돈을 투자하는 배짝을 가리킨다. 그 다음으로는 일진상충도라는 원으로 12지문같이 열두 곳으로 나누어 그날의 일진과 36문을 비교하여 꿈을 해석하는 데 참고하기 위해 만든 것도 있다.

여기에 언급된 용어들을 살펴보면 우리가 일상생활에서 사용하거나 접할 수 없는 말이 대부분이다. 글씨를 읽거나 뜻을 잘 모를 때에는 물론 통수가 해석해 주고 도움을 주기 때문에 당첨되면 대가로 구전을 1할을 받지만 통수가 농간을 부린다면 당할 수밖에 없다. 여기에 힘이 없거나 소위 이빨이 약한 통수를 만나면 입산자가 뻐꾹을 했더라도 중간에 깡패들이 지키고 있다가 돈을 몽땅 뺏거나 당하는 경우도 종종 있다. 그러다 보면 통수는 하루아침에 알거지가 되고 만다.

그렇기 때문에 시간이 흐르고 판이 거듭될수록 사람들은 어느 통수가 말을 잘 하거나 싸움질을 잘 하고 또는 꿈을 잘 해석하여 통표나 등. 배짝, 일진도를 잘 아느냐에 따라 고르는 일이 많아졌다. 이런 가운데 일반인들은 이런 것을 타파하기 위해 너도나도 글씨를 공부하여 스스로 해결하려는 분위기가 높아졌다. 일종의 독학으로 국가에서도 아니 학교에 가지 못한 어른들이 하루아침에 한문과 한글을 깨우치기 위한 몸부림이 시작되었다. 필요는 발명의 왕이라는 말처럼 문맹 퇴치에 기여를 한 공적도 있다. 나중에 순사들이 취조를 할 때 어떤 사람은 채표가 문맹 퇴치에 일조를 했다고 큰 소리를 쳤다는 이야기도 전해질 정도였으니. 얼마나 돈이 사람을 움직이고 보이지 않는 힘을 발휘하게 만드는지.

거기다 이렇게 복잡하고 어려운 한자가 있는 도표를 아무나 만들 수가 없다. 채표에 대한 바람이 불고 여기저기에서 통표나 배짝을 구하려는 사람들이 많아지자 이런 분위기를 이용하여 돈을 벌겠다는 생각으로 만석을 찾아온 사람들이 있다. 하지만 채표에 필요한 통표나 등. 배짝을 만드는 것도 어렵지만 설사 만든다 해도 정확하게 이름을 붙이고 해석하기란 더 어렵다.

통표를 구해서 그것을 응용하고 해석하는 것까지 잘 외울 수 있을 정도가 되어야만 능력이 있고 또한 누가 와서 물을 때에 그에 대한 명쾌한 대답을 할 수 있어야 진정으로 유능한 통수라고 생각할 수 있다. 그런 까닭에 아무나 쉽게 손댈 수가 없다.

중국에서 탈출할 때 갖고 온 원본은 만석이가 갖고 있고 사본은 용호가 직접 보고 다시 만들어 준 것이다. 그들은 자신들만이 갖고 있는 이런 어려운 그림과 도표를 독점하여 처음에는 큰 소리를 치며 재미를 많이 보았으나 갑자기 통표와 등, 배짝이 다른 마을에서 보이기 시작한다. 여기저기를 수소문하여 본 결과 용호가 준 것을 바탕으로 만들어서 돈을 받고 팔고 있다는 말을 듣고 왔다. 하지만 누가 만들었고 어디서 만들었는지는 전혀 알 수 없다.

'대체 으떤 놈이 이런 짓거리를 허구 다니는 겨?'

'일이 요렇게 돌아가믄 큰일인디. 후딱 잡어야것구먼'

마음이 불편하고 불안했으나 별다른 방법이 없지 않은가. 인쇄를 할 수도 없는 실정이고 일일이 그려서 그 많은 것을 다 갖다 줄 수도 없다. 경제 원리처럼 처음 시작단계는 독점 상태를 유지하다가 시간이 흐르고 이익을 낸다는 소문이 퍼지면 그 이익을 나눠먹고 싶은 욕심에서 서서히 과점 단계로 넘어가다가 결국에는 완전경쟁 상태로 가기 마련이다.

누가 어떤 장사를 해서 큰돈을 벌었다는 소문이 돌면 처음으로 하는 사람은 신속하게 돈을 벌어서 권리금을 받고 다른 사람에게 넘기고 다른 장사를 물색하는 것이 돈을 버는 지름길이다.

만약 시간이 흐르고 빠져나가는 시간을 놓치면 나중에는 돈맛을 맛보려는 이런저런 사람들이 마치 벌 떼처럼 몰려와 여기저기에 상점이 들어서고 완전경쟁 상태로 가면 너도 죽고 나도 죽는 결과가 나타나는 것은 이런 원리를 증명하는 것이다.

어렵게 찾아온 도표와 통표를 유심히 살펴본다. 아니나 다를까 글씨가 틀리고 꿈을 적용하는 통표의 위치가 엉망이다. 빠른 시간 내에 만든 사람을 찾아내어 정확하게 알려주고 차라리 그런 일을 맡기는 것이 좋겠다고 생각한다. 그렇게 해야만 처음부터 채표가 올바로 설 수 있고 오해가 줄어들 것이 아닌가.

용호는 만석를 찾아가 이런 문제를 상의하고 있다.

"용호 말이여. 요즘 고생이 많구먼. 다들 관심이 많아서 다음번 타점에는 많이들 참여할거라구 허더구먼. 그게 다 자네가 열심히 뛰어서 만든 일이라고 생각혀."

"성님도 원. 채표에 관심을 쏟고 앞에서 물주 노릇을 허시면서 이끌어 주시는 만석 성님이 제일루 고생을 많이 허시는구먼유. 솔직허게 말씀을 드려서 사람들이야 돈만 벌구 놀려구 대드는 게 대부분이지만 유독 만석 성님 마냥 진정으로 채표를 사랑허구 돈까지 투자해서 그렇게 고생하며 힘쓰는 사람이 어디겠슈?"

"허긴, 우리두 따지고 보면 돈두 벌구 이름두 날리면서 재미있게 살려구 그러는 게지.

따지구 보면 다 똑같잖어. 남의 눈에 그렇게 보일 뿐이지 안 그런가? 참 장호원에 갔던 일은 대충 일이 끝났지? 그쪽은 크게 한몫을 할 곳인데 뭔 보람이 있을 거구만."

"지금까지 가본 곳 중에서 그래두 채표에 관심이 적은 곳이 장호원이었구먼유. 그래서 옛날에 알았던 건달들에게 특별히 부탁을 해서 선전 좀 해달라구 부탁을 했구먼유. 석 영감이라는 분이 물주를 했으면 좋겠다는 전갈이 와서 성님허구 상의를 해보구서 만나게 해주던지 알려주겠다고 했구먼유."

둘은 채표 회사를 경영하는 자들이다. 만석은 오너인 대표이고 용호는 상무인 셈이다. 이들은 같은 배를 타고 순항을 하고 있지만 다가올 파도와 풍랑은 알고 있는지.

"그거 참 잘 된 일이구만. 내일 만나러 가믄 으떻겠는가? 내 생각으로는 여러 사람들이 관심을 갖구 붙을려구 헐 때에 꽉 붙잡어야만 되는디. 불두 타오를 때 기름을 확 끼언져야만 그 효과가 생기는 법이구만."

"그럼유. 일어날 때 화끈허게 해치우구 그저 구경만 허면서 문제가 커지믄 빠져야죠. 떼놈들 마냥 당허지 말자구유."

사실 그들은 중국에서 겪었던 물주들의 전략을 이미 다 알고 있다. 단지 적당한 시기를 노리고 있을 뿐이다.

"물주야 급헌 일이 아니잖는가. 조금 있다가 맡기는 것이 좋을 것 같네만 자네 생각은 으떤가?"

"그러지유. 물주야 우리가 해야지 다른 사람이 허면 곤란허니께."

"그려. 물주가 여러 명이 있으면 복지 수가 적어지구 우리에게 들어오는 돈두 적어질 게 뻔허잖어. 물주는 세 번 정도를 옆에서 보게 허고 그 다음에 시키는 것이 좋을 것 같네만, 건달들을 잘 이용허는 것이 제일 빠른 방법이지만 그 만큼 위험 부담이 클 수도 있지. 혹시 알어. 그놈들이 중간에서 방해라도 걸면 골치가 아프지 안 그런가. 그래서 말이지만 그 쪽에서 통수를 몇 명을 주구서 잘 운영하면 될 거구만. 그리구 돈이나 조금씩 찔러 주면서 다독거리면 될 걸세."

"역시 성님은 머리가 휙휙 돌아가시는 분이구먼유 난 그 일을 해놓고 얼마나 부담이 되었는지 걱정이 되었구먼유. 다음번 채표는 잘 해서 돈을 버시면 물주 좀 허게 밑천을 좀 주시구려."
"그거야 앞으로 서너 번만 더 해 보자구. 그런 다음에 밑천을 줌세. 그동안만 열심히 뛰어 보자구. 한 밑천 잡는 게 쉬운 일이 아니구먼. 어차피 우리가 알려 준 채표야 우리가 덕을 보구 큰돈을 만져야지. 그 돈을 벌면 서울이나 인천에 가서 큰 사업을 해보자구."
"다른 곳까지 가서 퍼트릴 생각을 하고 계신가유?"
"아니구먼. 돈이 모아지면 그 돈으로 서울이나 인천으로 가서 장사나 하든지 아니믄 이곳에서 땅이나 사서 농사나 지어 봤으면 좋겠구먼. 논만 있다면야 시골에서는 최고가 아닌가?"
"전, 돈을 벌믄 정미소나 하나 차리구 싶구먼유. 서울이나 큰 도시에다 쌀을 팔믄 돈을 벌 수 있을 것 같은데 말이유."
"그려. 그런 꿈두 꿈이구먼. 나중에 꼭 이루어질 거구만. 우선은 채표를 많이 알리구 우리가 돈을 많이 벌 수 있는 방법을 찾는 게 급선무일거구먼."
"일전에 보니까 누가 채표에 필요헌 통표와 등, 배짝을 그려 놓은 것을 사 온 사람이 있던데 용호 자네는 그걸 아는가?"
"그거유. 그래서 오늘 상의를 드릴려구 왔구먼유. 잘 알고 있는디 아 글쎄 으떤 놈이 제가 그려서 통수에게 준 그림을 만들어서 돈을 받구 판다는 말을 들었슈. 그래서 알아 봤더니만 그림도 엉터리구 글씨두 틀린 것을 갖구 장사까지 허지 뭡니까. 그런 엉터리가 돌면 나중에 채표가 엉망이 될 수두 있잖어유."
"자네 지금 헌 말이 진짠가?"
"누구헌테 그짓말을 합니까유? 지가 다 알아 본 것이어유."
"그라믄 무슨 대책을 강구해야만 허것는디."
"야, 그래야 되지유. 지 생각으로는 이왕에 이러케 되었으믄 놈을 불러다가 겁을 주면서 혼을 내야지유. 그런 다음에 약정을 혀서 그려 팔믄 좋겠구먼유. 성님 생각은 으떤가유?"
한참을 멍하니 생각에 잠겨있던 만석은 갑자기 손뼉을 치며 웃는다.
"맞구먼. 그거여. 자넨 역시 대단혀. 많이 알리구 많이 모으려면 오히려 좋은 일이제. 으레 생길 수 있는 일이지만 너무 빨리 터졌구먼. 돈이라믄 사족을 못 쓴다더니 역시 대단혀 대단허구만. 그 사람이 누군지는 모르지만 머리 하나는 잘 돌아가네 그려. 으떠케 그런 생각을 했는지 말여. 어디 한 번 만나 보면 좋겠구먼."

"지두 같은 생각이구만유. 어디 연락을 해볼까유?"

"대체 어디에 사는 누구라고 허던가?"

"아직은 잘 모르구 단지 부영리에 살구 있다는 얘기만 슬쩍 들었구먼유. 더 자세헌 얘기는 모르구유. 채표에 관심을 많이 갖구 있는디 그림 솜씨가 좋다는 얘긴 들었슈."

"그라믄, 부영리를 맡구 있는 통수두 알구 있다는 것인가? 가만히 있으면 으떡허란 말이여. 얼른 알려 줘야지."

하며 만석은 언짢은 표정을 한다. 물론 부영리를 맡고 있는 통수 입장에서는 그런 채표에 관한 자료가 많아지고 돌아다녀야만 사람들이 보고 모이는 가운데 복지수가 늘어 날 수 있다는 계산에서 모르는 척하고 있는 것이다.

하지만 만석과 용호 입장에서는 모든 일이 생각하고 있는 방향으로 가도록 만들기 위해서는 우선 이 문제부터 해결하는 것이 급하다고 생각하고 있다. 만약 문제가 많은 엉터리 통표나 등, 배짝과 같은 그림들이 돌아다닌다면 이것은 걷잡을 수 없게 될지도 모른다.

우선 그린 사람에 대한 정보를 정확하게 알아볼 필요가 있다. 누가 그렸으며 어떻게 만드는지에 대한 소상한 것을 먼저 알아볼 필요가 있다. 그 다음에 만든 사람이 채표 발전에 필요하다면 적극적으로 밀어 주고 이용하는 편이 오히려 좋겠다고 생각한다.

만석은 용호를 시켜 내일 아침에 함께 부영리를 방문하여 자세하게 알아보라는 말을 남기고 집으로 돌아왔다. 집 앞을 지나가던 동네 아주머니가 전해 주는 말을 듣고 묘한 기분이 든다. 읍내에 사는 갑종이가 기다란다는 소식이다. 얼마나 오랜만에 들어보는 이름인가. 보국대로 끌려가기 전에 부탁하는 일로 만난 것이 십 여 년이나 훌쩍 지나간 기나긴 세월이다.

그렇게 좋아했던 한 여인에 의해 만들어진 인연이지만 친한 친구였다. 그는 속으로 영순에 대한 소식이 궁금했지만 참고 있다. 혹시 영순이에 대한 소식을 갖고 왔는지 한 편으로는 설레고 걱정이 된다. 고향으로 귀향을 한지 벌써 몇 달이 되었으나 아직도 만나

본 적이 없다. 만약 그녀가 귀향한 사실을 알고는 있지 않을까. 만약 그녀가 지금도 기다리고 있을까. 그렇다면 그 얼마나 서운하겠는가. 안 보면 멀어진다는 서양 속담처럼 아무리 좋아하는 사이라도 자주 만나고 피부 접촉을 해야만 그 정이 오래 동안 지속된다.

만석은 중국에서 링장이라는 한 여인을 깊이 사랑한 과거가 있다. 지금은 비록 헤어진 사이지만 여전히 그녀를 사랑하고 있고 언젠가 중국에 가면 그녀를 만나고 싶다. 여건만 허락된다면 결혼도 고려하고 있는 중이지만 서서히 망각의 세계로 넘어가고 있다.

그러나 진정으로 잊을 수 없는 첫사랑은 링장이 아니라 이곳에 살고 있는 영순이다. 힘든 노동과 고생을 하면서도 그녀를 단 한 번도 잊어 본 적이 없다. 이곳에서 만나보고 싶은 마음은 간절하지만 그 많은 눈과 입을 어떻게 감당을 하랴. 이제껏 여자라면 그저 여자이기 때문에 좋아했지만 중국을 다녀와서는 생각이 많이 달라졌다.

여자란 속으로 느끼는 사랑으로 살아가고 남자는 정을 먹고산다는 말이 있지만 여자문제에 있어서만은 다른 문제로 걱정은 하지 않는다. 한 여인에 대한 그리움도 그저 젊은 시절에 있을 수 있는 추억이라고 생각한다. 그러나 처음이라는 의미는 그가 생각했던 것보다는 훨씬 더 깊이 마음속에 자리를 잡고 있다는 감정에 스스로 놀라울 뿐이다.

참으로 첫사랑이란 죽는 그날까지 잊을 수 없는 것일까. 아니면 중국에서 외롭고 힘든 삶이 영순을 잊지 못하고 그리움을 크게 만든 것인지.

그녀로부터 만나자는 연락은 그리움과 두려움이라는 복잡한 선물을 한꺼번에 던져 주었다.

정이란 얼마나 오묘하면서도 복잡한 양면성을 갖고 있는 것일까. 망각이 만든 것이지만 중국에서 겪었던 표현할 수 없는 마음에서 느꼈던 수많은 생각들이 화면처럼 스쳐지나간다.

인간이 겉치레를 걸치고 있던 모든 허물과 위선, 가식까지도 환경과 시간이 흐름에 따라 망각이라는 무서운 병은 그 모든 것을 한꺼번에 무너뜨리는 것에 대해 그저 놀라울 뿐이다.

그에게는 영순이라는 한 여인이 만들어 주었던 보이지 않는 희망이다. 처음으로 정이라는 신비한 마음을 만들어 준 잊지 못할 여인에 대한 그리움이 깊어간다.

"으째서 얼굴두 보여주지 않느냐구 허더구먼유."

"나라구 안 보구 싶겠는가? 이런 마당에 차라리 안 보는 게 낫다는 맴이구먼."

"그려두, 그러케 보구 싶어 허는디 만나보시지유."

"잘 살구 있던가?"

"잘 살더구먼유. 그냥 얼굴이나 한번 봤으면 허더라구유."

죽는 그날까지 잊을 수 없는 영순은 자신을 지탱해 준 지지대와 같다. 보국대에서 힘들고 죽음을 생각할 정도로 위험한 고비 때마다 버틸 수 있었던 힘이다. 사랑을 먹고산다는 말이 새삼 떠올랐지만 과연 그토록 기나긴 세월을 잊지 않고 기다리고 있을까.

잊으려 해도 잊을 수 없었던 지난 세월에 가슴이 아릿하게 저려온다. 고마운 마음도 들지만 희미하게 남아 있는 많은 추억들이 생각난다. 매일 밤마다 그리워했던 그 얼굴을 볼 수가 있을는지 자신이 서지 않는다.

막상 고향 땅에 도착해 보니 추억도 애틋한 사랑 이야기도 세월이라는 풍파에 씻기고 만다. 현실이 만든 채표와 돈은 사랑을 대신하게 되었고 자신의 야망을 위해 그 정도의 공백이 있는 사랑은 젊음을 불태우고 한 번은 건너가야 할 풋사랑이라고 생각한다. 정을 서로 나누고 찾았던 그들이지만 이제는 새로운 운명을 맞이하고 있는 것이 당연한 일이다.

채표를 통해 한처럼 맺혀 있는 응어리를 단번에 풀고 싶다. 단지 사랑이라는 갈증을 풀기 위해 마지막으로 의향을 묻고 싶다. 어쩌면 시집이라는 운명적인 길을 가기 전에 뭔가를 정리하는 것이 옳은 도리라는 확인으로 그 어떤 슬픔도 미련도 이제는 추억과 미래라는 상반된 장막 속에다 감추고 서로의 존재를 확인하는 것이 차라리 더 나은지도 모른다.

집착과 현실, 갈등과 정리, 도전과 도피, 정리하는 일이 필요했을지도 모른다. 누구든지 무덤까지 갖고 가는 비밀이 있다지만 그래도 한 번쯤은 만나는 것이 도리라고 보고 있다. 살아가는 일이란 추억을 만들기 위해 몸부림치며 뭔가를 추구하고 달려가는 것이다. 한때 그저 스쳐 지나가는 하나의 여인으로만 보기에는 가슴에 남아 있는 것이 너무 크다. 추억과 그리움이 한꺼번에 밀려오는 이상한 감정이 느껴진다.

그녀가 만들어 준 작은 털 스웨터를 만지며 그녀를 생각한다. 이미 영순은 이웃 마을에 있는 종식이와 혼사 문제로 마음이 흔들리고 있다. 어쩌면 마음을 확인하고 싶은 생각에서 부탁한 것이다.

설마 그렇게 약속한 남자가 오랜 시간을 보지 못했다고 돌아서는 일은 없을 것이라고 생각한다. 결혼이라는 사랑의 최종 종착지를 가기 위한 마지막 만남을 고대하면서.

"얼굴이 많이 상헌 것 같구먼, 객지에서 고생이 말이 아니었겠구먼."

"반갑구먼, 나뿐만 아니라 보국대나 징용으로 끌려간 모든 사람들이 다 같이 객지에서 고생을 했을 걸세. 그래두 난 남보단 운이 좋은 덕분에 일찍 도망이라두 쳤기 때문에 그래두 좀 나은 편구먼. 다른 사람들 고생이야 말루 다 헐 수 없구먼."

"다 집 떠나 객지를 돌면야 고생이지유. 지야, 양조장에서 고작 술통이나 배달했구먼유."

"참, 양조장 일은 잘 되는가? 술이 많이 팔릴 수 있는 시국인디."

"그래유. 술이란 게 좋아서 한 잔, 싫어서 한 잔이구먼유. 그런디 요즘은 해방두 되었건만 으째서들 답답해 허는지 원."

"아마두 즐겁지만은 아닐 거여. 불안헌 맴들이 더 많을 거구만."

"해방만 되믄 세상이 다 내 것이라구 여겼건만 달라진 게 뭐가 있겠슈. 만날 일만 허느라구 그렇지유."

"자네야, 옛날부터 일 좋아허는 건 하나두 변허질 않았구먼. 자고로 부지런한 사람치구 입에 거미줄 치는 법이 없다구 했구먼."

"말만 들어두 고맙구먼유. 소문에는 성님께서 채표를 크게 벌릴 생각이라는데 그게 정말인가유? 읍내에두 채표 야기들이 여기저기 돌구 있더구먼유."

"소문이 빠르구먼. 맞어. 나랑 용호가 중국에서 도망칠 때 갖고 온 것이제."

"다들 돈두 벌구 꿈두 꾸고 허니까 좋다구들 허던데유."

"허긴. 그것을 갖구 오느라 고생깨나 했구먼. 왕 서방 집에서 일해 주구 새경을 받았지. 아, 그런디 장롱 속에 채표를 보구 훔친 거구만."

"자네두 알다시피, 보국대로 간 뒤로 발 쭉 펴구 사는 게 꿈같구먼. 일본 쪽바리한테 쫓기는 신세라서 밤낮이 뒤바뀐 세상을 어쩔 수 없이 몇 달을 살기도 했구먼. 지금 생각해 보니깐 그것두 추억이라면 추억이라구 할 순 있지만 그때는 고생이 말이 아니었구먼."

"나라 잃고 고생허는 사람이야 바로 우리가 아닌가. 무슨 죄가 있는 것두 아닌디 일본 놈들한테 시달리고 눈치를 보면서 무려 서른여섯 해를 버텼으나 꼴이 말이 아니제."

"성님 야길 듣구 보니께 힘드셨겠슈."

"난, 그래두 탈출이나 했으니 다행지지만 못 온 사람이나 딸린 식구들이야 을마나 맴 고생이 심허겠는가. 참으로 가슴이 아픈 일이구먼."

"지가 아는 사람들 가운데두 열 명이 일본 놈들한테 강제로 끌려갔는디, 겨우 여섯만 고향으로 돌아오구 나머지는 죽거나 소식을 알 수 없다는구먼유."

사람 사는 것이야 잠깐 이 세상에 소풍을 와서 잘 놀다가 저승으로 돌아가면 그만이다. 질기고 억척같은 운명의 끈은 여기까지 이어지다니. 어차피 지금으로선 그녀에게 해주는 것이야 뭐가 있겠는가. 자신이 없는 그녀와의 관계를 질질 끌며 장래를 막고 싶지 않다. 결혼 문제로 인해 과거를 정리하고 새 출발을 한다면 당연히 도와야 할 일이다. 아직도 사랑하고 있다는 사실을 은근히 전하는 의미를 알지만 채표에 빠진 그로서는 선택을 해야 한다.

사랑을 포기하고 돈과 명예, 야망을 채우려는 집념이 강하게 작용하고 있었기 때문에 누가 뭐라고 해도 현재로서는 결혼이라는 커다란 장애물을 양어깨에 지고 채표판을 이끌 자신이 없다. 노름과 가정은 너무도 가까이 하기엔 멀고도 험난하다는 것을 누구보다도 잘 안다. 좋은 기회를 최대한 살려서 자신이 마음속에 펼치고 싶은 야망을 한없이 펼쳐 보고 싶다.

"편지가 여기에 있구먼유. 읽어 보시구 답을 주세유. 답을 기다리구 있구먼유."

아무런 대답도 하지 않고 편지를 뜯어서 읽기 시작한다. 낯설지 않은 글씨가 눈에 들어오자 찡하는 가슴은 그녀를 놀래기에 충분하다. 마지막이 될지도 모르는 그녀와의 온기를 느끼는 듯하다. 어차피 산다는 것은 매 시간마다 선택과 그 선택으로 인해 포기해야 하는 과정이 계속 반복되는 것이다.

눈물이 떨어져 퍼져 있는 글씨가 보인다. 만석의 마음은 갈피를 잡지 못할 정도로 괴롭고 아쉬운 마음이다. 몇 년을 서로 보지도 못했지만 가슴을 미어지게 만드는 현실이 안타깝다. 결혼을 앞둔 예비 신부가 마지막으로 보내는 사랑한다는 고백을 어떻게 받아들여야할지.

집을 뛰쳐나가 같이 살고 싶다는 곳에서는 눈물이 핑 돌고 있다. 젊었을 때 저지른 불같은 열정이 깊은 정을 나눴다지만 결코 결혼이라는 굴레를 뒤집어쓰고 싶지는 않다. 아직도 그녀의 향취와 정성이 느껴지는 스웨터를 만지고 있다. 어렵고 힘들 때 무언의 위로와 용기를 심어 주었던 고마움이 미안한 마음으로 변한다.

"부디 결혼해서 행복하게 잘 살아 달라는 말을 전해 주게나."

이별 의식을 직접 만나서 하는 것보다는 이렇게 해서라도 간접적으로 만들어지는 것이 아픈 상처를 작게 만들 수 있다고 생각한다. 결혼 전에 한 남자를 알았다는 사실이 아니, 깊은 정을 나누었다는 추억이 있어서 다행이라는 생각이 들기도 한다. 아무런 감정이 들어가지 못한 상태에서 부모들이 맺어 준 결혼을 생각만 해도 몸서리가 쳐진다. 사랑하고 미워하고 때로는 미워하면서도 어쩔 수 없이 사랑하는 갈등이 교차하면서 정이 드는 것이 남녀 간의 만남이다.

답을 기다리고 있는 그녀는 일이 손에 전혀 잡히지 않는다. 평소 움직이는 것을 싫어하는 성격이지만 오늘따라 집 안 이곳저곳을 돌아다닌다. 아침에 깨끗하게 씻어 놓은 그릇까지도 다시 씻는가 하면 방을 쓸고 닦는다. 어제 힘들게 닦아 놓았던 놋그릇을 기왓장 가루로 빡빡 문지르고 있다.

양조장은 내일 배달을 나갈 술통을 깨끗하게 씻고 밀가루와 누룩을 준비하느라 분주하다. 배달 나갔던 사람들이 들어오기 시작한다. 몰래 술독에서 한 바가지를 들고 방으로 들어 온 그녀는 저녁도 먹지 않고 술을 계속 마시기 시작한다. 원래 술을 가끔 몰래 먹기도 했지만 오늘 저녁에 먹어 보는 술은 왜 이리도 쓰고 속이 불타는지 모른다. 정신이 몽롱하고 눈에 보이는 것은 아무것도 없으며 들리지도 않는 이 순간이 그렇게도 편안하고 울고 싶을 정도로 텅 빈 느낌이다. 술이란 이토록 명약일 줄은 어렴풋이 알고 있지만 취하면 이런 신비한 힘을 갖고 있다는 것이 놀랍다.

몽롱한 자신을 뒤척이며 눈에서 흘러내리는 진한 사랑의 눈물이 입가를 타고 들어와 짠맛으로 느껴질 때 희미하게 보이는 만석의 얼굴을 쫓아 끝없는 웅덩이 속으로 빠져들고 있다.

추억의 지하수는 따스한 목욕물처럼 온기를 느끼며 지하 속으로 한없이 빨려 들어간다. 잡힐 듯이 만져지는 끄나풀을 쫓아 희미한 손가락을 잡으려고 하지만 쉽게 잡히지 않는다. 지쳐 버린 두 다리와 양손은 묶여 있고 목을 내민 채 소리를 쳐보지만 만석의 손은 계속 멀리 멀리 사라지는 것을 어찌하랴.

그저 희미한 달빛만이 차갑게 대지를 비춰며 그 위를 날아다니는 그녀는 인생을 알려 주었고 사랑을 심어 준 한 남자에 대한 미련의 몸부림을 치며 홀로서기를 하는 것일까. 여자보다 더 소중한 것이 과연 무엇이란 말인가? 일부러 자신의 마음을 감추면서 옛사랑을 버리면서까지 빠져드는 것은 무엇인지. 쓰라린 가슴을 비워내며 미친 사람처럼 애써 외면하며 얻는 것은 무엇일까? 꿈과 돈, 사랑이 함께 공존할 수 없는 그 남자만이 갖고 있는 삶의 방향은 어느 쪽일까?

통표 장사꾼까지

통표를 그려서 팔고 있다는 소문을 듣고 그린 사람을 찾기 위해 백방으로 수소문하던 중에 겨우 주소를 찾아 부영리 마을로 향하고 있다. 채표에 쓰이는 통표와 등, 배짝을 그려서 돈을 받고 팔고 있는 김명환은 오늘도 방 안에서 창호지에 들기름을 바르며 그리고 있다. 알아본 바에 따르면 통수로부터 얻어 온 그림을 그려서 몇 장을 약간의 수고비를 받고 주었던 것이 계기가 되어 여기까지 온 것이다.

돈을 주고 파는 일도 문제지만 잘못하면 큰 문제를 일으킬 수 있는 중대한 일이다. 만약 잘못 그려진 통표와 등·배짝이 사방으로 돌아다니며 사람들이 그것을 보고 채표에 사용하거나 그것이 진짜인 것으로 여긴다면 문제가 심각할 수밖에 없다. 그대로 놔둔다면 자신들이 하는 일에도 문제가 생길 수 있으며 채표 발전에도 장애가 될 수 있어서 직접 나서서야만 했다.

채표가 왕성하게 발전하고 사람들이 관심을 갖고 있다는 것을 알게 되었다. 이곳을 활성화시킨다면 다음번 채표 타점은 사람들로 붐빌 수 있을 것이라는 확신이 선다. 어쩌면 그 사람 덕분에 채표가 널리 퍼지는 결과를 만든다는 것도 알게 되었다. 잘만 이용하면 기대 이상의 효과를 얻을 수도 있다는 생각을 한다. 그림도 잘 그리고 글씨도 괜찮게 쓰는 그 사람이 무척이나 궁금하다. 돈 욕심보다는 채표 놀이가 생각보다 재미가 있고 통표에 나오는 한문과 용어가 너무도 신기하여 그런 일을 시작했다고 말한다. 때로는 그에게 한자를 물어 보는 일이 커다란 자부심을 느끼고 있다.

"그 일을 시작헌건유, 통수이신 오동환 씨가 지한테 주신 통표를 보여주셨는디 하두 신기해서 소리를 내서 읽었더니만 그분이 부탁을 했구먼유. 그래서 시작하게 되었구먼유."

"다른 방향으루 엉뚱하게 갈 수 있구먼유. 그래서 지가 이러케 찾아왔구먼유."

"뭐 큰 일이래두 있나유?"

"그라믄유. 가짜 통표가 나돌구 헷갈린다구 허는 분들이 많구먼유."
"전, 있는 그대루 그렸는데유. 혹시……."
"그래유. 또 어떤 사람이 엉터리로 그리는 그림이 돌구 있구먼유."
"아, 알겠구먼유. 그람 안 되는디."
"이렇게 열심히 그려서 사람들에게 주는 건 좋아유. 여러 가지를 말씀드리지유."
"여기까지 오신 이유가 그거군유. 그런디 문제점이란 게 무엇인지 좀 말씀을 해주시겠는가유? 제가 보기엔 제가 그런 일을 해야만 채표에 대해 사람들이 잘 알 수 있을 거구먼유. 그 일을 누군가가 나서서 해야만 될 거라고 생각합니다만 잘 모르겠네유."
이해가 가지 않는다는 듯이 고개를 갸우뚱하며 말한다.
"그 말씀은 맞구먼유, 채표라는 문제를 전체적으로 보거나 그 일을 수행허는 저희들의 입장에서 본다면 참으로 마음에 걸리는 것이 한두 가지가 아녀유."
그 말을 들으면서 생각에 잠긴다. 읽어 주고 해석도 해주면서 길을 안내해 주었건만 이런 일이 생기다니. 그저 돈을 받고 몇 장을 팔았다는 것 외에는 실수라든가 채표에 관여한 일은 없지 않은가. 그런데 갑자기 상의도 하지 않고 그려서 팔았다는 점을 물고 늘어지니 어안이 벙벙할 뿐이다.
그림 덕분에 채표 총책임자를 이렇게 빨리 만나게 되자 한편으로는 바라던 일이 이루어지고 뭔가를 매듭지을 수 있는 기회라고 생각한다.
"지가 드리구 싶은 말씀은, 그린 것이 나쁘다는 것이 아니구유. 이왕에 돈을 받구 파실 의향이라면 저랑 상의허시구 약조를 맺는 것이 경우라구 보거든유."
"알것구먼유. 허실 말씀을 솔직허게 허세유."
"그람, 혹시라두 그려 놓았던 그림이 있으면 좀 보여주시겠슈?"
"지금까지 그려서 판 통표는 전부 9장이 되구유. 그라구 그려논 것은 집에 있어유. 지가 빨랑 가서 가져올 테니까 잠시만 기다리세유."
하며 방문을 열고 나간다. 옆에서 지켜보고 있던 동환 통수는 자신이 무슨 잘못이라도 저지른 사람처럼 입을 굳게 다물고 앉아 있다.
"통수님은 뭘 그리 생각만 하고 계신겨? 저 사람에 대해서 좀 알고 싶은데 말씀 좀 해

주시면 좋겠구먼유."

용호가 일부러 말을 걸자 기다렸다는 듯이 반갑게 대답한다.

"지금 뭐라고 했슈? 저 사람을 자세히 알고 싶다구 그랬슈?"

"그걸 좀 말씀해 주시면 참고가 될 것 같아서 그러는구먼유."

"그라지유, 뭐 별로 어려운 일은 아니니까유. 그런디 뭘 알구 싶은디유?"

"다른 게 아니구유, 사람 됨됨이를 알구 싶구먼유."

말하는 의도를 알았는지 아니면 어떤 눈치를 챈 것인지 대답을 하기 시작한다.

일이 잘만 되면 통수 노릇도 잘 할 수 있고 채표에 대한 사전 정보나 소문은 물론이고 돈까지 챙길 수 있는 기회라는 식으로 머리가 돌아가자 시키지 않은 것까지 말하기 시작한다.

"그분은유, 원래 그림도 잘 그리구 마음이 착한 분이구먼유. 법 없어두 살 양반이유. 그런디 요즘 빚에 쪼들려서 곤란을 좀 당허고 있는 모양이구먼유. 학벌은 중학교를 졸업허구 집에서 농사를 짓다가 그나마 남아 있던 텃밭까지 다 팔아먹구 면서기를 하겠다구 준비를 허는 것으루 알구 있구먼유."

"으째서 빚쟁이가 되었는지 아세유?"

"잘은 모르지만 들은 것은 있구먼유. 아마두 부친께서 작년에 돌아가셨는디 아프실 적에 약값으루 돈을 얻어다 대는 바람에 어쩔 수 없이 그만 고등핵교두 포기했슈. 거기다 집안 기둥인 가장 노릇까지 허고 있으니."

"그러니께 부모님 병간호를 허다가 빚을 졌단 말인가유? 그렇다면 좋은 분이구먼유."

착하고 좋은 분이라는 대답을 듣자 안심이 된다.

"참, 명환이라는 사람을 믿어두 될 정도루 동네에서 평이 좋은가유? 또 한 가지는 그 사람을 채표하는 일에 썼으면 허는디, 동환 통수님 생각은 어떤가유? 난 아직두 그 사람을 잘 모르니까 통수님이 잘 가르쳐주시면 해서유. 재주도 있구 머리도 잘 돌아가구 거기다 믿을 만 하다면야 더 없지유. 자세허게 좀 얘길 해주면 좋겠슈. 우린 어차피 동업을 하는 채표 회사원이 아니겠슈."

"그거야 지가 알구 있는 범위 안에서 말씀을 헐 수는 있지만도 남의 이야기를 허는 것도 모양새가 그렇고 어차피 알아야만 채표를 하는데 도움이 된다니까 말허지유. 명환이는 채표에 무척이나 관심을 가지고 있는 사람이지만 아마 모르긴 몰라두 어떤 깊은 뜻이 있어서 통표를 그려서 팔기까지 했을 겁니다유. 나름대로 가지고 있는 속마음이야 알 수는 없다지만 서두 채표를 주관허시는 두 분 밑에서 일하고 싶은 생각을 가지고 있는 것 같구먼유. 원래 손재주도 좋구 그림두 잘 그리는 재주꾼이지만 집안이 어려워 그 재주를 못 부리구 촌에서 눌러 앉아 있으니 원."

"그렇게 말씀해주시니 속이 후련허구먼유. 괜스레 걱정을 해가지구선. 그런 사람들이 많이 나타나야만 좋아지는 게 채표지유. 무조건 많이들 몰려들어서 다들 돈을 벌었다는 말을 들었으면 좋겠구먼유."

"깊숙허게 써두 괜찮을 것 같구먼유."

"그 양반을 만나서 이야기를 더 나눈 뒤에 결정 헐 생각입니다유. 아직두 자세허게 모르고 있는 것두 있구 해서유. 의향을 물어보구 확인해 보구 싶구먼유."

"솔직허게 물어 보시면 좋겠네유. 성격이 활달하지는 못 허지만 시키는 일이나 자기가 맡은 일은 잘 허는 사람이니까 맘에 들거유."

"사람의 마음은 알 수가 있어야죠."

"하긴 그려유, 잘 알아보구 중요헌 일을 맡기는 것도 좋을 것 같은디."

"채표에서 중요헌 일을 하겠다고 생각한 사람이라면 좀 더 자세허게 사람을 알아보는 것두 필요헐겁니다유. 워낙 돈이 오고가는 놀이인지라 그런 점도 필요허지유."

"지 생각으로는 그 사람을 믿구 일을 시켜두 괜찮을 겁니다유. 워낙 머리도 좋구 착실 허게 공부허는 모습을 쭉 봐왔거든유. 이 동네에서야 저 집안사람들은 다 인정해 주는 사람들이구먼유. 빚이 있어두 하나두 꿀리거나 위축허질 않구 잘 이겨 나가면서 남에게 욕하나 얻어먹지 않는 사람이니까유."

계속해서 여러 가지 이야기가 오고 간다.

결론은 쓰자는 쪽으로 가닥이 잡혀갔고 좀 더 신중하게 처리하자고 한다.

잠시 뒤에 집으로 갔던 명환이는 동환이가 줬던 통표와 자신이 그린 것을 들고 방안으로 들어오다가 두 사람이 하는 이야기를 살짝 엿듣고 있다.

사람이란 자기가 없을 때 남들이 자신에 대한 이야기를 하게 되면 스스로 내리는 평가보다는 더 관심을 갖기 마련이며 어쩌면 누구든지 그렇게 듣고 싶어 한다.

"그람, 그 사람을 이 마을에서 통수로 삼는 것보다는 채표장에서 일하는 타점사나 계산사로 일시키는 게 더 좋을 성싶은디, 생각을 좀 허시지유."

"일단은 찬성이구만유. 명환이가 착허구 좋은 사람이니께 그런 일이야 착실허게 잘할 겁니다유. 단지 돈을 만지거나 출납허는 일은 어렵지 않나 해서."

어차피 좋은 면으로 생각하지만 불안한 마음을 버리지 못한다는 것은 나머지를 스스로 만드는 것이 필요하다고 생각한다. 믿음을 가지도록 해야만 채표 주식회사에 정식으로 입사할 수 있을 것이라고 생각한다. 누구든지 자신의 편으로 만들기 위해서는 이리저리 알아보는 것이야 당연하다. 가장 가까이에서 채표를 만지고 돈까지 취급하는 일이야 아무에게나 맡길 일이 아니다. 잘못 선택할 경우에는 무슨 일이 터질지 알 수 없다.

"자, 다녀왔슈."

갖고 온 종이를 펼쳐서 잘 보이도록 양손으로 넓게 펼쳐 보인다. 한 장은 동환이가 건네준 것이고 다른 것은 어제 오후에 그린 것이다. 방 안에 펼쳐 놓인 그림을 보자 그림을 그리는 솜씨가 대단하다는 생각이 든다.

"참으루 솜씨가 대단허십니다유. 펼쳐 놓구 보니깐 창피혀서 숨고 싶구먼유. 역시 그림은 손재주가 있어야만 되는 일이지유."

"원, 별 말씀을 다 하십니다유. 지두 이 그림을 보구 좀 모양만 바꾸었지 그대로네유. 잘 그린 것은 아녀유. 이웃 마을에서 사구 싶다는 분 때문에 어제 그렸구먼유."

"지금까지 9장을 파셨다구 하셨지유? 그람 한 장에 얼마씩 받고 파시나유?"

"돈은 많이 받지는 않구유, 그저 재료비랑 품삯을 쳐서 쌀 한 되에 팔었구먼유."

"그려 달라구 허는 사람들이 많나유? 그라구 어느 마을 사람들이 샀는지 알 수 있나유?"

"그건유. 여러 사람들이 구경을 허면서 사기두 했는디 서너 마을은 될 거구만유."

"허긴, 그림두 좋구 채표 바람이 그러케 심허게 불어대니 많이들 필요헐거유."

"읍내랑 음성에서두 소문을 듣구 배워보겠다구 찾아 온 사람두 있었슈."

"아, 그래유. 그렇게 사가는 것을 보면 앞으루두 찾을 사람이 많겠지유?"

"으쩌다 한 사람씩 사가는 것이지유. 많이 찾으면야 그걸루 먹고살지 다른 일을 하겠슈?"

"명환이 말여, 용호씨는 지금 자네가 그리는 통표가 과연 잘 맞구 꿈 해몽이 제자리에 제대로 들어갔는지를 알고 싶어 하시는구먼. 이런 일은 말이여, 사전에 용호씨 헌티 알리구 허락을 받어야 허는 일이구먼."

그림을 방에 펼쳐 놓고 비교를 하면서 잘못된 곳을 찾고 있다. 인체에 배당된 부위와 글씨가 잘못된 곳이 몇 군데 발견되었지만 그런대로 쓸 만하다. 자신이 그린 것보다는 정확하고 멋지게 그렸지만 가장 중요한 글씨와 인체 배당이 잘못되어 있는 점이 마음에 걸린다.

이런 문제가 계속 커지거나 시간이 흐른다면 걷잡을 수 없는 문제로 발전될 수 있다. 특히 인체의 각 부위에 꿈 이름을 배당시켜 놓은 것이 다를 때는 타점에서 보통 문제가 아니기 때문에 사전에 조정하고 고쳐 나가는 것이 필요하다. 생각 이상으로 문제가 커질 수 있다는 생각이 들자 잘 왔다는 생각이 든다. 이 자리에서 다른 일까지 마무리하는 것이 낫겠다고 생각에서 구체적인 이야기를 꺼낸다.

"이왕에 일이 이렇게 되었으면 다른 생각일랑 허지 마시구유. 통표를 그리시는 일두 저희랑 같이 했으면 좋겠네유. 채표에 대한 일이야, 만석 성님허구 지가 맡어서 허니까유 궁금허거나 모르는 일이 있으시면 찾아오시면 될 겁니다유. 혹시 타점장에서 일하면서 복지도 써넣구 허시면 돈두 벌 수 있구 경험도 쌓을 수 있구먼유. 으째 의향이 있나유?"

"갑자기 그런 말씀을 허시니깐 으떠케 말씀을 드려야 헐지 모르겠구먼유. 지야 그림을 그리는 일이 좋아서 혔지만 서두 타점장에서 일헌다면야 더 바랄게 없구먼유."

염려 이상으로 일이 잘 풀리고 있다. 협상이란 밀고 당기는 맛에 의해 이루어지지만 양쪽 모두에게 이익이 되어야만 결말이 난다.

"채표를 자세허게는 모르는데유 혹시 타점사나 계산사가 무엇을 허나유. 궁금허네유."

"타점사유. 사람들이 밤에 꾼 꿈을 복지에 하루에 두 번씩 써넣으면 되유, 각 마을을 돌아다니면서 대리인과 같이 복지와 돈을 받아 오는 사람을 통수라구 허거든유."

"통수는 알지만 타점허는 일은 한 번두 본 적이 없구먼유."

옆에서 듣고 있다가 통수일을 보는 남자가 말한다.

"대리인인 통수들이 복지를 걷어 오면유, 그것을 모아서 정해진 날짜에 통수들이 다 모여서 타점을 찍거든유. 당첨자를 결정허는 타점을 찍을 때에 복지 이름을 갖구 큰 소리로 재미있게 읽으면서 복지를 정리허구 보관허는 일을 하는구만유. 또한 계산사는 타점에서 들어 온 돈을 전부 타점사와 같이 큰 종이에다 이름과 건 돈 액수를 써넣는 일을 허면서 돈을 지출허구 받는 일을 하는 사람을 말하는구먼유. 지가 지난번에 타점사를 했는디 재미두 있구 괜찮었구먼유."

"아니 그람, 진짜루 그 일을 하셨단 말인가유? 지가 가면 무슨 일을 하게 되나유?"

"그건 지가 만석 성님허구 잘 상의해서 나중에 말씀드리지유. 지 생각으로는 골치 아픈 계산사보다는 타점사가 더 좋은 성싶구먼유. 그야 본인 맴이 젤 중요허지유."

지난번 맡았던 타점사에 대한 이야기를 만석과 함께 나눈 적이 있다. 용호의 후계자를 뽑아야만 물주를 해 볼 수 있기 때문에 은근히 기다리고 있다. 이 문제가 잘 풀린다면 자신이 생각하는 채표 주식회사를 하나 설립해도 될 것이다.

일이란 단숨에 할 일이 따로 있고 서서히 뜸을 들이면서 기다리는 일로 구분된다. 무슨 일이든지 그런 식으로 접근하지 못하면 실패나 낭패를 당할 수밖에 없다. 다행스럽게도 이루어진다고 해도 문제점이 계속 나타나 그로 인해 괴로움을 겪게 된다.

다행히 명환이를 만나 타점사를 요청하게 된 이유가 머리가 잘 돌아가기 때문이다. 재치와 순간적인 판단이 빠르다는 것도 구미를 당기는 일이다. 또한 나름대로의 야망을 갖고 있다는 점 때문에 관심을 끌고 있다.

그림도 잘 그리면서 돈에 대한 강한 집념과 두둑한 배짱이 마음에 든다. 어차피 채표를 이끌고 나갈 사람이 더 필요한 시기에 이런 사람을 이용한다면 많은 도움이 될 것이라고 생각한다. 심지어 어려운 통표까지 다 외웠고 그런 그에게 옆에서 약간만 암시나 경험을 알려 준다면 돈을 물고 오는 확실한 보증 수표라고 생각한다.

명환이를 이용하여 통표를 계속 만들게 하여 돈을 받고 팔면 누이 좋고 매부 좋은 일이다. 이번 일만 잘 된다면 채표는 앞으로 더욱 불길처럼 퍼져나갈 것이다. 한 마을에 수완이 뛰어난 통수가 있고 머리가 잘 돌아가는 타점사가 있다면 다른 마을보다 더 많이 퍼져 나갈 수 있고 그 성과는 좋아질 수밖에 없다. 오랜만에 인재를 만난 것처럼 입이 마르도록 칭찬하면서 밑에서 일하는 사람이 되어 달라는 부탁을 하고 있다.

"용호씨유, 지가 만약에 타점사나 계산사가 된다면 뭔가 있나유? 아니믄 그저 채표만 배우나유? 지는 경험두 쌓구 돈두 좀 벌구 싶은디."

"처음에는 무료로 일을 허다가 나중에 품삯을 받는 것이 경우에 맞는 일이라구 생각허지만 지금은 특별허구먼유."

"지가 특별허다구유? 듣기만 해두 기분이 썩 좋구먼유."

"우선은 일을 허시면서 일당두 받으면서 그림두 그려서 팔믄 수입이 짭짭헐 겁니다유. 그러니까 다른 생각일랑 허지를 말구, 타점사로 들어온 다음에 경험을 쌓은 다음에 물주나 통수를 허시면 될 것 같구먼유."

조건을 제시하기보다는 있는 상태에서 일을 매듭짓고 싶다. 지금은 그림을 그리며 경험을 쌓고 나중 일은 그때 생각하는 것이 더 낫다고 생각한다.

"만석 성님을 만나믄유, 통표 그림허구 타점사나 계산사에 대한 상의를 할 게유. 참, 그림은 다음에 그리시구 조금만 기다리면 좋겠구먼유. 아까 보니깐 통표 그림이 맞지 않는 부분이 좀 있는 것을 보았는디, 다음에 저랑 자세허게 맞춰보시는 것이 좋겠구먼유."

"좋은 생각이구만유. 지도 많이 고민을 했구먼유. 처음이라 으떠케 허는지를 잘 몰라서 걱정을 했슈. 원본을 봐야만 진짜루 나오지유."

"솜씨를 보니깐 조금만 고치면 원본과 똑같은 통표를 그리실 거구먼유. 급히 만들면 뭐든지 이상헌 것이 있기 마련이죠."

"그라믄 지는 당분간 그리지 않구 기다릴게유."

"그리구유, 이건 지 생각인디, 이왕이면 다홍치마라구 했듯이 그냥 창호지에 그릴 것이 아니라 그린 다음에 콩기름이나 들기름으로 매기면 질기구 비나 눈에도 쉽게 망가지지 않을 성싶은디 명환 씨 생각은 으떤가유?"

중국에서 보았던 통표가 생각이 난다. 타점을 하다가 갑자기 비가 내리면 종이를 덮거나 우산까지 받쳐 들고 타점을 하던 불편함이 있었지만 다들 손놓고 있는 것을 보았다.

"지두 그 점은 미처 생각치 못했구먼유. 역시 경험이 최고이유. 며칠 남지 않았으니까 빨리 서둘러서 만석 씨랑 만나게 해주시면 좋겠네유."
"내일이면 만날 수 있구먼유. 그때 잘 야기를 헐 거구먼유. 아까 얘기헌 것을 잘 생각허세유. 이왕에 발을 들어 놓았다믄야, 크게 성공해야지유."
"채표에 많이 참가허구 그림두 그려서 돈두 벌면야 을마나 좋겠슈. 이렇게 좋으신 분을 통해 채표두 배우구 꿈이루 돈두 벌면서 신나게 겨울을 보낼 수 있다니 꿈만 같구먼유. 아까 말씀허신 것이야 두 말할 필요가 있겠슈? 타점사가 되었든 계산사가 되든지 간에 지야 다 좋지유. 말씀이나 잘해 주시면 고맙겠슈."
"너무 염려말구 기다려 보는 게 좋겠구먼유. 이러케 유능헌 사람이 채표에서 일하신다면야, 뭔가 좋은 일이 있을것만 같네유."
옆에서 듣고 있던 동환이가 칭찬을 하고 있다. 칭찬은 함께 하는 것이 그 효과가 높아질 수 있다. 같은 배를 타는 입장에서 돈도 들어가지 않는 칭찬이야 아무리 많이 해도 괜찮은 일이니까.
"이러케 멋진 분을 만나 뵙게 되어서 기분이 좋아유. 막걸리루 목이나 축이면서 말씀을 더 나누시죠?"
세 사람은 밖으로 나가 막걸리를 파는 가게로 걸어간다. 금방 만들었는지 김이 무럭무럭 나는 두부에다 김치를 싸서 먹는 안주야말로 겨울이면 맛볼 수 있는 별미다. 뜨끈뜨끈하게 데워진 막걸리를 마시자 뱃속이 싸한 느낌이 들면서 핑 돈다. 이런 기분 때문에 빈속에 술을 마시는 것인지 여운이 좋다.
"채표는 많이들 허시지유?"
"그람유. 여기저기서 난리이구먼유."
"꿈만으루두 쉽게 돈을 벌 수 있다는디 누가 싫겠슈. 다들 적은 돈만 있으면 큰돈을 만질 수가 있는디 누가 안 허겠슈."
"다음 타점에두 많은 사람들이 참여할 거라구 생각혀유. 채표에 대해서 물j보러 오는 사람들이 점점 많아지구 있는 것을 보면유."
"며칠 전에 음성에 갔었는디 그때 친구를 만났거든유. 아는 사람들이 묻더구먼유. 채표가 무엇이구 언제 하는지를 알고 싶다구 혀서 알려줬구먼유. 아마 읍내에서두 많이들

헐 것 같구만유."

"좋은 징조구먼유. 여기저기루 퍼져 나가야만 사람들이 모여들지유. 뭐든지 입 소문을 타구 퍼지는게 제일이구먼유. 어차피 시작했으니깐 크게 벌려서 돈두 많이 벌었다는 소문이 돌면야 금상첨화 격이지유."

옆에서 이런저런 이야기를 듣고 있던 사람이 용호를 보고 묻는다. 마을에 일을 보러 왔다가 가게에서 술을 마시고 있다. 금광 일꾼이 모자란다는 소문을 듣고 인부들을 모집하러 부영리에 온 것이다.

"아, 말씀 중에 죄송허구먼유. 뭣 좀 물어봐두 괜찮겠지유?"

갑자기 대화에 끼어드는 남자를 쳐다본다. 턱수염이 숲처럼 진하게 덮여 있고 눈은 장비 눈처럼 우락부락한 모습이 영락없이 산적같이 보이는 사내는 호기심이 발동했는지 일어나 정중하게 인사를 하며 묻는다.

"궁금허시면 물어보세유."

"지는 광산에서 일할 인부를 구하려구 왔구먼유. 그란디 선상님들이 허시는 말씀을 듣다 보니께, 뭐 채푠지 채팬지라는 말을 자주 하시길레 여쭤 보는구먼유."

채표라는 말도 신기하지만 돈이라는 말에 솔깃한 것이다.

"야, 요즘 꿈을 갖구 돈 벌려구들 눈알이 뻘겋게 대드는 게 있구먼유."

"지는 그런 말을 들어보지 못혀서 그런지 이상헌 이야기를 허시는 것이 딴 나라에서 오신 분들이라 생각혔구먼유."

"반갑구먼유. 지들은 채표를 주관허는 사람들이구먼유. 어째든 반갑구먼유. 그란디 일꾼은 구하셨나유?"

"시방부터 돌아다니면서 찾아야겠네유. 혹시라두 좋은 분이 있으시면 소개 좀 해주시면 좋겠구먼유. 지보다야 사람들 내막을 잘 알고 계실테니까유."

"그야 그렇지만서두 대체 얼마씩이나 품삯으로 주나유? 그라구 잠잘 곳은 마련을 해주는 가유?"

라며 명환이가 물어보았다.

"그건유, 하루에 일당으로 50전씩 쳐준다고 하더구먼유. 그라구 잠자리는 아마 해줄 겁니다유. 광산에 오시면 먹구 잠자는 문제는 해결되는구먼유. 누구라두 하겠다는 사람이 있으시면 지한테 소개 좀 해주시면 고맙겠구먼유."

"그러지유, 그런디 채표라는 것은 여기서 처음으로 들어보셨나유? 아니면 다른 곳에서 들어 본 적이 있는지유?"

용호가 묻는다. 그 남자는 대답 대신 술을 한 주전자나 주문하여 돌린다.

"채표는 처음으로 들었슈. 그란디 대체 그게 무언가유?"

"꿈을 꾼 것을 팔아서 돈 버는 놀이구먼유."

"정말루 꿈을 팔아서 돈을 벌 수 있나유?"

진지한 모습으로 용호를 쳐다보는 모습이 마치 산적을 보는 듯하다. 턱수염에 하얗게 묻어 있는 막걸리는 밑으로 방울을 그리며 떨어진다.

"으떠케 꿈을 팔 수 있나유? 참말루 궁금허네유."

"꾼 꿈을유. 이런 그림에다 맞춰서 통수에게 주면 통수는 물주와 함께 맞추는 놀이구만유. 건 돈을 무려 서른 배나 태워 주는구먼유."

"아니 세상에 그런 일이 어디 있데유? 꿈에다가 돈을 걸어서 맞기만 허면 서른 배를 준다니 그러케 손해를 보는 장사도 있나유?"

"그람유. 그래서들 난리이구먼유. 그저 돈 놓구 돈 먹는 재미죠."

"전, 도무지 믿기질 않구먼유. 그런 일두 있었다니."

금을 캐는 광산 인부들이 채표를 알게 된다면 많이 참여할 것이고 생각한다. 채표에 대한 자세한 설명을 대충 마치고 자리에서 일어난다.

활활 타오르는 채표회사

 명환이는 통표와 등.배짝을 만들어 종이에 싸서 타점장으로 온다. 이미 각 마을에서 소문을 듣고 몰려 온 사람들로 집 안이 가득 찼다. 여기저기에서 기웃거리며 뜬소문이라도 잡으려는 듯이 분주하게 오고 갔다.
 아직은 관이나 지서에서 채표를 노름이라고 생각하고 단속은 하지 않고 주민들의 동향을 나름대로 파악을 하는 중이라서 별다른 제약은 없다. 차일을 쳐놓고 마치 잔치 집처럼 북적되는 모습을 보자 저절로 흥이 돋고 마음이 설레는 것은 채표라는 호기심과 뜨거운 열기를 직접 경험하기 때문만은 아닐 것이다.
 드디어 그리던 채표 주식회사를 움직이며 통표를 책임지고 팔 수 있는 영업권까지 따낸 엄연한 간부로서의 임무를 시작하는 순간이다. 타점 여는 시간이 가까워지자 점점 많은 사람들이 몰려드는 것을 보며 가슴이 뿌듯함을 느꼈다. 이번에는 그가 원본을 보고 직접 그린 멋지고 정확한 통표를 팔아 볼 생각이다. 또한 뭔가를 정확하게 파악하고 싶은 마음에서 여기저기를 기웃거리며 무슨 이야기를 나누고 있는지와 그가 알고 싶은 분위기를 파악하고 싶다.
 말 그대로 장날을 이곳으로 옮겨 놓은 듯한 들뜬 발걸음으로 붐비는 모습에서 채표의 인기를 실감하는 듯하다. 음식을 머리에 이고 팔러 오는 여인들도 보였고 소를 끌고 온 소장수, 생선이나 엿을 파는 모습, 빈대떡과 술을 파는 차일들이 햇살에 하얗게 빛나고 있다. 소머리를 솥에 넣고 끓이는 냄새가 채표장을 뒤덮고 여기저기를 기웃거리며 낯선 그림과 복지, 설명하는 이야기를 들으러 모여든 사람들로 마당은 발을 디딜 틈이 없을 정도다.
 마당 한쪽에 멍석을 깔아 놓고 통표 한 장을 나무에 높이 매달아 놓는다. 평소 채표를 알고 싶거나 궁금증을 갖고 있는 사람들에게 알리고 설명을 해주기 위해 만든 곳으로 물론 그가 그린 통표와 등, 배짝을 팔기 위한 목적도 있다.

갑자기 그쪽으로 몰려드는 사람들은 통표를 설명해 주는 명환이의 입담에 그저 멍하니 바라볼 뿐이다. 입담이 세고 웃기는 말투는 많은 사람들로부터 시선을 받기에 충분하다.

"아니, 저건 통표가 아닌 겨? 을마나 보구 싶었던 것인디. 여기 있었구먼."

한 젊은이가 그곳을 지나가다가 통표를 보며 말한다.

"야, 맞구먼유. 이건 돈을 벌어주는 통표구먼유. 돈 놓구 돈 먹구 재미두 보는 그런 일을 해보셨나유? 바루 여기가 그런 곳이구먼유. 자, 날이면 날마다 오는 타점이 아니구먼유. 지나가는 새두 헐 수 있을 정도루 아주 간단헌 채표이구만유. 맴이 있으시면 사셔서 보시구 돈두 걸어보세유. 쌈지 돈이 써달라구 웃고 있구먼유. 어서들 오세유."

"그람, 통표를 파실려구 갖고 왔슈?"

"그러믄유, 지가 직접 그린 것이지유. 이건 중국에서 갖고 온 원본허구 똑같게 그린 통표구만유. 의심은 저수지에 버리시구 절 믿으시면 자다가두 떡이 입으루 떨어집니다유."

"아니 그람, 통표두 가짜가 있다는 말이가유? 난 알다가두 모르겠구먼 그려."

"가짜라뇨? 말두 안 되는 소릴랑 허지를 마세유. 여기가 으딘디 감히 가짜를 팔아유. 어느 것이 정확하느냐가 문제지유. 원본을 보구 그렸으니까 틀림없구먼유."

이런 질문이 있다는 것은 그만큼 관심이 있고 전망이 좋다는 징조이다. 그렇게 되기를 바라는 마음에서 시작한 일이지만 기분이 썩 좋아진다.

"그런디, 이건 한 장에 얼만가유?"

"그냥 드렸으면 좋겠지만유. 지가 전을 주고 그린 것이라서 단돈 2원만 받구 팝니다유."

"생각보단 비싸긴 비싸구먼. 근디 들기름까지 칠한 것을 보면 괜찮을 것도 같구먼."

이리저리 통표를 들고 보던 노인이 쌈지에서 돈을 꺼내며 첫 거래가 시작되고 있다.

"한 장만 주시구려. 자, 2원 여기 있구먼유."

갖고 온 통표와 등, 배짝을 다 팔고 용호를 찾으러 안으로 들어간다. 용호는 타점사로 일하기 위해 바쁘게 돌아다녔고 통수들이 가지고 온 복지를 받기 위해서 커다란 종이에 사람을 그리고 있다.

"명환 씨가 아닌가유? 아까 보니깐 통표를 파시느라 옆으로 지나가두 모르시더구먼유."
"아, 그랬어유. 그람 지가 사과를 드려야겠구먼유. 귀하신 분두 몰랐다니."
"통표는 다 팔았슈?"
"금방 다 팔았구먼유. 어찌나 사려고 하는 사람들이 많은지 지두 놀랐구먼유."
"그것참 듣던 중 반가운 얘기네유. 계속 파시면 좋겠구먼유."
"참, 판돈을 어떻게 혀야 좋을지 몰라서 찾아왔구먼유."
"그거유. 이따가 타점이 다 끝나면 얘길허지유." 하며 밖으로 나온다.
"개문을 헙니다유. 개문이요!"라는 타점사의 우렁찬 목소리가 들린다.

갖가지 정성과 방법으로 머리를 써서 갖고 온 복지와 여기에 입산자들이 이런저런 사연이 담긴 돈을 들고 있던 통수들이 안주머니에서 꺼내어 타점사에게 접수를 시키고 있다.

밖에서 장작불을 쬐면서 돈과 복지가 오가며 움직이는 모습을 유심히 쳐다보던 사람들은 숨을 죽이고 있다. 계산사로 새로 임명된 감식이는 통수로부터 받은 복지를 받아 돈을 세고 종이에 일일이 기록하고 있다. 옆에서 용호는 이것저것을 정리하며 감독하는 일을 맡고 있다.

가장 먼저 접수된 진골의 제1통은 지난번 복지수보다도 무려 세 배나 늘어난 것을 보며 만석은 흐뭇한 표정을 짓고 있다. 첫 번째 복지가 이렇게 많이 접수가 되었다는 것은 나머지 복지도 틀림없이 많을 것이다.

각 마을에서 걸어 온 통수들이 입회한 가운데 접수가 끝나자 본격적인 타점 준비를 하고 있다. 채표가 본격적인 패도에 올랐다고 생각한 만석은 이번에는 좀 거금을 손에 쥐고 싶은 마음이 든다. 밤낮을 가리지 않고 열심히 뛰며 선전했던 그 효과가 드디어 눈에 보이는 것 같다. 몇 번은 손해를 보다가 어느 정도 궤도에 오르면 돈을 벌겠다는 마음이 흔들리기 시작한다.

들뜬 기분은 여전히 가라앉지 않고 있는 것이 마치 장가를 가는 느낌이다. 눈앞에서 벌어지는 그 많은 사람들이 떠드는 소리, 돈을 벌기 위해 몇 십리를 걸어서 찾아온 정성, 꿈을 팔고 사면서 오직 돈을 만지기 위해 그 얼마나 고생들을 했을까. 또한 복지에 36문 중 하나를 고르기까지 겪는 여러 가지의 얼굴 표정들이 떠오른다.

비록 적은 액수지만 그 돈을 만들기 위해 어떤 사연들이 돈과 함께 이곳으로 왔을까.

접수된 복지와 건 돈을 다 정리한 용호와 감식이는 사람 모양을 크게 그려 놓은 종이를 들고 타점을 찍을 준비를 하자 좀 더 가까이에서 보려는 사람들이 몰려들기 시작한다.

"타점을 보러 오신 것은 좋지만유, 너무 가까이 오지 않았으면 좋겠슈. 통수분과 자통을 하실 분만 남으시구 나머지 분들은 밖으로 나가 주시면 고맙겠구먼유."

용호가 일어나 말을 하자 밀물처럼 빠져나가고 서서히 틀이 잡혀 가고 있다.

"자, 지금부터 타점을 찍기로 허겠습니다유. 다들 조용히 허시구 지켜보세유."

붓을 들고 있는 용호와 돈과 복지를 관리하는 감식이는 신중하게 통수들이 갖고 온 복지를 장부에 정리를 하면서 한 장씩 장부에 기록하며 부르기 시작한다.

"제1통부터 부르겠구먼유. 제1복에 강길정 씨가 판계에 220원이유, 제2복에는 오길남 씨가 무림에 30원이구, 제3복에 강삼봉 씨가 안사에 150원이유, 제4복에는 정길 씨가 간옥에 10원이구, 다음 5복에는 마정자 씨가 광명에 140원이구만유. 제6복은…."

타점사가 부르는 36문이 지붕을 타고 올라가 하늘 높이 올라가고 있다. 각 통수들은 자신들이 맡고 있는 복지가 나올 때마다 장부를 들고 일일이 확인하고 있다. 접수된 것과 일치 되어야만 타점사가 다음 통으로 넘어가기 때문이다.

마당과 길가에는 피워 놓은 장작불이 뜨거운 채표 열기처럼 활활 타오르고 있다. 한쪽에서는 기다리면서 꼬챙이에 돼지고기를 꽂아 숯불에 구어 먹는 냄새가 코를 간지럽게 자극하고 국수를 삶아서 맛있게 먹는 모습이 장날을 보는 듯하다. 하지만 타점장은 가끔씩 마른나무가 갈라지면서 내는 소리인 '딱' 하는 소리가 들릴 뿐 너무도 조용하다.

이런 놀이를 즐기는 곳에 술이 없다면 무슨 재미가 있을까. 벌써 얼큰하게 취했는지 얼굴이 뻘건 사내들이 비틀거리며 돌아다니는 가운데 너도 취하고 나도 취하며 그저 힘든 세상 재미있게 즐기며 돈을 찾아온 민초들의 모습에서 그나마 위로를 받고 힘든 삶을 잊어보려는 모습이 좋아 보인다. 비록 막걸리를 마시지만 어느 고급술보다 친근하고 서민적인 술이 오고가면서 나누는 아름다운 삶의 리듬이 타점사의 구수한 목소리와 함께 저 멀리 퍼지는 타점장은 잔치 분위기이다.

나름대로 사연을 담고 있는 복지에 쓴 꿈 이야기들이 입이 마르도록 떠들고 있다. 어떻게 해서 어떤 정성을 드려서 채표신으로부터 무슨 꿈을 받았다느니, 때로는 허무맹랑한 이야기지만 그저 들어주는 것만으로도 한몫 태워 주는 이야기판은 열기로 가득하다.

힘겹게 만든 아까운 피 같은 돈을 걸어서 가족을 행복하게 해주겠다는 마음인지 아니면 건달들이 돈을 벌어서 주색잡기 밑천을 벌기 위해 몰려든 것인지, 뭔가 청운의 꿈을 이곳에서 한몫 잡아 펼치려는 아니 한 단계 올라가는 신분 상승을 기대하는 입산자들의 이글거리는 눈빛이 하얀 눈보다 더욱 빛이 난다.

쳐놓은 차일 위에 있던 눈이 녹기 시작하면서 물방울이 마당에 깔아 놓은 덕석 위로 떨어지지만 아랑곳하지 않고 자리에 앉아 타점을 지켜보고 있다. 한 장씩 복지를 부르며 용호는 그림에 이름과 건 돈을 쓰며 통계표를 만든다. 옆에 있는 계산사인 감식이는 돈과 복지를 장부에 기록된 것과 일치하는지를 옆에서 지켜보고 있는 통수들과 일일이 표시를 하고 있다.

"타점사유! 지금 보니까유. 지가 접수헌 복지 중에서 이상한 것이 있구먼유."

"아, 그래유. 으떤 복지인가유?"

"제3통 5복이 김 영자씨가 일산에 45원인디, 뭐냐 35원으로 들은 것 같구먼유."

"감식 씨가 장부허구 한번 맞춰 보시구려. 지가 틀릴 수도 있으니께. 쪼끔만 기다려 봐유."

감식이는 장부를 펴고 3통에 접수된 것을 확인한다.

"저 통수님 말씀이 맞구먼유. 10원을 빼구 적었구먼. 지가 실수를 했구먼유. 지송헙니다유."

"지가 수정허겠습니다유. 제3통 제5복에 김영자 씨가 45원을 월보에 걸었구먼유."

타점사인 용호는 사람들이 마지막에 있는 타점에 관심이 많다는 것을 잘 알고 있었기 때문에 흥을 돋우기 위해 나름대로 재미있게 억양까지 넣으며 부르고 있다. 점점 열기가 더해 가는 타점장은 온 관심이 한곳으로 몰리는 듯하다.

자신들이 어렵게 만든 돈으로 꾼 꿈을 해몽까지 하여 써낸 모든 노력과 기대가 지금 이 순간에 눈으로 확인할 수 있고 작은 소망을 펼쳐질 수 있는 기회다. 산불이 밑에서 바람을 타고 불길이 위로 올라가듯이 채표의 열기는 다리에서부터 가슴으로 뜨겁게 밀고 올라가는 듯하다.

처음에 기대했던 것과 다르게 나타나면 누구나 이상하게 생각하기 마련이다. 역시 돈이라는 것은 언제나 사람을 끌 수 있고 가장 말초신경을 자극하는 이야기이다. 특히 노름으로 돈을 잃은 사람이나 돈에 대한 강한 욕망을 지니고 있던 사람일수록 심하다.

"그람, 마지막으루 자통을 허실 분들은 바루 접수해 주세유. 자통은 이번부터 받습니다만 잘 모르시는 분들을 위해서 몇 말씀 드릴께유."

사람들은 자통이라는 새로운 말이 나오자 갑자기 조용해지는 분위기다. 처음으로 들어보는 채표 용어에 대한 호기심이 발동한 것인지 아니면 새로운 규칙을 남들보다 더 빨리 잘 알고 싶은 마음인지는 모르지만 갑자기 조용하다.

오늘 자통이라는 것을 시험 삼아 해보기 위해 복지에 스스로 꾼 꿈을 가지고 온 사람은 딱 한 사람이 있다. 용호로부터 직접 자통이라는 새로운 규칙을 들었던 통수다.

"자통은유. 지금까진 없었구먼유. 이건유, 채표에만 있는 규칙인데유. 큰돈을 한꺼번에 걸구 싶거나 통수한테 주는 구전이 아까워서 본인이 통수를 통허지 않구 직접 이곳으로 들고 와서 계산사에게 접수를 허는 것을 자통이라구 헙니다유. 이건 아누나 헐 수 있구먼유."

여기저기에서 고개를 끄덕이거나 옆 사람과 귓속말로 수군대는 사람들도 보인다. 아마도 감을 잡았다는 뜻인지 아니면 바로 이것이로구나라는 표시인지도 모른다.

"한 가지 좀 묻겠구먼. 타점사님 말씀이라믄 통수두 자통을 헐 수가 있다는 말씀인가유?"

"그야 물론이지유. 통수두 얼마든지 자통을 할 수 있지유. 사실 자통이라는 규칙은 채표가 자리를 잡게 되믄 헐 생각으루 기다렸구먼유."

"중국에두 자통이 없나유? 아니면 우리가 만든 건가유?"

"자통은 중국에서 몇 번 봤구먼유. 지두 자통으루 한 번인가 뻐꾹을 헌 일이 있었슈."

요즘 성질이 급한 사람들을 대상으로 그 자리에서 동전으로 긁어서 확인하는 즉석복권이 바로 자통과 같은 것으로 채표 규칙에도 있다. 사실 채표판에서 자통을 많이 받게 되면 물주 입장에서는 별로 좋은 결과를 기대할 수 없다. 타점장에 떠도는 소문이나 이야기를 듣고 그 자리에서 목돈을 거는 일이 많아지면 어수선해지고 유언비어에 따라 사람들이 흔들리는 경우도 있다. 이런 식으로 복지를 많이 쓰게 될 때는 통수들에게 돌아가는 구전도 적어진다.

물주 입장에서는 자통으로 타점을 찍는 것보다는 통수들이 마을을 돌며 걸어 오는 복지를 더 원하고 있고 또한 채표를 발전시키는 데도 바람직하지 않다고 여기고 있다. 하지만 어느 정도 본격적인 궤도에 들어선 이상 이제부터는 자통을 알려 주어 많은 사람들이 참여하게 만들고 타점장이 긴장감과 흥을 강하게 일으킬 필요도 있다.

"자통이란 급허게 길을 앞질러서 가는 것과 이치가 같구먼유. 그래서 가능한 사정이 있거나 급한 사정이 있을 때만 받을 거구먼유. 이 점을 참고허세유."

"아무나 받지를 않구 골라서 받는다는 건가유?"

"그런 건 아니구유. 자통이 많어지면 혼란이 생기거든유. 그래서 억제한다는 거구먼유."

물주 입장에서는 자통이 적으면 적을수록 좋고 또한 채표 물정을 잘 모르는 사람들이 많아야만 당첨되는 확률이 적으면 물주에게 돌아가는 수입이 적어지기 때문에 별로 좋아하지 않는다. 하지만 막상 이런 규칙이 있다는 것을 알리고 사람들을 더욱 흥이 나도록 만드는 것도 필요하다.

"자통을 자세허게 말씀을 드렸구먼유. 잘들 알구 계시리라 믿구 오늘 자통을 받겠구먼유."

삼식이가 복지 한 장을 들고 앞으로 걸어 나온다. 통수 일을 보면서 언젠가는 대산질을 할 것이라는 확신을 가지고 기다리고 있다. 그러던 중에 자통이라는 새로운 규칙을 듣고 모험 삼아 해볼 속셈으로 기다린다.

새벽에 꾼 꿈은 봉춘이지만 자통 복지에는 일산이라고 쓸 생각이다. 두 가지가 다 걸리는 꿈을 꾼 탓에 지금까지 어느 것으로 할 것인지를 놓고 고민을 하고 있다. 다 쓰기로 결심하고 봉춘에 110원을 걸고 일산에는 130원을 복지에 써서 타점사에게 전달한다. 직접 꾼 꿈을 해몽한 것과 오늘 화투로 일진을 보면서 결정한 이름이다.

오늘 접수된 복지를 싼 쌈지는 전부 200여 장이고 건 돈도 무려 3만원이나 되는 큰 판이다.

161

"자, 조용히들 허시지유. 지금부터 물주이신 만석 씨께서 쌈지를 개봉하겠구먼유. 지난번에두 말씀을 드렸지만, 채표에서 가장 멋있고 중요헌 것이 바로 물주께서 직접 쌈지를 개봉하는 일이지유. 물주님께서 직접 채표신으로부터 받은 꿈을 써온 것이구먼유. 이건 물주님만 알구 다른 사람은 절대로 알 수 없는 해몽이라는 점을 꼭 알아주세유."

듣고 있던 자들 중에는 채표신이 직접 물주에게 꿈을 준다는 말이 믿기지 않는다는 표정을 짓고 있다. 황금색 보자기에 싼 쌈지는 물주인 만석이가 나무 위에 걸어 놓고 있다.

"개봉이유!"

타점사가 외치는 소리와 동시에 옆에 있던 계산사가 징채를 들고 힘껏 징을 친다. 물주인 만석은 보자기를 풀고 속에 들어 있던 쌈지를 통수들에게 보여준다. 묶어 놓은 끈을 풀자 쌈지는 밑으로 내려오면서 여러 번 접은 하얀 종이가 보인다.

물주 혼자만 아는 꿈 이름은 과연 무엇일까? 아무도 모르게 고민에 고민을 하다가 아니 밤새 잠도 못자고 쓴 이름이 아닌가?

만약 같은 꿈 이름을 쓴 복지가 있다면 그 숫자대로 아니 쓴 금액을 무려 서른 배를 태워 주는 규칙을 모를 리 없는 물주는 이런 때가 피를 말리는 시간이다. 치열한 머리싸움, 서로 밀고 당기는 전쟁터 같은 이곳이야말로 삶의 방향을 바꾸고 이기고 지는 실전장일 것이다.

어느 쪽이든 한쪽으로 기울 수밖에 없는 마주 선 군졸과 대장의 싸움이다. 일확천금을 얻을 수도 있고 단 한 번에 거금을 몽땅 털리는 아니 도둑을 맞는다는 표현이 더 어울릴 수 있는 채표 놀이이다.

모여 있던 사람들이 갑자기 웅성대기 시작하면서 여기저기에서 함성과 아쉬워하는 한숨 소리가 들린다.

"여러분! 오늘 뻐꾹은 일산에서 울렸구먼유. 다들 박수로 환영해 주세유."

징소리가 울리면서 박수 소리가 들리고 자리에서 약속이나 한 듯이 춤을 추는 사람도 있다. 어깨를 들썩이며 덩실덩실 춤을 추며 돈에 취한 행복한 표정은 그 얼마 만에 지어 보는 것인지.

처음으로 하는 자통에서 첫 번째 대산질을 한 사람은 바로 삼식이다. 누군가 부는 피리

소리에 손을 들고 춤을 추며 대산자를 축하해 준다. 오늘 타점은 마치 삼식이와 영자라는 사람을 위해 있는 것 같다.

대산질을 하기가 그리 쉬운 일이 아니다. 만석은 중국에서도 대산질을 하는 것을 별로 보지 못했고 세 번에 한 명이 나올 정도이니. 그 얼마나 물주와 입산자가 벌이는 머리싸움이 치열하겠는가. 중국에서 겨우 단 한 번밖에 보지 못했던 자통을 이곳에서 보다니, 그것도 대산질을 이곳에서 물주로서 당했다는 사실이 믿기지 않는다.

두 사람이나 거금을 만지는 대산질을 해서 그런지 타점판은 흥이 올랐고 이 일로 채표에 대한 소문이 더 멀리 퍼질 것이다. 하지만 물주 입장에서는 별로 반가운 일은 아니다. 많이 걷어서 적은 돈만 애기패들한테 주면서 생색을 내는 편이 훨씬 더 낫기 때문이다. 일종의 경제원칙으로서 많이 걷고 적게 지출하는 것이 가장 이득을 많이 남기는 일이다.

통수들이 걷어 온 복지 숫자를 세면서 수많은 생각과 갈등이 생기지만 결코 피할 수는 없는 게임 법칙을 감내해야만 채표가 살아날 수 있다.

밀고 당기는 가운데 사라지는 복지를 보며 기분이 들뜨고 흥이 나지만 타점장에서 물주는 입산자들이 쓴 복지에서 꿈 이름을 들을 때면 가슴이 철렁하기도 하고 속으로 미소를 짓기도 한다. 무섭도록 이어지는 타점사의 복지를 읽는 소리는 마치 저승사자처럼 느껴질 때도 있다. 돈이 오고 가고 내가 죽으면 네가 죽고 널 죽여야만 내가 돈을 챙길 수밖에 없는 경기에서 결코 패배자로 남기는 싫다.

매일 두 번씩 열리는 채표 타점은 하루에 두 번씩 초긴장을 하며 수많은 사람들과 싸우는 전쟁터 같은 곳에서 보내는 스릴과 긴장감은 오히려 재미이고 멋으로 여겨진다. 물주는 많은 복지가 있어야 살 수 있고 입산자는 물주라는 전주가 있기 때문에 채표판이 만들어질 수 있기 때문에 서로는 공생 관계인 셈이다.

애기패가 열 명이나 나온 것을 보고 분명 물주와 마음이 통하거나 채표신이 암시를 주었다고 믿는 사람들이 많이 생기고 있다. 이번 타점은 물주가 투자한 돈은 총 3만원이고 입산자들에게 지급한 돈을 빼고도 12,000원이나 되는 돈이 남는 사업을 했다.

주택복권에서 아니면 로또 복권에서 국가는 물주에 해당하며 일반인은 입산자 즉, 복지에 꿈을 기록하여 내는 것이고 돈을 받고 복권을 파는 곳은 통수 역할을 하는 복권 가게이다. 복권 당첨자는 TV 방송을 통해 전국으로 방영하는 방법이 바로 타점장이다. 이때 번호를 부르는 아나운서는 타점사이고 은행은 돈을 관리하고 기록하는 계산사이며 뽑는 자는 바로 물주를 대신하는 자로 방송국이 바로 타점장에 해당한다.

물론 국가는 합법적으로 일반인들로부터 복권 판매로 올린 수입이 물주가 챙기는 이익금이다. 현재 국가에서는 절대로 손해를 보지 않고 정해진 액수만을 지출하고 남는 돈이 비율적으로 일정하지만 채표 물주는 지금과는 다른 배당을 주기 때문에 위험 부담이 훨씬 많다. 그만큼 거금이 오고가는 가운데 느껴지는 한판 진검 승부는 오랜만에 즐기면서 돈을 버는 채표가 아니면 그 어디서 느낄 수 있겠는가?

물주는 자신이 갖고 있는 자본금을 일시에 잃을 수도 있고 엄청난 돈을 한꺼번에 딸 수도 있는 위치에 있다는 점이 물주로 나서기를 어렵게 만드는 요인이다.

물주인 만석은 이번에 12,000원이나 되는 거금을 손에 쥐었다는 사실에 미안함을 느꼈다. 우선 채표를 발전시키는 것이 급선무인데도 불구하고 돈을 이렇게 따다니.

"자, 여러분! 물주께서 한턱내겠다고 허시네유. 다들 가시지 마시구 막걸리와 국밥을 잡수시구 가시면 좋겠구먼유."

"이거 괜찮구먼그려. 지난번에는 술과 안주를 배부르게 먹었는디 오늘은 국밥까지 주니 원, 만날 채표만 구경하러 다니면 굶어 죽지는 않겠네 그려."

"지금 드리는 술과 국밥은 물주께서 돈을 내서서 사드리는 것이구먼유. 아마 이번만 해드리구 다음번에는 각자 사 잡수셔야 할 겁니다유."

"참으로 물주 양반은 좋으신 분이시구만유. 채표를 위해서 자기 돈까지 끌어다 전주도 허구 술과 밥까지 내니 말여."

"그러니까 자네두 구경만 허질 말구 좋은 꿈을 꾸어서 복지를 써내 봐. 누가 알겠어? 대산질을 해서 하루아침에 황소가 공짜로 마당으로 들어올지 말이여."

"자고로 노력허지 않구 공짜만 좋아허면 대머리밖에 더 벗겨지겠는가?"

"글쎄 말이여, 오늘 구경을 해보니께 꿈을 팔아서 재미도 있구 돈두 버는 것이 신기허구먼."

"나두 애기패를 했는디, 가만히 앉아서 10원이 300원을 물어오다니. 꿈이여 생시여?"

"정말로 애기패를 혔구먼."

"그런디 으떻게 혀서 일산이라는 해몽을 써낸겨?"

"그야, 그만한 노력이 있으니께 일산을 얻지."

"서른여섯 개나 되는 해몽 중에서 하나만을 고르기가 을마나 힘든 일인지나 아는 겨?"

"맞구먼. 채표는 꿈을 해몽허구 배짝이나 일진도에 맞추는 게 어려운 일이지."

"참, 일산이라믄 국기대나 높은 막대기를 보았을 때 쓰거나 한 살짜리 아기를 보았을 때두 쓰는 해몽인디 으떻게 꿈을 얻는 거여?"

"어제 말이여. 하루 종일 산에서 기다란 나무를 잘랐구먼. 그것을 갖고 와서 그늘에다 말렸는디 그게 꿈에 나타난 것 같구먼."

"허기사 꿈이란 미리 맞추는 것두 있지만 전에 했던 일두 꿈에 보인다구 들었구먼."

"이번 채표에선 무엇을 복지에 써야 되는지를 안 것이 큰 소득이구먼."

"아무거나 쓴다 해두 타점에 맞는 것은 아니구먼. 다 채표님 뜻이 있어야만 되제."

꿈을 꾸는 정성으루

아무나 할 수 있어 좋고, 누구든지 쉬운 꿈으로 할 수 있어 좋고, 적은 밑천으로 한다고 뭐라고 시비 걸 사람도 없어서 좋은 놀이가 바로 매력을 느끼게 하고 끌어당기는 힘이다. 어떤 제약이나 조건도 없이 그저 꿈이라는 단순한 것을 이용하여 돈을 벌게 해준다는 소문은 얼어붙은 동토 위에 뜨거운 햇빛으로 비춰고 있다.

가식도 위선도 팽개친 너무도 인간적인 냄새가 풍기는 타점장이지만 돈이 오고갈 때는 살벌한 칼날 위를 걷는 듯하다. 돈을 마련하기도 쉽지 않은 시대적인 여건과 채표에서 잃어버린 돈에 대한 미련을 쉽게 떨칠 수가 없다. 어떻게 하여 꿈을 꾸었고 어떻게 해몽을 해서 복지에 무엇을 써서 얼마를 벌고 잃었다는 갖가지 이야기들이 국밥에서 피어오르는 김처럼 하늘로 올라가고 있다. 작고도 사소한 헛소문조차 처음 이곳에 온 사람들에게는 그저 신기하고 이상하게만 들릴 수밖에 없는지 서로 귀를 기울이며 듣고 있다.

채표는 전혀 자신의 힘으로 어떻게 할 수 없다는 벽 앞에서 미력하나마 그것을 뚫고 나가고 싶은 욕망이 만들어 낸 것이 바로 주술적인 방법이나 미신을 이용한 대리 만족이다.

정성이라는 미명 아래 행해지는 이상한 일들이 시작되고 있다. 그저 꿈이란 내가 할 수 있는 것은 아무것도 없어서 아침이면 억지로라도 기억해내는 자신이 한심할 뿐이다. 바라는 대로 아니면 뚝 하니 채표신이 나타나 이런 꿈이라고 해주면 그 얼마나 좋을까.

원하는 꿈은 마음먹은 대로 꿀 수 없다는 한계점이 있는 장벽을 넘어서려는 갖가지 정성과 묘기가 펼쳐지는 것은 금방이라도 내 것인 것처럼 느껴지는 돈이 눈앞에 보이기 때문이다. 수천 년 간이나 뿌리 깊게 젖어 온 불교 사상과 토템이즘, 샤머니즘으로 인하여 꿈이란 내가 꾸는 것이 아니라 전적으로 채표신이 주신다는 믿음으로 발전하고 있다.

마치 채표신이 온전히 지배하고 간섭하는 것으로 알게 되면서 소문은 살이 붙고 더 커지면서 각 마을마다 꿈에 대한 정성을 드리는 이야기로 꽃을 피우고 있다. 마치 경쟁을 하듯이 채표신을 향한 정성 어린 몸부림이 펼쳐지는 것은 대가가 기다리기에 가능한 일이며 남보다 내세울 것이야, 돈 들이지 않고 할 수 있는 것은 정성밖에 없지 않은가?

심지어 종교적인 냄새를 풍기는 신으로까지 받아들여지는 현상은 시대적인 무지와 가난이 결합하여 만들어 낸 웃지 못 할 일이다. 이는 정성을 다하면 채표신이 감동하여 좋은 꿈을 꾸게끔 해준다는 믿음이다. 순전히 보이지 않는 계시나 암시를 기다리며 정성으로 신을 감동시켜 자신의 뜻대로 되기를 기다리는 그 이상도 이하도 아니다.

소문과 유언비어가 이렇게 커다란 위력을 갖고 여기저기를 돌아다니며 혼란스럽게 만든다. 아무리 나이가 많거나 배운 사람일지라도 좋은 꿈을 꾸기 위해서 그 어떤 정성이나 별난 방법을 다 쓰는 것을 보면 역시 인간이란 돈과 이상을 성취하는 모습이 거의 같아 보인다. 배웠다는 교사나 순사, 면서기까지 채표에 완전히 빠진 것을 보면 돈이 눈을 멀게 한 것일까.

무조건 누가 대산질을 했다면 그 사람이 어떤 꿈을 어떻게 정성을 들여서 꾸었다는 말을 들으면 그것이 바로 진리이며 모방을 만드는 계기가 된다.

"그런디 말여. 이번에 대산질을 누가 헌 거여?"

"아까 얼굴을 보니께 어떤 여자하구 남자가 대산질을 했다구 들었네만……."

"혹시 으떻게 해서 물주랑 같은 꿈을 꾸었다는 소문은 없나유?"

대산자들이 자신의 꿈에 대해 말하는 시기는 보통 30배의 돈을 받고 하게 된다. 꿈이란 미리 말하면 기운이 빠지고 자칫 잘못하면 도로 아미타불이 될 수도 있다는 믿음으로 인해 효과가 없어질지도 모른다는 일종의 불안감이 미신처럼 작용하고 있다.

타점장에서 퍼지는 소문은 통수들이 들었던 이야기를 마을에 도착하여 다른 사람들에게 전하면 여기에 살을 붙이고 뼈까지 만들어져 이어지기 마련이다. 어떤 특별한 전달 수단이나 중계방송과 같은 특별한 현장 소식을 전할 수 있는 수단이 있을 리 만무한 상태에서 길이 있다면 오직 통수가 입으로 전하는 이야기가 전부이고 그러다 보면 통수의 입놀림에 따라 각양각색으로 퍼져 나가는 이야기는 살붙임이 있기 마련이다. 어느 마을에 사는 누가 어떻게 해서 무슨 꿈으로 얼마를 벌었다는 내용이 전부이다.

오늘은 대소면에 살고 있는 민 경식이라는 사람에 대한 이야기가 소문으로 나돌기 시작한다. 물론 그가 오늘 오전에 있었던 타점장에서 대산자로 결정된 뒤로 곧바로 소문은 돌았다. 모두가 귀를 기울이며 어떤 꿈으로 아니 어떻게 거금을 만지는 꿈을 꾸게 되었는지에 대한 관심이 가장 크고 알고 싶어 하는 부분이다.

요원의 불길처럼 퍼져 나가는 꿈 이야기를 들으며 나도 저렇게 해야만 돈을 만질 수 있구나라는 식으로 생각을 바꾸는 것은 어쩌면 미신적인 주술의 힘을 빌리고자 스스로 자학하는 행위인지도 모른다. 신비한 꿈은 오직 신비한 힘에 의해 만들어지며 그곳까지 도달하는 최선의 방법이란 고작 그것을 주관하고 조절한다고 믿는 대상에 대한 정성 그것뿐이라고 믿는 믿음이 낳은 산물이다.

오늘도 통수인 상민이는 오전에 복지를 걷으러 다니며 분주하게 마을을 돌아다닌다. 한옥리 마을 입구에 갔다가 어떤 노인이 긴 나무 막대기를 집 앞에 세우는 것을 보았다. 신기한 듯 그 노인은 이상한 주문을 외우며 장대를 대문 앞에 붙들어 매고 있다. 옆에서 지켜보던 상민이는 그 노인에게 궁금한 것을 물어보고 있다.

"어르신께서는 장대를 왜 매달아 놓나유?"

"통수 양반, 난 말이유. 어제 애기패를 했는디 아쉬워서 잠이 영 안 오더구먼유."

"그럴 겁니다유. 대산을 허셨으면 좋았을 것을유."

"이상헌 것은 말이유. 새벽에 껌뻑 잠이 들었슈. 그런디 갑자기 채표신이 나타나서서 지헌티 대문 앞에 기다란 장대를 세우구선 빌라구 허더라구유. 그리구서 깼구먼유."

"정성을 드렸으니까 채표신이 알려 주셨구먼유. 꼭 대산질을 허실 겁니다유."

"그려유. 오늘부터 목욕 제배를 허구서 빌거구먼유."

"참말루 뭔가 보이겠구먼유. 세상에 하얀 수염을 허신 채표신께서 으뜨케 다 나타나시구. 지 같은 못난 사람헌테는 은제쯤이나 오실는지."

한숨을 쉬며 먼 산을 바라보는 표정이 못내 아쉽다는 의미다.

'낯짝에 그 두꺼비 눈처럼 끔뻑거리는 모습이 영 두꺼비가 방에 앉아 있는 상이더구먼' 라며 혼자 중얼거리며 다른 집으로 걸어가고 있다. 함께 가던 박 통수가 묻는다.

"으따 그 노인 양반 운이 겁나게 좋네유, 근디 그 말을 믿어야 될는지……."

"무슨 소릴 허는겨? 누가 뭐래두 믿어야지. 강아지 얼음 씹어 먹는 소릴 혀두 다 믿어야 혀."

"진짜루 꿈에 보이나유?"

"이 사람아, 내가 알믄 으떠케 갸우뚱허겄는가? 영험허신 채표신이 나타나셨다 허면 그대루 믿구 허는 것이 돈을 물구 오는 거여."

"허긴. 다들 채표신이 꿈을 주셨다구 허는 분들 보세유. 을마나 정성을 드리던지 지 같은 사람이야 근처에두 못 가는구먼유."

"그려. 만날 꾸는 꿈이야 그게 그러치 뭐. 그러니께 정성이 최고구먼."

"맞구먼유. 지두 맴을 단단히 묵구 정성을 다 헐 생각이구만유."

이들은 통수로서 타점사로서 일하면서 같은 마을을 돌며 채표 선전을 하고 있다. 불같이 퍼진 채표지만 알고 싶어도 몰라서 입산을 못하는 사람들을 안내하고 홍보하기 위해 직접 뛰고 있다.

"성님, 오늘은 온몸이 곤죽이 되도록 걸었는디 막걸리나 한 사불 품시다유."

"그려. 나두 목이 좀 컬컬허구먼."

그들은 가까운 선술집으로 갔다.

"선무당 장구 나무란다구 뭔가 되는 거여? 정성을 다 혀봐. 그라믄 뭔가 보일 거구먼."

"어니, 서방질허다가 들킨 년 마냥 눈이 뭣 땀시루 커진 당가?"

"선무당두 선무당 나름이지. 장구를 설 때리니께 그러지. 채가 업스면 손으루 치구 소리가 안 나믄 아가리루 악을 쓰면 되제. 안 그런가?"

"허긴, 이빨이 업스믄 잇몸으루 묵으면 되는 것이제."

"우리가 여기서 아무리 이빨을 까대두 말짱 도루묵이구먼."

"들었는가? 부영리에선 말여. 애미가 정성을 드린 것인지 아니믄 채패신이 도운 것인지는 모르지만, 정수리에 배내똥두 덜 벗겨진 애새끼가 말여, 대산을 했다는구먼."

"정말루? 쪼그만 놈이 복두 많구먼. 그거야 엄마 덕이겠지."

"아니구먼. 녀석이 아침에 일어나자마자 그랬다는 거여. 지가 무슨 꿈을 꾸었다구."

"애새끼 애미가 훔친 거구먼."

"훔치긴 뭘 훔쳐. 네 살배기 코흘리갠디. 한 식구가 아녀?"

"난 말여. 쪽 팔려서 다니것는가. 애기패는 고사허구 돈만 잃구 있는디."

"아니구먼. 우리두 지성껏 빌어보자구. 혹시 알어. 채표님이 꿈에 나타나서서 알려 주실지."

술집에서 채표 이야기가 화젯거리로 나눈다는 것은 얼마나 관심이 높은지를 알 수 있다. 마을 우물가에도 아침이면 물을 길러 오는 아낙네들도 간밤에 꾼 꿈 이야기나 누가 무슨 꿈으로 얼마를 벌었다는 무용담 같은 이야기가 나오고 있다.

"언년이 음마유. 고시기 근자가 으제 애기패를 혔다는 소문이 진짠 겨?"

"그려. 1원을 안사에 걸었더니만 30원을 물고 왔구먼. 정말루 채표는 끝내 주는 거여."

"무슨 특별헌 정성을 드린 거여?"

"말두 마셔. 만날 시루에 떡을 혀서 손바닥이 피가 나두록 빌었구먼."

"다들 말하는 것을 보면 말여. 정성이 양념처럼 들어가야 되는 건가 봐."

"그냥 빈 게 아니구 특별헌 것을 했지."

"특별헌 거라니?"

"시루떡을 혀면서 36문을 쓴 창호지를 접어서 넣구 떡을 쪄구먼. 뚜껑을 열어 보니께 다들 그대론디 안사라는 종이만 펴져 있길래 안사를 써서 된 거구먼."

"주문이라두 외웠는가?"

"내가 지어서 혔는디 누가 그런 걸 알려 주겠는가."

"나한테 알려 줘 봐. 나두 한 번 해보게."

"뭘, 그런 걸 가지구. 이러케 했구먼. 아비 아비 땅아비 우렁이 땅거미 아비 아비 땅가비 채푠님! 채푠님! 떡 잡수시구 꿈 하나만 주세유. 아비 아비 땅가비!"

"재밋구먼. 나두 한 번 해봐야것구먼."

"지어낸 주문두 통허나벼? 까짓것 나라구 안 되는 뱁은 업지."

날마다 누가 시킨 것도 아닌데도 불구하고 채표신을 향한 염원은 불길처럼 펴져 나갔다. 유언비어가 힘을 얻고 돈이 광풍을 일으키는 꿈꾸는 비법 전수가 여기저기에서 일어났다.

"모래에 혀박구 거꾸라져 뒈질 년아! 그 돈이 무슨 돈인디 그런 거여?"

"지송해유. 돈 좀 벌구 싶어서 그만."

"그래두 이년아! 만질 돈이 따로 있는 뱁이여. 니 애미가 뼈 빠지게 장똘배기들 허구 싸우면서 번 돈을 한 입에 털어묵어? 이 쌍년아. 썩 꺼저부려!"

"엄니 정말루 지송해유. 나가라는 말만 혀지 마세유. 이 엄동설한에 있을 데가 어딧대유?"

"폭폭헐 년아. 대체 째끔은 냄겨 놔야 헐 게 아니냐. 홀라닥 털어 놓구선 웬 돼지 멱따는 소릴 허는 거여."

딸이 채표에서 잃은 것에 대한 분풀이를 하는 음성댁은 이웃 마을로 달려간다. 아무리 딸년한테 화풀이를 해도 소용이 없는 일이다. 그것보다는 남들처럼 정성을 다해서라도 그 돈을 찾고 싶은 강한 욕망이 추위도 잊은 채 구름에 달 가듯이 달려가고 있다.

'니기미 쓰발년, 그 돈을 으떠케 번 건디 홀라닥 내버리구 와. 채푠지 채팬지 하여간 한 번 해볼 거구먼. 근디 본전이 없으니 으쩬단 말이여.'

혼자 욕을 하며 채표에 대한 뭔가를 알고 싶어 가는 길이다. 마침 그 동네에는 용호가 볼 일을 보러 오는 길이다. 제법 자라난 파란 보리밭은 봄을 기다리며 험난한 겨울이 끝나기만을 기다리는 여인의 마음같이 부드러우면서도 강하게 바람에 휘날리고 있다. 습지에 있는 갈대밭에는 겨울 참새들이 날아다니며 장난을 치는 모습이 한가롭게 보인다.

밭길을 달려가던 음성댁은 갑자기 걸음을 멈추고 뒤를 돌아본다. 뒤 따라오는 인기척을 느낀 것인지 아니면 볼일을 보기 위한 것인지 갈대숲으로 슬그머니 들어간다. 용호는 고개 너머에서 갈대숲 쪽으로 걸어오고 있다. 오늘은 혼자 이곳으로 통수를 만나고 돌아가는 참이다.

갈대숲 쪽에서 뭔가 움직이는 것을 본 용호는 몸을 낮추고 있다. 분명 이곳에 노루가 있는 것인지 아니면 멧돼지가 있을 것이라는 추측을 하면서 기다렸다. 음성댁은 급한 나머지 속곡도 입지 않고 달려온 것인지 급한 볼일을 그 자리에서 해결하고 있다. 치마를 올리고 소변을 눕는 소리가 마치 폭포가 흐르는 듯이 쏴! 하고 들린다.

안심을 한 용호는 슬그머니 그 쪽으로 가 음성댁이 은밀히 일을 치르는 것을 훔쳐본다. 아무것도 모르는 음성댁은 자리에서 일어나 숲을 빠져나가려고 하는 순간 용호는 헛기

침을 하며 먼 산을 바라본다.

"으매. 으떤 놈팽이가 볼 일 보는 년 거시기를 훔쳐보는 겨?"

숨어서 훔쳐보던 용호는 차라리 잘된 것이라고 생각하고 모습을 드러냈다. 아무도 없는 한적한 갈대밭에서 두 사람은 어색한 만남이 서먹서먹한 분위기를 만든다. 비록 볼 일을 보는 장면을 잠깐 훔쳐본 것이지만 작은 일은 아니다.

"훔쳐본 것이 아니라 지나가다가 우연히 본 것이유."

"근디 댁은 누구여? 어디서 많이 본 것 같은디."

"보긴 뭘 봤다는 거여. 스쳐 지나가다가 봤겠지."

"남 불안허게 쉬허는 소리를 왜 숨어서 본당가?"

"내 눈으루 보는 것두 잘못인가? 나, 참 원."

"무슨 야길 그 땀시루 헌데유. 여자 거시기 허는 걸 본 게 잘했다는 게유?"

"그게 아니구. 그냥 지나가다가."

"가만히 보니께 얼굴두 뻔질나게 생긴 걸 보믄 말여. 여자께나 거시기 허겠구먼."

"미안허구만유. 이왕에 이렇게 되었으니께 야기나 헙시다유."

움푹 들어간 갈대밭에서 이런저런 이야기를 나누고 있다. 서로를 이해하려는 이야기를 나누다가 용호는 슬그머니 그녀의 어깨에 팔을 올려놓는다. 일부러 모르는 척하는 여인은 떨면서 옷을 잡아끈다.

"와 그런데유. 추운 건지 와 이리 덜덜 떨지."

"추운 것이 아니구 옆에 남자가 있으니께 그런 게 아니유?"

"몰라유. 이상허구먼. 숨이 막히구 이상허네유. 꼭 좀 안아 줘 봐유."

용호는 그녀에게 채표라는 말을 하자 깜짝 놀라며 반가운 표정이다.

"잘 된 일이구먼유. 지두 채표를 자세히 좀 알구 싶어서 가는 길이구먼유."

"그래유. 잘 알려드리리다. 누구신디."

더욱 강하게 그녀를 끌어안으며 어느새 손길은 몽실몽실한 유방을 만지고 있다. 신음 소리와 함께 두 사람은 더욱 강하게 서로를 요구하고 있다.

"참말루 이번 채표를 알려 주실 건가유? 낸 이번에 애기패라두 허야유."

딸년이 다 말아묵어서 빈털터리 신세구먼유."

"알았슈. 그람 멋지게 배치기를 헌 다음에 알려 주리다."

"배치기유? 참말이지라우?"

"만날 속아만 살았나 원. 이 몸으루 몇 번이나 당신을 홍콩을 보냈는지 세면 고게 답이유."

너무도 굶었던 여인은 몇 번이라는 말을 듣자마자 온몸이 달아오른다. 둘은 아무도 없는 갈대밭에서 갈대가 부서지고 짓이겨지는 가운데 신음 소리와 울부짖는 괴성이 바람을 타고 저 멀리 날아간다. 윽, 억, 나 몰라, 죽겠슈, 더, 더, 좀 더, 멋져, 끝내 주네유, 나 몰라, 어머라는 말이 수없이 들리는 것을 보면 여인은 녹초가 되는 것일까. 몸을 바꿔 가면서 음과 양이 교합하는 장면은 자연으로 돌아가는 원초적인 본능이다. 갖은 기술을 총동원하여 죽였다 살렸다 갔다 왔다 울렸다 웃겼다를 반복하며 벌써 한 시간이 지났다.

"음매. 으떠케 잘헌다여. 죽여주는구먼. 지금부턴 거시기는 내 꺼여. 알았지?"

"아니 한 번 했다구 내 것이라니. 씹 욕심은 많어 가지구. 당신두 끝내 주는구먼. 내가 못 이기겠는 걸 보면 말여."

"그람, 우린 찰떡궁합이네. 배치기를 그람 시루 잘허는 남정네와 밑에서 방아치기를 짝 짝 받아 주는 옥녀가 만났으니 천국이 따루 있나, 그거시 천국이제."

"또 허면 어뗘? 살맛이 끝내 주는디."

"워따매, 그게 무슨 소리당가? 내사 살보시를 허는디 열 번이면 으떠시오."

"허긴, 돈 들어가는 것두 아닌디."

"쌔빠지게 고상을 혀두 밥 한 끼 제대루 못 먹을 판에 채표를 알려 주시는디, 꿩 먹고 알 먹는 상이 아닌가유? 까짓것 즐기구 돈두 벌구 이런 장사만 있다믄 만날 허겄구먼."

알다가도 모를 것도 같은 여자의 마음을 어떻게 읽을 수 있을까. 내숭이 몇 단이나 될 것만 같은 호박씨 까는 소릴 하는 여편네를 그냥 놔둬? 실컷 먹였서두 아직두 더 달라구 보채는 아니 요구하는 낌새가 대단허구먼. 참말루 요땀시루 나온다면야, 뭐시기가 거시기 허것구먼. 화냥년과 화냥놈이 차가운 눈을 녹이며 질러대는 신음 소리는 판을 가로질러 구름 사이로 울려 퍼지니 이거야 원, 씹이 좋기는 좋구먼.

허긴 옛날부터 혼자 가믄 도망질이유, 둘이 가믄 화냥질이구 셋이 가믄 가래질이유, 넷이 가믄 화투질! 화투질 끝에 싸움질! 싸움질 끝에 정장질! 정장 끝에 징역질! 얼싸 좋다 용두질! 이라는 말처럼 이들은 둘이서 이미 정장질까지 갔으니 붙었다 허면 물이 마를 때까지 떡방아를 찧으니. 아니 홧김에 화냥질을 헌다는 말이 있는디, 그렇게는 못 헐망정 돈을 벌려구 화냥질을 허는 지집이야 누가 욕을 헐 것인가. 을마나 먹구 사는 것이 힘들면 호박씨를 까서라도 새끼들 먹여 살리려고 열을 내고 받는 열녀란 말인가.

참말루 간댕이가 부어두 한 참이나 부었지. 아무리 물주 꿈을 훔친다구 혀두 가랑이를 벌리구 선 노골적으루 달라구 하다니. 사실 꼬리를 빗자루 모양으로 살랑 살랑 흔들어 대는 여자 엉덩이를 보고 그냥 지나칠 수가 있는가. 용호는 소변을 누고서 이상하게도 하얀 엉덩이를 좌우로 흔들어 대는 통에 거시기가 미사일처럼 섰다는 것을 말하며 엉덩이를 계속 만지고 있다. 남자가 여자를 볼 때 엉덩이를 가장 먼저 보는 경우가 제일 많다거나 반대로 여자가 남자를 처음으로 볼 때에 똑같이 엉덩이를 먼저 보는 경우가 대부분이라는 통계만 보더라도 역시 엉덩이는 성의 상징이며 그것도 여자가 옷을 벗고 아무도 없는 줄 알고 흔들어 대는 하얀 바가지 같은 속살을 안 먹고 견딜 남자가 있을까.

돈이라면 개똥이라도 아귀아귀 먹을 음성댁은 까짓것 돈도 벌고 재미도 보는 일을 기다린 것 마냥 시간이 흐르면 흐를수록 더 밝히다니. 참으로 오랜만에 맛을 보는 달콤하고 시원한 고기 맛이 이토록 좋을 수가 있을까.

"우린 이제 구녁을 맞춘 사인디, 못헐 말이 있겠슈?"

"뭣 땀시루 꺼내는 겨? 뭐 달라구 허는 말이제."

"아, 그거야 당연허잖슈. 구녁을 실컷 묵었으니 이젠 구들막농사 품삯을 줘야혀유."

"내사 녹슨 냄비를 닦어 줬는디 더 잘헌 일이 아닌가?"

일을 마친 그들은 웃으며 애무를 하고 있다. 계속 여운을 느끼고 그 감정을 못 잊고 싶어 하는 음성댁은 한시라도 빨리 대가를 받을 속셈이다. 시간이 흐르면서 용호의 생각이 달라지면 끝장이 아닌가. 살보시를 했으니 이제는 돈을 챙기는 일을 마무리하고 싶다.

참으로 낮거리를 거칠하게 벌였으니 원이 없이 푼 몸이다. 개운하고 몸 구석구석 깊은 곳까지 시원하게 뚫어진 성의 선물은 잊은 채 돈을 향한 불타는 마음으로 보채고 있다.

"알았구먼. 내사 분명히 말했구먼. 나랑 배치기를 허면서 홍콩을 몇 번 갔는지 외우라구 혔지? 고거시 이번 타점에서 복지루 쓸 거여."

"으따매. 정신머리를 폭 잃게끔 해놓구선 으떠케 기억헌데유. 뽕 가믄 아무것두 모르는 게 여자라는 걸 모른단 말이유?"

"고거사 내가 알바 아니구먼. 알아서 써보더라구."

"증말루 그럴 거유? 불두덩이 뼈가 아퍼서 멍멍헐 때까지 해줬는디 그럴 수 있슈."

"다음에두 혀봐. 알겄지. 이번은 약조대루 알려 줄 거구만. 아홉이여."

"어머! 정말이유? 지가 아홉 번이나 갔단 말이여라우."

"그라니께 옥녀라구 허지. 약헌 놈 만났다간 큰일 나것더라구."

"무시기 소리를 헌데유. 실컷 즐기구선 겨우 한다는 소리가 그거유? 댁두 똑같으면."

"색을 그리두 밝히는 댁은 만날 천장허구만 배치기를 혀서 으찌허나? 불쌍혀서, 원."

"앞으로는 내꺼니께 가끔 천장 서방지기를 해주면 을마나 좋을까."

"허리가 뻐근허구먼. 암만봐두, 우린 상추쌈에 된장 궁합이구먼. 참말루 옥녀를 만난 날을 죽을 때까지 잊을 수 없겠구먼."

"지두 그러네유. 이러케 방아를 잘 찧는 분을 만난 걸 평생 못 잊을 거구만유. 근디 사공 없는 배를 탓으니께 앞으론 배나 잘 저으시우. 가끔 배를 잘 손질두 허시구유. 알겄지라우?"

"그야. 두 말허면 안 되지. 찰떡궁합이 따로 있는가. 배치기로 맞춰 보면 되는구먼. 앞으론 힘깨나 써야 헐 것 같구먼. 물 나오는 구녁에 불을 집힐려면 말여."

여전히 방아를 찧으면서 올랐던 그 열기는 피부 속으로 스며들었는지 그 열기는 쾌감으로 이어져 식을 줄을 모르고 온몸을 돌며 구름을 타고 다니는 기분이다. 옷을 입으면서 잠시 정신을 잃으면서 보지 못했던 주변을 살펴보지만 머릿속은 여전히 방금 전에 느껴졌던 환희 그것뿐이다. 하얀 눈이 왜 이리도 멋있게 보이는지, 불어오는 바람조차 노래 소리로 들리고 갈대숲은 마치 안방처럼 느껴지는 것은 남녀 간의 교합이 만들어 주는 기쁨일 것이다.

눈 위에 깔아놓았던 통표와 등. 배짝을 접기 위해 두 손으로 들자, 창호지에 들기름을 바른 그림은 녹은 눈으로 축 늘어진 꼴이 일을 마친 거시기를 연상시킨다. 여기저기를 살펴보다가 이상한 것이 눈에 들어온다. 그것은 채표에서 쓰이는 인체 그림인 통표의 성기에 해당하는 안사 부근에 구멍이 뚫어져 있다. 아마도 밑에 나무 그루터기가 있어서 구멍이 생긴 것 같다. 하필이면 그곳에 구멍이 생긴 것은 암시하는 뭐가 있을 것이라고 생각한다. 집에 돌아온 음성댁은 잠자리에 들면서 오늘 있었던 일을 다시 한 번 천장에 그리며 그 느낌으로 몸이 다시 달아오르고 있다. 가끔은 혼자서 즐기며 몸을 풀고 성적인 만족을 느껴보는 일이 이상하게도 더 강하게 느껴지는 것을 보면 분명 그 양반이 닫혀졌던 구멍 하나하나를 열어 주고, 세포 끝까지 통하게 만들었음이 틀림없다고 느끼면서 낮의 그 즐거움을 떠올리고 있다.

　이상하리만큼 손길이 가는 곳마다 아니 자신의 손으로 젖가슴과 계곡을 더듬으면서 느껴보는 그 쾌감이 마치 남정네가 만져 주는 느낌처럼 짜릿하게 올라온다. 한참을 생각하던 그녀는 자리에서 일어나 통표를 보며 거시기를 손으로 문지른다.
　"아니, 또 빠꾸리에 궁짜를 끼는 겨? 그만큼 혔으면 될 텐디. 또 물이 나오는가?"
　"빠구리에 꿍자는유? 만날 빠꾸리에 궁짜를 낀다면야 을마나 좋을까유."
　'히!' 하며 웃는 그녀의 입가에는 흐뭇함이 배어 있다. 집에 돌아온 그녀는 용호가 빠구리에 대해 말했던 횟수가 계속 떠오른다. 분명 아홉 번이라는 숫자를 말했고 그렇다면 그것은 분명 숫자로 풀이하는 꿈 이름으로서 이는 외딴집을 상징하며 인체의 거시기인 성기에 해당하는 안사가 틀림이 없다는 생각이 들자 복지에 안사를 쓰기 시작했다.
　드디어 남자가 없던 외딴 집에서 살았던 그녀가 안사를 마지막으로 이사를 가는 것일까. 아침에 통수에게 안사를 쓴 복지를 건네주며 빙그레 웃으며 말한다.
　"통수님유. 이따가 지 대산헌 돈을 꼭 들구 오세유. 기다리구 있을거구먼유."

차 주석은 으디 간겨

 잠자기 전에 목욕을 하는 것이 일상 습관으로 될 정도로 남보다 더 정성을 기울이는 경식은 오래된 부엌비를 들고 주문을 외우기 시작한다. 물론 시루떡까지 해놓고 정성을 다하여 채표신께 좋은 꿈을 달라고 조르는 주문이다.
 "개루 개루 아기비, 우리 집에 아기비 복을 잡구 가는 길에 좋은 꿈도 달구 가소서. 개루 개루 아기비 채표님께 말씀드려 대산질을 주소서."
 이런 주문을 100번씩 외워서 대산질을 했다는 옆 동네에서 들은 소문을 듣고 여의라는 과부는 손가락으로 세면서 외우고 있다. 옆에서 지켜보던 마누라까지 채표신을 위해 남편과 같이 100번을 외우며 손을 비빈다. 정성이 통했거나 채표신이 꿈을 주었던지 새벽에 꿈을 꾸게 되었다.
 아무리 잠을 청해도 잠은 오지 않고 뒤척이며 천장을 쳐다본다. 천장에는 상량을 할 때 창호지에 붓으로 복을 비는 글씨가 크게 보인다. 희미한 달빛은 창호지를 뚫고 방 안으로 들어와 갖가지 지난 추억이 떠오른다. 이런저런 생각을 하던 중에 갑자기 낮에 있었던 일이 생각난다.
 옆집 사람이 돼지 움막을 짓는다면서 아침에 막대기를 세워 놓고 땅에 박는 것이다. 이것은 분명 뭔가 암시해 주는 것이 있다는 생각을 한다. 심지어 채표신이 주는 암시라는 확신이 들자 자리에서 일어나 호롱불을 켜고 일산을 복지에 써서 정성껏 절을 하고 잠이 들었다.
 물주가 서른여섯 개나 되는 꿈 이름 중에서 단 하나만을 써서 쌈지에 넣고 타점장에서 개봉하는 시간에 입산자가 물주와 똑같은 꿈 이름을 쓴다는 것은 무척이나 힘든 일이다. 단, 하나라는 꿈에 대한 믿음을 갖고 피처럼 아끼는 소중한 돈을 몽땅 건다는 것은 배짱이 있어야만 가능한 도박이다. 미래에 대한 어떤 보상이나 대가를 바라는 소망이 만들어 낸 모험심이 발동해야만 걸 수 있는 용기와 배짱이 만들어지는 것이다.

저녁 타점에서 물주는 고민을 하다가 학교 운동장에서 휘날리는 국기를 보고 일산을 써서 쌈지에 돌돌 말았다.

여의라는 과부댁이 쓴 일산이 통수가 걷어서 계산사한테 전달한다. 오직 일산은 그 여인만이 써서 100원이라는 거금을 걸었다. 다행히도 일산이 오늘 저녁 타점장에서 대산을 하여 산 천원이라는 거금을 받아 챙겼다. 이런 소식이 입에서 입으로 마을을 돌면서 이상한 이야기까지 들리고 있다. 과연 어떤 정성으로 그렇게 어렵다는 대산질을 했는지, 혹시 물구멍에 불을 지펴서 얻은 돈은 아닌지, 또는 거시기 값으로 물주한테 미리 들었다느니 별의별 소문이 생겼다.

물론 남이 잘 되는 것을 시기하는 것은 인간의 본성이며 있을 수 있는 일이다. 그래도 혼자 사는 과부 입장에서는 견디기 힘든 일이지만 꾹 참고 있는 수밖에 다른 도리가 없다. 시간이 흐르고 소문이 잠잠해지면 모든 것이 제자리로 돌아가고 거짓이라는 확신이 서기 때문에 그저 참기로 결심을 했다.

"으따매. 큰일을 저질렀구먼. 채표님이 주신겨? 아니믄 누구매냥 거시기루 한몫을 챙겼어?"

"내삼 미치구 환장허겄네. 아침에 말뚝을 고추밭에 박다가 문득 생각이 나서 일산을 택헌 건디 무슨 놈에 거시기 타령이여."

"다들 그러케 말허는 소릴 들었는가? 그랬구먼. 어쩐지."

"그 짓을 하구서 그런 이상헌 소문을 들었다믄 갑갑허지는 않것구먼. 이년이 임자 없는 나룻배라구 아무 놈팽이나 다 태워 주지는 않는구먼. 나두 지조가 있는 기집앤디."

"그려. 그려. 믿어. 믿는구먼. 다들 샘통이 나서 괜스레 짝짜꿍을 혔다구 깎아 내리는 거여. 맴이 쫌 상해두 맴 쓰지 말어. 까짓것 또 했으면 으떤 놈이 지랄을 헐거여. 과부 특권이 뭔디 지네들이 굶어 봐. 내 거시기를 내가 맘대루 쓰구 다닌다는디 누가 뭐랄 거여."

"내사 곤두선 밥알 씹어 먹으며 힘들게 살다가 이제 겨우 채표루 돈 좀 만졌다구 다 개지랄이여. 야잇 싸가지들아! 니들이나 대산질을 혀봐. 내가 개차반이 아니라 이제 보니 니놈들 씸뽀 쓰는 것이 개차반이다."

퉤! 퉤! 하며 침을 마당에 뱉으며 화가 났는지 눈에는 눈물이 글썽거린다.

"여의! 나는 믿어. 내가 안 믿으면 누가 믿는당가?"

"을마나 억울허구 억울헌지. 속 불난 데다 부채질 허는 년들이 더 나쁘다니까."

"그년들이야 지 서방이 있으니께 큰소릴 치지만 서두 어디 돈이 있간디? 고깃덩어리만 밤마다 붙들고 물총을 쏘면 몇 헌 디여? 돈을 찛는 일을 혀야지. 안 그런가?"

"차라리 이런 말을 들을 때면 그 짓이라두 실컷 허구 들을 걸."

"정말이여? 그런 야삼헌 생각이 나제? 야리꾸래헌 생각이야 좋은 것이구먼."

"그런 말 말어유. 거시기를 야자버린 날이 얼만데유."

"그려. 못헌 것두 억울헌디 놀림까지 당허니 안쓰러워서 허는 말이구먼."

"채푠지 뭔지 야바위판 같은 개판에 뭣 땀시루 달려들겠어유? 다들 전 때문이구만유"

"전이 아니믄 누가 그토록 꿈을 꾸기 위해 정성을 드린다여? 꿈은 바루 돈이라는 믿음이 있으니께 배라벨 소문두 들리구 정성을 드리제. 안 그런가?"

"부자는 무슨 말라 죽던 부잔가? 빌어 묵다 뒈져서 부자 되는 것 보다야, 살 때 고깃국이라두 실컷 묵는 게 낫구먼. 비록 배때기에 기름이 낀 놈들이야 아무것두 아니지만, 우리 같은 자들이야 배때기에 바람만이라두 들어간 게 을마나 좋은가?"

"그려. 민생고두 해결을 못하는 판국에 배때지에 기름이 붙것는가? 밥 세끼 풀칠만혀두 행복헌 인생인디. 으른신들이야 애새끼를 날 때마다 지 묵을 건 다 타고 난다지만 으디 그게 되는 말인가? 째끔한 방에는 일곱 식구들이 눈만 뜨면 묵을 걸 달라구 눈만 말똥말똥 지 애미 손만 바라부구 졸졸 따라다니는디. 그걸 보구 있노라믄 증말루 환장헐 노릇이구먼."

"혹시 알어? 이 사람아! 채표님이 꿈 하나만 주시면 야, 팔자를 우라까이 헐거구먼."

"그라니께 꿈이나 달라구 정성을 들여 봐. 나두 오늘부텀 남들이 안 허는 정성을 헐거구먼. 다들 허는디 나라구 못헐 게 뭐가 있겠는가? 요즘 허는 것을 보믄 말여, 지 애비헌테 그러케 잘혀면 하늘이 복을 줄거. 어디서들 감춰 두었는지, 원."

"뭘 감췄다는 건가?"

"뭐긴 뭐여. 그놈의 쌀밥이지. 쌀밥이야 벼를 심을 때나 명절이 되어야만 겨우 묵을 수 있는디 아니 채표님헌텐 으디서 훔친건지 꾼 것인지를 모르지만 허연 쌀밥이 김을 모락 모락 내면서 두 손으루 비는 여편네들이 어디 한 둘인가? 집집마다 으떡허려구 다 쌀밥을 내 놓는당가?"

"정성을 들여야 돈을 벌제. 돈이 어디 그냥 나오는가? 쌀밥이면 다여. 빚까지 얻어서 허는 짓거리를 좀 봐. 가관이구먼. 조상님헌티 그래 봐라. 복이나 봤지. 만날 채표님만 찾구 비는 꼬락서니랑 꼴갑허는 걸 보믄 배알이 꼬아서 못 보것구먼."

"그런 지녠, 안 빌었는가? 눈앞에 돈을 보여줘 봐. 눈알이 부엉이 모가지마냥 팍 돌아갈 거구먼. 체면이구 낯짝이구 다 뭐당가. 돈이면 다지. 돈만 있어 봐라. 강아지 새끼두 멍 염감 멍 사장이라구 대우를 해주지. 거기에다 양복을 쭉 빼입구 중절모자까지 쓰구 장에 나타나믄 다들 영감님! 하구 꾸벅 절을 헐 거구먼. 잔소릴 허지 말구 자네두 돈이나 벌어. 채표야 좋은 꿈만 있으면 되는 것인디, 뭐시기가 어렵다구 지껄이는가?"

채표를 두고 사람들마다 한마디씩 떠드는 것을 보면 그 열기가 대단함을 느낄 수 있다. 문제를 해결해 주고 대가를 암시하는 대상이 나타나면 그곳으로 관심이 집중되는 것은 당연한 일이지만 그중에서도 채표야말로 돈을 만들어 준다는 믿음까지 있으니 그 믿음은 더욱 모든 사람들의 마음속에 넓고 깊게 퍼져 나가고 있다.

추구하는 목적이 같으면 그것을 자기화하려는 방법과 욕망은 더욱 커질 수밖에 없다. 누가 어떤 획기적인 일을 통해 행운이 덩굴 채로 굴러 들어왔다는 사실이 모든 사람들을 강하게 자극시키고 그쪽으로 관심이 집중되는 것은 당연한 일이다.

남보다 더 좋은 정성을 들여야만 보이지 않는 신비한 채표신을 감동시켜 남보다도 좋은 꿈을 꾸기 위한 이상한 정성을 들이는 일이 일상적인 생활로 바뀐 것은 어쩌면 돈에 대한 집착일 것이다. 누가 어떤 특별한 방법으로 무엇을 했다는 이야기가 돌기만 하면 아무런 경험이나 사전 지식도 없으면서 또 모방의 연속이 시작되는 일들이 대부분이다.

행운의 꿈을 차지하려는 정성, 남보다 더 정성을 기울이면 돈이 굴러 들어오고, 남이 안 하는 특별한 것을 해야만 뭔가가 보인다고 믿는 믿음, 다른 사람이 그렇게 했으니까 나는 거기에다 더 첨가하고 특이한 정성을 드려서 내 것이 되어야 한다는 집착이 만들어낸 채표 문화가 다른 방향으로 흘러가고 있다.

타점장에서는 오늘도 돈을 놓고 돈을 먹고 잃는 행사가 하루에 아침, 저녁으로 벌어지고 있다. 강호는 투전을 하면서 부르던 투전 타령을 중얼거리면서 타점을 지켜보고 있다.

"얼사아 디어라 방아로다. 얼사아 디어라 방아로다. 에 헤요 에 헤요 에라 우겨라 방아로구나. 진국 명산 만장봉 청천 삭출이 금부용이로다."

옆에서 지켜보던 사람도 덩달아 화투 타령을 부르기 시작한다.

"정월 송악에 백학이 울고, 이월 매조에 꾀꼬리 운다. 삼월 사구라 북치는 소리 천지 백화에 다 날아든다. 사월 흑싸리에 못 믿어서 오월 난초가 만발했네. 유월 목단에 나비 청해 칠월 홍싸리 멧돼지 뛰고 팔월 공산에 달이 밝아 구월 국진에 국화주요. 시월 단풍에 사슴이 놀고 오동 복판에 거문고는 줄만 골라도 빙글빙글하네. 우륵에 해님이 양산을 받고 동네방네에 유람 갈까? 다 돌았네. 다 돌았네. 이백 사십으로 다 돌았네."

모여 있던 사람들의 시선이 그들에게 집중된다.

"아니, 저 사람들이 시방 무슨 노래를 부르는겨?"

"그건 투전장에서 부르는 것이구먼. 듣기만 해두 흥이 나는구려."

"하나부터 열둘까지 화투 숫자를 술술 외우는 걸 보니께 화투를 끝내 주게 잘허는가 봐."

"맞구먼유. 야바위꾼들이 심심허면 타령을 부르면서 지네들 상헌 마음을 다스린다던디. 당첨이 안 되어서 부르는 소린구만."

"하기사, 꾼들이야 판을 돌면서 돈을 버는 것이 헐 일이제. 채표가 화투나 투전마냥 맘대로 속일 수도 없으니께 힘들 거구먼. 꿈이야 채표님이 주시지 않으면 끝장이 아닌가?"

"아! 그래서 아까부터 꾼들이 안절부절못허구선 으쩐지 왔다 갔다 허더구먼. 쑥덕거리는 폼이 이상허더구먼."

"채표장에두 화투나 투전장에서 돈을 잃거나 재미를 본 사람들이 모여드는 것을 보믄, 으쩐지 금세 불이 붙겠구먼. 보나마나 뻔헌 일이여. 돈을 찾아 눈이 벌겋게 달려드는 사람들이 채표라구 어디 빠진당가? 그놈들이야 돈 냄새만 났다 허면 천리라두 달려갈 찰거머리들이지."

"타령을 부르는 사람들은 읍내에서 온겨?"

"채표가 그렇게 인기가 있다는 말이여? 벌써 읍내 사람들이 이곳까지 원정을 많이 온 것을 보면 말이여. 만석이와 용호가 힘을 많이 쓴 보람이 있구먼. 이렇게 빨리 퍼진 걸 보면말여."

"그 두 사람이 잘 퍼트린 거구먼. 겨울에 할 일두 없는 우린디. 그저 허구한 날 집에 틀어박혀서 똥이나 만들며 보낼 우리들에게 이런 재미를 전해 주었으니 요즘은 사는 맛이 나는구먼."

"이런 일이 있으면 놀기두 허구 돈두 벌 수 있는 데 참으로 재미있는 놀일세."

"그건 그려유. 집에서 있어봤자 죄 없는 마누라만 밤낮으로 들볶으며 싸울텐디, 이런 곳에두 와보구 사람 구경두 헐 수 있어서 좋구먼유."

이런저런 이야기를 하면서 서로가 갖고 있는 정보를 교환하고 있다. 이곳에서 전해지는 여러 가지 이야기는 삽시간에 사방으로 퍼지기 마련이고 채표를 알릴 수 있는 좋은 방법이라는 것을 잘 알고 있는 만석은 지난번에 했던 방법대로 술과 안주를 샀다.

공개된 타점장의 모습과 대산자와 애기패에 관한 이상한 소문은 그들에게는 이상형으로 가슴에 자리 잡기 시작했다. 채표는 누구나 할 수 있으며 운이 좋으면 대산도 가능하다는 자신감을 갖게 되었다. 단순히 꿈을 팔아서 몇 년 동안이나 일해야 벌 수 있는 돈을 단 한 번으로 손에 쥘 수 있다는 소식을 너무도 충격적인 소식이다.

절망의 늪에서 눈앞에 펼쳐지는 기대와 희망이라는 빛은 삶에 대한 기쁨을 느끼게 할 정도로 하루하루가 얼마나 재미있게 빨리 지나가는지 모를 정도다. 비록 내가 아닌 다른 사람이 타점에 찍히는 것을 보면서 같이 기뻐하고 축하해 주는 일까지도 누가 무엇을 어떻게 해서 얼마를 벌었다는 소문은 삽시간에 퍼져 나갔다.

타점에서 대산질을 한 사람은 단번에 모든 사람들이 부러워하는 영웅이 된다. 영웅이 된 뒤로는 그가 하는 말은 채표에서만은 진리라고 생각하는 사람도 있다. 바로 그 사람보다 더 많은 정성과 특별한 것을 한다면 채표신이 나에게도 분명히 좋은 꿈을 주실 것이라는 단순한 기대감이 앞섰다. 어쩌면 정성의 대결과도 같은 현상들이 나타나기 시작하면서 그 열기는 채표를 발전시키는 힘으로 작용하고 있다.

읍내에 갔던 용식이가 지서 앞을 지나가자 자전거에 묻은 흙을 닦던 차 주석이 불렀다.

"용식이! 이리 좀 와 보게나."

갑자기 볼일도 없는데 부르는 소리에 깜짝 놀란 용식은 자신의 귀를 의심하면서 발걸음을 옮기려 하자 차 주석이 다시 큰소리로 불렀다.

"아니, 귀가 먹었어? 부르면 올라올 것이지. 원."

"예! 부르셨나유?"

"어딜 갔다 오는 길이여?"

"읍내에 볼일도 보구 연장을 사 갖고 가는 길이구먼유."

"추운 겨울에 무슨 공사라두 혔는가?"

"외양간을 좀 넓힐까 해서유."

"안으로 좀 들어와 봐. 물어볼 게 있구먼."

차 주석과 함께 지서 안으로 들어간 용식은 괜히 다리가 떨렸다. 자고로 사람이 살아가면서 가지 말아야 할 곳이 두 곳이 있다. 한 곳은 몸이 아파서 어쩔 수 없이 가는 병원이고 다른 곳은 잘못을 저질러서 들어가는 지서다.

어쩌다 들어온 그는 무슨 죄를 진 것처럼 가슴이 두근거린다. 지서래야 지서장과 주석, 순경 두 명이 근무하는 곳이지만 시골에서야 순사를 가장 두려워한다. 워낙 일제 치하에서 악명이 높기로 유명했던 일경들이 저질렀던 습성을 잘 알고 있다. 아무리 같은 민족끼리 서로 돕고 사는 것이지만 그래도 순사의 본질은 어쩔 수 없나 보다. 틈만 나면 비집고 들어오려는 습성 앞에 누가 감히 벗어날 수 있을 것인가. 권력을 쥐고 상대방의 약점을 찾아 물고 늘어지려는 속셈은 뻔한 일이다.

약한 자를 돕는 민중의 지팡이들이 대부분이지만 일경으로부터 나쁜 습성을 배워 같은 동포끼리 악용하는 일경 출신 순사들은 국가나 국민을 위하기보다는 자신의 배를 채우는데 급급했다. 계급이 높은 순사들 중에는 일본 경찰 밑에서 배운 것을 그대로 따라하고 있다. 같은 동포의 피를 빨아먹고 약점이 있으면 그것을 노리는 그들이기에 더욱 치가 떨리기만 했다.

며칠 전에 지서에 어떤 사람이 찾아와 농담반 진담반으로 채표라는 것을 알려 준 사람이 있다. 채표에 미쳐 있다는 식으로 차석한테 전한 것을 확인해 보기 위해 용식이를 부른 것이다. 동네에서 패싸움을 하다가 지서에 붙잡혀 온 적이 있어서 차석은 그를 잘 알고 있다. 낫으로 상대방 등을 찍을 정도로 잔인하고 성질이 포악한 그를 잘 구슬리고 달래면 어떤 정보를 얻을 수 있다고 생각한 것이다.

자리에 앉은 용식은 자신이 얼마 전에 여기에 끌려와 순사들로부터 곤봉을 얻어맞았던 것이 생각났다. 그때 그는 머리에 피가 흐르고 온몸에 타박상을 입을 정도로 얻어맞고 정신을 잃은 적이 있다. 이유는 묻는 말에 말대꾸를 꼬박꼬박하고 대들었기 때문이다. 일종의 공무집행을 방해했다는 이유로 본서로 이송될 처지에서 다행히 면서기인 친척 덕분에 겨우 빠져 나올 수 있었다. 그 뒤로 쌀 두 섬을 팔아 갖다 바치고 손이 달도록 빈 덕분에 나올 수 있었다.

"자네한테 한 가지 물어볼 일이 있구먼. 아는 대로 알려 주면 좋겠구먼."
"지 같은 놈이 뭘 아는 게 있겠슈?"
"자넨 우리한테 맞으면서까지 끝까지 의리를 지켰던 걸루 알구 있는디."

비록 싸움으로 잡혀 왔지만 남을 끌어들이는 것이 싫어서 혼자 모든 죄를 뒤집어썼던 사실을 알고 나중에 차석이 칭찬까지 했던 일이 있다. 그런 그에게 지서에서는 그를 '시골 의리쟁이'라는 별명을 지어 주었다.

"용식아, 니 아제가 면사무소 호적계를 보시잖니. 넌 그래두 머리가 잘 돌아가니까 아는 것을 다 말해 줘야 헌다."
"차 주석님두, 지가 뭘 아는 게 있다구 그러세유? 시골뜨기가 농사나 짓구 가끔 쌀장사를 하는 주제에 뭘 알겠어유?"
"야, 임마! 널 좋게 보니깐 이렇게 부른 게 아니냐."
"그거야 듣기는 좋은 얘기입니다만, 아는 것이 있어야 말씀을 드리지유?"
"누구를 고자질하라는 것이 아니구, 본 그대로만 말허면 되는 거여."
"대체 무언데유?"
"혹시, 채푠가 채팬가를 들어 본 적이 있나?"
"글쎄유, 언젠가 들었던 기억은 있구먼유."

차 주석은 용식이를 바라보며 옆으로 다가 앉는다. 물론 알고 싶은 것은 채표에 대한 정보로서 내일까지 지서장한테 보고를 해야만 된다. 지금이나 그때나 정보를 알려 주는 끄나풀을 만들 필요가 있지만 고심을 하던 중에 우연히 그를 만나 이용해 볼 생각이다. 비록 의리를 생각하는 것이 남다르지만 한 번 마음을 돌리면 많은 정보를 물어다 줄 것으로 생각하고 있다.

"주석님께서두 채표를 알구 계시나유?"

"응, 잘은 모르지만 뭐 꿈을 팔아서 돈을 번다는 말은 들었지."

하며 용식이의 반응을 살폈다.

"잘은 모르지만 딱 한 번 해본 적이 있구먼유."

"그래서 재미를 좀 본겨?"

"주석님두 원. 아무나 좋은 꿈을 주나유? 지 같은 사람이야, 정성을 드리지두 않구 혹시나 혀서 10원을 걸었더니만 몽땅 털어넣구 말았구먼유."

"채표가 뭔지 좀 자세히 말혀 봐."

하며 책상 위에 있는 종이에 적기 시작한다. 이런저런 이야기를 하면서 모든 것을 다 아는 것처럼 말한다.

"너야말루 도박판에 사람들을 끌어들이는디 수완 좋기루 소문난 타짜꾼이 아닌가. 틈만 나믄 야바위꾼들 허구 몰려다니며 돈을 만진 걸 다 아는디 채표를 알었으니 물고기가 물을 만난 셈이구먼."

"그런 말씀마세유. 전 본전두 못 찾았구먼유. 찾으면 안 할게유."

"알았어. 다른 정보가 있으면 싸게 싸게 와야 혀. 알겄냐?"

"야, 꼭 그러케 헐께유. 안녕히 계세유."

문들 닫고 밖으로 나온 용식은 뭔가 홀린 듯한 기분이다. 일종의 첩자가 되라는 말에 어쩔 수 없이 대답을 했지만 의리를 중시하는 그로서는 쉽게 받아들이지 못한다.

책상에 앉아 있던 차 주석은 과연 이런 놀이가 실제로 있을까라는 의구심이 일어났다.

'어떤 미친놈이 그저 같은 꿈 이름을 썼다구 서른 배나 되는 돈을 더 준단 말이여?'

'아무리 세상이 이상허게 돌아간다지만 이건 납득이 안 가는 일이구먼'

관할 지역에서 벌어지는 일을 먼저 파악하는 것이 중요하다고 생각한다. 투전이야 가끔 문제가 터져서 신고가 들어오거나 싸움을 하는 경우에 단속을 하는 경우는 있으나 채표는 아직껏 정보 차원에서 파악을 하는 중이다.

 가끔은 누이 좋고 매부 좋다는 식으로 지서에 필요한 물건이 있으면 일부러 투전판이나 마작판을 덮쳐서 판돈을 몽땅 긁어 오거나 붙잡아 오면 누구든지 쉽게 번 돈을 내놓기 마련이다.

 지서마다 국가에서 보조하는 예산도 별로 없고 먹고사는 문제를 스스로 해결해야만 하는 처지를 주민들은 별로 아는 사람이 없다. 일경 밑에서 못된 것만 배웠던 그였지만 인심을 잃을 정도로 단속을 심하게 하지 않고 있다. 말이 압수지 아무런 영장이나 명목도 없이 순사들이 빼앗은 판돈은 정보를 제공한 끄나풀에게 밥값으로 얼마를 주고 나머지는 계급 순으로 나눠 먹는다.

 자전거를 타고 눈이 녹아 질퍽거리는 신작로를 따라 복지골로 향한다. 엉덩이가 아프고 불편하지만 내리막길을 달릴 때는 기분이 좋다. 자전거가 워낙 귀하고 비싼 탓인지 마을에 갈 때마다 아이들은 자전거가 마치 신기한 물건인 것 마냥 만지고 이리저리 살펴보곤 한다.

 복지골에는 민복이라는 정보원인 끄나풀을 심어 놓고 있다. 동네 친척 한 사람이 누명을 쓰고 잡혀 왔다가 풀어 달라고 애원을 해서 조건부로 풀어 주면서 만든 끄나풀이다.

 마을마다 입심이 세고 영향력이 있는 사람을 정보원으로 세우는 것도 필요하다. 순사가 나타나면 모두들 피하는 것이 상책이기 때문인지 아니면 일제 순사들이 저질러 놓은 산물인지 일단 피하고 보자는 식으로 대하는 것이 습성이다. 털어서 먼지 안나는 사람이 없다는 말처럼 걸려들면 재수가 없다고 생각한다.

 "이장님 오랜만이유."
 "차 주석님이 으쩐 일루 우리 마을까지 오셨나유?"
 "그냥 진골을 갔다 오다가 들렸구먼유."
 "요즘두 바쁘시지유. 지서야 할 일이 많으시니."
 "그거야, 이장님이 잘 알다시피 선거 때문에 정신이 없구먼유."
 "이번에 대통령을 뽑는다구 들었는디 투표일이 언젠가유?"

"내달 12일에 한다구 공고가 났구먼유. 아마두 면에서 이장들을 불러서 벽에 붙이라구 나눠 줄 거구만유. 잘 붙여서 애들이 찢지 않게 허세유."

"잘 알았구먼유. 무슨 일루 이렇게 오셨는가유."

"그야 일이 있어서 왔구먼유."

"선거에 관한 일은 잘 돌아가나유?"

"생각보다 사람들이 이승만 대통령 후보를 좋아하는 것 같구먼유."

"그렇게 되어야만 우리 같은 순사들이 편혀죠. 잘 설득혀서 표가 많이 나왔으면 헙니다유."

"우리 동네에 누가 뭐 잘못헌 일이라두 있나유?"

"그런 일은 없구유, 옆 동네를 갖다 오다가 들렸구먼유."

"차 주석님이 오신다는 야기만 들어두 가슴이 덜커덩 허거든유. 마을에 무슨 일이 생겼나 괜히 걱정두 되구유."

"지서에 들리지 않는 게 좋지유. 괜히 도둑질이나 노름, 사소헌 싸움으로 끌려오는 것을 보면 잡범들이라 귀찮지유. 하기사 살인 같은 일은 없어야 허지유."

"누구네 집을 들르실 건가유?"

"동네를 한 바퀴 쭉 돌아보구서 돌아갈 거구만유."

"그럼, 일 보시구 잘 가세유."

하며 머리를 숙여 인사를 한다. 차 주석은 일부러 이곳저곳을 기웃거리다가 자기가 심어 놓은 정보원인 민복이를 찾아간다. 남의 눈에 자주 띄면 입장이 곤란해지는 것을 잘 알고 있는 그로서는 빨리 일을 마치고 지서로 돌아가는 것이 상책이라고 여긴다.

일부러 옆집에 들어가서 이런저런 이야기를 하다가 민복이 집으로 들어간다.

"안에 있는가?"

"누구신가유?"

부엌에서 나오던 마누라가 깜짝 놀란 표정이다. 전에 있었던 일로 순사나 지서 소리만 들어도 소름이 끼칠 정도로 겁을 먹고 있던 사람에게 바로 순사가 앞에 버티고 서 있으니.

"왜 이렇게 놀라신데유? 누구 잡으러 온 게 아니구먼유. 걱정일랑 허질 마시구 왔다구 전해 주시구려. 다른 일을 알아보려구 왔구먼유."

"바깥양반이 아랫동네에 가셨는디 불러올까유?"

"언제 가셨나유?"

"점심을 잡수시구서 내려갔구먼유. 곧 온다고는 했는디."

"시간이 좀 없구먼유. 힘이 좀 들겠지만 불러 주시면 좋겠네유."

"그람, 조금만 기다리세유. 지가 후딱 댕겨 올 테니까 방에서 좀 기다리세유."

방 한가운데는 화로가 놓여 있고 콩나물을 기르는 시루가 있다. 메주를 띄우는 냄새가 코를 진동했고 불을 땐지 오래 되었는지 구들장은 미지근하다. 갑자기 벽에 걸려 있는 사람 그림으로 시선이 쏠린다. 사람을 그려 놓고 여기저기에 한문과 한글로 이상한 글씨로 된 그림은 처음으로 보는 것이다.

그는 일어나 벽에 걸려 있던 그림을 내려놓고 이리저리 살펴보았으나 도무지 알 수 없다. 도대체 무엇에 쓰이는 그림이며 무슨 뜻인지 전혀 모르는 것뿐이다. 혹시 무당이 점을 칠 때 쓰는 것인지 아니면 침을 놓을 때 사용하는 혈도인가.

시골 동네에서 벌어지는 일은 쉽게 알려지지 않는다. 입을 다물면 아무도 알 수 없는 지리적인 여건에다 교통이 불편한 관계로 쉽게 동향을 파악하기가 힘든 여건이지만 지금까지 잘 해 오고 있다. 눈에 보이는 정보도 중요하지만 문제를 안고 있는 정보를 미리 파악하여 그 동태를 살피고 예방하는 것도 중요한 일이며 해방과 더불어 혼란한 사회상을 바로잡아야 된다고 생각한다.

물론 일경 밑에서 잔뼈가 굳은 그로서는 언제든지 알고 싶고 갖고 싶은 것은 손아귀에 넣고 말겠다는 강한 의지를 지니고 있다. 정보원을 매수하여 독립 자금을 대주는 사람들을 잡아들이고 일본에 불만을 갖고 있는 사람들을 골라내는 일을 잘하여 상까지 받았던 그였다.

역사의 청산이 제대로 이루어지지 못한 탓에 갑자기 급조된 순사들이 민중의 지팡이로 군림하고 있다. 가끔 투전판을 덮치는 일은 있지만 채표라는 것에 대한 본격적인 조사는 아직까지 시작되고 있지는 않다. 그것은 피해를 보았다고 신고를 하는 사람이 없기 때문이다. 만일 문제가 드러나면 투전과 같이 노름으로 간주하고 잡아들일 생각이다. 상대가 꼼짝할 수 없을 정도로 사전 준비를 하는 성격이다.

민복은 부인의 전갈을 받고 집으로 급히 돌아온다. 혹시 마누라가 들으면 문제가 생길 수 있다는 생각에서 집에 늦게 오도록 한다. 헛기침을 하고 방문을 연다.

"주석님께서 으쩐 일로 저희 집까지 이렇게 오셨나유?"

"무슨 급헌 일루 아랫동네에 갔다 오는 길인가?"

"누가 돼지를 잡는다고 해서 구경도 하구 고기 좀 사오려구 갔구먼유."

"그런가, 누가 잔치하는 일이 있구먼."

"회갑 잔치를 허면서 큰 돼지를 잡았슈. 물론 동네 사람들에게 팔기두 허구유."

"살 일이 있으면 내것두 좀 몇 근만 사갖구 오면 좋겠구먼."

차 주석이 돈을 주려 하자 민복은 거절한다. 주석은 공짜로 얻어먹는 일도 체면을 차리고 생색 정도는 내야만 된다고 생각한다. 하지만 항상 고맙게 생각하고 있던 민복으로선 그까짓 돼지고기 몇 근이야 큰 부담이 되지 않는다.

"저랑 같이 가시지유. 그럼 순대두 드시면 좋을 텐데유."

"그럴까? 마누라랑 같이 안 왔는가?"

"그거야 차 주석님이 오셨는데 마누라가 옆에 있으면 곤란헌게 아닌가유?"

"역시 자네는 머리가 잘 돌아가는 사람이구먼. 내가 사람을 잘 뽑았지."

"그란디 무슨 일루 이렇게 찾아오셨나유?"

"으, 내가 긴히 알고 싶은 것이 있구먼."

"뭐 동네에 나쁜 사람이라두 있나유?"

"그게 아니구, 자네가 나한테만 알려 줄 일이 있구먼."

"혹시, 지난번에 지헌티 말씀허신 건가유?"

"그려, 눈치 하나 빠르기는 뱁새 같구먼. 채를 들어본 적이 있는가?"

이 말을 들은 민복이는 가슴이 철렁 내려앉는 듯하다. 벌써 지서에서 냄새를 맡고 있다는 것도 걱정이지만 입장이 곤란하기 때문이다. 차 주석이 그런 문제를 갖고 집에까지 왔다는 사실만으로도 큰 충격일 수밖에 없다.

"자네가 나를 위해서 귀와 눈이 되기로 했잖은가?"

"그거야 그렇지유."

"채표에 대해서 알구 있는 것이 있으면 나한테 알려 줬으면 좋겠구먼."

"지는 잘 모르지만 들었던 것은 있구먼유?"

"아무런 것이나 좋으니까 채표라는 것에 대해 알구 있는 것을 말해 보게나."

"구경을 한 적이 있는데유. 꿈을 꾼 것을 갖구 통표라는 것에 맞춰서 돈을 버는 놀이라우. 36문 중에서 하나를 고르지유."

벽에 걸려 있던 통표를 가리킨다.

"저게 바로 채표에 쓰는 것이구먼."

벽에 있던 통표를 내려서 차 주석에게 건네준다.

"맞구먼유. 꿈을 통표에 맞추면 거기에 있는 글씨 중에서 자기가 꾼 꿈이 있으면 그걸 골라서 복지라는 것에다 써서 돈을 걸면 통수가 걷어 가지유."

"통수라는 사람이 그 일을 한단 말인가?"

"야, 통수는 심부름만 해주구 구전을 받아 먹지유."

"꿈을 팔 때는 특별한 것이라두 있나?"

"그건 아니구유, 아무 꿈이나 꾸면 해몽을 혀서 해당허는 글씨를 찾아서 쓰지유."

"소 꿈을 꾸었다면 어떤 말을 쓰는가?"

"그건유, 소 꿈은 한운에 해당되지유."

"한운을 써서 돈 얼마에 걸면 그것이 꿈을 파는 것인가?"

"맞구먼유. 복지는 여러 사람이 쓰는 것이기 때문에 물주 입장에서는 남들이 쓰지 않은 것을 써야만 돈이 적게 나가지유."

"물주가 뭐하는 사람인디?"

"판돈을 걸구 사람들이 돈과 복지를 낸 것을 갖구서 자기가 쓴 것과 같은 복지가 있으면 타점장에서 뽑아서 서른 배를 태워 주는 사람이지유."

"아니 그람, 어떤 미친놈이 물주를 하겠어? 자선사업도 아닌 것 같은디."

"같은 꿈이 없으면 그 돈을 몽땅 물주 것이 되기두 허기 때문에 머리싸움이 이만 저만이 아니거든유. 타점장에 가보면 바람이 획획 부는 것을 느낄 수가 있슈."

"그람 자네두 타점장에 간 적이 있단 말인가?"

"그람유, 구경만 했구먼유."

"지금까지 채표는 몇 번이나 했는가?"

"들리는 소문에 의하면 수없이 했구먼유."

"아니 수없이 했다는 건가?"

"벌써 몇 달을 했구먼유. 하루에 두 번씩 타점을 허거든유."

"두 번 다 물주가 서른 배나 되는 돈을 태워 줬단 말인가?"

"그람유, 그 사람들은 한꺼번에 횡재를 했구먼유."

"아무것두 안 된 사람은 돈만 잃구 다음번을 기다리는 수밖에 없는 게 아닌가?"

"그건 맞는 말씀이구먼유. 꿈을 갖구 팔기 때문에 채표신이 좋은 꿈을 주지 않으면 만날 돈만 갖다 물주한테 바치는 꼴이 되는 셈이지유."

"투전처럼 거금을 잃거나 싸움질을 혀서 집안이 망하는 사람은 없었는가?"

"그런 일은 없구먼유. 있으려야 있을 수도 없지유. 큰돈을 걸구 하는 것두 아니구, 기껏해야 몇 원이나 몇 십 원 정도를 거는 것이 대부분 이거든유."

"채표를 많이 허는 사람은 누군가?"

"딱히 누구라구 말을 헐 수가 없구먼유. 어른부터 아이들까지 다 하구 있지유. 심지어 꿈을 꾸는 것이야 나이에 관계가 없듯이 누구든지 허는 게 채표구먼유."

"애들 꿈두 팔구 산단 말인가?"

"꿈이 뭐 애들 것과 어른 것이 틀리는가유? 꿈이야 다 같은 꿈인데유."

"참석을 자주 혀서 자세헌 것을 알아 가지구 알려 줘야 혀. 큰돈을 벌면 한턱을 내라구."

"단속허실 맴이 있나유?"

"내사 관내에서 일어나는 일이란 다 알어야 허잖어. 누가 살짝 알려 줬는디 말여. 채표에서 거금이 왔다 갔다 한다는 혀서 내삼 이참에 확인두 허구, 자네두 만날 겸해서 왔구먼. 큰 피해자가 없다면야 단속이 필요허겠는가? 누가 피해 신고를 허거나 진정서를 내면 몰라두. 안 그런가?"

"아직까지 큰돈을 만진 사람이나 크게 잃은 사람두 없구먼유."

191

"돈을 갖구 노는 거야 누가 뭐라겠나. 바늘 도둑이 소도둑 된다는 야기처럼 되는 게 문제지."

"지가 더 알아보구선 전갈을 헐게유."

"근디, 만날 꿈을 꾸는가? 난 며칠에 겨우 한두 번 꿀까 말까 허는디."

"꿈이야 지들이 꾸는 것이 아니구유, 채푠님이 주셔야 허는구먼유."

"체표라는 분은 용헌 힘을 갖구 있나?"

"다들 그러케 믿구서 별의별 정성들을 드리구 있구먼유."

"좋은 꿈을 달라구 특별한 거시기를 헌단 말이여?"

"야, 별의별 방법을 다 쓰구 있구먼유."

"허기사, 꿈이야 생각헌대로 나올 수도 있지. 이상허구만. 어째든 자세헌 걸 알아봐야겠구먼."

지서에 돌아온 차 주석은 이런저런 생각을 하고 있다. 아직은 큰 문제도 없고 그저 소일거리로 하는 놀이를 단속한다는 것이 모양새도 좋지 않고 반발을 살 수 있다. 다음 날 지서장에게 별다른 위험성이 없다는 보고를 하고 본인이 직접 해보고 싶다. 일종의 호기심이 발동한 것인지 아니면 돈에 대한 일종의 욕심인지는 모르지만 채표에 대한 강한 뭔가를 느껴지는 것은 돈 냄새를 맡은 것인지 알 수가 없다.

꿩먹구 알먹구

 오늘 눈만 뜨면 여전히 같은 질문을 하고 대답하는 시골 아침 밥상 주변은 긴장감마저 돌 정도로 꿈은 일상생활을 넘어 정신적인 압박감으로 느껴지고 있다. 어느 일이나 처음에 마음을 먹었던 것과는 달리 이상한 방향으로 돌아가는 채표에 대한 열기는 일종의 돈에 대한 집착과 본능이 겹쳐진 모습으로 나타나기 시작한다.

 노름도 마음의 응어리를 풀고 쉰다는 마음으로 다가설 때는 건전한 놀이지만 밤낮이 바뀌고 주색잡기와 생활의 주객이 전도될 때는 그 피해는 고스란히 스스로에게 돌아가고 나중에는 가족과 사회 전체로 퍼져 나가게 된다. 일종의 연쇄 반응이 시골 마을에도 만들어지는 것은 당연한 일인지도 모른다.

 새벽이면 눈을 뜨고 과연 어떤 꿈을 꾸었는지를 기억하기 위해 이부자리에서 뒤척이는 모습이 이집 저집에서 보이고 있다. 심지어 아이들까지 합세한 꿈 이야기는 밤이 깊도록 호롱불 밑에서 이어지는 모습은 채표가 만들어 낸 새로운 놀이 문화로 자리 잡고 있다.

 적막한 시골 마을이 꿈으로 바쁘고 즐겁게 살아가는 가운데 그 피해도 점점 고개를 들고 있으니 이 세상에 존재하는 모든 일이야 다 양면성이 있으니 당연한 현상일 것이다. 좋은 면이 있으면 언제나 나쁜 면이 있는 것은 마치 동전의 뒤쪽처럼 따라다니는 것이니, 채표야말로 거금이 오고가는 가운데 돈에 미치고 꿈에 미치고 때로는 허상에 미쳐서 그림자를 따라다니며 꿈을 꾸다가 꿈으로 사라지는 뜬구름을 잡으려고 발버둥을 치는 기나긴 겨울은 점점 깊어만 가고 있으니 꿈은 역시 좋은가 보다.

 "자넨 아무 생각을 허지말구 시키는 대루 혀봐."

 "그래두 주석님이 쓰셔야 허는구먼유."

 "아따. 무슨 놈에 고집이 황소 불알마냥 큰겨. 시키면 시킨 대루 헐 것이지."

"다른 건 몰라두유. 채표만큼은 지가 잘 아니께 그러는구먼유."
 "알았어. 돈이나 많이 물고 와. 다음엔 직접 걸어 볼까."
 차 주석은 돈 20원을 쥐어 주며 봉춘에 걸으라는 말을 한다. 봉춘을 고집하는 이유는 어제 겪었던 일에 대한 미련 때문이다. 민복은 차 주석이 이처럼 채표에 관심을 기울이는 것은 단속보다는 돈에 더 집착을 하는 것이라는 예감이 들자 다른 생각이 들기 시작한다.
 '젠장, 참깨들깨 다 노는디 아주까리라구 놀지 말라는 뱁이 있나? 차돌이 바람 들면 말여, 석돌보다 못헌 뱁이제. 찬밥 더운밥 가리게 되었나. 돈만 묵으면 되지'
 혼자 중얼거리며 창호지에 싼 20원을 꺼내어 입을 맞춘다.
 '으따매, 이놈에 돈이 뭣 땀시루 좋은겨. 금맥이 따루 없구먼. 땅속에서 캐는 것보다야 차 주석 돈을 갖구 어디 한번 캐볼까. 그려 머리를 써야 허는구먼. 그라믄 돈이 굴러들어오지.'
 돈을 들고 곧바로 타점장으로 달려간다. 이미 많은 사람들이 그곳에 몰려 있는 것을 보니 오늘 장도 큰돈이 걸릴 모양이다. 매일 두 번씩 열리는 타점장은 보통 백여 명이나 되는 인파로 북적되고 있다. 오직 투자한 돈으로 대산질을 해서 큰돈을 차지하기 위해 한곳으로 집중된 시선은 내리쬐는 햇빛처럼 강하게 서로를 비추고 있다.
 긴장되고 박진감이 넘치는 타점장은 말 그대로 투자한 돈으로 돈을 모으려는 증권이나 경마장이나 마찬가지로 숫자나 꿈에 온 신경을 곤두세우고 있다. 로또 복권을 맞추는 날이면 신문이나 인터넷을 뒤지며 자신이 쓴 숫자와 같은지 확인하는 일로 분주한 것과 너무도 같은 타점장의 열기는 차 주석에게는 너무도 신비한 것으로 보인다. 비록 정보를 얻고 노름인지 아닌지를 파악하기 위해 나타난 자신이지만 타점장에서 느낀 첫 소감은 마음을 흔들어 놓기 충분하다.
 민복이는 옆에서 채표에 대한 타점 장면을 보면서 이런저런 설명을 하고 있다. 정보원이지만 지금은 돈을 위해 잠시 마음이 통한 이들은 또 다른 대산을 꿈꾸는 자들로 변모하는 것은 어쩌면 당연한 일인지도 모른다. 눈앞에 돈이 보이고 잘만하면 거금이 들어오는 기회를 놓칠 수가 없다.

"성님유. 저 사람은 타점사이구 옆에 있는 남자는 계산사라는 분이구먼유. 그라구 뒷짐을 쥐구 복지를 바라보는 분이 지가 말혔던 물주인디 돈이 많구 배짱두 두둑허구먼유."

"자네가 말혔던 쌈지 속에 물주가 쓴 꿈 이름이 있단 말인가?"

"맞구먼유. 그 속에 써 있는 복지와 장부에 적힌 꿈이 같으면 고거시 바루 대산을 혀서 서른 배를 타가지유."

"그렇구먼. 물주 맴을 알믄 거금을 만질 수가 있겠구먼."

"사람들이 고것을 알려구 안달이구먼유. 별의별 정성을 다 드리구 물주가 허는 모든 일거수일투족을 졸졸 따라다니면서 복지를 쓰기두 허지유."

"알것구먼. 근디 저기에 서 있는 놈들은 누군겨?"

"아, 깃발을 들구 호루라기를 문 놈들말이지유?"

"한, 서너 명은 되 보이는디."

"망꾼이라는 놈들인디 건달들이구먼유. 순사가 나타나믄 깃발을 흔들구 호루라기를 불어서 내따 도맹을 치두룩 해주구 일당을 받어묵는 건달이유."

"오늘은 헛것을 짚었구먼."

"알면야, 발이 불나두룩 다 내빼지유. 누가 들으면 으쩔려구 허세유. 쉿!"

속삭이는 가운데 타점은 막바지를 향해 가고 있다. "개봉이유!"라는 말과 함께 물주가 써 온 쌈지가 열리면서 일대 환호성이 울린다. 누군가 대산을 해서가 아니라 모두가 축제에 참가하여 즐기는 일치된 마음을 표현한 것이다. 그만큼 타점장은 축제와 같은 장으로 바뀌고 있다는 증거다.

술을 마시거나 장사꾼들이 파는 음식을 먹으며 이야기를 하던 사람들까지 동작을 멈추고 일제히 물주를 쳐다보고 있다. 채표 타점의 마지막 장면은 보기 위해 모여든 사람들마다 숨을 죽이며 과연 어떤 꿈 이름이 걸릴 것인지 기다리는 시선은 연예인이 공연하는 장면에 빠져있는 듯하다.

"물주가 써 온 복지를 걸면 당첨된 사람이 누군지를 알 수 있는겨?"

"그러믄 대산질을 누가 혔고 뻐꾹은 누가 울었는지를 알 수 있구먼유."

"알겄구먼. 그러니께 물주 것을 미리 알려구 별 짓을 다 헌다 이 말이제."

"야. 맞구먼유. 이럴 땐 물주는 대통령이나 마찬가지루 인기가 있구먼유."

"그야, 돈 때문에 잠깐 눈이 떨어지라 보는 게지. 돈이 다 떨어지믄 개밥에 도토리 신세가 아닌가?"

"아직은 물주가 망혔다는 말은 못 들었구먼유."

"기다려봐 분명 물주가 망혀서 불알 두 쪽만 뎅그르 차고 있을 거구먼. 쫄딱 망허는 꼬락서니를 보믄 재미가 있을 거여."

"글쎄유. 그런 일은…."

"만약에 당첨된 복지가 많아 부리면 물주는 꼼짝을 못 허구 망헐 거구먼. 누가 그 돈을 다 감당혀. 속임수를 치지 않는다믄 망허는 물주가 있을 거구먼."

"지두 물주 좀 허구 싶은디 허지를 말어야겠네유."

"물주라구? 돈이나 따구서 그런 헛된 생각을 허거라."

"주석님두 참. 돈이야 언젠가 벌게 될 거구먼유. 주석님까지 있으니께 그러케 될 거라구 믿구먼유. 권총을 들이대구 들이닥치면야 저 돈이야 전부 주석님이 갖구 가실게 아닌가유?"

"그런 헛소리는 그만 허구 복지나 보자구."

물주가 개봉을 하자 창호지에 쓰인 글씨가 나타난다. 오늘 대산자는 없고 빼꾹한 복지는 세 장인 나왔다. 겨우 몇 원을 걸어서 서른 배를 보태 먹는 것만으로도 감지덕지할 형편이다. 물주 입장에서는 적은 돈만 주는 애기패만 나오면 큰돈을 손에 쥘 수가 있다. 들어온 돈은 많고 나가는 돈이 적다면 그 모든 것은 다 수입으로 들어간다.

언제나 문제는 그곳에 있으니 그것은 타점장에서 대산이 나오면 건 돈의 30배인 거금이 한꺼번에 빠져나가면 물주가 갖고 있는 자본금은 금방 바닥이 날 수밖에 없는 일이다. 그러다 보니 물주와 입산자는 먹고 먹히는 관계로 만들어질 수밖에 없다. 물주 입장에서는 통수들이 물고 오는 복지에 대한 사전 정보나 통계를 이용한 방법, 두 장을 준비하여 바꿔치기, 도망치기, 입으로 삼켜서 없애 버리는 일들이 벌어지는 것이다.

한 번에 논이 몇 십 마지기가 오고가는 타점장은 언제나 긴장감과 박진감, 때로는 살벌한 느낌마저 들 정도로 재미와 먹는 일, 노는 일, 각양각색의 사연들이 벌어지는 곳이다.

차 주석은 몇 번에 걸쳐 타점하는 광경을 관심 있게 살펴보고 있다. 또한 주변 사람들에게 이런저런 이야기를 듣다보니 나름대로의 꿈에 대한 일가견이 생겼다. 돈맛을 알게 되면 돈 노예가 된다는 사실은 동서고금을 막론하고 항상 있어 온 일이다.

"민복이 자네는 내일 타점장에서 자통을 넣으라구. 알았는가?"

"주석님은 으떡허시구유?"

"난 말이여. 정보를 얻어야 허니께 내 이름으루 원귀에 30원을 걸으라구. 알겠는가?"

"알았구먼유. 이젠 척척 꿈 이름까지 대시는 걸 보믄 채표를 훤히 보시나 봐유?"

"이 사람이. 서당 개 삼 년이면 풍월을 읊고 식당 개 삼 년이면 국수두 삶는 다는 말을 모르는가? 내사 정보두 좋지만 돈두 벌믄서 허면야 꿩 먹구 알두 먹는 것이제. 진작 알었더라믄 한 손에 쥘 수가 있었을 텐디. 근디 채푠님이 나헌테까지 좋은 꿈을 주실 요량이 신지 알 수가 없구먼. 근디 꿈을 살라믄 돈을 줘야 허는가?"

"파는 사람 맴이구먼유. 꿈두 잠에서 깨자마자 침을 뱉거나 이야기를 허면 그 꿈이 없어진다구 허던데유. 그러니께 꿈을 살라믄 아침 일찍 사셔야만 된다구 들었슈."

"옆 마을에선 지붕 위에다가 호박을 썰어서 널어놨는디 글쎄 그중에서 딱 두 개가 꼬부리지구 나머지는 햇빛에 퍼졌다구 혀서 통표에서 2에 해당허는 꿈을 써서 대산을 혔다는구먼."

"앵간이들 혀야지 하두 좋은 꿈을 달라구 채푠님헌티 빌어대니 채푠님 귀가 열 개라두 모자랄 거구먼유. 배라 밸 것들을 쓰는지 원."

"뭐 꿈 달라구 빌어 봤자, 돈이 들어가는 것두 아닌데 뭘 그러나."

"허긴 정성을 헌 분들이 대산을 차지허더구먼유."

"정성이면 하늘두 감복을 허시는 거여. 나두 뭔가를 혀야겠는디."

"주석님유. 전 번에 길마제를 갔다가 오는디 지나가는 사람이 그러더라구유."

"뭘? 꿈을 꾼 것 말인가?"

"지두 깜짝 놀랐구먼유. 세상에 그런 정성두 있나유?"

"뭔디? 무슨 정성을 들였다는 건가?"

"천장에다 글씨를 쓴 종이를 붙여 놓구선 파리가 가장 많이 똥을 싸는 것을 골라서 대산질을 혔다는 말을 들었구먼유."

"그게 무슨 정성인가? 누구나 헐 수 있는 것인디."

"뽑은 종이를 불에 태워서 마셨대유."

"그건 아무것두 아니구먼. 길상사를 가다가 보니깐 어떤 여인이 나무에 올라가서 무슨 종이를 날리더라구. 그래서 보니깐 숫자를 쓴 36문이더구먼"

"그래서유?"

"비슷헌 방법으루 고르더구먼. 가장 멀리 날아간 것과 적게 날아간 두 가지 숫자에다 걸어서 재미를 봤다는구먼."

"어떤 아이는 일산이 장대라는 것을 알았는지 높은 나무 꼭대기를 올라가서 꿈에 나타 나라구 주문을 외우다가 그만 떨어져 죽었다는 말두 있더구먼. 하여튼 돈을 버는 꿈을 꾸는 건 아무나 허는 게 아닌가봐."

차 주석은 점점 채표에 대해 아는 것이 많으면 많을수록 재미가 있고 매력이 있다는 생각이 들자 정보를 얻는다는 핑계로 타점장에 자주 나타난다. 또한 가끔 애기패를 하여 술과 여자를 가까이 하기도 하다.

"이봐. 돈을 줄 테니까 한 두 달만 기둥서방을 허자구. 알았제."

"주석님두 원. 돈만 준다면야 지가 마다허겠슈."

"니년두 꿩 먹구 알 먹을라구 허지? 다들 눈이 삐었구먼. 허긴 공짜가 어딧어."

"좋아. 30원을 주면 되것는가? 30원이면 쌀이 두 가마인디."

"지가 으디서 뼈 빠지게 일혀두 그 돈을 만지겠나유."

"재미두 보구 돈두 벌구 지집들은 타고난 몸뚱이 하나문 밥 먹는 건 문제가 없제."

"누가 나더러 돈을 줄 테니까 씹 좀 혀자구 허는 년들은 없나."

"치이. 미친년이나 그라지라우. 멀쩡헌 년이 아무 남정네헌티 거시기를 달라구 허겠슈?"

"웃기지 마. 거시기 맛을 제대루 알믄야 안 그러제. 그 맛이 으떤지나 아나?"

"지야 잘 아는구먼유. 구름 타구 떠다니는 짜릿헌 맛을 그 무엇에다 비교허겠슈? 세상에서 그런 맛을 주는 건 거시기뿐이지라우."

"아따매, 누가 들으면 썹도사같이 들리겠구먼. 고런 명기를 놔 두면 녹이 슬제. 이런 말을 이해 못 허면야 명문 집어 묵구선 휴지통만 깔기구 있는 것과 같구먼. 알아야 면장을 허지."

"그랑께 뭐든지 해봐야 최고지유. 한강 배에 으떤 놈들이 올라탄다구 혀서 무슨 표시가 나겠슈? 내사 만족만 시켜 준다면야 돈이구 나발이구 안 받지라우. 고거시 돈허구 바꿀 수 있당가."

"하늘허구 땅허구 맞붙어서 맷돌질을 허면서 지르는 소릴 들어봐. 군불에 불을 때며 떡 치다가 꼬꾸라지는 꼴을 볼 테여?"

"증말이유? 물 나는 아궁이를 데워 준다는디 그놈에 용두질에 으디 한번 기절을 해봤으면 좋겠슈."

"기다려 봐. 배꼽을 맞추는 일이야 맴이 최고로 중요허구먼. 맴이 안 맞으면야 밤새 방아를 찧어두 가루는 안 만들어지제. 거시기는 맴이 맞구 궁합이 딱 맞어야 뽕을 따제."

"과부년 똥넉가래 내밀 듯이 융통성두 없이 대들면야 고거시 더 맛이 있잖슈?"

"고런 말일랑 허지를 마랑께. 고기두 묵어 본 놈이 더 잘 묵는다구 혔잖은가? 계집질을 왜 허는지 아는가?"

"그야, 고기 맛이 다 다르니께 허는 짓거리가 아닌가유? 허긴 남정네 고기방망이두 맛이 다 틀리던디."

"머시기 소리를. 공알두 위, 아래루 달렸거나 조가비가 고기방망이를 무는 맛이 다 다르당게. 으떤 조개는 꼭꼭 물어서 죽여주는 것두 있지만 순두부매냥 풀어져 물만 나오는 공알은 다시는 넣구 싶지가 않제. 조개만 달구 나오면 다 조갠지 알어?"

"그라믄 가죽거시기는 으떡구유? 쬐금만 혀서 헐떡거리다가 내려오면 밑에 깔린 조갑지는 으떤지 아세유? 인제 맛을 좀 느끼구 몸땡이가 뜨거워질라구 허면 숨을 몰아쉬구 식은땀을 흘리는 거시기는 있으나마나지유."

"고거야 힘이 약혀서 그런 거지. 조상 탓을 혀야지 별수가 있는가."

"그러니께 힘센 남정네 고깃맛을 맛보믄 오금이 저리구 사족을 못 쓰지라우. 물론 남정네 사정을 봐주다가 갈보가 되는 건 다르지먼유."

"허긴 가끔 샛밥 묵는 게 을마나 맛이 끝내 주는디. 날름날름 샛밥을 주워 묵는 색골이라문 혼자 천장만 뱅그르르 쳐다보구 밤을 새우지를 못 허제. 샛서방 하나쯤은 있어야만 몸이 풀어지제. 안 그런가?"

"하여튼 간에 씹에 대해선 많이 허는 게 좋지라우. 돈 안들이구 재미를 보는 건디."

"오늘부턴 내 거시기 공알이지? 우린 돈두 벌구 재미두 보는 거시기를 만들어야제."

"그랍시다. 까짓것 한 강에 배 지나가는 꼴인디."

"배두 배 나름 이제. 쪽닥밴지 잠수함인지, 항공모함인가는 맛을 보믄 알제."

"배라 밸 배들이 지나가두 다 물총을 쏠 때는 같더구먼유."

"으디 한번 테이프를 끊어 볼꺼나."

그들은 몸을 섞으며 채표에서 돈을 벌기 위한 계획을 짜고 있다. 여자라는 매력을 이용하여 물주를 삶는다는 생각은 어쩌면 그녀에게는 또 다른 맛을 찾아 나서는 길인지도 모른다. 물론 돈도 벌고 기둥서방인 차 주석을 위해 이중적으로 다가서는 것은 나름대로의 속셈이 있기 때문이다.

과부인 그녀는 남의 눈길을 피하여 물주와 약속한 산으로 올라간다. 아무도 보이지 않는 바위틈에서 둘은 만나기로 한 것이다. 오늘따라 가쁜 숨을 몰아쉬며 올라가는 바위는 예전과 달리 전혀 힘이 들지 않는다. 기분이 좋아진 것인지 아니면 거시기를 상상하면서 밤새 꿈을 꾸던 일로 축축해진 탓인지 걷기가 약간 불편하다. 축축한 아랫도리는 무엇이든지 받을 수 있는 준비가 된 것인지 움직이는 뭔가를 느끼고 있다.

벌써 기다리는 물주는 거시기를 붙잡고 주무르며 가죽방망이 담금질을 하고 있다. 금방이라도 터질 것만 같은 미사일은 목표물을 향해 그 냄새를 맡은 것일까.

의도적으로 접근하여 물주로부터 정보를 얻어내려는 그녀는 세 가지를 동시에 얻기 위한 나름대로의 노력을 하고 있다. 하나는 정보요, 둘은 기둥서방의 부탁이고 셋은 재미를 보는 일이다. 물론 돈이 첫째지만 여러 남정네 품 안을 맴돌며 즐기는 짜릿한 맛을 더 좋아하기에 들어가고 있다.

바위 사이로 만들어진 공간은 두 사람이 눕기에 불편했지만 아무것도 보이지 않는 요새이다.

"얼른 와. 을마나 기다렸는디."

팔을 벌려 힘겹게 올라오는 그녀를 안는다. 부르르 떨리는 그녀의 살을 만지며 가쁜 숨을 몰아쉬는 과부댁은 어느새 신음 소리를 내기 시작한다. 뒤로 젖혀진 허리를 잡고 혀로 애무를 하는 입김에 점점 녹아 내리는 뜨거운 살맛은 드디어 젖꼭지를 빨며 위아래로 핥아 주는 가운데 아랫도리를 꽉 조이며 어쩔 줄 모르는 그녀의 몸.

밤새 잠도 못 자고 상상의 화면만 생각하다가 이렇게 살맛을 느껴보지만 어느새 밑은 흘러내리는 분비물로 축축해진 속옷을 느끼며 몽롱해진 느낌은 밑으로 밑으로 내려가다가 다시 위로 올라가는 몽롱한 기분이 반복되고 있다.

한참을 서서 만지던 물주는 솔잎을 깔아놓은 곳으로 데리고 간다. 푹신해진 솔잎 침대는 향긋한 냄새가 여인의 향수와 섞여 분위기를 더욱 고조시킨다.

"너무 좋아유. 응. 그지유."

"나두 같구먼. 이 쫄깃한 맛을 진장 주지."

"우리가 더 빨리 만났으믄 끝내줄 텐디. 그래두 좋구먼. 이런 여인을 품다니."

"지두 가슴이 터질 것만 같아유. 물주님 살맛이 을마나 그리웠는지 밤새 잠 한숨두 못 잤구먼유. 물주님 생각만 허면서 전 번에 절 품어 주셨던 생각이 을마나 나던지. 혼났슈."

"내삼 맘만 맞으면 끝내 주지. 오늘은 그때보다 몇 탕을 더 허자구. 아무두 없는디 뭘."

어느새 폭포는 큰 소리를 지르며 아래로 아래로 물은 없지만 소리만 지른다. 정신을 잃은 가운데 한 마리 새처럼 산위를 훨훨 날아다니며 내려오는 그녀, 그러다가 다시 올라가면서 지르는 신음 소리와 함께 부르르 떠는 그녀는 마치 굶주린 허기를 끝없이 채우려고 몸부림을 차고 있다.

차 주석은 저 멀리서 망원경으로 알몸으로 레슬링을 하는 두 사람을 계속 관찰하고 있다. 햇살에 비친 알몸은 또 다른 해처럼 보이며 자신도 모르게 짜릿함을 느끼며 긴 한숨을 쉰다. 물론 자신이 시켜서 한 정사일지라도 몸을 섞는 사이인 여인이 다른 남정네와 산속에서 뒹굴며 벌어지고 있는 모습을 바라보는 심정이야 뻔한 일이다. 일종의 질투심을 넘어서 관능적인 쾌감을 느끼며 즐기는 그에게는 색다른 맛을 느끼고 있다.

너무도 아름답게 느껴지는 하얀색 피부, 벌거벗은 여인의 풍만한 육체, 흔들거리는 유방의 매력, 산의 계곡처럼 깊고도 신비스러운 그곳까지 곡선미와 부드러움의 상징은, 아니 이 세상에서 가장 아름답다는 여체는 참으로 자연과 어울리는 그림이라는 생각을 한다.

연속적으로 움직이는 합동은 모든 겉치레와 위선을 건너뛰어 넘을 수 있는 힘이다. 오직 음양만이 가져다 줄 수 있는 선물이며 실오라기 하나 걸치지 않은 모습이 더 자연스럽게 비춰지는 아름다운 광경에 넋을 잃고 바라보는 차 주석은 어느새 불끈 솟아오른 거시기를 잡고 몸부림을 치고 있으니 남정네의 관능미에 빠지는 단면을 보는 것 같다.

"물주님유. 딱 한 번만 알려 주세유. 이년이 묵구 살어야 몸을 자주 줄 수 있구먼유? 지난번에두 쪼깨 날려 준 덕분에 애기패를 혀서 잘 묵구 있구먼유. 고마워유."

"꼭, 그것만 끝나믄 묻는 게 물주 거시기구먼. 내사 다 알려주쀠리믄 내사 남는 게 무시기가 있겠는가? 반 만 알려 줄 거구먼. 나머진 알어서 허드라구. 자, 그건 그렇구 거시기가 또 스는디 한 번 더 붙자구."

"대근허지두 않아유? 벌써 몇 탕을 했는디 또 서유. 물주님 거시기는 말 그대루 일산이구먼유. 얼릴허구 허리가 빽적지끈헌디유. 그람 나머지두 알려 줄 건가유?"

"어지간히 보채는구먼. 거시기 값은 단단히 혀줄 게 얼른 와 보더라구."

억지로 품에 안기는 듯 한 표정을 하며 마치 삐친 여인처럼 계속 거부감을 줄이며 다가서는 그녀에게 물주는 마지막 힘을 쏟고 있으니 대체 몇 번을 더 해야만 만족을 할 수 있단 말인가. 여전히 단 하나의 모습도 놓치지 않고 즐기는 차 주석은 물주의 거시기에 스스로 놀란다.

겨우 물주로부터 몸을 팔아 얻어낸 정보는 차 주석에게 가고 둘은 오후 타점에서 만난다.

"자통을 헐려구유?"

"오늘 물주는 봉춘을 낸다구 혔는디. 맴이 바뀔 수도 있구먼유."

"허긴, 아무리 색을 써서 겨우 알아냈다 혀두 결국은 물주 맴이지. 잊어버릴 수도 있구."

"그러니께 주석님은유, 봉춘허구 일산에 다 써봐유. 지두 감으루 쓸게유."

"아니구먼. 눈치를 보구 제일 늦게 쓰자구. 옆으로 가서 물주헌티 눈짓을 혀봐. 무슨 신호가 있겠지. 딴 사람두 아니구 그러케 뒹군 사인디."

"알았구먼유. 지가 옆으로 갈 테니까 여차허면 바꾸세유."
"시간이 없으니께 서둘러야 허것구먼. 계산사가 돌아다니는 걸 보믄 곧 끝날 모양인디."
"후딱 댕겨 올게유. 바꿔치기두 조심혀야 해유."

바꿔치기란 물주가 두 장을 준비하여 불리하다 싶으면 다른 복지로 바꿔치기를 하여 위기를 모면하는 수법을 말한다. 마술을 하는 사람처럼 손놀림이 빠르고 물주와 짜고 하는 타점사나 계산사를 감시해야만 겨우 발견할 수 있는 수법이다.

옆에서 일부러 물주와 눈을 마주치려고 애를 써보지만 북적대는 인파 속에서 쉽게 기회가 오지 않는다.

"아이구 배야."

하며 이미를 만지자 물주는 눈치를 챘는지 큰소리로 말한다.

"그려. 그려. 그거구먼."

아픈 척을 한 덕분에 타점은 잠시 중단되고 말았다. 차 주석 옆으로 온 그녀는 슬그머니 이마를 만지며 땀을 닦는 시늉을 낸다. 이마는 통표에서 광명에 해당하는 곳으로 오늘 물주는 광명과 일산을 준비했으나 일산이라는 타점사의 읊조리는 소리가 유난히도 많이 들리는 것을 알고 바꿔치기를 할 생각을 하고 있다.

결국 차 주석은 일산과 광명을 두 장씩 써서 자통을 냈다. 타점사가 읽으면서 계산사에게 접수를 하면 인정을 받을 수 있기 때문에 그들은 광명에서 거금을 벌었다. 결국 과부댁과 물주, 차 주석은 다 함께 몇 가지씩을 동시에 얻는 하루였다. 두 남자는 같은 구멍동서로 다시 만나는 일만 없다면 얼마나 웃기는 세상인지.

진천댁과 대산질

만석은 물주를 하면서 다양한 사람들과 만나며 많은 것을 배우고 느끼는 채표 놀이가 너무도 마음에 쏙 들어서인지 많은 물주를 만들고 부러움을 사는 사람으로 알려져 있다. 남보다는 특별한 방법으로 사람들을 모으고 타점장은 항상 만원으로 거금이 왔다가는 큰 판이라면 당연히 만석이라는 공식이 만들어질 정도이니 돈을 벌려면 그 사람 밑에서 일해야 된다는 소문이 퍼지고 있다.

"성님 지두 한번 물주를 허구 싶은디."

"아무나 물주를 허는 게 아니구먼. 끼두 있구 눈치랑 돈이 많아야 혀."

"그람 끼랑 눈치허면 바루 지가 아닌겨?"

"니놈 눈치허면 뱁새 눈깔처럼 빠른 걸 누가 모른당가. 허긴 눈치코치 바닥을 드러내면야 아무 일두 못 허지. 눈이 뻘겋게 달려들려구 그러제. 남이 안 되믄 빈정거리는 쌤통이나 까구말여. 싸가지가 바가진디 거기다 물주를 헌다구? 지나가는 개새끼가 웃겠다."

"싸가지야 지가 만들면 되지라우. 지금까진 싸가지가 쉬파리 거시기만두 못 혔지만 서두 성님을 모시믄 싸가지가 누렇게는 안 헐 거구만유. 절 믿어 주시구 물주루 추천 좀 해주세유."

"니놈이 말허는 건 팥루 메주를 쑨다구 혀두 안 믿을 거구먼. 얼른 가봐."

석구는 먹다가 남은 시룻번갈이같이 축 처진 모습으로 집에 돌아온다. 머저리 같은 말을 들으면서까지 머슴으로 일하며 돈을 모았지만 돈에 대한 욕심은 끝이 없다.

"그려. 으면 일이 있더래두 돈을 벌구 말겠어. 임자가 좀 도와줘."

"무슨 수로 돈을 벌어유? 있는 걸 잘 묵구 살믄 되잖어유."

"그러니께 만날 요 모양 이 꼴이제. 뭔가를 혀야 혀. 이런 기회는 오질 않을 거구먼."

"시대가 항상 요로케 혼란허구 이상헌 짓을 혀두 모른 채 허는 세상은 을마 안 남었으니께 당신이 잘허는 요분질을 써봐."

"애그, 무슨 소릴 고라케 헌대유? 아무리 당신이 만날 나더러 요분질의 여왕이니 감탕질을 잘 허는 여편네라는 말루 색정을 말해두 줄 게 따루 있구먼."

"일편단심을 잘 아는구먼. 연애 한번 헌다구 생각혀구 눈을 딱 감으면 좋잖어?"

"그놈에 용두끼는 만날 헤벌려지는 갈보들매냥 벌리구 있으란 말이라우?"

"아니구먼. 내사 인정을 헐 테니께 몇 번만 재미를 보구 오라구. 용두심 좋은 물주를 만나믄 더 좋제. 창피헌 일은 아니구먼. 돈을 많이 벌믄 서울로 올라가서 신나게 쓰면서 살자구."

"당신은 여편네 공알을 빌려서 돈을 벌믄 으디에 쓸라구 그러시유? 또 기집질 헐라구 돈을 벌라구 허는 건 아니 지라우."

"그거야. 피가 거꾸로 올라가는 젊었을 적에 재미를 본 것인디 잊어버려. 근디 여자는 그런 맴이 안 생기는가?"

"미쳤쓔? 맴이 통혀야 문을 여는 게 여잔디 하여튼 가죽방망이는 알다가두 모르겠구먼."

"그람 몸을 파는 여잔 으떤 건디?"

"내가 알아유. 가서 물어보시유. 수많은 갈보들을 들락거린 양반이 그걸 모른다니 원. 여자만 보믄 세워서 밀어 넣구 싶은 거유?"

"아니구먼. 남자두 다 좋아허는 맴이 있어야 되는구먼."

"웃기는 소릴 허지 말아유. 지나가는 여자만 보믄 침을 질질 흘리는 걸 보믄 아니구먼. 절대루 아니여. 당신을 보믄 남자란 다 동물이여. 거시기가 그리두 좋아유?"

"좋지. 좋으니께 문제가 생기는 게 아닌가. 그건 그렇구 눈을 딱 감구 한번 해보자구."

"몰라유. 으떠케 서방질을 헌대유. 돈두 좋지만 서두 남들이 알믄 무슨 챙피랑가."

"물주만 꼬셔서 돈을 챙기믄야 창피허구 바꿀 수가 있는가?"

"잘 생각해 볼게유. 이거 원. 창피혀서 못 살겠구먼. 씹장사를 하라는 남편이 없나, 참."

"장사가 아니라 물주를 녹여서 대산질을 허자는 거구먼. 그놈에 대산질이 을마나 어려운지 자네는 잘 알잖여."

아무리 생각을 해도 마음으로 받아들여질 수 없는 남편의 제안에 황당하다는 생각이

205

들지만 시간이 지나면서 집요하게 요구하는 바람에 점점 흔들리기 시작한다.

'까짓것 눈 딱 감구서 몇 번만 재미를 본다구 생각허면 될 틴디. 그래두 소중헌 거시기를 아무 남정네헌티 준다는 건 있을 수 없는 일이제. 아니여, 남편이 원허는 것을 해주는디. 거기가 스스로 허락헌 일이니까 무슨 일이야. 그래두. 그려 그거시 돈을 버는 일이구 남편이 허락헌 일이믄 괜찮을 석두 같은디. 허지만 다른 사람들이 알게 되믄 큰일인디. 허긴 몰래 헌다구 누가 알겠나. 까짓것 며칠 꿈을 꾼다구 생각허면 되는 일이랑께'

빚을 갚기 위해 백방으로 뛰어보지만 쪼들리는 형편이 나아질 길은 보이질 않으니 차라리 몸이라도 팔아서 돈을 버는 것이 나을 것이라는 생각을 안 해본 것은 아니다. 사실 금광 일 때문에 며칠씩 집을 비울 때면 독방에서 혼자 천장에 집만 짓다가 새벽에야 겨우 눈을 붙이는 일이 얼마나 많았던가. 그때마다 차라리 슬그머니 어디에 가서 몸을 팔던지 아니면 보따리장수를 해서라도 빚을 갚고 싶다는 마음을 먹기도 했으나 어디 그게 쉬운 일인가.

집을 비운다는 일도 그렇고 아이들과 딸린 식구들을 누가 먹여 살리며 살림은 누가 해주고 앞이 난감할 뿐이다. 이런저런 잡념이 떠오를 때마다 원망스런 것은 남편이 돈을 별로 벌지 못하는 것이다. 시집을 오면 호강하게 해준다는 거짓말이야 어느 여인이든지 다 속으면서 아니 알면서도 넘어가는 것이 진리인데 그래도 허구한 날 채표만 한다구 해서 들어오는 소득은 별로고 대산을 하려 해도 채표신이 줄 리도 만무한 일이다.

답답한 심정으로 하루하루를 살아가는 가운데 옆 마을에서 대산을 하고 서울로 야밤에 이사를 갔다는 말을 듣고 일종의 희망을 갖기 시작한다. 어떤 이유인지는 모르지만 거금을 손에 쥐었다면 다른 곳으로 이사를 가는 편이 훨씬 안전하게 돈을 보관할 수 있는 최선의 길이다. 괜히 갖고 있는 돈을 다시 투기하다가 잃거나 아니면 도둑놈들이 들끓고 사기를 당하거나 친척들로부터 시달리는 일까지 헤아릴 수 없는 어려움을 단숨에 뛰어넘는 전략은 바로 36개 줄행랑임을 증명하는 일이다.

'그려. 맴을 단단히 묵구 어디 한번 대들어 볼까. 사실 재미두 보구 돈두 벌면야 내사 좋은 일이제. 남편이야 허라구 강요한 일인디 다음에 뭐라구는 안 하겠지. 이 낯짝에 잘 빠진 이 몸매면 으떤 놈이 날 싫다구 허겠어. 거기다 색을 쓰는 일이야 둘째가라 허믄 서

럽지. 내 맛을 한 번 보믄 사족을 못 쓰는 남편인디. 그랗게 밑구녁만 잘 쓰구 화장만 잘 허면 되겠제.'

혼자 중얼거리며 거울 앞에 앉아 화장을 하기 시작한다. 지웠다가 다시 하는 진천댁은 묘한 미소를 머금고 화장 연습을 계속한다. 스스로 생각해도 웃기는 일은 어쩐지 가슴이 설레고 마치 첫 남자를 만나는 기분처럼 들뜨고 있다는 것이 너무도 이상하다. 과연 내가 그런 일을 오히려 바라고 있는 것인지 아니면 은근히 더 원하는 일인지는 모르지만 다른 남정네 품에 안기고 몸을 섞으며 교태를 부리는 상상을 하자 자신도 모르게 아래에 힘이 주어지고 축축해지는 기분이다.

어느새 몸이 다른 남자의 거시기를 원하고 있는 것일까. 나중에 생길 거금을 생각하자 기분이 은근히 좋아져서 스스로 꿈틀거리는 것일까. 여전히 물주를 꼬여서 돈을 번 다음에 서울로 야반도주를 하자는 남편의 제안은 집요하게 계속된다. 심지어 관계를 하는 중에도 그런 말을 하는 것을 보면 나름대로 생각을 많이 한 것은 틀림이 없는데 아직은 그럴 마음의 준비가 덜 되어 있다.

누가 뭐라 해도 내 남편만을 위해 어릴 적부터 잘 보관하고 준비한 거시기를 다른 남자한테 돈을 받고 준다는 것은 양심상 있을 수 없다는 생각도 들고 한편으로는 빚을 갚고 서울에 가서 방앗간이라도 하든지 아니면 쌀 전을 열어서 돈을 벌어 땅땅거리며 산다면 누가 과거를 알겠는가?

"민지 엄마! 당신 인제 맴을 정혔는가? 빚쟁이들이 하루가 멀다 하고 찾아오는 통에 죽것구만. 살맛이 나야 일을 허던지 이사를 가던지 헐게 아닌가? 우리가 헤쳐 나갈 길을 말여, 그 길밖에는 없구먼. 눈 딱 감구 당신이 한 건을 혀봐. 막말루 누가 알겠어? 씹장사를 혀서 돈을 갖구 서울에서 잘살믄 그게 최고제. 힘들겠지만서두 후딱 결정혀. 내두 괴롭구먼. 내 마누라를 남헌티 잠깐 빌려 주는 맴이 으디 편허겠는가? 허긴 에스키모 인들은 손님이 오믄 반갑다는 표시루 손님을 접대헌답시구 허면서 각시를 다른 남정네헌티 하룻밤을 빌려 준다는 야기두 있더구먼."

"그게 정말이라우? 그람 에스키모 놈인지 죽일 놈들은 틈만 나믄 놀러 다녀야 허겠슈. 그래야 이년 저년 맛을 보구 다닐게 아닌가유? 당신이 거기서 살믄 딱 좋겠는디. 거시기를 을마나 좋아허는 양반인지 원. 허긴 그 덕분에 내가 명기가 되었지만서두."

"우리야 찰떡궁합이제. 당신 맛을 보믄 떨어질 놈이 없을 거구먼. 쫀득쫀득헌 조개 맛에다가 꽉꽉 물어대는 맛으로 흔건헌 물이 줄줄 나오는 거시기를 알믄 큰일이제."

"당신은 이상허게 대낮부터 그런 야기를 헌대유. 거시기가 이상허지게유."

"그람 한 번 하자구 낮거리두 좋잖여. 훤헌 방안에서 한딱거리 허면 기분두 좋구 일도 잘헐 거구먼. 애들두 다 핵교에 갔는디 눈치 볼게 뭐가 있당가."

말 몇 마디에 이부자리가 깔리면서 질펀하게 한판을 벌리려고 일어난다. 언제나 일을 마칠 때마다 느껴 보는 행복한 이 맛을 영원히 간직하고 싶은 욕망이 깊어지면서 남편에 대한 정이 더 깊이 든다. 이부자리 친구를 배신하는 일이지만 친구가 원하고 돈을 벌어야만 빚을 갚을 수밖에 없는 처지를 생각하자 눈물이 핑 돈다.

품에 안겨 흐르는 눈물을 남편은 눈치를 못 채고 그저 코를 골며 잠에 빠져 있다. 잠을 깨우지 않기 위해 슬그머니 옷을 입고 일어나 남편 얼굴을 물끄러미 바라보던 그녀는 왈칵 눈물이 흐르자 흐느끼며 문을 열고 나온다. 한없이 서럽다는 생각이 들면서 한편으로는 운명으로 생각하는 것이 낫다는 위안을 스스로 하면서 멍하니 부엌에서 고구마를 찌고 있다.

얼마 전에 이곳으로 이사를 한 청주댁이 찾아와 부엌으로 들어온다.

"아줌니유. 냄새가 고구마를 찌시나 봐유. 맛있게 나네유."

"후딱 와. 심심혀서 고구마를 찌는구먼. 기다렸다가 먹구 가."

"근디 아저씨는?"

"응, 곯아떨어졌구먼. 엊저녁에 투전을 허다가 새벽에 들어오셨구먼. 남정네들이야 즈그들 맴대루 허니께 을마나 좋을까. 살만혀?"

"야. 마을 분들이 잘혀 주시는디 안 좋을 게 뭐가 있겠슈. 근디 채표 땜시루 다들 난린디 저두 고시기를 좀 혀볼까 혀서 물어보려구 왔구먼유. 알려 주시믄 고맙구유."

"청주댁두 채표를 혀서 돈을 만져 보려구? 그려. 대산만 헌다면야 부자가 되는 건 시간문제지. 잘혀 봐. 별루 어려운 건 아니지만 서두 채폰님헌티 좋은 꿈을 달라구 정성을 혀야만 되제. 다들 미친 것을 봐. 눈만 뜨믄 꿈을 사구 팔구 하여튼 마을마다 꿈으루 미친 거여. 미쳤지."

"전 그리 생각을 안 허는구만유. 정당허게 돈을 같이 걸어서 버는디 그게 미친 거라구 생각을 안 허는구먼유. 돈두 벌구 재미두 있구 그러잖아유?"

"생각허기 나름이제. 좋은 방향으루 나가면 되는디 채표를 혀서 돈을 번 사람보단 잃었다는 이야기가 훨씬 더 많구먼."

"그거야 지가 보기론 입에서 나온 일이라구 생각혀유. 잃으면 더 크게 소문을 내구 벌믄 슬그머니 구렁이 담 넘어가듯이 꾸불쳐 놓는 게 인심이잖슈."

"듣구 보니께 그렇구먼. 돈을 벌믄 서울로 도망치는 사람두 있었지. 돈이 많거나 있다는 소문만 났다 허면 그 담부턴 벌 떼처럼 몰려들지. 마치 맡겨놓은 내 돈을 내놓으라는 식으로 말이여."

"채표를 허시는 걸 보믄유, 부럽기두 허구 꼭 해보구 싶구먼유."

"농사일 끝나구 마땅히 헐 일두 없는 판에 채표 놀이가 우릴 구해 준거여. 그리구 채표 땜시루 식구들끼리 야기두 나누구 얼굴을 대허는 일이 많아졌제. 시어머니랑 은제 무슨 일이나 헐 수가 있었는가. 시방은 시아버지, 시어머니, 삼촌, 고모까지 다 모여서 꿈을 말허구 돈을 걸어서 팔구 사는 일들이 을마나 많은디. 참으루 대단헌 일이구먼."

 사실 채표는 남녀노소와 계층, 빈부, 신분의 벽을 넘어서도록 도와주었고 대대로 내려온 갈등의 골도 상당부분 매워 주는 역할을 했다는 점은 당시 분위기로선 놀라운 일이 아닐 수 없다.

 고부간의 갈등이야 어느 누구도 해결할 수 없는 일처럼 보였지만 채표는 그런 벽까지도 허물고 돈과 꿈이라는 공통분모로 인하여 가까워지고 있다. 문맹을 퇴치시키는 데 일조한 일과 가족 구성원끼리 갖는 보이지 않는 갈등의 벽을 넘어선 채표는 점점 뜨거워지고 넓게 퍼지고 있다.

 순사들의 감시도 한층 심해지면서 쫓고 도망치는 타점장은 망꾼을 등장시키면서 아니 뇌물과 상납이라는 새로운 고리를 만드는 일까지 생기고 있다. 관이라는 힘을 이용하여 부정축재를 하는 순사들을 비롯한 면서기들까지 사사건건 시비를 걸고 늘어지는 일이 이곳저곳에서 보이기 시작한다. 단속은 뒷전이고 돈을 빼앗고 노름이라는 핑계로 지서로 잡아가는 경우까지 생겼다.

"생각혔던 대루 옥녀구먼. 찰거머리처럼 달려드는디 혼이 났구먼. 나두 밤일 허면 남들보단 힘깨나 쓴다구 큰 소릴 쳤던 것이 창피허구먼."

"남자가 아무리 쎄두 여잘 으떠케 이긴당가? 몇 명을 데리구 살두 다 받아 줄 수 있는 게 여자라는디. 들어봤는가?"

"뭘 말여?"

"태국에 있는 으떤 놈들은 말여. 여자 혼자서 남편을 여섯까지 데리고 산다는 거여."

"증말인여? 거기루 이사를 가야겠구먼. 남자들이 못 풀어서 으떡 헌다아."

"밤이믄 여자가 맘에 드는 남편을 손가락으루 가리키면 그날 밤은 합방을 헌다는구먼. 그러니께 돌아가믄서 따 먹는다 이 말이제."

"거봐. 여자가 더 쎈기여. 그 구멍을 만족시켜 줄라믄 서너 명을 옆에 놓구 살믄 되겠구먼. 그렇다믄 넣자마자 쏘는 물총들은 으떡헌데. 여자들이 밤마다 을마나 맴이 아플까."

물주와 친구는 진천댁에 대한 이야기를 하고 있다. 남편의 계획대로 진천댁은 물주와 만나는 데 성공을 한다. 물론 몸을 주고받으며 나름대로 정까지 느껴지는 자신이 이상하기만 한다.

몸이 가면 마음도 가고 마음이 가면 정이 만들어지는 당연한 일이지만 남편이 시킨 일이지만 몇 번의 합궁으로 오히려 더 살맛이 부드럽고 편안해지는 이유는 무엇일까. 여자란 강함에만 매력을 느끼는 것이 아니라 부드럽고도 편안한 남자에게 더 끌리는 이유는 다른 남자로부터 색다르게 느껴지는 그 무엇을 가슴에 담기 때문이다.

남편으로부터 느낄 수 없는 부드럽고 달콤한 분위기는 그녀의 머릿속에 남아 있다.

"부탁이 하나 있는디, 들어줄랑가?"

"뭔디유? 지가 헐 수 있는 일이라믄 허지유."

"고게 쬐끔 거시기헌디."

"뭐가 거시기혀유? 거시기는 거시기를 허면 되잖슈?"

"허긴 거시기는 거시기가 답이지만 서두 자네헌테 쬬금 미안스러워서."

"저는유, 물주님이 좋구먼유. 시키면 시키는 대루 헐 거구먼유."

사실 진천댁은 여러 번에 걸쳐 애기패를 하여 상당한 돈을 만졌다. 그러나 이제껏 결정적인 대산을 하지 못했다. 물주인 만석은 진천댁에게 적은 액수만 알려 주고 거금을 걸면 슬그머니 거짓 정보를 주어 따돌리는 수법으로 끈을 이어가고 있다.
　"요번만은 꼭 혀야 혀. 으떤 수를 써서라두 그놈 아구창에서 대산을 헐 수 있는 것을 받아내야 허는구먼. 너무 길어지믄 안되는구먼. 알았제. 후딱 끝내야 서울루 내빼제."
　"그 양반 입이 쇠때를 채웠는지 영 안 알려 주네유. 애기패가 될 때는 알려 주구 대산을 생각허면 거짓부렁이만 알려주니. 지두 환장허겄구먼유."
　"그라니께 결정적으루 으떤 부탁을 헐 때 꼭 잡으라구. 슬슬 빼기두 허구 말여. 알았제."
　"야, 시키는 대루 헐게유. 근디 이사 갈 채비는 잘 허구 있나유?"
　"다 했구먼. 봇짐만 지구 새벽에 내빼믄 되는 거여. 읍내만 가믄 버스를 타구 가면 그만이여. 그런 걱정은 말구 싸게 싸게 대산을 헐 수 있는 기회를 만들어 봐. 내일은 거금을 다 털어서 걸 거구먼."
　"그람, 당신이 자통을 직접 혀봐유. 지가 물주 옆에 있다가 슬쩍 눈짓을 할게유."
　"지가 눈을 두 번 깜박이믄 갖구 간 걸 내구유, 아니믄 다른 걸루 내세유."
　"쇠뿔두 단번에 빼라는 말처럼 혀야 혀. 너무 끌면 그렇잖여."
　"알았구먼유. 지가 맴을 단단히 묵구 대산을 알아 올게유."
　이런 말이 오가면서 초조해진 남편은 서울로 도망칠 궁리만 하고 있다. 채표라는 것에서 손을 씻거나 털고 싶은 마음이 간절하다. 노름이 따로 있는 것은 아니지만 돈이 오고가고 건전한 것보다는 집안이 꿈을 팔아서 망하는 모습을 보면서 도대체 꿈도 돈도 좋지만 만날 하는 것이 꿈에 대한 이야기와 누가 어디서 무엇을 써서 얼마를 벌었다는 소문을 듣기도 답답한 심정이다.
　마음을 태우는 일은 마누라 하는 짓이 점점 이상하다는 것이다. 처음에는 몸을 주고 정보만 빼오라고 했으나 눈치를 볼 때마다 물주를 좋아하는 마음이 생긴 것인지 가끔 면산을 보거나 한숨도 쉬는 꼬락서니가 아니꼽기도 하고 어떤 때는 잠을 못 이루고 뒤척이는 모습에서 여인의 속내를 짐작하고 있다.
　한 여인이 두 남자를 받아들이는 일이 그리 쉬운 일이 아니건만 물주 흉을 보면 처음과는 달리 애써 감추려는 말투가 영 맘에 들지 않는다. 그렇다고 이 시점에서 포기할 수는 없는 일이니 아니꼽고 더럽더라도 참고 기다릴 수밖에.

속창아리 절인 것처럼 변변치 못한 신세를 한탄하기에는 너무 발을 깊이 들여놓은 마누라의 처지를 이해할 수는 있지만 빠르면 빠를수록 좋은 것은 다름 아닌 대산뿐이다.

'불알 달린 놈이 워째 채신머리없이 그 짓을 헌단 말이여. 참으루 속창아리 빠지구 없어진지가 은젠디, 내사 자존심이구 뭐구간에 따 내뿌렸당게. 첨에 생각을 잘 못 혔제. 마누라를 끌어댕기는 게 아닌디. 불쌍헌 내 마누라야'

혼자 중얼거리며 흐느끼는 남편은 못내 속이 상한지 술을 들이키며 신세타령이다.

'손모가지를 낫으루 잘러 부려야 혀. 투전판에 뭣 땀시루 뛰어들었다가 본전을 찾으러 또 채표판에 발을 들여놓았으니 간두 쓸개두 없는 놈이여. 나 같은 놈은 죽어야 되는디. 몽달귀신은 다 으디 간 겨? 몸뚱이가 모두 아가리라두 할 말이 없구먼. 그러케 얼렸으면 겁이라두 묵어야 허는디 고거시 오장육부를 가진 짐승이 헐 짓인가? 불쌍헌 마누라를 으떠케 헌단 말이여'

몸에서 쇳물 냄새가 날 정도로 인색하기 짝이 없는 물주는 여전히 애만 태우는 중에 진천댁을 이용하기 위해 꼬이는 중이다.

"딱 한 번만 차 주석을 받아 주면 좋겠구먼."

"뭐 땀시루 차 주석을 끌어들이나유? 약조가 틀리는 약조는 있으나 마나가 아닌가유? 내사 맴만 단단히 묵으면야 그까짓 몸뚱아리야 줄 수가 있소만 으째서 뜸만 들이구 허탕을 치게 헌대유?"

"허탕두 탕은 탕이구먼. 알았으니께 약조를 허자구."

"무슨 약조를 또 헌대유. 만날 손가락 낀 게 몇 번인지나 아세유?"

"그건 그렇구. 이번은 아니구먼. 진짜루 대산을 헐 수 있게 헐테니깐 내가 말헌 일두 꼭 혀야 되는구먼. 어쨌든 차 주석 그놈을 삶아서 타점장에 못 오게 허라구."

"지가 시간만 끌면 되나유?"

"아니구먼. 가죽방아를 찧으면서 녹초를 맨들어 놔. 그라믄 타점을 마치구 자리를 뜰 테니까."

212

"알것슈. 근디 그 양반 여자를 어지간히 밝힌다구 허던디 참말인가유?"
"그런 소문은 들었지만 내가 본 것두 아니구 하여튼 간에 타점장에 도착허기 전에 꽤서 가죽방망이를 축 늘어지게 만들어 놓아야 허는구먼."
"오늘 저녁에 선을 놓으세유. 약속을 해놓으면 지가 차 주석님을 가다리다가 꼬실게유."
"타점장을 미리 흘렸으니께 진골로 올 거구먼. 물방앗간이 좋을 거여. 소리를 질러두 밖에선 들리지두 않으니께 그곳보다 더 좋은 곳이 없을 거구먼. 안성맞춤이 따루 있나? 만들믄 되제."
"아무리 고집 센 놈이라두 기집 싫다는 놈은 없을 거구먼. 이번 일을 마치믄 밑천을 모아서 다음번에 알려 줄 거구먼. 알았제."
"약조는 꼭 지켜야 혀유. 안 그러믄 전 죽을 거구먼유. 이 년이 무슨 낯짝으루 애 아버지를 본대유. 낯짝이 두꺼워두 분수가 있구먼유. 그리구 낯짝 깨지는 일은 없두룩 말혀야 해유."
"그랑께 몸이나 잘 돌려 봐. 그놈이 사죽을 못 쓰게 허면 다 잊어뿌리구 자네 배치기만 허게 말이여. 정신이 쏙 나가믄 단속헐 염두두 못 낼 거구먼."
"알았슈. 또 다음이니 원. 믿는 도끼 발등 찍히면 안 되유. 내사 맴이 으떤줄 아시유? 밑으루 싸는 속물까지 먹물이구먼유."

밑구멍을 팔아서 먹고 사는 것이나 마찬가지인 신세가 가련하다는 생각이 든다. 모든 것은 마음먹기 달렸다지만 맴 좋은 년 남정네 사정 봐주다가 밑구녁 장사를 하게 된다는 말처럼 남편 부탁을 들어주다가 그런 신세가 되었는데 이번에는 물주 놈 부탁을 들어주는 갈보나 다름없는 자신이 아닌가.

그 다음 날 타점은 차 주석이 단속을 나오지 않아서 순조롭게 끝났다. 물주는 거금을 손에 쥐었고 진천댁은 물이 나오지 않을 때까지 주석의 몸을 실컷 부셔 마신 기분이다. 얼마나 색을 썼는지 녹초가 되어 아랫다리가 후들거릴 정도였으니 씹장수는 밑지는 법이 없나보다. 돈이 없으면 재미를 볼 수 있는 일이니 세상에 몸 파는 여인들이 있을 수밖에.

"고생혔어. 시킬 게 따루 있지 마누라를 그런 짓을 허게 만든 내가 죽일 놈이구먼. 이젠 다 잡았으니께 서울루 튀자구."

"내일 아침에 도망가믄 은제나 도착을 헌데유?"
"며칠은 걸릴 거구먼. 가다가 이것저것을 알아봐야제."
"싸전쟁이가 될라믄 싹둥머리를 조심혀야 허는구먼. 서울 놈들은 대갈통이 잘 돌아가서 잘못 허면 금방 망헐 수도 있다는구먼."
"그러케 헙시다. 짐 보따리는 하나만 자꾸 가유."
"그려. 버스를 타구선 여행을 가는 사람매냥 그라케 꾸며 야제."
"그간 맴 고생 몸 고생을 많이 혔제. 미안허구먼. 서울 가믄 호강을 시켜줄게."
이 한 마디에 진천댁은 모든 과거를 추억으로 돌릴 수가 있다.
'으디 대산이 꽁짜루 오는지 알어?다 비법을 써야제'

수수께끼를 풀면

　채표를 통해 만석과 용호는 많은 돈을 벌었고 자신의 이름까지 널리 알리는 소득을 올리는 말하자면 일석이조를 한 셈이다. 돈이 있으면서 노는 것을 좋아하는 건달들이 서로 물주를 하겠다고 찾아오곤 한다. 쉽게 벌어서 실컷 즐기면서 살아보자는 식으로 달려드는 건달들의 본성이 이곳에도 그대로 나타나면서 채표는 일대 광풍에 휩싸인다.

　그런 가운데 서울에서 폐병으로 요양을 온 명식은 색다른 방법으로 채표 물주를 하고 있다. 주변 사람 중에서 정보를 얻기 위해 접근을 할 때면 수수께끼를 내서 곤란하게 만들어 스스로 포기하게 만들기도 하고 때로는 그 문제를 맞히는 사람에게는 적당한 정보를 흘려주는 동시에 결정적인 순간에는 손을 댈 수 없게 하여 입산자들이 많이 오도록 하는 유인책을 쓰고 있으니 채표장에 수수께끼 바람이 불면서 더욱 흥미를 끄는 모습이 신비감을 자아내게 한다.

　수수께끼는 살아가는 생활 속에서 자연스럽게 만들어져 이어오는 지혜의 말씀이다. 유머와 재치, 은근과 끈기를 갖고 다가서면 뭔가 보일 것만 같다가도 끝내는 안개 속으로 빠져들고 마는 신비한 힘을 갖고 있는 말놀이로 이런 수수께끼가 많을수록 그 민족은 품위가 있고 여유로운 정신세계를 엿볼 수 있는 거울과도 같은 부분이다.

　마치 잡히면 잡힐 것만 같아도 다가서면 어느새 저만치 사라지는 허상처럼, 때로는 금방이라도 손안에 들어올 것만 같다가도 어느새 저 쪽으로 달아나는 그림자를 연상시키는 그런 모습으로 우리 곁에 자손대대로 내려오며 시대적인 상황과 현실을 가깝게 표현해는 대목이다.

　민 여사는 집요하게도 명석이를 따라다니며 대산에 관한 정보를 얻고자 찾아오는 단골이다. 자신의 힘만으로는 대산을 한다는 것이 거의 불가능하다는 것을 안 것인지 아니면 소위 미인계를 써서라도 물주를 꼬여서 대산으로 한밑천을 잡아 보겠다는 집념인지는 모르지만 오늘도 기다리는 그 여인의 정성에 감동을 받는다.

"지헌테 그라지 마시구 채표님헌티 비셰유. 마을 사람들이 정성을 다허는 걸 보믄 모르나유?"

"암만 해두 절 도와줄 분은 물주님밖에는 없슈."

"으따매 환장허겠구먼. 지가 뭘 도와줄 수 있대유? 그냥 꿈을 꾸시구 이름을 거시면 되는 게 채푠디. 다른 비법이 있나유? 다들 보믄 몰라유. 정성을 드리세유."

"다들 그래두유, 전 물주님헌티 허기루 맴을 먹었구먼유."

"미치구 환장허것구먼. 내사 채표신이 아닌디 으째서 그런데유?"

"채표신이 꿈을 주나유? 다들 속구 있는 거유. 물주님이 쓰면 끝인디."

"아니어유. 대산을 허는 분들 야길 못 들었슈? 다들 정성을 드려서 된 거여유."

"중말루 고걸 믿는 사람이야 그러케 허지만 서두 전 오직 물주님만 믿어유."

여자 몸으로 밤에도 찾아와 억지를 쓰는 통에 소문이 날까 봐 노심초사하는 물주는 민 여사를 멀리할 수 있는 방법을 찾고 있다. 과연 집요하게 달라붙는 여인을 멀리하는 방법이 통할 수 있을는지. 돈이 목적인지 아니면 다른 것을 위해 다가오는지는 모르지만 대산을 쥐고자 앞에 버티는 모습은 가히 임금을 대하는 듯한 정성이다.

떡을 해 오질 않나 속옷을 사들고 오는 여인도 있고 때로는 술을 사주는 남정네들, 쌀과 과일을 챙겨서 싸들고 들어오는 사람들도 많이 있다. 일종의 선물과 뇌물 공세가 시작된 것인지는 모르지만 받는 사람 입장이 편치 못한 이유는 바로 돈이 걸린 문제라는 점이다.

"아따 겁나게 도망을 치는구먼. 그 양반이 을마나 질긴지 몰라서 그러는 건가? 고무줄이 따루 없구먼. 쫓아가믄 도망치구 또 달아나는 살살이랑게."

"그라니께 거시기를 꼭 붙잡구 달라구 사정을 허는 게 차라리 낫구먼."

"무라구 거시기를 잡는다구? 듣기만 혀두 이상헌 말일랑 말더라구. 무슨 거시기가 내거나 되나 신랑이 엄연히 있는디."

"임자가 따루 있어? 그냥 몰래 꽉 잡았다가 슬그머니 모른 척허면 그만이제."

"무시기 그런 소릴 헌당가. 돈두 좋지만 서두 지킬 건 지켜야제."

"허긴 배라밸 짓을 다 혀서 대산을 혔다 허면 도망치는 놈들두 있더구먼."
"물주만 쏘인다면 만사가 되는 일인디 고 놈에 물주 양반이 입을 열어야 말이제."
"그라니께 물주가 입을 열어재치도록 맴을 잡어."
"으떠케 잡는단 말이여? 있는 건 몸뚱아리뿐인디. 참, 경희 음마 들었는가?"
"뭘유?"
"누가 그라는디 어떤 옆 마을에 사는 물주 양반은 수수께끼를 갖구서 요리 저리 미꾸라지 매냥 피해 다니며 돈 깨나 만졌대. 우리 한번 가불까? 구경두 허구 돈두 벌구 좋잖어?"
"구미가 댕기는 야기구먼. 한번 가보자구."

두 여인은 경쟁을 앞두고 준비를 하는 선수처럼 물주를 향해 달리고 있다. 사랑을 위한 질투인지 돈을 위한 질퍽한 욕심인지는 모르지만 같은 배를 타고 다른 마음을 먹는 가운데 수수께끼 같은 일이 벌어지고 있다.

며칠이 지나고 두 여인은 일부러 타점장으로 발걸음을 옮기고 있다. 주로 남자들이 많지만 시간이 흐르면서 타점장도 여자가 눈에 보이고 있다. 그만큼 시대적으로 남녀 차별이 보편화된 가치관을 뛰어넘어선 일로 받아들여지고 있다. 노름은 남녀노소가 구분되지만 채표는 꿈이라는 매개를 이용하여 돈을 건다는 점이 그런 신분적, 사회적인 관념을 벗어나게 만든 요인이다.

"으째서 만날 타점장을 쫓아다니는가? 오늘두 또 갈겨?"
"야. 이왕에 시작혔으면 대산을 잡어 봐야 하지유. 다들 잡는디 우리라구 못 하라는 뱁두 없잖슈? 쥐구녁에두 볕들 날이 있다는디. 안 그려유?"
"그래두 그렇지. 쥐구멍두 쥐구멍 나름이제. 당신이 무슨 비법이래두 있는가? 아니믄 정성이래두 드렸는가? 다들 그냥 되는 게 아니구먼."
"되는 사람두 있지만 안 되는 사람이야, 만날 똥 깔구 앉어 있는 놈매냥 쌍판때기인 철판이 일그러진 걸 못 보셨슈?"

옆에 있던 남편 친구가 거든다. 대산을 하겠다고 이리저리 돌아다니며 헛것만 잡는 것이 안쓰럽다는 생각이 든 모양이다. 하지만 워낙 고집이 세고 뭔가 일을 벌일 것만 같은 기대감에서 남편은 모르는 척하고 있다.

"생긴대루 살라구들 혔지만 서두 팔자야 맴 먹기 달렸으니께 될 때까지 해볼게유. 째끔만 기다리면 뭔가 보일 거구먼유."

"돈만 잃구 쫓아다니는 사람이야 사추리를 뽑아 버려두 시원찮을 뱁인디, 어디 고거시 채표신이 돕지 않으면 되는 일이 아닐 거여."

"그려. 썩은 홍어 좆매냥 축 늘어져 가지구 집으루 끼억끼억 돌아오는 놈들 꼬락서니를 보믄 속이 뒤집어지네. 그냥 있는 것이나 묵고 살지 원."

"아니구먼. 돈을 벌어서 땅땅거리며 사는 놈들두 있잖어. 물주를 헌답시구 잃은 놈두 있지만 서두 큰돈을 벌어서 양복을 빼입구 으스대는 놈들 보믄 배알이 뒤틀려서 원."

"안 그러유. 채표는 좋은 것인디 이상헌 쪽으로만 생각허시니께 그렇게 보이는 게 아닌가유? 다들 꿈두 팔구 재미두 있으면서 돈까지 버는 이런 일이 은제 있었나유? 똥이나 만들구 있다가 겨울이 끝나믄 농사나 짓구 또 겨울이믄 똥이나 만들구 그러다가 저승으루 가는디 채표 땜에 사람들이 을마나 설레구 좋아허는지 아세유?"

"그려. 인정은 허지만 나쁜 점이 조금씩 나타는 걸 보믄 돈 놀이는 다 마지막은 같은 건가봐. 그러니께 마지막은 허파에 바람만 잔뜩 들구 헐랠래 허잖여."

"허긴 과부댁이 춘삼월에 바람나믄 쇠줄두 끊는다는 말처럼 노름두 마찬가지제."

"뭐든지 돈허구 놀구 먹구 즐기는 건 다 용 쓰는 것 땜시루 문제가 터지게 되어 있구먼."

"아니여유. 채표는 달라유. 잘만 허면야 보약이나 같구먼유."

"무시기 소릴 허는겨? 당신두 끝장이 으떠케 될지는 모르네만 잘혀야 혀. 집안을 살린다구 시작혔는디 말아묵으면 큰일이제. 안 그런가."

"알았구먼유. 지가 잘 알아서 할게유. 돌다리두 두둘겨 가라는 말처럼 조심 또 조심헐게유."

민 여사는 애기패를 몇 번 한 덕분에 그래도 남편이 어느 정도는 믿고 있다. 제발 대산만 해 달라는 부탁을 하는 처지라서 큰 걱정은 되지는 않지만 혹시나 하는 마음에서 당부에 또 당부를 하며 마누라가 대산질을 하는 날만 기다리고 있다.

시간이 지나면서 대산에 대한 집념은 아내를 이용하여 한몫을 잡겠다는 욕심으로 변하고 있으니 물주가 부리는 수수께끼를 어떻게 풀 것인지 모두가 기다리는 형국이 되고 만다.

"물주님유, 지 헌테두 문제를 주세유. 지두 풀면 되잖아유?"

"나랑 내기를 허자는 말씀이시구먼. 좋슈다. 수수께끼를 푼다면야 대가를 반드시 줄 테니까 어디 한번 해봅시다. 그런데 둘이 할 거유? 아님은 각자 할 거유?"

"지들은 같이 허구 싶구먼유. 같이 틀리믄 벌두 같이 내나유?"

"그야 물론이지유. 한 배를 탓으면야 같이 죽구 살구를 허야지 안 그렇소?"

두 여인은 서로를 바라보며 미소를 짓는다. 뭔가를 위해 서로의 결심을 굳히는 듯한 표정으로 물주를 쳐다본다. 어쩌다 애기패를 할 때면 다음에는 반드시 대산을 할 것 같다는 기대감이 앞서는 것은 돈이 만들어 내는 착시 현상이다.

결국 노름도 이번만은 꼭 되겠지라는 마음으로 대들다가 또 잃고 또 계속되는 반복으로 이어지는 것은 채표도 같은 길을 걷고 있다. 작은 것에 눈이 멀면 큰 것을 잃고 마는 노름의 특성이 점점 나타나는 것을 보면 처음에 갖고 있던 마음과 결심이 사라지고 오직 돈을 쫓고 돈만을 따라다니는 원초적인 본능이 자리를 뚝 하니 잡고 버티는 통에 누구도 그곳을 벗어나기가 힘들게 된다.

처음에는 적은 돈으로 욕심을 내지 않고 재미로 아니 호기심으로 애기패를 하여 재미를 보다가 애기패가 운이 좋아 커다란 대산을 낳으면 나중에는 대산을 찾다가 망하는 일도 있지만 때로는 적당한 선에서 발을 끊어 돈을 온전히 보존하는 이들도 있지만 쉽게 번 돈은 쉽게 날아간다는 원리를 벗어나기가 힘이 든다.

"자, 수수께끼를 낼 테니까 내일까지 풀어 오시면 될 거구먼유."

"답을 갖구 이리루 오나유?"

"양조장으루 갖구 오세유. 지가 없으면 일보는 아가씨헌티 주시구유."

"알겠구먼유. 쉬운 문제루 주세유. 어렵다구들 허던디."

"아니유. 그런 재미가 없다면야 꿈을 팔구 채표를 허는 맛이 있겠슈?"

"그래두…."

"오늘 수수께끼는 아주 쉬운 것이구먼유. 답에 해당허는 곳을 통표에서 찾아서 복지에 쓰믄 고시기가 답이 되는구먼유. 별루 어려운 수수께끼는 아니구먼유. 맞추기만 허면야 건 돈의 서른 배를 줄 거구먼유."

"진짜루 서른 배를 다 준대유?"

"조건이 있는대유. 건 돈의 서른 배를 다 태워 주면 물주는 뭘 묵구 산대유? 가장 많이 거는 돈은 쌀 한 되부터 시작을 헙니다유. 최고루 많이 걸 수 있는 복지 값은 쌀 한 말이구만유. 한 말이믄 서른 배만 간단히 따져두 세 가마인디 그 돈이믄 논을 한 마지기나 살 수 있구 송아지두 살 수 있는 거금이구만유. 밑져야 쌀 한 말인디 땄다 허믄 세 가마유."

"그람 문제를 주세유. 궁금혀서 미치겠구먼유. 쉬운 걸루 주시믄 좋겠네유."

"다 쉬운 문제만 드리는디 맞추는 사람이 으떠케 생각허느냐에 따라 어렵기두 허구 쉽기두 허구만유. 답은 아주 쉽구 간단허유. 답을 알믄 다 웃구 말지유."

"후딱 주세유. 밤새 생각을 혀야겠구먼."

"돌 많은 언덕에 하나밖에 없는 날개가 달린 것은 무언지 답을 아시믄 통표에서 찾아 그대루 쓰면 되유. 잘들 혀보세유."

"으따매 문제가 요상허게 생겼구먼유. 서른 배만 탄다면야 고시기가 괜찮은 장사네그려. 알았으니께 내일 복지에 써서 갖구 올거구먼유. 쪼개만 기다리시라구유. 안녕히 계세유. 물주양반님."

두 여인은 처음으로 수수께끼를 맞혀 채표를 하는 물주를 만나 어렵게 문제를 받아 왔다. 길을 걸으면서도 오직 수수께끼에 관한 생각뿐이다.

돌이 많은 언덕에 하나 밖에 없는 날개가 달린 것이 과연 무엇일까? 분명 물주가 말한 수수께끼를 보면 문제의 답이 사람의 일부분임에 틀림이 없는데 과연 그곳이 어디를 가리키는 것일까?

마을 입구에 있는 성황당을 지나갈 때마다 으스스한 분위기는 오늘도 여전하다. 성황인지 서낭인지는 지금도 학설이 두 가지이지만 중국에서 들어 온 민속 신앙인 성황당은 민초들의 한과 사연을 많이 품고 있는 마음의 고향이다.

성황은 선왕인 바다의 해신인 바다의 왕을 모시는 곳으로 선왕이 전해지면서 변한 말이고 일부는 산신을 모시는 산왕이 변화하며 산왕이 선왕으로 선왕이 서낭으로 변하여 불리고 있다고 주장한다. 민중들이 음사로 비판되는 서낭당을 수호하기 위한 방편으로 부르고 있는지도 모른다. 무속적인 순수한 토템과 샤머니즘과 유교적인 양식이 가미되어 마을 굿판들이 걸어온 길을 서낭당도 똑같은 길을 걸어왔다.

무시무시한 오색 천을 나무에 걸어놓은 모습을 볼 때마다 섬뜩한 느낌이 들곤 한다. 이는 시베리아나 알타이, 몽고의 물색이라는 것과 같으며 가능한 화려한 천연색으로 된 천을 주렁주렁 달아놓아 마을 입구를 지키며 나쁜 귀신이 마을로 들어오는 것을 막아준다는 의미에서 달아 놓거나 해안가의 물색은 풍어를 비는 마음에서 생긴 것이다.

또한 망망대해와 같은 초원 지대에서 길을 안내하고 목표물을 찾을 때 방향을 알려 주는 몽고의 오보와 비슷한 것으로는 짱돌이라는 던지기에 딱 좋은 돌멩이를 쌓아놓은 곳이 있다. 이는 마을을 지켜 주는 수호신과 같은 결정적인 무기로 사용되기도 했고 소원을 비는 마음에서 탑을 쌓는 신앙의 일부로 남아 있기도 하다.

물론 성황당은 고려시대부터 자신의 조상을 성황신으로 모시게 되면 지방 토착 세력들이 지역의 지배 권력을 오랫동안 유지할 수 있기 때문에 중앙 집권 세력과 지방 토호 세력 간에 대립 관계에서 발생한 측면도 있지만 일단 그곳은 무시무시한 곳으로 알려져 있다.

누구나 아침에 이곳을 지나갈 때나 비가 내리는 밤에는 뭔지 모르게 뒤에서 잡아당기는 듯하고 등골이 오싹한 느낌이 드는 것은 오색 천이 바람에 휘날리고 부적과 음산한 기운이 넘쳐나기 때문일 것이다.

조선시대에는 아침 일찍 소박을 맞은 여인이 성황당에서 기다리다가 그곳에 먼저 나타난 남정네한테 일생을 맡기는 일도 있는 곳이다.

"미연 엄마, 으째 기분이 으스스 헌디. 꽤 재재헌 날씨에 뭔라두 금방 우릴 잡아당길 것만 같은디. 후딱 벗어나자구. 워매 오늘따라 무섭게 보이는구먼."

"나두 그런디. 오금이 오싹 저리구 가슴이 쿵당쿵당 허는 게 이상허구먼."

"이러케 무서운디 경순 엄닌 으떠케 혼자서 꿈을 달라구 빈대여. 겁나게 무섭네그려."

사실 경순 엄마는 지난달에 성황당에서 혼자 빈 적이 있다. 그것도 아무도 없는 가장 무섭다는 비가 내리는 밤에 혼자서 빌어야만 효험이 있다는 말을 믿고 왼쪽으로 꼰 새끼줄 사이에 천을 집어넣은 것을 들고 춤을 추며 빌어서 대산을 했다는 소문이 있다. 누구도 감히 흉내를 내지 못하는 그런 정성과 행동이 마치 채표신을 감동시켜 좋은 꿈을 준다고 믿는 단순한 바람이 그렇게 담력이 센 여인으로 만든 것이다.

"내 두 눈을 딱 감구 들어가 볼까. 까짓것 죽기 아니믄 까무러치기지."

"그년두 했다는 디 우리라구 못헐게 무엔 겨. 해부자구."

손을 잡고 컴컴한 성황당 안으로 들어간다. 평소에는 안을 들어다보는 일이란 상상도 못했던 그녀들이 돈에 눈이 먼 건지 정성을 다하기 위해선지는 모르지만 떨리는 마음을 가라앉히고 안으로 들어가는 심정이야 뭐라고 할 것인가. 돈이 아니라면 감히 그런 짓을 할 수가 있을까.

"가난헌 년들은 앓을 틈두 없다는 디 돈만 들어온다면야 잠깐 까무려치즘 그만이구먼."

"돈만 있으면 염라대왕 문서두 고친다는 디 쪼끔만 참구 해보자구."

"허긴 돈 마다 허는 사람 없구 이쁜 계집애 싫다는 놈 없다는 디 돈이면 처녀 불알두 산다는구먼."

"그뿐인가. 돈배락을 맞으면 그만이제. 돈이야 날개가 없어두 날아다닌다는 디 날아서 이곳으루 왔으면 좋겠구먼. 돈이야 개같이 벌어서 정승같이 쓰라는 말두 있잖어?"

"다들 그러잖어. 돈이라믄 뱃속 애새끼두 나오구 신주단지두 팔아먹는 게 돈인디. 누가 그러는 디 돈이면 산 호랑이 눈썹두 빼온다구 허드라구."

"빽이 뭔디. 돈이 빽이제. 돈이 있으면 있는 죄두 없어지구 없으면야 없는 죄두 만들어지는 게 재판이구 지서잖어. 그러니께 눈알을 부릅뜨구 돈을 찾어다니제. 우리매냥."

둘은 갑자기 무서움을 잊었는지 깔깔대며 크게 웃는다. 무서움을 떨쳐버리려는 것인지 자신들의 무모한 행동에 대한 스스로의 웃음인지는 모르지만 조용하기만 한 성황당은 떠드는 여인들의 수다로 변한다. 손을 잡고 무릎을 구부리고 빌기 시작한다.

"아개비 저개비 성황당에 성개비 비나이다 비나이다. 채표신께 비나이다. 오늘 밤에 대산헐 수 있는 꿈을 주세구려. 비나이다. 비나이다. 아개비 저개비 성개비께 비나이다. 칠성님께 비나이다. 조왕신께 비나이다. 성황님께 비나이다. 좋은 꿈 하나만 주시구려. 비나이다."

이들은 반복해서 교대로 주문을 외우며 빌고 있다. 장터에서 소 판돈으로 돼지고기를 한 손에 쥐고 술 한 잔을 걸치고 고개를 지나가던 소장수 강달은 성황당에서 이상한 소리가 들리자 발걸음을 멈추고 슬그머니 안을 들여다본다. 어두워지는 시간에 여인네들이 주문을 외우는 것도 이상하지만 도대체 얼마나 겁이 없으면 그럴 수가 있는지 궁금하기도 했다.

　술기운에 안을 들여다 본 강달은 하얀 옷을 입은 두 여인이 못내 곱게만 느껴진다. 역시 술은 눈을 더 크고 아름답게 보이도록 만드는 힘이 있음에 틀림이 없다. 외딴 곳에서 두 여인이 벌이는 주문과 복숭아나무 가지를 때리며 춤을 추는 모습이 이상하기보다는 멋져 보인다.

　가끔 희미한 달빛에 산산이 부서지다가 살짝 떠오르는 버선이 유난히도 하얗게 보인다. 두 여인은 가지를 흔들며 이리저리 뛰다가 돌며 주문을 외우는 모습이 마치 굿을 보는 듯하다. 출렁거리는 젖을 보자 자신도 모르게 힘이 강해지는 아랫도리를 붙잡고 어찌할 줄을 모르는 강달이는 마치 성황당에서 천사를 보는 것 같은 착각이 든다.

　차라리 꿈이 아니었으면 좋으련만 이대로 저 여인들이 추는 춤이나 밤새도록 구경이나 했으면 좋겠다는 생각을 하며 숨어서 계속 지켜보고 있다. 땀으로 흥건한 이마를 닦으며 치마를 허리에 감아올릴 때마다 하얀 허벅지 속살이 비췬다. 머리카락은 흐트러져 밑으로 흘러내리고 탈춤을 추는 듯 한 무아지경에 빠진 얼굴이다. 강달이는 약간 미소를 머금고 바라보다가 이내 끌어안고 바닥에 주저앉는다.

　"땀이 나서 속옷이 흠뻑 젖었구먼. 오랜만에 신나게 뛰니깐 좋구먼."
　"을마 만에 마음껏 소리두 질러보구 뛴 건가. 가슴팩이 시원허구먼."
　"숲 속 성황당 향해 정성으루 비는 이내 몸을 살피소서. 앞길 가는디 만사형통 하옵시어 말은 부디 등창나지 말고 말발굽 탈두 전혀 없기를 비나이다. 가시는 길 꿈 하나만 주옵시고 그 꿈으루 멋진 대산까지 주시오면 성황님께 제사 드리리다. 비나이다 비나이다 성황님께 비나이다. 물주 꿈이 무엇인지 알려 주시어 만사형통 주소서."

　성황당 타령에 채표에 대한 꿈 이야기까지 구성지게 불러대는 목소리까지 예쁘게 들린다. 옆에 있던 여인이 흥이 났는지 타령을 이어받아 구성지게 타령을 부른다.

　"아침에 장호원을 떠나 남으로 구성현 가는디 길옆에 오래된 성황당 숲은 어이 그리

무성하뇨. 예로부터 전하기를 저 숲에 귀신이 있다 허면서 오가는 길손들 저저마다 복 받고자 하더라. 지전을 나뭇가지에 시새워 걸어놓고 어우동동 춤을 추니 이내 꿈이 다 가오더라. 어어야 둥둥 성황이로다. 이리오소! 이리오소! 성황님이 도와주니 이리 와서 말하게나."

길가는 길손들이 고갯길을 넘으며 숨찬 숨을 잠시 늦추고 물 한 모금 마시고 담배 한 모금 품어대며 세상 시름 잊을 때까지 있다가 다시 일어나 받은 기로 길을 재촉하는 곳이다.

"수수께끼는 으째되었는가? 답이 뭔지 알어?"

"하두 요상헌 문제라서 맞출 수가 있을지 고게 문제구먼."

"돌과 날개를 연상허면 되겠구먼. 사람 몸뚱아리에 돌같이 생긴 게 뭘꼬?"

"그 말을 허니까 생각이 퍼뜩 나는구먼. 날개매냥 생기구 돌이 많은 곳은 혹시 거시기가 아닌가?"

"무신소릴 헌당가. 거시기는 날개가 아니구 바퀴달린 대포가 아닌겨?"

흐흐흐 웃으며 서로를 바라본다. 아무리 생각해도 떠오르지 않는 수수께끼의 답을 어떻게 찾을 것인가.

"참, 생각났구먼. 그게 말이지 햇바닥이 아닌가? 오돌토돌 헌 모양에다 날개처럼 움직이는 꼴을 보믄 몰라. 맞어 맞구먼. 답이 햇바닥이 맞을 거여."

둘은 멍하니 생각을 하다가 갑자기 서로의 엉덩이를 치며 좋아한다. 몰래 바라보던 강달이는 더욱 짜릿한 기분이 든다. 풍만한 엉덩이를 치며 춤을 추는 모습이 더욱 야해 보이는 것을 어찌하랴.

슬그머니 문을 열고 안으로 들어간 강달은 인기척을 한다.

"에그머니! 요게 뭣이랑가? 으떤 남정네가 여편네만 있는 성황당 안으루 들어온대. 썩 물렀거라."

하며 소리를 친다.

"낸 귀신이 아닌께 걱정일랑 붙들어 놓으라구. 이러케 만난 것두 인연인디 우리 한번 같이 놀아보자구. 술을 좀 갖구 왔는디 한 잔 목이나 축이시구려."

갑자기 타나난 남정네로부터 술까지 권하는 소리를 듣자 어안이 벙벙한 표정이다. 처음에는 기세가 당당한 목소리를 질렀지만 이내 겁이 나는 모양이다.

강달이 한 손에는 막걸리가 들어있고 다른 손에는 소를 묶는 끈이 있다. 만약 그 끈으로 묶어놓고 다른 짓을 하면 어떻게 될까를 생각하자 기가 죽어 버린 여인들의 처음 기세당당한 표정은 간데없고 겁에 질린 듯하다.

슬그머니 자리에 앉아 떨고 있는 여자들에게 다가선 강달은 술을 한 잔씩 준다.

"요건 장터에서 사온 술이구먼. 한 잔씩 마시구 춤이나 추면서 즐기자구. 으떻소? 술맛이."

두 손은 이미 떨고 있지만 받아먹지 않을 수도 없지 않은가.

"내사 소장수인디 숨어서 다 보았구먼. 근디 궁뎅이가 허옇게 보여서 도저히 참을 수가 없구먼. 여자 맛을 본지두 오랜디 한 번 주면 안 되는겨?"

"야! 이 미친놈아 으디서 고따위 소릴 허는겨. 여자믄 다 여잔지 알어."

라는 말이 끝나자마자 강달이의 커다란 손은 싸대기를 치고 만다. 옆에서 지켜보던 여인은 겁에 질린 표정으로 어떻게 할 줄을 모른다. 몇 대를 더 때리자 윽! 하는 소리와 함께 쓰러지고 마는 여인은 축 늘어져 있다. 기절한 그녀를 겁탈한 강달은 숨어서 떨고 있는 또 다른 여인을 향해 가죽방망이를 세우고 간다.

"으따매 오랜만에 해보니께 끝내 주게 맛있구먼. 역시 구녁 맛은 후벼야 혀."

"지발 살려만 주세유. 뭐든지 시키는 대루 헐게유."

이제는 두 손으로 강달에게 비는 모습이 안쓰럽기까지 한다.

"알았구먼. 절대루 헤치지는 안을 거구먼. 거시기나 좀 줘봐. 한 년만 묵으면 안 되지 줄라믄 똑같이 줘야제. 구녁마다 맛이 다른지 으디 한번 맞춰볼까."

어느새 반강제적인 배치기를 당하면서 쾌감을 느끼는 여인이 내뿜는 신음 소리는 더 크게 들리기 시작하면서 둘은 최고조로 올라가고 있다. 기절에서 깨어난 여인은 슬그머니 소리가 들리는 쪽을 향해 고개를 돌리며 바라보고 있다. 아랫도리가 축축하고 뻐근한 것을 보면 이미 무슨 일이 지나간 것을 느낄 수 있다.

'근디 저 여편네는 기다리구 있던 것매냥 환장을 하구 있구먼. 알다가두 모를 게 여자

맴이라더니, 둘 사이가 이상헌디'

의심을 하면서 질펀하게 들리는 소리를 들으며 이상한 느낌을 스스로 받다니. 강제로 맞으면서 정신을 잃은 상태에서 당했는데 어찌 다른 여자랑 관계하는 것을 보며 쾌감을 느끼고 몸이 달아오르는지 알 수가 없다. 자신도 모르게 달아오르는 몸은 뜨거워지기 시작한다. 눈을 지그시 감는다.

'이왕에 이러케 된 마당에 까짓것 못헌 것이나 풀어 볼까나'

이런 생각이 들자 슬그머니 일어나 알몸으로 질펀하게 놀고 있는 그들을 향해 걸어간다. 아무런 제약도 없이 즐기던 두 사람은 우두커니 서 있는 그녀를 보자 놀라고 만다.

"누구여? 벌써 깬 건가?"

"나구먼. 너무두 이상혀서 같이허면 안 되유?"

"진작 그러케 나올 것이지. 아까는 금방이라두 날 죽일 것만 같더니만."

"기절꺼지 시켜놓구 따 묵었으면 눈을 떳으니께 죽여나 줘봐유."

"알았구먼. 이리 좀 와보슈. 우리 야기로만 들었던 이대 일 성을 해볼까나."

겁에 질린 상태가 아니라 호기심과 흥분이 고조된 느낌을 그대로 간직한 채 실컷 즐기고 싶은 욕망은 이들을 다른 세계로 몰고 간다. 성황당은 신음 소리와 피스톤 운동 소리로 가득한 초저녁을 삽시간에 보내고 만다. 마치 광풍이 지나간 자리는 아쉬움만 남기고 사라지는 바람처럼 지나간다. 정말로 꿈에서라도 해봤으면 하는 배치기를 하며 처음으로 맛보는 이상한 느낌은 영원히 간직하며 비밀로 하고 싶다는 마음뿐이다.

다음 날 타점이 열리기 전에 어제 준 문제에 대한 답을 전하기 위해 물주 집으로 갔다.

"계신대유? 지들이구먼유."

"아, 그래유. 안으루 들어오세유."

방 안에는 이미 몇 사람이 함께 있다. 약속한 시간에 온 것을 보면 어제 문제를 받아간 모양이다.

"자, 앉으시구유. 답을 말해보세유."

"지들이 생각허기로는 햇바닥이구먼유. 기지유. 맞지유."

"으떠케 쉽게 맞춘대여. 머리빡이 잘 돌아가남. 돈은 벌것구먼."

옆에 있던 어떤 여인이 말한다.

"맞아유. 잘 맞추시는 걸 보믄 다음 문제두 빨리 허겠슈."

"아니구먼유. 으쩌다 한 번 했구먼유."

"다음 문제는 은제 주나유?"

"우선은 애기패를 했으니께 쌀값을 받으시구 기다리세유."

정답이 맞으면 서른 배나 되는 쌀 세 가마니 값을 받는다. 손에 쥔 돈이 제법 두터운 것을 보면 큰돈인데 도대체 얼마나 될지 궁금하다. 펼쳐 볼 수도 없고 곁눈질로 씽하고 웃을 뿐이다.

"자 다음 문제는 이거구먼유. 덤불 밑에 도마, 도마 밑에 송충이, 송충이 밑에 깜빡이, 깜빡이 밑에 홀쭉이, 홀쭉이 밑에 쩝쩝이, 쩝쩝이 밑에 낭떠러지기는 무언지 답을 내일까지 써오세요. 시간은 같구 돈두 한 되만을 거세유. 아셨슈?"

"야. 알것구먼유. 참말루 어려운 문제구먼."

"잘 풀어서 한 건을 올려 보세유. 이번 문젠 쪼끔 어려운디."

"물주님유, 지헌테는 뭣 땀시루 어려운 문제만 낸대유?"

"다들 같은 문젠디 무슨 섭헌 말씀을 헌대유. 안 그러는구먼유. "

"문제가 알 똥 말 똥 똥이 두 개구만. 똥이나 매찬가진디."

참으로 수수께끼를 채표 놀이에 도입한 발상은 가히 놀라운 것이다. 꿈으로만 뭔가를 해결할 수 없다는 점을 간과한 물주는 수수께끼를 이용하여 많은 사람이 쉽게 꿈과 접목이 되도록 한 점은 다른 물주보다는 더 많은 입산자들이 몰려드는 효과를 노린 것이다.

물론 물주 입장에서는 복지가 많으면 많을수록 건 돈이 늘어나면서 얻어지는 이익금이 많아지기 때문에 거금을 손쉽게 만질 수 있어 좋고 채표는 더 많이 늘어난다는 점이 매력을 느끼게 한다.

누구나 쉽게 할 수 있는 수수께끼야말로 시골 사람들이 접할 수 있는 머리싸움이요 재치인데 여기에 채표를 이용한 꿈을 찾는 방법을 슬그머니 제시하여 두 단계를 만들어 놓아 흥미를 끌게 했다는 점이 사람들로부터 인기를 끄는 부분이다.

"그려. 이분은 절대루 그냥은 돈을 안 줄 거구먼. 꿈두 갖구 수수께끼루 약간 속을 비춰면서 답을 알려주는 고 매력이야 말루 사람을 미치게 헌단 말이여. 뭐랄까 여자 속을 다 보믄 별게 아니지만 서두 속곳 사이루 살짝 비추는 허벅다리나 물동이를 이구 가는 아낙네의 출렁이는 젖탱이를 보믄 환장허게 만드는 일과 같구먼. 살짝 비췬 그 사이루 보일 듯 말 듯 헌 꿈을 찾는 재미야말루 다른 물주헌티는 못 보는 매력이랑께. 안 그런가?"

"맞구먼유. 그라니께 여기루 몰려드는 사람들이 많아진데유. 머리를 써야만 돈두 버는 거여."

남자들까지 가세하기 시작한 이곳은 수수께끼를 받아 가려고 줄을 서는 일까지 생겼다. 물론 소문은 멀리 멀리 퍼져 나가면 새로운 채표의 판도가 뒤집어지는 일로 바뀌고 있다. 여러 마을 중에서 물주는 한 사람이 있었으나 물주를 하면 돈을 벌 수 있다는 소문이 돌기 시작하고부터는 각 마을에는 물주가 몇 명씩 생기는 경우도 있다.

계산상으로는 물주나 입산자나 확률적으로는 비슷하지만 결국은 물주가 당할 수밖에 없는 일이 채표로서 입산자들을 속이는 일이 없다면 거금을 만질 수 없는 처지에 빠지고 만다. 가능한 적은 돈으로 많은 이익을 내려는 속셈은 그것이 경제 원칙 첫 번째를 모르는 물주나 입산자들도 당연히 생각하는 기본적인 배경이며 선입관으로 자리를 잡은 지 오래다.

과연 싸움에서 누가 이기며 누가 밀고 당기는 싸움에서 돈을 거머쥘 것인지 시간이 흐르면서 그런 쪽에 무게감을 두는 자들도 많아지고 있다. 무심한 사람들도 점점 돈을 벌었다는 소문이 이어지면서 너도나도 할 것 없이 모두가 꿈에 미치고 꿈을 사고파는 일들이 일상생활로 자리를 잡은 것은 어쩌면 당연한 일인지도 모른다.

"뭣 땀시루 그리 헌대여? 그냥 꿈이나 쓰면 되제 수수께끼는 풀어서 뭘 헌대여."

"다 뜻이 있어서 그러는구먼. 기다려봐 비취는 곳에서 봐야 잡을 수 있는 것이제 아무 것두 모르구서 마치 뜬구름을 손으루 휘저으면서 잡는 것보다야 더 낫제. 안 그런가? 수수께끼는 말여 답을 반은 알려주는 물주님의 깊은 생각이랑께."

"고거시 다 믿을 수 있는 말이제."

"성님은 뭣땀시루 의심을 헌대유. 만날 속구만 사셨슈?"

"하두 이상혀서 하는 말이제. 사실이라믄 내두 헐거구먼. 수수께끼야 풀면 재미가 솔

솔 있는 고시기 뭐랄까 솔로몬이 지었다는 탈무드가 아닌가?"

"무시기 탈무드라구? 고게 뭐디? 탈을 쓰구 무드를 잡는 일이라구?"

"아따매 무식허긴 탈무드란 말여, 솔로몬이 지은 지혜라는 책이구먼."

옆에서 듣고 있던 물주가 끼어들며 말한다.

"그건유. 솔로몬이 지은 게 아니구유 이스라엘 사람들에게 전해지는 생활 안내서와 같은 지혜를 깨우쳐 주는 일종의 명심보감과 같은 책이구먼유. 물론 솔로몬이 말헌 야기두 많이 들어가 있구먼유."

"고런 복잡헌 야긴 말구 우리두 문제를 좀 주시구려. 마누라들이 많이 모여드는 걸 보믄 문제가 쉬운가 벼."

남자들이 모여들기 시작하고부터 수수께끼를 이용한 채표 놀이는 더욱 인기를 끌고 있다. 그저 시시하게만 생각하던 수수께끼가 이렇게 인기를 끌며 꿈을 해몽하고 통표나 등, 배짝하고 맞추거나 도움을 필요로 할 때 슬그머니 알 수 있는 머리싸움은 더욱 치열하게 전개되고 있다.

"답을 생각해 냈는가? 낸 아무리 생각혀두 알 듯 모를 듯 혀서 그냥 아무 거나 쓸라구 하는디. 알다가두 모르는 것이 수수께끼구먼. 코에 걸믄 코걸이구 귀에 걸믄 귀걸이 같은 말 장난이랑께"

"으디 이 세상에 꽁짜가 있당가. 다 대가가 있어야만 얻어지는 게 있잖어. 낸 얼굴 같다구만. 아무리 생각혀두 얼굴을 살펴보믄 똑같이 생긴 것을 말허는 것 같어."

"맞어!"

하며 손뼉을 치는 소리가 들리는 것을 보면 뭔가를 잡은 것 같다. 하지만 얼굴 중에서 과연 어느 것으로 정할 것인지는 이들이 결정해야 할 몫이다. 얼굴에는 다섯 군대가 통표에 표시되어 있으며 그중에서 단 하나만을 복지에 써서 내야만 당첨이 될 수 있기 때문에 이들은 다른 문제에 봉착을 하고 만다.

"수수께끼를 풀믄 또 수수께끼가 기다리구 이거야 원."

"물주라는 양반은 머리싸움을 잘 걸어서 우릴 골탕 매기는구먼. 얼굴이라는 것까지는 알 것 같은디 그 다음은 어떤 것을 골라야 허는지."

"그란께 물주는 아이큐가 보통이 아닌가뷰. 서른여섯 개 중에서 다섯 개로 들어오라는 미끼를 던지구선 뒷짐을 끼구 바라보는 꼴을 본은 기가 찬다니까."

"그래두 다섯 중에서 하나를 고르면 되는 것만 혀두 고게 어디여. 망막한 바다에 떠 있는 배 같은 생각이 들었는디 그래두 수수께끼 덕분으루 서른한 개는 줄었구먼. 안 그런가?"

"참, 통표 낯짝에는 광명, 태평, 지득, 일산, 간옥이 다섯인디 하나만을 골라야 허는디 고게 문제구먼."

통표 그림을 보면 얼굴에는 다섯 개가 되는 표시가 각각 있다. 머리 꼭대기는 광명으로 갓이나 벼슬관을 쓴 노인을 보면 쓰는 꿈으로 성은 주씨요, 숫자는 15이며 지득은 입을 상징하며 입으로 음식을 먹거나 입에 관한 일체를 가리키며 숫자는 16이고 성은 라씨이다.

또한 태평은 얼굴 좌측 귀에 해당하는 곳으로 고기를 잡거나 낚시를 하는 경우, 천렵이나 물고기에 관한 일체의 꿈을 꿀 때 쓰는 용어로서 숫자는 2이고 성은 임씨이다. 마지막으로 간옥은 여성의 성기를 상징하는 꿈으로 통표 그림에는 얼굴 우측 귀에 해당하며 숫자는 마지막인 36으로 성은 임씨를 가리킨다.

이런 복잡하게 연관된 관계를 꿈으로 해몽하는 것은 참으로 뜬구름을 잡는 것과 다름이 없으니 좋은 꿈을 꾼다 해도 마지막으로 쓰는 복지에 따라 그때그때 달라지니 채표는 불가사의한 곳이 많은 신비한 놀이임에 틀림이 없다.

얼굴을 칠성판이라고 해서 구멍이 일곱 개가 있다는 의미이지만 채표 통표에는 다섯 군데만 있다는 점은 만리장성을 쌓으면서 만든 통표이기 때문이다. 어떤 원리에 의해서 그곳이 그런 명칭이 붙여졌는지는 알 수 없지만 흥미로운 것은 인체를 우주로 보고 각종 인간의 생사화복과 생로병사까지를 복합적으로 내포하고 있다는 점이다.

"낸, 그 양반이 간옥을 좋아허니께 간옥에 걸려구나 생각혔지."

"간옥은 가끔 대산을 허는 이름인디 또 쓸려구 허겠는가?"

"혹시 알어. 우리같이 그런 생각을 허는 것을 역으루 이용헐지.

"참, 그 물주 양반이 말헌 것을 보믄 일곱 군데를 가리키는 걸 본 말여, 뭔가 암시허는 것이 있을 거구먼. 아마두 일곱이믄 신작로를 가리키는 길품을 써야 헐 게 아닌가?"

"그건 너무 앞서가는 생각이랑께. 얼굴을 말허면 얼굴에 있는 것을 말혀야제. 으째 숫자만을 생각헌대. 숫자를 말허는 대목은 없잖어.”

"듣구 보니께 그게 맞는 것두 같은디 으째 모르것구먼. 하두 헷갈리는 부분이 많어서 말여.”

"그래두 낸 오늘 저녁까지 채퓬님께 정성을 드려서 내일 아침에 결정허자구.”

"그게 좋겠구먼. 그래야만 확실헌 것을 알 수가 있을 거여. 채표님께 정성이나 잘 드리자구.”

결국 두 여인은 힌트를 구체적으로 주었지만 풀이하는 과정에서 채표신에게 정성을 다 해야만 된다는 결론으로 들어가고 만다. 인간의 두뇌로 할 수 있는 것이란 고작 이 정도뿐인가.눈앞에 금방이라도 확실하게 보일 것만 같지만 막상 쓸려고 붓을 들면 복잡하게 생각나는 변수들이 이들을 혼란스럽게 만든다. 미궁 속으로 계속 빠지는 것 같은 수수께끼를 푼다는 것은 마치 한 껍질을 벗길 때 마다 뭔가가 금방이라도 나타날 것만 같은 양파를 벗기는 것과 똑같은 기분이다.

좁혀지는 부분으로 집중적으로 복지를 여러 장을 써서 드디어 대산에 성공하는 여인도 있다. 물론 정성에 머리까지 합쳐진 아니 가족 전체가 그것을 위해 밤잠을 설치며 머리를 싸매고 달려들었던 결과로 본인들이 기다리던 목적인 거금을 쥐는 행운이 뒤따르는 것일까.하늘은 스스로를 돕는 자를 돕는다는 말처럼 정성이면 채표신도 감동을 받아 슬그머니 수수께끼를 푸는 과정처럼 마술의 문을 열어두고 들어오라고 손짓을 하는 것일까. 수수께끼를 이용한 물주는 더욱 애간장을 태우게 만들어 본인도 성공하고 대산을 막는 이중적인 잣대를 들이대는 수법으로 대산을 적게 주고 애기패를 많이 만들어 달려드는 입산자를 많이 만들고 만다. 수법이 점점 다양해지고 지능적으로 변하는 것을 보면 채표야말로 돈을 따고 빼앗아가는 전쟁놀이라고 할 수 있다.

군사혁명과 채표

"밑천은 얼마를 갖구 허실 건가유?"
"처음부터 많이 한다는 것두 문제지만 내 생각으로는 한 3만원이면 족할 것 같은디."
"그 정도면 충분허지유. 너무 무리는 마시구 입산자와 머리싸움을 하는 것이니까 그 점이 가장 중요허구유, 또 한 가지는 타점사와 계산사를 잘 쓰시구 경호를 맡구 장내 정리를 할 사람두 구해야 헐 겁니다유."
"요즘 보면 건달들과 상이군인들이 돈 냄새를 맡구서 찾아오는 일들이 부쩍 늘었구먼유."
"두 명 정도는 있어야 허는데유, 그들에게 들어가는 돈두 상당히 많이 들어가거든유."
"잘 알았구먼. 물주를 어데서 허면 좋겠는가?"
"제 생각으로는 있는 곳보다는 아직껏 허지 못한 곳을 개척허시는 것이 더 좋을 것 같네유. 장호원이 댁이시니까 그 곳에서 시작허시면 성공헐 겁니다유. 도움이 되거나 필요헌 것이 있으면 연락을 허세유."
"타점할 때 연락을 받으면 한 번 찾아오시면 좋겠구먼."
"물론 가 봐야 해유. 준비를 잘 허시구 바로 시작을 허세유."
"이쪽에서 바람이 불었으니까 주변 지역 어디든지 꿈틀거리는 것이 보이는 것 같애."
 사실 장호원에서 물주를 하고 싶어 하던 감 영감은 차근차근 사전 준비를 해 오고 있다. 언제든지 개업식을 할 준비가 다 되어 있다.
 본격적으로 채표 주식회사는 사업을 확장하는 가운데 번창하기 시작하고 있다. 물론 단숨에 대산을 하여 돈을 많이 벌어 부자가 된 사람도 있고 어렵게 번 돈을 한꺼번에 잃어서 속이 상하고 채표를 원망하는 사람들도 서서히 나타나기 시작한다.
 양극화 현상은 주역에 있는 것처럼 언제나 사람이 있는 곳에는 있을 수 있는 일이다.

음과 양으로 분류된 음양오행설처럼 변화무쌍한 인생사에 굴곡과 평지가 항상 기다리고 있기 마련이지만 채표라는 돈을 버는 일에는 사람들이 꿈을 갖고 파는 일에 있어서는 더욱 행운을 고대하는 분위기이다. 자신의 노력보다는 요행과 꿈이라는 것에 너무 매달리고 그쪽으로만 생각하기 시작한다.

세상에는 요행에 의하거나 노력에 의해서 어떤 특이한 일이 벌어지고 성취되는 경우가 있지만 보편적으로 노력을 통해 얻은 결과를 높이 평가하고 있기 마련이다. 물론 채표도 요행에 노력을 첨가하는 식으로 인식이 바뀌고 있었지만 물주와 입산자와의 치열한 공방전은 긴장감과 눈치작전이 심하게 나타난다.

돈을 놓고 꿈이라는 신비감을 지닌 것을 이용하여 밀고 당기는 식으로 물주와 매번 한 판 승부를 갖겠다는 것이 입산자인 서민들에게는 벅찬 일이다.

감 영감은 자신이 전주를 하기 위해 모아 놓은 돈이 전부 5만원이나 있고 이것을 더 붙여서 10만원으로 만드는 것은 시간문제라고 생각한다.

처음에 돈을 상당히 번 탓에 일종의 오기와 자신감이 들었는지 모두가 눈을 크게 부릅 뜨고 돈을 향해 달려가는 형국이다. 놀고먹는 데는 누구에게도 뒤지지 않던 그의 수하에는 조조와 같은 사람이 있다. 투전판에서 알았지만 여전히 형님이라고 깍듯이 모시며 예의를 지키는 젊은 사람이다. 그 사람을 타점사로 삼고 자신이 데리고 있던 가게 점원을 계산사로 결정했다.

자신과 타점장을 지켜 주는 일을 맡는 경호원으로는 동네에서 주먹깨나 쓰며 지서를 자주 드나들던 시라소니라는 별명이 붙은 강덕이와 그 친구 한 명을 쓰기로 한다. 포목전을 하면서 돈을 벌었던 그로선 한 밑천 장만하여 서울로 올라갈 생각으로 전주를 하려는 것이다. 누구나 꿈을 갖고 일을 시작하지만 그에게는 방직공장을 차리고 싶은 소망이 있다. 갑자기 자신에게 물주라는 커다란 짐이 내려지자 무겁다는 생각이 든다. 기다려 온 일이라도 그것이 예상보다 빨리 오면 불안한 마음이 들기도 한다.

"자, 우리는 이제부터 한 배를 타고 가는 식구나 마찬가지구먼. 딴 맘일랑 먹지말구 채표에 신경을 써서 많은 돈도 벌구 재미있게 올 겨울을 보냈으면 좋겠구먼."

"그야 물론이구 말구유. 그렇게 두 기다리셨던 일인데 잘 해서 좋은 결과가 나왔으면 좋겠네유."

"복기는 타점을 맡아서 일하구 상원이는 계산사로 일하면 되겠구먼."

본격적으로 감 영감은 자신 밑에서 일할 사람을 전부 불러 놓고 하나씩 설명을 하고 있다. 첫 단추를 잘 끼워야만 별 탈이 없다는 것을 누구보다도 잘 알고 있다. 돈에 대해선 누구보다도 감각이 뛰어났던 석 영감은 모든 준비를 철저하게 하는 것이 중요하다. 경험도 별로 없고 겨우 몇 번 정도 타점을 본 것이 전부였기 때문이다.

"지금부터 각 마을에서 통수를 하고 싶은 사람을 선발하는 일이 급허구먼."

"오늘 오후부터 돌아다니면서 모집을 해볼까유?"

"그렇게 허는 것이 좋겠구먼. 지난번에 한 번 모였던 사람들을 중심으로 만나면 될 거구먼."

"장호원은 세 명이구 이월면에는 네 명, 산척 마을은 한 분이니깐 총 여덟 분이 모였지."

"어제 어떤 분이 찾아와서 자기두 통수 노릇 좀 하면 안 되느냐구 물었던 적이 있는디."

"어디에 사는 사람인가?"

"그 사람 말로는 음성 읍내에 살구 있다구 했거든유."

"그런디 만석이와 용호 같은 막강헌 사람이 있는데 왜 우리한테 왔다구 하던가?"

"지 생각으로는 처음 시작하는 데가 쉽다구 생각헌 것 같구먼유."

"그 쪽이야 기라성 같은 사람인디 우리랑 비교를 허겠는가. 중국에서 연습까지 한 채표 원조인디 으디 감히 비교를 헌당가."

"아마두 읍내 사람들이 더 약은 척을 하는 거구만유. 그러니까 우리한테 달라붙는 게 아니겠슈?"

"그것두 일리가 있구먼. 다 하겠다는 사람은 일단 다 잡자구."

"많이 모이구 돈두 풍족해야만 채표가 번성헐 수 있지 않은가?"

"우리가 늦게 시작을 했어두 그들보다는 더 크게 하면 사람들이 더 모일 거구먼."

"허기사 읍내에 있는 사람들만 다 모여두 굉장헐 겁니다유."

"이러구 앉아 있을 게 아니구 어서들 자기가 맡은 동네를 돌면서 알리라구."

"타점을 언제 헌다구 알리면 되겠는가유?"

"타점일은 열흘 후인 보름날이라구 전하구 장소는 미덕산 중턱이라구 하게나."
"아니 왜 그런 외딴 곳에서 하시려구 하시는지."
"나두 다 생각이 있어서 그러는구먼."

감 영감은 요즘 지서에서 낌새가 이상하다는 말을 만석으로부터 들은 적이 있다. 만일 있을 수도 있는 순사들의 단속에 대비하기 위해 일부러 외딴 곳으로 정한 것이다. 그곳은 으슥한 언덕으로 사람들의 눈에 잘 띄지도 않고 도망치기에 수월한 곳이다.

옆 마을에서 불어 온 채표의 열기와 바람은 이곳에서도 불길이 번지기 시작한다. 누구나 일어나면 꿈을 꾼 이야기로 하루를 시작하는 모습이 여기저기에서 보이고 채표를 묻거나 통표를 구하는 사람들이 많아지고 있다. 감 영감은 명환으로부터 통표 몇 장을 사다가 공짜로 사람들에게 돌리기까지 했다. 직접 그린 통표를 들고서 여러 마을을 돌면서 선전을 하고 설명을 해주면서 수하에 있는 통수들까지 모여서 사업 구상까지 말했다.

평소 노력한 만큼 대가가 나온다고 믿고 있는 그로서는 늦게 시작한 것을 보상이라도 하듯이 열심히 여기저기를 돌아다니고 있다. 모든 것을 온전히 채표라는 곳에 신경을 기울였고 올 겨울이 마치 자신을 위해 있는 것 같다. 쉬지 않고 뛰며 마을을 뒤진 덕분에 타점일이 가까워짐에 따라 채표의 열기는 다른 곳과 같이 뜨거운 열기를 실감하기 시작한다.

통수들은 마을 사람들에게 꿈 해몽을 해주거나 타점 장소를 알리며 부지런히 뛰고 있다. 일이란 풀리는 때가 따로 있는 법이다. 아무리 발버둥을 쳐봐도 운대가 맞지 않으면 매듭이 꼬이기만 한다. 모든 일에는 운이 칠이고 노력이 삼이라는 말이 있다.

마치 기다렸다는 듯이 채표의 열기가 뜨거워지면서 만석에게 복지를 냈던 사람까지도 몰리는 판국이다. 원조로부터 입산자를 뺏어 오는 수완을 보면 그가 얼마나 노력을 했는지 알 수 있다. 물론 처음으로 하는 곳이 당첨 될 확률이 높고 돈을 쉽게 벌 수 있다는 점도 작용을 했지만 나이가 있고 평소 그가 닦아 놓았던 덕분이다.

타점일이 가까워오자 술렁이는 모습이 역력하다. 마을마다 채표를 마치 자신들이 기다렸고 그 일을 위해 사는 사람들 마냥 행동하고 있다. 특별한 일도 주어지지 않았던 당시의 사회생활에서는 채표와 같은 신선한 충격을 줄 수 있는 놀이가 소개되자 누구든지 바랐거나 기다렸던 당연한 일로 받아들이고 있다.

아무리 좋은 것이라도 많은 사람이 몰려다니고 큰돈이 오가는 일이 많아질수록 채표라는 새로운 놀이는 공개적일 수밖에 없고 누군가를 통해서 관가로 흘러가기 마련이다.

입에서 입으로 전달되는 소문은 돈이라는 것이 크게 작용하여 빠르고 강하게 주변 마을을 감싸고 있다. 어느 마을의 누가 얼마를 벌었고 어떻게 했다는 얘기가 꼬리를 물고 이어지고 있다. 누구든지 자신들이 갖고 있던 가난으로부터 벗어나고 싶다는 열망이 꿈을 팔아 돈을 벌어 그 꿈을 해결했으면 하는 심리가 맞아떨어지고 있다.

집안에 있는 적은 돈을 가지고 자신의 꿈으로써 참여한다는 것이 큰 무리가 되지 못한다. 품삯으로 받은 돈이나 쌀을 팔아 받은 돈, 광산이나 장에 가서 물건을 팔고 남은 돈 등이 자연스럽게 채표에 흘러들어 온다. 처음에는 자연스럽게 적고 힘들이지 않았던 돈을 가지고 임했지만 시간이 흐름에 따라 그런 돈이 바닥이 나면서 문제는 내면적으로 태동하고 있다.

누구든지 질투심과 시기심이 욕심이라는 기름을 붓게 되면 그것은 걷잡을 수 없는 불길을 낳고 만다. 처음으로 타점을 했던 그 해 겨울에 감 영감이 물주로 등록하면서 삼과전이 되면서 치열한 입산자 유치 작전이 전개되기 시작한다. 그 이듬해 물주는 마을 마다 몇 명씩 생기기 시작하고서 채표 열기는 강하게 불고 있다. 눈으로 보고 겪었던 물주의 역할을 상기하면서 좋은 점만 자기 것으로 받아들인다. 늦게 하는 사람이 더 앞질러 갈 수 있다는 말처럼 그는 무섭도록 질주하고 있다.

드디어 타점일이 가까워 오자 사람들이 술렁이는 모습이 여기저기에서 보인다. 처음으로 하는 채표라는 생각 때문에 마을 사람들은 대소나 삼성, 진골, 복지골, 부영리까지 찾아갔다. 물론 채표에 대한 정보를 알아보고 어떻게 하면 좋은 꿈을 꿔서 돈을 벌 수 있는지를 묻기 위해서 가는 길이지만 신이 나고 재미있는 일이라고 생각한다. 타점에 응시하는 데는 어떤 자격도 없고 단지 복지와 건 돈만 있으면 누구나 가능하다.

"참, 지난번에 이 마을에서 타점을 했다는데 재미 좀 봤슈?"

"재미야 좀 봤구먼."

"얼마를 잡었는데유? 큰돈을 벌었나유?"

"큰돈이 나 같은 사람한티 올 것 같은가? 채표님이 허락을 허셔야만 가능헌 것이지."

"얼마를 걸어서 얼마를 찾으셨는가유? 들리는 말로는 서른 배를 물주가 태워 준다는 말이 있던데유."

"나야 큰돈을 못 걸은 것이 후회되는구먼. 겨우 품삯으로 받은 돈 10원을 걸었다가 300원을 받았구먼."

"꼭 서른 배를 받으셨네유. 꼭 서른 배만 주나유? 떼이는 돈두 있다구 들었는데유."

"그건 맞는 말이구먼. 입산자가 건 돈의 서른 배를 주는데, 그게 쉬운 일이 아니구먼."

"서른여섯이나 되는 해몽 중에서 딱 한 가지만을 갖구 물주가 써내는데 어려운 것이지."

"그래두 한 번만 딱허니 맞으면 팔자 고칠 수도 있다던디."

"있을 수 있구먼. 어떤 사람은 대산질을 해서 번 돈으로 서울에다 방앗간을 세웠다는구먼. 심부름을 길복이라구 하는디 통수한테 들어가는 1할만 빼면 전부 당첨자 것이지."

"지금까지 몇 번이나 했나유?"

"내가 듣기로는 여섯 번 정도를 했다구 들었구먼."

"벌써 물주가 두 명인디 장호원에 서두 감 영감이라는 분이 물주를 한다구 소문이 났던데 그게 정말이유?"

"맞구먼유. 그분이 사흘만 있으면 정식으로 타점을 한다구 통수들이 알리구 다니던데유."

"나두 이번에 장호원까지 원정을 가볼까?"

"오시면 좋겠네유. 저 같은 사람은 아직 뭐가 뭔지를 잘 모르고 있거든유. 오셔서 가르쳐 주시면 좋지유."

"꿈을 잘 꾸는 것이 제일 중요허니까 채표님한테 좋은 꿈을 달라구 정성이나 잘 들이게."

"어떻게 허면 좋은 꿈을 채표님으로부터 받을 수 있는가유?"

"내가 듣기로는 여러 가지가 있는 것 같은데 사람마다 다르니 원."

"형님이 하셨던 방법을 좀 알려주시면 좋겠네유."

"남들은 나보다두 더 정성을 드리구 있구먼."

"저두 그것을 알구 싶어서 일부러 찾아 온 것이 아닌가유?"
"글쎄, 이건 나만 갖구 있는 비결인데 알려 줬다가 김빠지는 게 아닐지."
"저만 알구 있을테니까유 믿구 알려 주세유."
"지금 생각해두 이상헌 일이었구먼."
"아니 왜유?"
"정성을 드린 덕분인지는 잘 모르겠지만 남들두 한다구 하기에 좀 다른 방법을 써 봐야 되겠다는 생각이 들어서 특별한 것을 했지."
"역시 성님은 다른 데가 있다는 건 알지만서두."
"뭐든지 오래 된 것이 약이 된다는 말이 있잖은가? 그래서 들판에 오래 묵은 소똥을 갖구 와서 잠자는 배게 밑에 깔구 잤지. 또 방에다가 옛날부터 내려오는 골동품인 접시를 놓구 잤구먼."
"그것 때문에 정말로 색다른 꿈을 꾸셨는가유?"
"타점하는 날 아침에 꾼 꿈이 소를 몰고 밭에 가는 꿈을 꾸었지."
"소똥을 깔구 주무셨으니까 그런 꿈을 꾸신 게 아닐까유?"
"채표신이 꿈을 주시지 않으면 타점에 맞는 꿈은 주시지 않는다구 들었지."
"그런 꿈은 여기에 있는 통표 중에서 어디에 해당하는가유?"
"여기에 보면 한운이라구 써 있는 것이 소 꿈에 해당허지."

 꿈을 맞추고 꿈에 젖어 있는 모습들이 너무도 순수하다. 누구든지 꿈에 돈을 걸고 자신만 아는 해몽을 쓸 수 있다. 하지만 그것이 진짜로 서른 배나 되는 돈을 물고 들어올지는 아무도 모른다. 채표 주식회사는 번창을 하는 것 같았고 사람들까지 관심이 점점 높아지고 있다. 많은 것을 배운 덕분에 차질 없이 일이 잘 되어 간다. 타점사와 계산사도 있었고 모든 준비가 잘 되었다.

 한 가지 다른 점이란 본부 요원 중에서 경호를 맡은 사람이 한 명이 더 있다는 점이다. 그는 상이군인이나 동네 건달들을 막아 주고 물주를 보호하는 임무를 띠고 있다. 물론 망을 보는 망꾼을 세울 계획이었지만 아직까지 그런 일이 없었기 때문에 전번과 같이 진행이 되고 있다.

이미 지서에서는 정보를 입수하고 동태를 살피기 위해 채표꾼으로 변장시켜 이곳으로 보낼 계획이다. 아직까지는 별다른 문제는 없지만 노름인지 그냥 놓고 즐기는 것인지를 알고 싶다. 말하자면 사전 정보를 입수하기 위한 공작이다.

"김 순사! 오늘 채표를 한다는 정보가 들어왔는데 혹시 그것이 노름인지 아닌지를 알아 갖고 오시오."

"예! 알겠습니다."

"채표꾼으로 옷을 갈아입고 눈치를 채지 못하게 하시오."

지서장은 김 순사에게 정확한 정보를 파악하도록 명령한다.

드디어 타점이 시작되자 사람들이 모여들기 시작한다. 장호원 읍내에서 처음으로 하는 타점이었다. 주변에 사는 많은 사람들이 소문을 듣고 모여들고 있다. 아직까지 어떻게 하는 방법을 모르기 때문에 호기심이 많다.

김 순사는 몰래 마을로 숨어들었다. 이곳에 부임한 것은 불과 석 달 전이다. 옷을 갈아입고 다른 동네에서 구경을 하러 오는 것처럼 위장을 한다. 우선 채표를 어떻게 하는지를 아는 것이 주목적이었고 이것으로 인해서 얼마나 많은 피해나 문제점이 무엇인가를 파악해야 한다.

이런 낌새를 전혀 모르고 채표 타점은 척척 진행되고 있다. 신참 순사를 잠복시켜 정보를 입수한 뒤에 어떤 계획을 세우는 것이 필요하다.

석 영감은 각 마을에 있는 통수들에게 연락하여 계획대로 타점을 한다고 전했다.

김 순사는 며칠 동안 마을을 돌며 동태를 파악하고 있다. 별다른 일은 없고 마을 사람들은 그저 지나가는 사람으로만 생각하고 있다. 매일 다른 옷을 입고 하루에 두 개 마을에 대한 정보를 파악하고 채표에 대한 질문도 해본다.

"아주머니요. 채표를 해봤어유?"

"딱 한 번 했구먼유."

"재미 좀 봤는가유?"

"무슨 재미를 봐유. 재미도 있구 사람들이 하니까 덩달아서 하는구먼유."

"큰돈을 번 사람두 있는가유? 아니면 돈을 잃고 마을을 떠났다던가?"

"채표는 큰돈을 갖구 허는 것이 아니라서 크게 번 사람은 있서두 아직껏 목돈을 잃은 적은 없지유."

"저 두 채표에 대한 소문을 듣구 알아볼려구 왔구먼유."

김 순사는 채표에 대한 여러 가지를 알아보고 다른 마을을 향해 가고 있다. 그 마을에서도 같은 대답이었고 주막에 들어가자 역시 채표에 대한 허망한 꿈 얘기만 계속하고 있다. 과연 이 정도로 사람들이 빠져 있다면 우선은 큰 피해가 없지만 계속 관찰을 하는 것이 필요하겠다' 는 생각을 한다.

그는 하루에 한 번씩 지서에 가서 보고를 한다.

"명령하신 정보를 입수했습니다만 별다른 것이 없습니다."

"아직은 큰 피해나 문제점은 없지만 앞으로 계속 관찰과 감시가 필요하다고 봅니다. 특히 여러 사람들이 몰려다니는 점은 다른 문제를 만들 수도 있다고 생각합니다."

"돈 잃고 한숨 짓는 일은 없던가?"

"제가 본 바로는 없습니다. 적은 돈을 걸기 때문에 서른 배를 벌었다는 말은 있었지만 큰돈을 잃었다는 정보는 없었습니다."

"투전꾼들에 대한 정보도 알아보고 있으면 당장 잡아오도록!"

"한 가지 건의 사항이 있습니다."

"뭔가?"

"제 생각으로는 투전이나 채표도 돈을 버는 수법이니까 잡는 것은 좀 더 기다리는 것이 좋겠다고 생각합니다. 채표가 무르익고 돈을 잃고 억울해 하는 사람들이 나타나고 지서에 찾아오면 그때 같이 잡아들이는 것이 낫다고 봅니다."

"그렇게 생각하나?"

"그렇습니다. 더 많은 사람을 잡아들일 수 있다고 봅니다."

"알았어. 잘해 보라고. 철저하게 알아보고 눈치를 채지 못하게 하라고."

"잘 알겠습니다. 오늘은 장호원을 돌겠습니다."

"알았네. 술이나 산에 나무를 너무 심하게 베는 사람이 있으면 잡아오라고."

김 순사는 경례를 하고 장호원으로 향한다. 처음으로 들었던 채표에 대한 이야기가 너무도 재미있다. 차라리 순사가 아니면 같이하고 싶다는 충동도 일어난다.
 김 순사는 채표를 구경하는 사람처럼 감 영감 집으로 들어간다. 벌써 사람들이 많이 모여 있다. 채표 주식회사 장호원 분점에서 최초로 타점을 시작한다. 모든 절차와 과정이 너무도 신기하기만 하다. 모르는 용어와 진행하는 모든 것이 생전 처음으로 보는 것이다. 중국에서 전해진 탓인지 한문이 많이 나온다.
 오늘 채표에서 대산질을 한 사람은 음성에서 온 사람이 길품에 건 100원이 3,000원으로 바뀌어 돌아간다. 김 순사는 '아, 바로 저런 재미 때문에 사람들이 몰릴 수밖에 없구나' 라고 생각한다. 차라리 투전보다는 건전하고 낫다는 판단이 든다.
 오늘 처음으로 하는 타점에서 석 영감은 오천 원을 벌었다. 물주 노릇을 하면 이렇게 큰돈을 벌 수 있다니 꿈만 같다.
 김 순사는 대충 어림으로 계산을 해보며 과연 물주가 얼마를 벌었는지 궁금하다. 머릿속에서 계산한 결과 삼 천 원은 남은 듯하다. 사기꾼은 아니지만 농촌에서 그런 돈이면 거금이다. 꿈을 팔아서 서른 배를 준다는 미끼가 여러 사람들을 모아 놓게 하고 적은 돈이 모아서 큰돈이 되는 현상이 이제는 이해가 간다. 반대로 생각하면 부자나 돈 많은 건달이 큰돈을 벌려고 던진 미끼가 오히려 자신이 그곳에 물리면 부자 돈이 가난한 서민들의 손에 들어간다는 생각도 든다. 복불복이 된다는 생각이 들었지만 왠지 시간이 지나면서 문제가 발생할 것 같다.
 김 순사는 대충 채표에 대한 정보를 입수하여 지서장에게 보고했다.
 "김 순사가 전담을 해서 앞으로 문제가 발생하거나 고소가 들어오면 알아서 처리하시오."
 "좀 더 자세하게 알아보고 처리하도록 하겠습니다."
 "알아서 하라는 얘기는 여러 가지 의미가 담겨 있소. 우리는 봉급도 못 받고 나라에서 알아서 하라는 판국이니 적당히 덮쳐서 문제가 안 생기는 범위 안에서 처리하시오. 다 김 순사의 손만 보고 있겠소."
 일종의 업무적인 지시 사항이지만 사정이 딱한 것은 마찬가지다. 국가에서 치안을 맡은 경찰들에게 제때 봉급이나 먹고 살 수 있는 여건이 되지 않았고 그런 예산이나 기강이 아직은 잡혀 있지 않다.

　죄가 없는 서민들만 무식하다는 이유 하나만으로 골탕을 먹기 일쑤이고 그런 억울한 처지를 그저 바라만 보고 있을 뿐이지 나서서 도와주는 사람은 없다. 어떤 핑계나 죄목을 만들어 지서에 끌고 가면 돈을 가지고 가지 않는 이상 며칠이고 붙잡아 놓고 밥값과 벌금을 물면 석방시켜 준다는 구실로 돈을 뜯고 순사들 살림으로 들어간다.

　국가가 아직 기반이 취약하고 걷힐 수 있는 세금이 없었고 거기에다 법에 대해 무식하다는 것이 주원인이다. 법보다는 주먹이 우선인 세상이고 모든 것을 자유라는 명목으로 남의 권리를 함부로 침해하는 일들이 자주 벌어지기 때문에 지서만 항상 만원이었고 호경기가 계속된다.

　차 주석은 나름대로 정보원으로 심어 놓은 민복이를 통해 하나씩 파악하고 있다. 모든 준비가 다 되어야만 덮치면 재미가 더 있고 떡고물도 더 많아진다. 원래 노름판에서 판돈으로 쓰던 자본금은 지서에서 압수하면 그 돈이 어디로 갔는지 아는 사람은 순사들 외에는 알 수가 없다. 물론 그 돈도 살림 비용으로 들어가기 마련이다.

　좀 더 불리고 판이 커지면 서서히 작전을 쓸 계획이다.

　시대적인 상황은 급격하게 변하기 시작하고 있다. 정치적인 격동기는 농촌 사람들에게는 별다른 영향이 없는 것처럼 보이지만 서울에서 기침을 하면 시골은 몸살을 앓는 이치와 비슷하게 진행되고 있다. 민주적인 정권이 바뀌면서 혼란스러운 사회는 정치 문제와 경제, 군사적인 부분까지 복합적으로 작용하여 많은 영향을 미치고 있다. 국가적인 격변을 예고라도 하는 듯이 채표는 관에서 정보 획득 차원을 넘어 요시찰 대상으로 감시를 하고 있던 중이다.

　군사혁명에서 주장하는 미신타파라는 명목으로 일대 단속을 아는지 모르는지 여전히 채표 열기는 뜨겁게 마을을 달구며 정치적인 격변기를 잊어보려는 듯이 퍼져 나간다. 국가재건최고회의는 곧바로 깡패 소탕전을 선포함과 동시에 미신에 찌든 굿판을 철저히 단속과 체포를 통해 자신들의 정당성을 얻으려고 아니 가시적인 성과를 보여주려는 야심으로 시행하고 있다. 채표도 일종의 노름과 같다는 논리로 개혁이라는 명분으로 단속 대상이다.

"조 서장! 혁명위원회는 미신타파와 깡패 체포를 최우선으로 정책 목표를 잡고 있소. 음성 지역은 정보에 따르면 채표라는 놀이에 미친 사람들이 많다는 이야기를 들었소. 겨울이면 일도 안 하고 놀면서 이집 저집에서 꿈을 팔아서 돈을 걸고 노름을 한다는 말이 있는데 잘 감시하고 단속을 하도록 하시오."

부동자세로 임명장을 받던 조 서장은 치안총수로부터 임명장을 받으며 지시를 받는다.

"국가적인 사업인 만큼 사명감을 갖고 뿌리를 뽑으세요. 겨울이면 노름에 빠진 사람들도 계몽을 잘 하시고요."

"예, 잘 알겠습니다. 최선을 다하도록 하겠습니다."

서장은 그 길로 음성경찰서로 부임을 하기 위해 내려간다. 각 면에 있던 지서장들도 신임 서장을 보기 위해 모여 있다. 지프가 멈추자 반짝이는 계급장을 단 서장이 지휘봉을 들고 내린다. 함께 도열해 있던 지서장들이 자신을 소개하면서 거수경례를 한다.

"예. 삼성면 지서장 양달수입니다."

"아, 그래요. 특별히 고생 좀 해야겠소. 특별 임무를 주겠으니 내 방으로 좀 오시오."

처음으로 대면하는 자리에서 심장을 찌르는 듯한 지시 사항이며 눈빛이 예사로운 일만은 아니다.

지서장은 앞으로 일어날 일을 생각하자 뭔가 불길한 느낌이 든다. 취임식을 마치고 지서장은 서장이 지시한 말이 머릿속에 계속 남아 있다. 무슨 조치를 취하지 않으면 자신에게 다가올 불이익과 불똥을 어떻게 피할 수 있을지 답답한 마음을 억지로 누르며 마을로 향한다.

물론 본인도 채표에서 짭짤한 재미를 본 적이 있고 지금은 친척을 동원하여 꿈을 사고파는 일을 계속하는 처지라서 당장에 없앨 수도 없는 입장이나 그렇다고 그냥 슬그머니 넘어갔다가는 앞으로 닥칠 일 뻔하지 않은가. 급변하는 군사정권에서 노리는 가시적인 사회 개혁의 일환으로 벌이는 미신타파와 깡패 소탕령은 전국적인 사업으로 진행되고 있으니 이곳도 그냥 넘어갈 수는 없는 일이다.

모처럼 지서에 오토바이를 놓고 걸어가는 기분은 상쾌하기만 하다. 금줄을 친 당산을 지나가다가 바람에 휘날리는 한지를 보며 생각에 잠긴다. 액을 쫓아 준다는 믿음 하나로 정성을 다하는 농촌 아낙네들의 소박하고 순수한 마음을 읽을 수 있는 성황당과 당산, 금줄을 친 대문을 바라보며 과연 이렇게 순수하고 착한 사람들을 어떻게 단속하고 잡아들일지 걱정을 하고 있다. 또한 당장 채표를 그만두면 처음에는 돈을 만졌다가 지금은 본전을 서서히 찾고 있는 중에 그만두면 막대한 손해를 어찌 본단 말인지.

이상하게도 채표에서 3에 해당하는 숫자는 잘 나타나지 않는다는 기억이 떠오르자 지서장은 이번에 마지막으로 3에 관련된 숫자에 돈을 몽땅 걸어 볼 작정이다. 마을 굿에는 서 말, 서 되, 서 홉으로 쌀을 준비하여 신성의 의미가 담겨져 있고 아홉수라 하여 29살에는 결혼을 피하거나 산재라고 하는 액을 3번 반복해야 마지막으로 간주한다.

삼 세 번이니 아기를 낳고 몸조리를 할 때도 금줄을 치고 삼칠일인 21일간 계속된다. 삼현육각, 갑오, 삼정승, 육판서처럼 3과 3의 배수인 6을 강조하기도 한다. 삼십육계줄행랑도 3이 12번 반복되는 것을 말하고 12는 대단히 많다는 것을 의미한다.

반복되는 숫자인 3월 3일은 삼짇날, 5월 5일은 단옷날, 1월 1일은 설날, 7월 7일은 칠석, 9월 9일은 중구절이 있는 것을 보면 알 수 있다. 3은 양수이고 길조를 의미하는 것은 반복의 의미를 말하며 홀수는 양이고 짝수는 음으로 1, 3, 5, 7이 고스톱에 쓰이거나 뜸을 뜰 때도 보법으로는 짝수대로 뜬다. 이런 까닭에 물주는 3을 거의 쓰지 않고 있다는 것을 통계상으로 파악한다. 이제부터는 단속이 시작되면 아무것도 할 수가 없으므로 앞으로 남은 열흘 동안을 최대한 이용하여 본전을 찾고 이익을 남길 생각을 하고 있다. 이제부터는 물주와의 머리싸움을 하면서 돈을 찾는 것이 급선무이다.

기회는 단 며칠이라는 절박한 마음이 들자 묘한 느낌이 든다. 비호는 아니지만 자신도 같은 길을 가다가 순경이라는 임무를 위해 얼굴을 돌리고 체포를 하고 단속을 한다는 것이 그리 쉬운 일은 아니다. 물론 단속을 핑계 삼아서 판돈을 압수하는 방법도 있지만 치사하다는 생각이 든다. 일단 그대로 보면서 사촌 동생을 활용하여 복지를 많이 써내는 방법을 일차적으로 써보기로 마음을 굳히고 사촌 집으로 갔다.

"성님이 바쁘신디 으쩐 일루 아침부터 오셨대유?"

"새로 부임헌 서장님 부임 행사에 갔다가 오는구먼. 근디 채표는 잘 되는가?"

"어디 고게 맘먹은 대루 되나유? 될 듯 말 듯 헌 게 채푠가 봐유. 본전을 뽑으려면 몇 판은 혀야 되것구면유."

"그려. 꿈을 팔아서 돈을 번다는 게 으디 쉬운 일인가?"

"열심히 꿈을 달라구 빌구 있구면유. 오늘 타점은 대산을 헐지도 모르지만서두."

"허는 데까지 혀봐 너무 무리허지말구. 근디 들리는 소문에 의하면 빨리빨리 서두르는 것이 좋겠구면. 순사들이 자주 왔다 가지?"

"이상허게두 발걸음이 많아졌슈. 뭔가 냄새를 맡은 것인지는 모르지만 숨어서들 하는구면유."

"오늘 타점에는 숫자 3에 해당허는 꿈을 써봐. 3은 관계이구 성은 진씬디 여태껏 물주가 3과 연관된 것은 없었구면. 알었는가?"

"시키는 대루 헐게유. 전 이상허게두 청원을 썼구면유."

"청원이면 숫자가 33이니께 고것두 좋겠구면. 두 장을 복지에 써서 내봐."

"알것구면유. 아침부터 까마귀가 울어서 심란헌디 괜찮겠지라우."

"이 사람이 그리 소심혀서 되겠는가. 애기패는 놔두구 대산을 허면 알려 주게나."

오후 타점에는 순사들의 단속을 피해서 몰려온 사람들로 북적되고 있다. 지서장이 예측한대로 33인 청운에서 오랜만에 대산은 아니지만 큰돈을 거머쥔다. '차라리 몽땅 걸어서 대산을 했으면 좋았을텐디. 으째 돈 복두 이리두 없는지. 원' 후회를 해보지만 이미 지나간 일이다. 그만큼이라도 건졌다는 것만으로도 위안을 삼아야 할 판이다.

그러나 판이 거듭될수록 물주는 나름대로의 통계표를 만들어 요리저리 피하는 가운데 입산자들은 많은 손해를 보는 일이 많아지고 있다. 결국은 꿈이라는 신비한 힘에 의지하는 일반인과는 달리 물주는 과학적인 데이터를 작성하여 통계표를 활용한 덕분에 입산자들의 심리를 파악하고 사전에 흘린 정보를 믿고 걸었던 사람들은 여지없이 손해를 보고 만다. 통계가 채표신을 이긴 것인지는 모르지만 시간이 가면 갈수록 채표장은 꿈 이야기로 더욱 뜨거워지고 있으니 며칠 후면 단속을 나오는 것도 모르고 산과 언덕을 숨어 다니며 타점을 두 번씩 벌이고 있다.

이미 순사들은 모든 정보를 올렸고 상급 기관에서 지시가 하달된 상태이다. 단지 언제 집중적으로 단속을 하느냐는 지서장들이 결정할 사항으로 언제부터 일제히 시작한다는 조항은 없다. 채표 놀이가 전국적으로 행해진 것이 아니기 때문에 충북과 인천, 강원도 일부에서만 정보를 공유할 정도이다.

"본전은 고사하고 큰일이구만. 으떠케 성님을 본단 말이여. 어제 홀딱 털어버렸으니."

술을 마시고 있던 사촌동생은 가슴을 치며 후회를 하고 있다. 모험이란 항상 위험이 뒤따르는 것임을 잊어버린 것이다. 몇 번의 애기패를 믿고 있는 돈을 몽땅 걸었다가 알거지가 되고 말았다.

소식을 들은 지서장은 결심을 하고 만다. 단속을 핑계 삼아 판돈을 몽땅 가로챌 계획이다. 관에서 압수했다면 감히 누가 이의를 제기할 것인가. 자신의 권력을 앞세워 돈을 차지할 궁리를 하던 중에 부하 순사가 찾아온다.

"지서장님! 내일 단속을 하라는 공문이 왔구먼유. 으떠케 헐까유?"

"알았어. 이따가 회의를 허자구."

이제는 어떻게 해볼 도리가 없지 않은가. 단속보다도 자신이 잃은 돈이 더 급한 일이다. 사촌을 불러서 타점 장소를 미리 알아놓고 기습 단속을 할 생각이다. 물론 복장은 사복으로 갈아입고 망꾼을 피해서 자통을 하는 척하다가 기습 단속을 하면 누구도 꼼짝을 할 수 없을 것이다. 물론 자신의 얼굴은 관할 지역 사람들이 너무 잘 알고 있어서 이번 주에 새로 부임한 곽 형사를 시킬 생각이다.

드디어 회의가 끝나고 곽 형사를 따로 불러서 지시를 한다.

"곽 형사는 무조건 알려 주는 장소로 가서 내 사촌을 만나라구."

"알것구먼유. 지가 으디를 가믄 되나유?"

"성곡리 마을에 가서 덕수를 찾아가게. 이미 연락을 해놨으니까. 그리구 반드시 사복을 입구서 가야 허네. 알겠는가?"

"지서장님 분부대루 헐 거구만유. 걱정허지 마세유. 지가 알아서 잘 헐게유."

"중요헌 것이 있는디."

가까이 오라는 손짓을 하고 귀에 대고 지시를 한다.

"이건 나랑 단 둘이만 알어야 혀. 단속을 허면서 판돈은 꼭 다 갖구 와야 혀. 알았는가?"

"다 뺏어두 괜찮은가유?"

"위에서 지시헌 사항이구만. 내가 다 알어서 할 테니까 꼭 그대루 허게나."
"알겠구면유. 몽땅 잡어서 서로 데리구 올게유."
"물주랑 통수들만 잡어오구 다른 사람들은 겁이나 주라구."
 평소 얼굴을 아는 순사가 나타나면 영락없이 단속을 하러 나오는 줄로 안다. 처음 보는 얼굴이야 누가 의심을 하겠는가.
 이미 사촌과 연락을 해놓은 지서장은 곽 형사를 대동하고 사촌 동생 집을 간다. 자세한 이야기를 하고서 집으로 돌아온 지서장은 많은 생각들이 스쳐 지나간다. 수많은 사연들이 담겨져 있는 채표 타점장을 덮치는 일을 생각하자 긴 한숨이 저절로 나온다. 울고 웃는 얼굴들과 소리를 지르며 복지를 읽는 타점사, 돈을 계산하고 일일이 장부에 적으며 통수들을 부르는 계산사의 빠른 손놀림까지도 아니 술을 마시며 타점장을 바라보는 돈에 굶주린 민초들의 표정, 겨욱 몇 푼을 벌려고 광주리에 먹을 음식을 장만해서 파려고 판을 벌인 장사꾼 아주머니가 떠드는 소리, 순사가 오는지를 감시하는 망꾼이 보내는 눈빛이며 쌈지를 들고서 계산사가 적는 꿈 이름에 온몸을 떨면서 모르는 척하는 물주 얼굴들이 지나간다.
 온 곳은 다르고 사연은 같지 않아도 목적은 단 한 가지로 앞만 보고 달려가는 채표장의 열기가 이제는 식는 것이 아니라 없어질 위기에 있다니.
 물론 돈이 크게 벌어지고 망하는 사람이나 논밭이 오고가는 그런 폐단이 없는 것은 아니지만 아무에게도 무엇에도 기댈 것도 없는 불쌍한 농부들이 벌이는 채표에 드디어 관에서 압박을 가하며 뿌리를 뽑으려는 계획을 실천하고 있는 줄도 모르는 사람들의 모습은 여전하다.
"형사님유. 지가 가는 곳을 알려 줄 테니까 그리루 오시면 되는구먼유. 매일 바뀌니까 잘 기억혀야 허는구먼유. 순사들이 왔다 허면 발이 땀 나도룩 도망치는 댄 선수들이구먼유."
"알았슈. 이번엔 슬그머니 보구서 다음에 진짜루 단속을 헐거유. 그라니께 조심을 허면서 준비를 단단히 혀야겠네유."
"지서에선 많이 나오나유?"

"지서장님만 빼구 다 나오니까 아무헌테두 알리지 마세유."

찾아가는 타점장은 햇살이 잘 들어오고 앞을 잘 볼 수 있는 언덕이다. 아마도 도망을 치기가 수월한 곳을 찾아다니며 타점을 하는 물주에게는 장소를 선정하는 문제도 중요한 것임을 알 수 있다.

모든 과정을 다 알아 둔 곽 형사는 지서로 돌아와 지서장에게 보고를 한다.

"내일 단속에는 다들 같이 가시구려. 만일에 대비혀서 권총은 문 주석만 갖구 가세유."

"알겠구면유. 중요헌 놈들만 잡으면 되지라우. 으따매 이젠 채표 허는 모습두 못 보겠구먼. 만날 꿈 야기만 허는 분들은 무슨 재미루 사당가. 겁나게 힘들것네 그려."

"그것아 자네가 걱정헐 일이 아니구먼. 개평을 못 뜯어서 으떡혀. 용돈깨나 슬슬 받어 썼는디. 내일이면 다 끝장이구먼."

"안 그럴 거구먼. 막는다구 안 헐 놈들 같으면 벌써 안 혔지."

"위에서 시킨 일인디 안 헐 수두 없구 첨엔 실실 허다가 눈치나 보자구."

"매가지가 열 개라두 되는가봐. 누구 죽일 일이라두 있나. 군사혁명은 전시나 마찬가지여."

"맞구면유. 으떠케 살벌헌지 여차허면 모가지가 날아갈 판국에 강허게 헙시다유."

그 다음 날 오후에 있는 타점장은 지서 순사들이 한꺼번에 곤봉과 권총으로 무장을 하고 단속을 하러 나가고 있다. 곽 형사와 지서장 사촌 동생은 이미 타점장에 가 있고 나머지 형사 셋은 언덕 너머에서 타점장을 바라보며 신호를 기다리고 있다.

물론 단속이 시작되면서 도망을 몇 번이나 쳤던 사람들은 이골이 났는지 잘도 도망을 치지만 부녀자들이나 노인들은 천천히 걸어가고 있다. 그날 단속에서 물주와 통수 열두 명이 지서로 연행되고 판돈 6만원은 압수를 당했다. 모처럼만에 지서는 연행된 사람들로 인해 복잡한 시장판이다.

"자, 여기에 지장을 찍고 가세유. 각서니까 다시는 안 하겠다는 서약서유."

"그람, 지 판돈은 으떠케 되나유?"

"국가재건최고회의 결정에 따라 노름을 헌 것은 국고로 환수헌다는 규정에 따라 압수를 헙니다. 아깝지만 국가를 위해서 헌납을 했다구들 생각을 허세유."

"그래두 그렇지. 하필이면 오늘 단속을 혀서 큰돈을 잃게 헌대여."

"그려. 꿈은 틀림이 없구먼. 내사 자통으루 삼괴를 잡었으니께 틀림없구먼. 채표님이 삼괴를 꿈에서 주셨구먼. 그게 복지가 아니라 진짜루 순사를 만나서 돈을 잃는 꿈이었구먼. 정말루 용헌 채표님이시구먼. 여태까지 한 번두 대산을 못혔느디 하필이면 오늘이여. 내일만 나오셨더라면 내사 대산을 혀서 방앗간을 인수헐 수 있는디 이게 꿈이여 생시여. 환장헐 노릇이구먼."

"그러니께, 삼괴를 너무 좋아허지 말어. 꿈처럼 그대루 되는 걸 봐. 아까워 죽겠네."

"여러 번 경고를 허구 단속을 혔는디 왜 또 하시는 겁니까? 우리두 어쩔 수 없으니께 집으루 돌아간 다음에는 절대루 허지 마세유. 알겠죠."

고개를 끄덕이며 일그러진 인상을 하고 돌아갔다.

지서에서는 겁을 주기 위해 죄인을 가두는 곳에서 한 시간씩 집어넣었다가 다시 꺼내는 식으로 지서에 대한 공포심을 높이는 효과를 본 것이다. 아무도 구속을 시키지 않는 것만으로도 다행이라는 말만 하고 있다.

드디어 채표는 시련을 맞으며 음성적인 형태로 변하고 만다. 매일 순사들은 판돈을 빼앗은 재미와 지시를 이행한다는 명목으로 단속을 계속하고 있다. 물론 장부에는 압수된 판돈은 극히 적은 액수만 적고 본전은 물론이고 거금을 저축하고 있는 사람은 재미를 보고 있지만 세월 속으로 잊혀만 가는 채표는 석양 노을처럼 여전히 빛나고 있다.

추억을 남기고

철새처럼 잠시 왔다가 사라지는 지난 세월을 담배에 태워 허공으로 날려 보낸다. 돈만을 찾아 이리저리 돌아다니다가 겨우 작은 가게 하나를 전세 내어 차린 곳이지만 영 매출이 올라가지 않는다. 경기가 살아날 것 같으면서도 계절은 봄이지만 여전히 차디찬 겨울 같은 소식들만 뉴스에 나오는 현실이 안타까울 뿐이다. 한때는 잘 나가던 사장님들이 사업에 실패하여 한강으로 뛰어드는 이야기와 카드 빚으로 일가족이 차를 몰고 저수지로 빠져 목숨을 끊었다는 슬픈 사연들이 꼬리를 물고 이어진다.

아침이면 신문을 보면서 가장 먼저 보는 면이 바로 각종 복권 당첨번호가 있는 면이다. 간판에 로또 판매점이라는 글씨가 유난히 크게 보이는 것은 며칠 전에 로또 복권에서 1등으로 당첨된 사람이 기념으로 해주고 간 것이다.

현수막으로 가려진 가게 앞은 1등 당첨자를 이곳에서 냈다고 자랑하는 글씨뿐이다. 운이 좋아서 된 것인지 자리가 좋은 곳에서 복권을 사서 1등을 한 것인지는 모르지만 현수막을 붙여 놓은 뒤로는 로또 복권이 훨씬 많이 팔리고 있는 것은 사실이다. 이번이 두 번째이니까 다른 곳보다는 사정이 훨씬 좋은 편이다.

구멍가게 사장이지만 사장들이 모이면 아우성이다. 물론 경기가 안 좋으면 일확천금으로 한몫을 잡을 수 있는 복권 판매가 늘기 마련이다.

"그런디, 으째서 이곳만 매상이 영 오르지 않는 거여. 알다가두 모르겠구먼."

"1등에 당첨된 로또판매점이라는 현수막을 걸어 놔 봐. 뭐가 달라두 달라질 거구먼. 안 그런가?"

"그야. 물론 효과가 있겠지만 그게 쉬운 일이여."

"1등이야 하늘에 있는 별 따기매냥 어려운 일이지. 그거야 쫄병이 장군 계급장을 다는 거나 마찬가지가 아닌가."

"그런디, 그 양반들 얼굴이나 보여주고 갔나?"

"둘 다 턱을 내고 갔구먼. 한 분은 용돈을 허라구 하얀 봉투를 놓구 가셨구 다른 분은 간판과 현수막을 해주구 바람처럼 왔다가 훌쩍 사라졌구먼."

"그래두 의리가 있으신 분이더구먼. 다른 판매장에서는 얼굴이 알려지면 누가 해를 끼칠까봐 슬그머니 아무두 모르게 야밤에 도주를 헌다구 들었는디 우리집은 다르더구먼."

사실 복권으로 거금을 만지면 친척이나 아는 사람들이 몰려드는 것은 동서고금을 막론하고 항상 벌어지는 일이다. 그럴 바에는 차라리 머나먼 곳으로 아무도 모르게 이사를 가는 편이 훨씬 나을 수 있다. 그러면 돈을 빌려달라고 하거나 강도나 사기꾼으로부터 재산과 목숨을 보존할 수 있다. 쉽게 번 돈은 쉽게 쓰고 곧바로 허물어진다는 말처럼 되기 전에 장사나 은행에 짱 박아 놓고 가난한 사람처럼 행세를 하는 편이 유리할 수도 있다.

"참, 어제 뉴스를 보니께 로또에서 1등으로 당첨된 사람마다 불행해진다는 거여."

"들었구먼. 뭐든지 뒤탈이 있으니께 슬그머니 꼬리를 잘라 버리는 도마뱀처럼 자취를 감추는 게 낫제. 안 그런가?"

"내가 알기로는 1등 당첨자 중에서 70% 정도가 이혼을 허거나 당첨되기 전보다도 더 불행해졌다는 통계두 읽었구먼."

"옛날이나 똑같어. 채표를 헐 때두 대산질을 한 사람마다 다 온전헌 경우는 별루 본 적이 없었지. 몇 사람을 빼구선 그랬을 거여."

"맞구먼. 지금 생각해두 참으루 재미가 솔솔헌 채표지만 서두 그렇게 멋진 날들이 오히려 앞길을 망치게 허는 대산자들두 많이 보았지. 어떤 이는 대산을 혀서 서울로 도망친 몇 몇만 그 돈으루 사업을 일으켜서 성공한 분들도 있다는 야길 들었지만."

"그러니께 지금이나 그때나 다 같은 이치여. 만석이 자네두 로또 복권 판매점 사장이면 그게 뭐랄까 채표루 친다면야 통수에 해당되지. 청주 통수를 담당하는 것이여. 물주야 허가를 지네들이 내주구서 수익 사업이라는 명목으루 돈을 벌어들이는 정부인 셈이제. 무슨 공공사업이니 주택 사업과 같은 말루 현혹을 시키지만 서두 결국은 가난헌 서민들의 꿈을 파는 것을 이용했던 채표와 같은 게 아닌가? 채표두 처음에는 만리장성을 쌓으면서 정치적인 목적과 재정을 타개허려는 시도에서 진시황의 공주가 고안해 낸 일종의 채권이며 복권이제. 그걸루 성을 쌓는 일꾼들 품삯을 적은 돈으루 돌려가면서 적게 주면서 성을 쌓구 대외적으로는 품삯을 준다는 명목과 실리를 동시에 추구헌 멋진 놀이가 아니겠어?"

"그렇다니께. 채표야 만리장성을 쌓을 목적으루 임시방편을 쓴 것이지만서두 지금의 로또나 무슨 복권이라구 허는 것들이 을마나 많어. 다들 이름만 앞에 놓구 사행심을 조장하며 꿈을 꾸는 서민들의 호주머니를 노리는 수작이제. 허긴, 그렇게 혀서 불과 극소수인 몇 사람헌티 몰아주는 거야 그나마 다행이제. 걷어 들인 나머지 돈이야 물주인 정부의 심부름꾼인 계산사인 은행에서 갖다 바치는 꼴이지."

"지금의 로또나 그 옛날 채표나 같구먼. 지금의 은행이야 계산사이구 방송국에서 복권 발표를 허는 건 타점사이구먼. 물론 옆에 지키구 있는 경찰이야 망꾼이나 마찬가지구."

"그려. 모양만 바꾸어서 허는 일이지. 실제로는 옛날 채표와 다른 게 뭐가 있어. 그래두 꿈을 팔구 사면서 아침 저녁으루 타점을 찍는 재미는 안 해본 사람들은 모를 거구먼."

"을마나 재미가 있었던가, 참으루 그 옛날 그 시절이 그립구먼. 그때 물주를 잘혀서 거금을 만들어야 했는디, 으쩌다가 광산에 쏟아 부어 놓구 돌멩이만 캐다가 이 모양이 되었는지. 원."

긴 한숨을 쉬며 지난날을 회상하고 있다. 한 모금 담배 연기는 허공 속으로 원을 그리며 창밖으로 빠져나간다. 돈이야 뜬 구름을 잡는 것 같이 있다가 없어지고 없다가 손에 들어오는 가운데 주인을 잃은 돈이지만 나라 경제는 커지고 돌고 도는 가운데 서로에게 이익을 주는 존재다.

"근디, 돈에 미친 사람들이 너무나 많더구먼."

"옛날에두 다 그런 일이 있었잖어. 돈에 미치구 노름에 빠져서 집안 망허는 꼴을 한두 번 보았는가. 돈 맛을 알게 되면야 돈이 사람을 잡어 먹는 법이지. 사실 채표에서두 나중에 남는 건 돈이 아니라 먹구 마시며 노는 재미지. 사람들이 좋아서 서루 만나구, 만나면 술과 음식, 때로는 여자들까지 따라다니는 그 맛이야 돈부다두 더 매력이 있지. 돈이야 혹허니 불면 날아가 버리는 검불과도 같어서 쉽게 손에 들어오구 쉽게 날아가 버리지."

"허긴, 돈이 꼼짝두 않구 그대루 있다면야 으디 그게 돈인가? 돌멩이나 마찬가지지."

"돈을 벌어서 안 쓰구 땅속이나 장롱 속에 감춰둔다면 돈이 갖구 있는 가치 하나를 잃어버린 셈이지. 돈은 날개가 있는디 못 날게 만들면 을마나 불쌍헌겨? 노름보다두 더 돈을 힘 있게 맨들구 날개를 주는 게 으디 있겠는가?"

"돈이 돈으루 안 보이구 마치 엄청난 힘을 가진 장수로 생각허니까 거기서 모든 문제가 생기지. 단지, 돈이 생활에 편리함을 주는 종이가 아닌 서로 약속된 종이루만 쓰인다면 괜찮지. 화폐란 교환 가치가 제일이잖어?"

"어제 신문을 보니까 미쳐두 단단히 미친개들이 있더구먼."

"무슨 기산디 그려? 또 누가 누굴 죽인 사건인가?"

"로또 복권에서 1등을 하구선 서로 내 것이라구 우기다가 부부끼리 죽이구 도망치는 일이 벌어졌는디, 으디 그게 옛날에는 있을 수 있는 일인가? 망조구면 망조여."

"가난허면 일가친척도 멀리허구 마음에 도둑이 드는 법이랑께. 누구나 가난이 뼈 속까지 스며들구 질긴 가난으루 인해 앞이 안 보이면 무슨 짓을 못하겠어. 만날 집에 틀어박혀 허는 짓이란 기와집만 짓구 그러는디."

"허긴 없는 집 제사에는 귀신두 굶구 간다고 혔는디, 으디 없어서 못 먹구 안 줘서 못 먹는디 뭐래두 보여야 먹제."

"그라니께 유독 가난한 집 제사만 자주 돌아온다는 말처럼 가난이 죄지. 안 그런가?"

"누구나 돈에 대해 그런 말을 자주 허더구먼. 돈이야 개같이 벌어서 정승같이 쓰라는 말과 돈 번 자랑말구 돈 쓴 자랑을 허랬다구."

"그때 말이여. 지금두 잊지 못허는 특이헌 분이 기억나는구먼."

"뭔디?"

"돈 앞에는 부모두 모른다는 말이 있듯이 대산을 헌 명식이라는 분은 거금을 갖구 서울루 이사를 혀서 다른 일은 안 했다는 거여."

"아니 그람, 뭣으루 먹구살었다는 거여?"

"그분은 나름대루 생각이 있었나봐. 자식 농사가 돈보다 중요허다는 소신으루 자식 글 가르치는 일에 투자를 했다는 거여."

"앞을 내다보는 식견이 있는 사람이구먼. 그려 세상에서 최고로 잘 짓는 농사가 바루 자식 농사일 거구먼. 안 그런가?"

"분명 아들들이 출세를 했다는 말이지?"

"물론이지. 한 아들은 판사가 되구 다른 아들은 의사로 떵떵거리며 산다는구먼. 역시 머릿속은 돈으루 못 채운다니까."

"맞는 말이여. 돈은 날개가 없어두 날아다니구 마음을 검게 허지만 돈이 다 떨어지면 연분이구 나발이구 없더구먼. 정말루 돈은 힘이구 변화무쌍헌 것이지."

"참, 그때 돈을 벌었다구 남에게 꿔 주었다가 홀딱 떼이는 걸 자주 봤지."

"그래서, 돈을 앉아서 주구 서서 받는다는 말이 있잖어. 돈이 떨어져 봐야만 세상인심을 알 수 있구 본성두 드러내는 거여. 돈만 있어봐. 생판 본적두 없는 친척들이 나타나서 아는 척을 허구, 사돈에 팔촌까지 와서 돈을 달라구 손 내미는 꼬락서니를 보면 말여. 속이 뒤집어지지."

"적막강산이든 망막강산을 가든지 간에, 돈이 만드는 이상헌 광경은 참으루 알다가두 모르겠구 모르다가두 알 것 같더구먼."

"요즘두 로또니 주택복권, 무슨 복권들이 와 그리두 많은지. 나두 헷갈린다니까. 그 돈을 서민들 호주머니에서 털어 가지구 뭘 헌다는 거여? 집 짓구 투자혀서 가난헌 사람들에게 돌려주구 무슨 놈에 공공사업이니 공적인 일에 쓰이는 재정을 맨든다는 취지는 이해허지만 서두, 당첨자가 너무 적은 게 문제여. 채표야 당첨되는 사람들이 많아서 물주가 망허는 작자들이 많았지만 로또는 말 그대루 국가나 지방자치단체가 허가 난 도둑이여. 어떻든 물주인 국가는 절대루 망허질 않지. 속두 모르구 혹시나 했다가 역시나루 끝나는 걸 알면서두 또 사구 또 속구 만날 그 모양이여."

"그때나 지금이나 돈 버는 재미에 빠지면 돈만 보이는 눈으루 바뀌더구먼."

"차라리 로또에 당첨이 되지 않았다면 갈라서거나 목숨을 끊구 죽이는 일까지는 생기지는 안했을 거구먼. 그놈에 돈이 뭔지? 웬수여."

"그런 웬수라면 만날 같이 있구 싶구먼."

"세상에서 가장 더러운 것이 돈이여. 성질두 더럽지만 서두 세균이 을마나 득실득실

대는지 현미경으루 보면 다시는 돈을 만지구 싶은 맴이 싹 사라질 거구먼."

"그래두 돈이나 세면서 살았으면 원이 없겠구먼. 장사허는 사장들이야 가게 문을 닫구 돈을 세는 재미야말루 마약보다두 더 좋다는 거여. 그때는 눈이 반짝이구 손가락은 을마나 신이 나겠는가? 그 맛에 장사를 헌다는구먼."

"세상에서 가장 행복했다는 어떤 사람의 이상헌 기사를 읽구 웃은 일이 있지."

"그게 뭐디?"

"돈을 찍어내는 조폐공사에서 있었던 일이디. 글쎄 직원 두 명이 선반 위에 올려놓은 돈 뭉치에 맞아서 그만 즉사를 했다는 거여. 을마나 행복헌 일이겠는가?"

"그건 좀 그러네. 아무리 돈이 좋아두 그렇지. 죽고 나면 무슨 소용이여."

"세상에 돈 때문에 죽이구 살리는 걸 보믄 돈이란 좋기두 헌디, 어떤 때는 그게 엄청 밉더구먼. 다들 돈에 죽구 사는 모습들을 보믄 서글퍼지는 세상이여."

"뭐든지 전이 문제여. 전만 보믄 사죽을 못쓰구 환장허는 꼬락서니를 보믄 세상이 온통 돈으루 뒤집혀지는 것 같구먼. 돈이 먼저여? 사람이 먼저여? 라구 물으면 다들 입으로는 사람이라구 허지만 서두, 막상 눈앞에 돈뭉치가 있어 봐. 눈알을 뒤집구 달려들지."

"허긴, 아무리 돈이 이리저리 돌아다녀서 주인이 없다는 것은 동전처럼 뒤집으면 싹 바뀌기 때문이지."

"돈 몇 푼을 빼앗기 위해 살인을 저지르는 놈팽이들을 보믄 다들 돈맛을 너무 깊숙이 알아서 그러는 거지. 그것두 술과 기집, 뽕을 알믄 사죽을 못 쓰지. 그 짜릿헌 맛을 잊을 수가 있당가."

"아침 출근 시간에 아무리 바빠두 지갑은 꼭 챙기는 걸 봐. 출근허구서 믿는 건 오직 돈 밖에 뭐가 있겠어?"

"그러니께 다들 전 때문에 싸우구 전을 위해 목숨을 거는 꼴들이 가관이지. 돈을 고러케 생각을 허야는데."

"으떠케 생각을 헌다는 말인가?"

"내 생각으로는 돈이야 있다가두 벌믄 되구 없으면 없는 대루 좀 불편허게 생각허구 있으면 또 돈이 들어오는디, 뭣 땀시루 돈에 죽는겨? 사람 나구 돈 나지 어디 돈 나구 사람이 나는가?"

"그려. 돈보다야 사람이 먼저지. 돈이 있으면야 좋지. 없는 것보다는 편리허구 어딜 가든지 믿는 구석이 있으니께 마음두 든든허구 믿는 구석이 있으니께 큰소리두 치구."

"다들 그런 이야기를 허더구먼."

"뭔디?"

"늙어서 기운이 없는 것두 서러운디 돈까지 없으면 그것보다두 서러운 건 없다구. 가난허면 남 보기두 초라허구 불쌍허게 보이잖어."

"그라니께 다들 젊어서들 돈을 벌라구 눈이 뻘건걸 봐. 힘두 있구 뭔가 할 수 있을 것만 같은 젊은 나이야 돈이 그리 중요허지가 않지만 서두 기운두 빠지구 쭈글쭈글 늙으면야 돈이 최고지."

"가끔 길에서 참으루 딱헌 모습을 볼 때마다 서글퍼지는 기분이 들곤허지."

"언제 그라는디?"

"머리가 희끗헌 할머니께서 험한 길을 다니면서 오는 폐지를 리어카에 잔뜩 싣구 언덕을 올라가는 모습을 보면 기분이 묘하더군. 자식이 많으면 뭐해. 돈이 있다면 그렇게 힘겹게 살지 않아두 되는디. 그놈에 돈이 웬수지."

"그래두 가끔 돈이 없어서 수술을 못 허는 분을 위해 거금을 기부허는 분들을 보믄 돈이 제자리를 찾아가는구나, 라는 생각이 들더구먼."

"세상에서 가장 더러운 곳은 정치 집단일 거여. 거짓말을 밥 먹듯 허구 돈을 으떠케 긁어모으는지 기가 막힐 때두 있지."

"맞구먼. 엄청난 돈을 들여서 딴 금뺏지인디 그냥 있으면 바보지. 들어간 돈에다가 나중에 먹고살 돈까지 뜯어내는 기술이야 모두가 다 인정허는 돈 장사들이여. 말이야 정치를 헌다지만 으디 가려운 곳을 긁어 주구 다들 평안하게 하는가? 지네들 속만 채우면 그만이제. 그라니께 돈이야 아는 놈들이 더 잘 처먹는 거라구."

"돈을 보존가치에 더 두면야 구두쇠구 교환가치에 두면야 도둑으루 변허구 말지."

"두 개를 다 합쳐진 놈들이 바루 장사꾼이랑 정치꾼들이여. 돈이 있으면 더러운 냄새가 반드시 나구 파리들이 모여드는 건 동서고금을 통해 항상 있던 일이구먼. 몇 푼 없어서 굶어죽는 사람이 있는가 허면 뱃대지가 불러서 똥배만 나온 그런 일두 있으니께 돈이야 필요헌 곳에 있다면 그건 정말루 가치 있는 돈이지. 근디 세상일이 필요헌 일에만 있나?"

"있으면 좋구 없으면 불편헌 것이 돈이여. 그놈에 돈을 초월허면 도사님이 되지."

"도사구 뭐구간에 남헌티 꾸지 않구 밥이나 먹구 살면 그게 진짜 행복한 인생이구 최고여. 괜스레 돈 노예가 되서 놈팡이로 전락허는 것보다야 낫지. 그러니께 적게 먹구 낮구 단순허게 사는 게 제일이여. 남보다 더 갖구 싶거나 더 많이 집어넣으려다가 탈나는 꼴이 으디 한 둘인가?"

"근디, 알면서 진짜루 할려구 허면 얼마나 힘든 일이 바로 그 일인지 원. 적당헌 욕심이야 세상을 발전시키구 앞으로 끌어당기는 힘을 주지만 서두 고게 지나쳐 버리면 그때부턴 문제가 발생허지. 그라구 내 것을 남과 비교허는 곳부터 문제는 발생헌다구 보는구먼."

"허긴 다 털어 버리구 세상을 떠나 산속으루 입산허는 분들을 보믄 세상은 마음을 으떠케 먹느냐에 따라 달라지는 법이라구. 그러니께 행복은 마음에서 오구 불행은 욕심에서 온다구들 허잖은가. 그런디 그 마음을 다스리기가 얼마나 힘든지."

"자고루 돈이란 말여, 모든 문제를 만들구 해결해 주는 뿌리라구. 뿌리가 흙이 아닌 물속에서두 있으면서 열매를 맺는 기술처럼 우리두 세상에 뿌리를 두지 말구 금방 없어지는 물 같은 빈 마음이나 깨끗한 마음에 뿌리를 두구 돈을 생각허면 다르게 보이는 거구먼."

일확천금을 노리는 사람들이 벌이는 심리적인 싸움은 채표판에서 꿈을 꾼 것을 바탕으로 36문 중에서 어느 것을 써야만 물주가 타점장에서 써온 꿈과 일치하는 지를 알아내려는 몸부림과 너무도 속성이 같고 비슷한 모습에 마치 과거로 회귀하는 것 같은 기분이다. 이것도 엄연한 채표 장사이고 사업가로서 사장 행세를 하건만 옛날에는 관에서 단속을 하는 통에 숨어서 했던 것과는 달리 합법적인 방법으로 방송매체까지 동원된 복권이야말로 서민들이 단번에 지위와 신분을 바꿀 수 있는 절호의 찬스다.

뭐라고 해도 세상에서 복권만이 거금을 한순간에 만질 수 있게 해주는 매력을 갖고 있다. 혹시나 하는 요행을 바라는 마음과 언젠가는 반드시 찾아올 것이라는 꿈을 파는 마음이 합쳐진 마약이다. 그런 마약도 국가가 공식적으로 인정한 이상 누군가는 이 시간에도 꿈은 이루어진다는 마음으로 속고 속이는 가운데 단 몇 명은 조합된 번호를 맞추며 환성과 함께 웃을 것이다.

비록 전 세계적으로 공인된 복권은 국가에서 공익 목적이라는 명분으로 가난한 사람들로부터 돈을 걷어서 일정한 규칙에 따라 배분함으로써 심리적인 기대감과 실패에 대한 좌절감을 스스로 삭일 수 있게 만들기도 한다. 누구나 실패에 대한 불만을 삭일 수 있는 것은 쉽지만은 않지만 오직 돈을 잃고도 그럴 수 있으며 다음번에는 꼭 될 수 있다는 기대감으로 위안을 받을 수 있어서 복권 장사는 손해를 보지 않는 알짜다.

날씬한 예쁜 아가씨들이 번호를 맞추고 공개적으로 방송을 통해 속임수가 없을 것이라는 장면을 방영함으로써 신뢰감을 주고 더 많은 사람들에게 너희들도 거금을 단숨에 만질 수 있으니까 달려들어 보라는 은근한 메시지를 던지는 추파야말로 대단한 사기극이다.

하지만 속는 줄 알면서도 누가 어디서 일등을 하였다는 소문을 들으면 누구나 그런 꿈에 부풀고 그것을 위해 돈을 주고 또 속는 것을 말면서도 다시 그냥 지나치지 못한다. 그러다가 언젠가는 나에게도 그런 행운이 올 것이라는 강한 믿음으로 기다리는 인내심을 시험하는 일만 계속되니 그거야 증권에서 망하는 사람보다야 낫다는 위로감 하나로 사는 경우도 있다니. 둘 다 경제에 기여하는 몫이 다르지만 엄연한 자본주의 사회에서 받을 수 있는 특권임에 틀림이 없다 해도 채표는 모든 복권의 원조이며 꿈을 심어 주는 근원이다. 그러기에 비록 만리장성을 축성하는데 부족한 재정을 채우기 위해 고안한 복권이 채표라는 곳에서 벗어나면 과거 자본주의라는 정신은 고사하고 뭔지도 모르던 시절에 그저 꿈을 가지고 사고팔면서 돈을 벌 수 있다는 소망 하나만으로 위안을 삼고 웃고 울던 그 시절이 그리운 것이다.

모든 수단은 목적이 좋으면 다 좋은 법이다. 비록 목적이 돈일지라도 꿈이라는 수단은 너무도 인간적이고 발상이 쉽고 친근감을 느끼기에 더욱 빛을 발하는 것이 채표이며 현대판 복권보다는 더욱 멋진 놀이라고 생각하며 향수를 달랜다.

추억의 아름다운 강가는 오늘도 여전히 세월을 담고 도도히 흐르고 있다. 상념과 상상으로만 갈 수 있는 추억의 강가는 여전히 갈대밭 사이로 철새들이 바쁘게 먹이를 찾아 날아다니는 가운데 겨울 평야는 지평선 너머로 또 하나의 그림을 그리고 있다.

답답한 마음과 착잡한 기분이 엉키면서 그리운 얼굴들이 떠오른다. 돈을 위해 달리고 싸웠던 채표 열기가 얼굴을 화끈거리며 그 먼 나라를 찾고 싶은 간절한 회상의 날개 짓은 여전히 계속되지만 그때나 지금이나 남이 돈을 벌 수 있도록 옆에서 도와주고 구전이나 얻어먹는 통수 노릇이 이곳으로 모양만 바뀌고 그대로 이어지는 현실이다.

물주를 할 때면 밑에서 그토록 많은 사람들이 부러운 눈으로 쳐다보던 일들, 대산을 했다고 마치 맡긴 돈이라도 내놓으라는 듯이 바라보는 모습, 각 통수들을 호령하며 타점장을 주관하던 지난 추억이 서린 통표를 꺼내 본다. 콩기름을 입힌 누런 창호지는 세월을 담은 탓인지 접혀진 부분이 닳은 탓인지 군데군데 찢어져 있다.

지금도 통표를 바라보며 채표 물주를 하던 추억을 떠올리며 언젠가는 반드시 물주로서 다시 한 번 일어서 보겠다는 다짐을 해본다. 피난을 가면서 부엌에 묻어 놓은 항아리 속에서 꺼낸 돈을 들고 은행으로 갔다. 기나긴 시간 동안 햇빛을 보지 못하고 있던 돈이 그 가치를 찾고 환에서 원으로 교환되는 순간이다.

만석은 바꾼 돈으로 대산을 꿈꾸며 복권을 산다. 물론 전국에서 1등을 가장 많이 냈다는 인천에 있는 로또 복권 판매점에서 설레는 기분으로 100만 원어치를 입산자의 기분으로 샀다. 즉석에서 써서 내는 채표의 자통처럼 여관방에서 그동안 당첨번호를 나름대로 분석한 통계표를 보면서 힘겨운 물주와의 머리싸움이 시작되고 있다.

숫자를 조합해서 만든 로또 복권 번호를 떠올리며 그 옛날 숨어서 꿈을 팔고 샀던 채표 타점장의 분위기를 그대로 느끼며 또 다른 꿈을 팔고 있다.